GOLDMANN

Buch

Emma Bowles hat nicht ohne Grund Angst um ihr Leben: Jemand hat versucht, sie vor die U-Bahn zu stoßen. Und das bleibt nicht der einzige Anschlag. Beim zweiten Mal wird sie von einem Wagen auf der Straße fast überfahren. Ihr Ehemann engagiert daraufhin den Privatdetektiv Darrow, um sie zu beschützen. Doch als Emma herausfindet, daß ihr Mann eine Geliebte hat, beginnt sie daran zu zweifeln, ob er Darrow wirklich als Schutzengel bezahlt. Schließlich würde eine Scheidung für ihren Ehemann den finanziellen Ruin bedeuten.

Im 87. Polizeirevier gehen die Dinge währenddessen ihren gewohnten kriminalistischen Gang. Nur einer der Polizisten, Steve Carella, hat den Tod seines Vaters, der Opfer eines Raubmords wurde, noch immer nicht verwunden. Carella hatte damals die Chance, seine persönliche Rechnung mit den Mördern zu begleichen, nahm allerdings von einer privaten Hinrichtung Abstand. Und das bedauert er jetzt: Denn obwohl die Verbrecher endlich vor Gericht stehen, läßt der Verlauf des Prozesses kaum erwarten, daß der Gerechtigkeit Genüge getan werden wird...

Mit *Todeskuß* setzt Ed McBain seine langjährige Erfolgsserie über das 87. Revier fort und erweist sich einmal mehr als Meister des modernen Polizeiromans.

Autor

Ed McBain hat seit 1956 mehr als vierzig Polizeithriller mit dem 87. Polizeirevier geschrieben. Mit seinem Werk hat er die Entwicklung des amerikanischen Polizeiromans maßgeblich mit beeinflußt. Der Realismus seiner Romane diente beispielsweise den Schweden Sjöwall/Wahlöö als Vorbild für die Konzeption ihrer eigenen Krimiserie.

Bereits im Goldmann Verlag erschienen:
Schwarze Witwen (41302)

ED McBAIN

Todeskuß

Kriminalroman

Aus dem Amerikanischen
von Georg Schmidt

GOLDMANN VERLAG

Deutsche Erstveröffentlichung

Originaltitel: »Kiss«

Umwelthinweis:
Alle bedruckten Materialien dieses Taschenbuches
sind chlorfrei und umweltschonend.
Das Papier enthält Recycling-Anteile.

Der Goldmann Verlag
ist ein Unternehmen der Verlagsgruppe Bertelsmann

Umschlaggestaltung: Design Team München
Umschlagfoto: TIB/DeLossy, München
Satz: Uhl + Massopust, Aalen
Druck: Graphische Großbetriebe, Pößneck
Verlagsnummer 41547
Lektorat: Ulrich Genzler
Redaktion: Rudolf Nadler
Herstellung: Martin Strohkendl
Made in Germany
ISBN 3-442-41547

1 3 5 7 9 10 8 6 4 2

Für meine Frau Mary Vann –
die so schwer dafür gearbeitet hat

Die hier geschilderte Stadt existiert nicht.
Die Personen und Schauplätze sind frei erfunden.
Die Darstellung der Polizeiarbeit allerdings basiert
auf authentischen Ermittlungsmethoden.

1

Sie stand mitten auf dem U-Bahnsteig und wartete auf die Einfahrt des Zuges nach Uptown, als der Mann neben sie trat und ihr einen Hieb versetzte.

Sie empfand jähen Schmerz und unmittelbar darauf Empörung: Was *nahm* der sich heraus? Und dann fiel ihr ein, daß sie in dieser Stadt geboren und großgeworden war, und daß in dieser Stadt verrückte Sachen passierten, und wenn sie passierten, versuchte man sich eben zu schützen. Daher trat sie zurück, fort von ihm – ein roter Fleck, er trug eine rote Wollmütze – und schwang ihre Handtasche nach seinem Kopf, als er sie hin zur Bahnsteigkante schubste.

Der is' verrückt, dachte sie, das ist 'n Spinner, und laut sagte sie: »Schluß jetzt, sind Sie verrückt geworden?«, doch er packte ihren Arm und zerrte sie genau auf die Bahnsteigkante zu, versuchte sie zu Fall zu bringen, rang mir ihr. Sie schrie, sie wollte freikommen, versuchte freizukommen, hörte, wie ihr Mantel am Rücken aufriß, als er erneut nach ihr griff. Jedesmal wenn sie von der Bahnsteigkante fortdrängte, schubste er sie wieder zurück. Die rote Mütze, eine braune Jacke, Bluejeans – sie nahm all das in beinahe unterbewußten Bildfetzen wahr. Er war nur etwa zweieinhalb Zentimeter größer als sie, aber er war viel kräftiger, und als er schließlich all seine Kraft in einen offenbar letzten, entschlossenen Stoß legte, verlor sie das Gleichgewicht und fiel rückwärts auf die Gleise. In dem Sekundenbruchteil, bevor sie hintenüber fiel, sah sie seine Stiefel. Braune Lederstiefel mit einem weißen –

Ein Zug nahte.

Sie hörte ihn über die Gleise rumpeln, und sie kniete da und drehte sich nach den Lichtern in der Ferne um. Sie rappelte sich auf, versuchte zurück auf den Bahnsteig zu kommen – er war beinahe hüfthoch –, stützte die Hände flach darauf ab und versuchte sich hochzustemmen, als sei sie in einem Schwimmbecken und hopse aus dem Wasser. Aber hier gab es kein Wasser, hier half ihr kein Auftrieb, hier gab es nur den hohen Bahnsteig und das Rattern des näher kommenden Zuges. Hilf mir, sagte sie zu niemand Bestimmtem, o lieber Gott, hilf mir, und sie ergriff, während der Zug angerumpelt kam, mit beiden Händen die Bahnsteigkante, stieß sich mit den Ellbogen ab, schwang ein Bein über den Rand, kämpfte um Halt, zog nun das andere Bein nach, war jetzt auf dem Bahnsteig, und keine zehn Meter entfernt kam der Zug kreischend aus der Dunkelheit.

Ihre Strumpfhose war lädiert, ihr Rock hinten an der Naht aufgeplatzt. Sie trug nur ein leichtes Wollkleid unter dem Mantel. Zitternd vor Kälte oder Furcht oder vermutlich vor beidem, – das Auge, auf das der Mann sie geboxt hatte, pochte vor Schmerz, beide Hände hatte sie sich beim Versuch, den Sturz auf die Gleise abzufangen, geprellt, die Knie waren aufgeschunden und blutig –, so lag sie auf dem Bahnsteig, gegen den sie sich nun weinend und tief nach Luft japsend preßte.

Sie hatte keine Ahnung, wie lange es dauerte, bis ein Bahnpolizist zu ihr kam.

2

Einen Meter und zweiundsiebzig groß, blond, proper und blauäugig, rotbäckig und strotzend vor Gesundheit, marschierte Birgitta Rundqvist am Nachmittag des 28. Dezember, dem Freitag vor dem langen Neujahrswochenende, ins Polizeirevier. Draußen herrschten dreizehn Grad minus, doch sie trug nur einen leichten roten Parka über einem roten Pullover mit Rentiermuster, einen kurzen schwarzen Minirock, rote Strumpfhosen und kleine schwarze Stulpenstiefel. Nach Ansicht des wachhabenden Sergeants sah sie aus wie Rotkäppchen. Birgitta erklärte ihm, sie wolle mit einem Kriminalpolizisten sprechen. Als er sie fragte, warum, sagte sie, sie sei gerade Augenzeugin eines Mordversuches gewesen.

Das war eine Seltenheit. Kam doch tatsächlich jemand in dieser Stadt zur Polizei und meldete, er sei Augenzeuge eines Verbrechens gewesen. Wenn man lange genug lebt, bekommt man allerhand mit, dachte der Wachhabende. Er klingelte zum Mannschaftsraum durch.

Oben saß Detective Meyer an seinem Schreibtisch, kümmerte sich um seinen eigenen Kram und tippte einen Bericht. Auf der anderen

Seite des Raumes unterhielten sich Andy Parker und Fat Ollie Weeks über den neuen Polizeipräsidenten. Parker und Weeks kamen prima miteinander aus. Wahrscheinlich, weil sie alle beide ziemlich borniert waren. Weeks war vermutlich ein bißchen bornierter als Parker, aber niemand kann bloß ein bißchen schwanger sein, obwohl Weeks tatsächlich ein bißchen schwanger wirkte – das heißt, in etwa wie im dritten Monat.

Weeks, fettleibig und leicht verstunken, mit über die Gürtelschnalle hängendem Bauch und kleinen Schweinsaugen im fetten, runden Gesicht, war hier auf Besuch bei seinen guten alten Kumpels vom Siebenundachtzigsten, denn sein eigenes Revier war das Dreiundachtzigste, weit droben in Diamondback. Parker war immer selig, wenn er ihn sah. In Weeks' Gegenwart, und verglichen mit ihm, wirkte Parker geradezu adrett gekleidet – obwohl ihn ein stoppeliger Dreitagebart und ein zerknautschter Anzug zierten. Jedesmal, wenn irgendwer Parkers Äußeres in Frage stellte, erklärte er demjenigen, er mache gerade eine Überwachung. Jedesmal, wenn irgendwer Weeks' Äußeres in Frage stellte, erklärte er demjenigen, er könne ihn sonstwas. Parker mochte ihn unheimlich.

»Der neue Präsident is'n Studierter«, sagte Weeks.

»Ein Professor«, sagte Parker beifällig nickend.

»Hat Kriminologie gelehrt da drunten, in dem verschissenen kleinen Kaff, wo ihn der Bürgermeister abgegriffen hat.«

»Der bezeichnet sich immer als *wir*, ist dir das schon aufgefallen? *Wir* dies, *wir* das. *Wir* haben den Eindruck, daß die Anzahl der Polizisten auf der Straße nichts mit Verbrechensvorbeugung zu tun hat...«

»*Wir* haben im Laufe der Jahre erfahren, daß die soziale Interaktion in einer Kommune Priorität hat...«

»*Wir* dies, *wir* das.«

»Als wär er zu zweit«, sagte Weeks und wandte sich plötzlich an Meyer. »Hörst du uns zu?« fragte er.

»Nein«, sagte Meyer.

»Solltest du aber«, sagte Weeks. »Du könntest ein paar Sachen über den neuen Präsidenten erfahren, den wir haben.«

»Ich weiß genug über den neuen Präsidenten«, sagte Meyer.

»Ohne deine Sorte«, sagte Weeks, »tät's den neuen Präsidenten nicht *geben*.«

Der neue Polizeipräsident war schwarz.
Der neue Bürgermeister ebenfalls.

Weeks wollte damit sagen, wenn es in der Stadt keine Juden gäbe, wäre ein schwarzer Bürgermeister nicht gewählt worden, und wenn kein schwarzer Bürgermeister gewählt worden wäre, gäbe es jetzt keinen schwarzen Polizeipräsidenten. Meyer persönlich hatte nicht für den neuen Bürgermeister gestimmt, aber weder der neue Bürgermeister noch der neue Präsident waren derzeit bei irgendwem unter den ersten zehn auf der Beliebtheitsskala, und es war immer leicht, die Fehler der einen Minderheit einer anderen Minderheit in die Schuhe zu schieben. Meyer, dessen kahler Kopf im spätnachmittäglichen Licht glänzte, das durch die vergitterten Fenster fiel, saß über seine Schreibmaschine gebeugt und hackte mit den Zeigefingern beider Hände seinen Bericht herunter, wobei er mit verkniffenen blauen Augen auf das Blatt in der Walze starrte. Er wollte um nichts auf der Welt weder einen Streit über den neuen Präsidenten noch über den neuen Bürgermeister. Er gab sich gleichgültig.

»Vielleicht kann der neue Präsident deinen Leuten ja zeigen, wo Bethtown ist«, sagte Weeks und stupste Parker mit dem Ellbogen an.

Bethtown war der kleinste Bezirk der Stadt, auf der anderen Seite des Harb gelegen und entweder per Fähre oder über die Brücke zu erreichen. Weeks riß einen Witz. Gestern hatte es in der Zeitung geheißen, der neue Präsident habe seinen Fahrer gefragt, wo Calm's Point liege, einer der *größten* Bezirke der Stadt. Meyer war ebenfalls der Meinung, daß der Mann ein Kleinstadtfritze in Latzhosen war. Weshalb also bestand Weeks regelrecht darauf, daß Meyer ihn verteidigte? Er wollte Weeks eben sagen, er könne sich den neuen Präsidenten in den Arsch schieben, als das Telefon klingelte.

»Siebenundachtzigstes Revier«, meldete er sich, »Detective Meyer.« Er hörte einen Augenblick zu, hob überrascht die Augenbrauen, sagte: »Schick sie rauf«, und legte dann den Hörer wieder auf die Gabel. Drei Minuten später kam Birgitta in den Mannschaftsraum. Weeks musterte sie von oben bis unten. Parker ebenfalls. Meyer bot ihr einen Stuhl neben seinem Schreibtisch an.

Sie erklärte ihm, wer sie sei, sagte ihm, sie arbeite als Kindermädchen bei Mrs. David Feinstein an der Barber Street in Smoke Rise...

»Ich komme aus Stockholm«, sagte sie.

Daher war sie so tropisch angezogen, vermutete Meyer.

...erklärte ihm, sie habe gerade das Baby ins Haus gekarrt, als sie gesehen habe, wie dieses Automobil um die Kurve gerauscht kam...

Auf der anderen Seite des Raumes prustete Parker lachend über etwas los, das Weeks gerade gesagt hatte. Weeks hatte gerade gesagt, er liebe dänisches Essen. Er hatte den schwachen Akzent des Mädchens aufgeschnappt und fälschlich auf Dänemark geschlossen. Parker fand das zum Brüllen.

»...und direkt auf die Frau zuhalten«, sagte sie.

»Welche Frau?« fragte Meyer.

»Die Frau auf dem Gehsteig.«

»Das Auto *fuhr* auf sie zu?«

»Jawohl«, sagte Birgitta. »Es ist über den Randstein drüber, es wollte sie überfahren.«

»Wann war das?«

»Kurz vor Mittag. Ich mußte warten, bis Mrs. Feinstein zurück war, bevor ich herkommen konnte.«

»Was für ein Auto war das?«

»Ein Ford Taurus.«

»Welche Farbe?«

»Grau. Eine Art Metallic-Grau.«

»Haben Sie die Zulassungsnummer gesehen?«

»Hab' ich.«

Ein knappes, stolzes Nicken. Die sitzt oft vor dem Fernseher, schätzte Meyer. Er vermutete, daß es in Schweden Fernseher gab, oder nicht? Mit Sicherheit gab es in Smoke Rise welche.

»Können Sie mir bitte die Nummer nennen?« sagte er.

»De-Be drei-sieben sechs-eins-zwo«, sagte Birgitta.

Er schrieb sie auf, zeigte sie ihr und sagte: »Ist sie das?«

»Ja«, sagte sie. »Ganz genau.«

»Es war doch kein Nummernschild aus einem anderen Bundesstaat, oder?«

»Nein, nein.«

Er fragte sich, ob es in Schweden Bundesstaaten gab. In Schweden gab's Volvos, das wußte er.

»Haben Sie gesehen, wer das Auto gefahren hat?«

»Hab' ich.«

»Ein Mann oder eine Frau?«

»Ein Mann.«

»Können Sie mir sagen, wie er aussah?«

»Nicht richtig. Das ist alles sehr schnell geschehen. Er kam um die Kurve und hielt mit dem Auto auf sie zu und versuchte sie zu erwischen. Und sie ist über diese niedrige Mauer vor dem Haus bei uns nebenan gehechtet, und er ist einfach davongefahren.«

»War er weiß oder schwarz, haben Sie das bemerkt?«

»Weiß.«

»Können Sie mir sonst noch was über ihn sagen?«

»Er trug eine rote Wollmütze.«

Rot hat heute seinen großen Tag, dachte Meyer.

»Was ist mit der Frau?« sagte er. »Jemand, den Sie kennen?«

»Nein.«

»Nicht jemand, den Sie vielleicht schon in der Gegend gesehen haben. Bevor das passiert ist, meine ich.«

»Nein, tut mir leid.«

»Haben Sie überhaupt mit ihr geredet?«

»Nein. Ich habe das Baby ins Haus gebracht, und als ich wieder rauskam, war sie weg.«

»Wie hat sie ausgesehen, können Sie mir das sagen?«

»Sie hatte lange blonde Haare. Wie ich. Aber länger. Und sie war ein bißchen kleiner als ich.«

»Wie alt war sie Ihrer Ansicht nach?«

»Über dreißig.«

»Haben Sie gesehen, was für eine Augenfarbe sie hatte?«

»Tut mir leid.«

»Was hatte sie an?«

»Einen Nerzmantel. Keinen Hut. Dunkle Stiefel. Da droben liegt immer noch Schnee.«

Smoke Rise. Wie auf dem Lande da droben. Kaum zu glauben, daß es zum Siebenundachtzigsten gehörte, aber so war es. Große, teure Häuser, hügelige Waldflächen, durch einige der besseren Grundstücke strömte sogar ein Fluß. Smoke Rise. Wo ein Mann mit einem grauen Ford Taurus versucht hatte, eine blonde Frau in einem Nerzmantel zu überfahren.

»Können Sie mir sonst noch was sagen?« fragte Meyer.

»Das ist alles«, sagte Birgitta. »Er hat versucht, sie umzubringen. Unternehmen Sie etwas deswegen?«

»Natürlich«, sagte er.

Zuerst rief er bei der Verkehrszulassungsstelle an und verlangte eine Computerüberprüfung der Autonummer, die Birgitta ihm gegeben hatte. Das Kfz-Amt meldete, das fragliche Auto sei auf einen Dr. Peter Gundler zugelassen, der in Downtown, im Quarter wohne. Meyer schrieb die Adresse des Doktors auf und rief dann bei der zuständigen Stelle für Autodiebstähle an. Der Detective, mit dem er dort sprach, schrieb sich die Autonummer auf, sowie Namen und Anschrift des eingetragenen Halters, fragte nach Baujahr und Fabrikat des Autos, gab sich auch mit dem Fabrikat zufrieden und sagte Meyer, er werde in zehn Minuten zurückrufen. Er rief nach sieben Minuten zurück und berichtete, daß das Auto des guten Doktors am ersten Weihnachtsfeiertag gestohlen gemeldet worden sei, hübsches Geschenk, was? Meyer dankte ihm und legte auf.

Wie gewonnen, so zerronnen, dachte er.

***

Es gab Zeiten, da sah Detective Steve Carella absolut wie ein Chinese aus. Wie er so im Sonnenschein saß, der schräg durch die vergitterten Fenster des Mannschaftsraumes fiel – so daß das Licht sein Gesicht auf eine bestimmte Art anstrahlte, die seine dunklen Augen noch geschlitzter wirken ließ –, und über dem Bericht der Ballistikabteilung auf seinem Schreibtisch brütete, schien es durchaus denkbar, daß er von einem asiatischen Seidenhändler auf der Türschwelle seiner Eltern abgelegt worden war. Er blickte von dem Bericht auf, schaute zur Tür. Fünf Minuten vor elf. Die Ballistiker waren wahrscheinlich noch nicht zu Tisch. Er wollte gerade den Telefonhörer abnehmen und wählen, als sie den Flur entlangkam und direkt vor der Klapptür in der Lattenabsperrung stehenblieb.

Blaß ist sie, das war sein erster Eindruck.

Eine große, schlanke Blondine in einem langen grauen Kavallerieoffiziersmantel. Holte jetzt ein zerknautschtes Tempo aus der Tasche, schneuzte sich, steckte das Tuch wieder zurück, zögerte an der Tür.

»Mrs. Bowles?« sagte er.

»Ja?«

»Treten Sie bitte ein«, sagte er und legte den Hörer wieder auf die Gabel.

Sie hatte den Schnapper an der Tür entdeckt. Sie öffnete sie und ging zu seinem Schreibtisch. Lange, feste Schritte – bleiches Roß, bleicher Reiter. Er fragte, ob er ihr den Mantel abnehmen dürfe...

»Ja, bitte.«

... und brachte ihn dann zum Garderobenständer in der Ecke, gleich beim Wasserspender. Unter dem Mantel trug sie einen schwarzen Pullover, einen großkarierten Faltenrock und schwarze Strümpfe. Sie erinnerte ihn an eine Schülerin in einem privaten Mädchenpensionat.

»Setzen Sie sich bitte«, sagte er und bot ihr einen Stuhl neben seinem Schreibtisch an. Sie wirkte sehr ernst. Glatte blonde Haare krönten ihren Kopf wie ein polierter Helm. Dunkle, ernsthafte Augen. Das Gesicht vom Wind draußen gerötet.

»Jemand versucht mich umzubringen«, sagte sie.

»Ja«, sagte er und nickte.

Sie hatte vor einer halben Stunde angerufen. Wenn einem eine Frau am Telefon mitteilt, jemand habe ihr zweimal das Leben zu nehmen versucht, bittet man sie, augenblicklich vorbeizukommen. Nun war sie da. Und nun berichtete sie ihm, wie sie von einer Fete bei einer angehenden Mutter am Silvermine Oval gekommen war und auf dem Bahnsteig der U-Bahnstation an der Ecke Culver und Ninth gewartet hatte, um den Zug hinauf nach Smoke Rise zu nehmen, zur Station Barber Street da oben, kennen Sie die? Auf den Zug gewartet hatte, als ein Mann sie auf die Gleise schubste. Zwei Wochen war das nun her, ein bißchen mehr als zwei Wochen. Und dann habe er es gestern wieder versucht. Habe versucht, sie mit einem Automobil zu überfahren. Derselbe Mann. Kurz vor ihrer Haustür diesmal.

Für Carella waren das lauter Neuigkeiten.

Der Bahnpolizist, dem Emma Bowles am zwölftes Dezember nachts weinend das Herz ausgeschüttet hatte, hatte dem Siebenundachtzigsten keinen Bericht zugestellt, und Meyer hatte Carella nichts von dem gestrigen Besuch des schwedischen Kindermädchens erzählt. Daher hörte er nun zu, während Emma ihm mitteilte, daß sie gestern vor dem Mittagessen einen kleinen Spaziergang unternommen habe und entlang der Barber Street nach Smoke Rise gebummelt sei, als plötzlich dieses graue Auto um die Kurve gezischt sei, hinter ihr her auf den Gehsteig gefahren sei und sie erwischt hätte, wenn sie nicht über die kleine Steinmauer vor einem der Häuser gesprungen wäre.

»Derselbe Mann hat das Auto gefahren«, sagte sie. »Derjenige, der mich vom Bahnsteig geschubst hat.«

»Sind Sie sicher?«

»Absolut«, sagte sie. »Und ich weiß auch, wer er ist.«

Carella schaute sie an.

»Als er mich gestern überfahren wollte, kam's mir«, sagte Emma. »Plötzlich ist es mir eingefallen.«

»Wer ist es?« fragte Carella.

»Er hat früher meinen Mann chauffiert.«

»Ihn chauffiert?«

»Martin ist Börsenmakler. Er arbeitet ganz da unten in Downtown, und morgens holt ihn ein Auto ab und bringt ihn abends wieder heim.«

»Wenn Sie sagen, dieser Mann hat ihn *früher* gefahren ...«

»Ja. Er tut's nicht mehr.«

»Wann hat er aufgehört?«

»Letztes Frühjahr. Ich weiß nicht, was damals passiert ist, aber Martin hat jetzt einen anderen Fahrer.«

»Sind Sie sicher, daß es derselbe Mann ist?«

»Ja, er hat uns einmal ins Theater gefahren. Ich *weiß*, daß er derselbe Mann ist.«

»Aber Sie haben ihn nicht erkannt, als er Sie vom U-Bahnsteig geschubst hat?«

»Nein, da konnte ich ihn nicht einordnen. Aber gestern war er in einem *Auto*. Und da hat's geklingelt.«

»Gut«, sagte Carella. »Wie lautet sein Name?«

***

Martin Bowles war ein Mann von Ende Dreißig, groß und schlank, mit vollem Haar, tiefbraunen Augen und einem stattlichen Körperbau, der auf regelmäßiges Training schließen ließ. Zu Silvester trug er stets ein Dinnerjackett. Egal, wohin sie gingen, ob zu einer großen Fete, einer kleinen, einer privaten Party, ins Restaurant, egal auch, ob sie überhaupt irgendwo hingingen. Sie könnten zu Hause bleiben, ganz für sich allein und in aller Stille ein Dinner bei Kerzenlicht genießen, und Bowles legte nichtsdestotrotz ein Dinnerjackett an. Für ihn war Silvester ein Anlaß. Für Emma war es wie jeder andere Tag im Jahr auch. Daher fand sie es rätselhaft, daß ihr Gatte jedes Jahr den rituellen Aufputz vollzog, und irgendwie amüsierte sie die Art, wie er sich jedesmal, wenn er sein Rüschenhemd samt schwarzer Fliege anlegte, vor dem Spiegel aufplusterte. Bei jedem anderen Mann hätte dieses Posieren dämlich gewirkt, aber er war wirklich bestechend hübsch, und nie war er so gutaussehend, wie wenn er formale Festkleidung trug. Heute abend sah er hinreißend elegant aus.

»Ich habe einen Privatdetektiv engagiert«, sagte er.

Sie saß am Frisiertisch im Schlafzimmer und befestigte einen Perlenohrring an ihrem Ohr. Fast hätte sie ihn fallen lassen.

»Einen Privatdetektiv?« sagte sie. »Wozu?«

»Um der Sache auf den Grund zu gehen«, sagte er.

Sie schaute ihn an. Das sollte wohl ein Scherz sein. Der Grund der Sache war Roger Turner Tilly, der Mann, der ihn früher zur Arbeit und wieder zurück gefahren hatte. Sobald die Polizei ihn fand...

»Die Polizei scheint deswegen nichts zu unternehmen«, sagte er. »Ein Mann stößt dich vom U-Bahnsteig, und derselbe Mann...«

»Na ja, ja«, sagte sie. »Aber ich weiß, wer es ist, ich habe dir doch gesagt, wer es...«

»Nun, du weißt es nicht mit Sicherheit«, sagte er.

»Aber *klar* weiß ich es«, sagte sie. »Es war Tilly.«

»Tatsache ist, daß die Polizei die beiden Begebenheiten...«

»Begebenheiten?« sagte sie. »Er hat versucht, mich *umzubringen.*«

»Das weiß ich. Warum, glaubst du, mache ich mir solche Sorgen? Tatsache ist, daß sie einen Mordversuch wie jedes andere Vorkommnis auch behandeln. Wann war das erste Mal? Wie lange ist das her?«

»Am zwölften.«

»Genau. Und letzte Woche wieder. Und was haben sie unternommen, Emma? Nichts. Da versucht dich ein Mann vor die U-Bahn zu stoßen«, sagte er und schüttelte ungläubig den Kopf. »Und derselbe Mann versucht dich zu überfahren. Nun, ich möchte nicht erst den *dritten* Versuch abwarten. Ich habe einen Privatdetektiv engagiert.«

»Ich glaube wirklich nicht, daß wir...«

»Einen Mann namens Andrew Darrow, er soll hervorragend sein.«

»Einen Privatdetektiv«, sagte sie und schüttelte den Kopf. »Also wirklich, Martin, überlassen wir das doch der Polizei, okay? Der Mann, mit dem ich dort gesprochen habe, schien...«

»Die Polizei ist unterbezahlt und überarbeitet«, sagte Bowles, als zitiere er aus einem Leitartikel, den er gelesen hatte. »Denen möchte ich dein Leben nicht anvertrauen.«

»Das ist wirklich süß von dir, Liebster, wirklich«, sagte sie, stand auf und wandte sich ihm zu. »Aber...«

»Du siehst bezaubernd aus«, sagte er.

Sie trug ein schimmerndes weißes Abendkleid mit tiefem Dekolleté. Die langen blonden Haare hatte sie hochgesteckt. An ihren Ohren hingen tropfenförmige Perlenohrringe.

»Danke«, sagte sie. »Aber Martin, was soll dieser Mann denn *machen*? Ich meine...«

»Bei dir bleiben. Dich beschützen. Versuchen, der Sache auf den Grund zu gehen.«

»Laß uns statt dessen lieber in Urlaub fahren«, sagte sie. »Nimm das Geld, das du ihm bezahlst...«

»Wir können beides tun«, sagte er. »Sobald wir diese Sache geklärt haben, unternehmen wir eine lange, hübsche Reise in die Karibik. Wie klingt das?«

»Ich kann's förmlich schmecken«, sagte sie.

Lächelnd legte er den Arm um sie und dirigierte sie in den Vorsaal. Er holte ihren Nerz aus dem Kleiderschrank, half ihr hinein, zog seinen Mantel an und schlang sich einen weißen Seidenschal um den Hals.

»Ich möchte nicht, daß dir irgend etwas zustößt«, sagte er.

»Mir wird schon nichts zustoßen«, sagte sie.

»Ich liebe dich zu sehr.«

»Ich liebe dich auch.«

»Nächste Woche soll er anfangen«, sagte Bowles. »Beschlossene Sache.«

Die Gegensprechanlage aus der Lobby unten summte los. Er ging zu dem Hörer an der Wand, drückte die mit SPRECHEN gekennzeichnete Taste.

»Ja?«

»Ihr Wagen ist da, Mr. Bowles.«

»Danke«, sagte er. »Wir sind gleich unten.«

»Der Wagen«, sagte er, kam zu ihr zurück, nahm sie in die Arme und bot ihr seine Lippen.

»Kuß?« sagte er.

***

Als Carella noch ein Junge war, tischte seine Mutter an Neujahr, kurz nach Mitternacht, immer Linsen auf. Es hatte irgend etwas mit einer italienischen Tradition zu tun, die seine Großeltern aus der alten Heimat mitgebracht hatten. Louise Carella wußte nicht, was es mit der Tradition auf sich hatte – »Hat irgendwas mit Glück zu tun«, erklärte sie ihrem Sohn mit einem Achselzucken –, und Carellas Vater auch nicht. Carellas Großeltern konnten sich im übrigen auch nicht daran erinnern. Seine Mutter und sein Vater wie auch die beiderseitigen Großeltern waren ausnahmslos hier geboren; die Bande zu den Vorvätern, die um die Jahrhundertwende immigriert waren, waren bereits verblaßt und ungewiß. Doch nach Mitternacht, wenn das neue Jahr kaum fünf Minuten alt war und jedermann bereits nach Herzenslust am offenen Fenster auf Töpfe und Pfannen eingedroschen hatte, tischte seine Mutter immer kalte Linsen auf. Sie wußte auch nicht, warum sie kalt sein mußten. Kalte Linsen mit Olivenöl. »Bringt Glück«, sagte sie.

Und an Neujahr gingen sie nach Hause zu Großmutter zu dem großen Fest, das sämtliche Frauen der Familie vorbereitet hatten. Großvater und Großmutter und Josie, die Schwester seiner Mutter, und ihr Mann Mike waren da, und Salvatore, der Bruder seiner Mutter, den jeder Salvie nannte, und seine Frau Dorothy, die Carella unsterblich liebte. Und die Kids, Carellas sämtliche Cousins und Cousinen, und manchmal Onkel Freddie, der in Las Vegas wohnte, wo er Croupier im Casino war, und der gelegentlich Ferien im Osten machte und Carella einmal einen silbernen Ring mit einem Türkis geschenkt hatte, den er angeblich einem wilden Apachen beim Pokern abgenommen hatte. Das war der alte Kiez – Carellas Eltern waren bereits raus nach Riverhead gezogen, aber Großmutter und Großpapa weigerten sich wegzugehen, obwohl man immer häufiger Schilder mit der Aufschrift BODEGA oder LECHERIA statt SALUMERIA oder PASTICCERIA sah.

Carellas Vater brachte immer die Törtchen mit.

In seinem eigenen Laden gebacken.

Das Essen fing stets mit einem Antipasto an – süße rote Pepperoni, die seine Großmutter auf der Gasflamme am Küchenherd geröstet hatte, und überreife schwarze Oliven und Sardellen und Avocados und knackige Selleriestangen und importiertes Olivenöl, in das man das krustige Brot tunkte, das sein Großvater von einem großen, runden

Laib absäbelte. Und dann gab es die Pasta, immer mit einer köstlichen Tomatensoße, entweder Spaghetti oder Rigatoni oder Penne, die er am liebsten dick mit geriebenem Parmesankäse aus der rund um den Tisch gereichten Schale überstreute. »Nimm dir mehr Käse«, sagte seine Großmutter immer sarkastisch und lächelte ihm mit finsterer Miene zu, und er wunderte sich immer, wie sie es schaffte, ihn dranzukriegen.

Und danach gab's die gebratenen Hühnchen und das Roastbeef und die Kartoffeln und die grünen Bohnen und die frischen Erbsen, die er die Frauen in der Küche hatte auspellen sehen, und der italienische Teil des Festmahls ging wunderbarerweise in einen durch und durch amerikanischen über, so wie einst die Immigranten wunderbarerweise in ihrem neuen Leben hier aufgegangen waren, worauf du einen Treueid schwören kannst. Und es gab Obst und Käse und Kaffee – und die Törtchen, die sein Vater in seinem eigenen Laden gebacken und in mit weißer Schnur zusammengebundenen kleinen, schmalen weißen Kartons nach Downtown mitgebracht hatte.

Sein Onkel Salvie konnte großartige Geschichten erzählen. Er kam mit seinem Taxi in der ganzen Stadt herum, und er kannte Tausende von Geschichten über all die irren Fahrgäste, die er beförderte. Großmutter sagte immer, er hätte Schriftsteller werden sollen. Salvie tat das mit einem Achselzucken ab, doch Carella argwöhnte, daß dies seine eigentliche Leidenschaft war, den Geschichten nach jedenfalls, die er erzählte. Carellas Schwester war diejenige, die stets loskritzelte. Sie schien mehr Hausaufgaben aufzuhaben als sonstwer auf der Welt. Wenn sie die Ferien in Großmutters Haus verbrachten, hatte Angela jedesmal Bücher dabei. Sämtliche Cousins und Cousinen rannten brüllend und einander jagend und lachend in der Wohnung herum, und Angela saß immer eingerollt in einem Sessel im Wohnzimmer, las ein Buch und schrieb dann irgend etwas in ihr Notizbuch. »Das Hausarbeitenmädel« nannte Onkel Mike sie. Sie lächelte immer scheu, wenn er das sagte, war er doch ihr Lieblingsonkel.

Tante Dorothy hatte einen eher deftigen Humor. Sie erzählte immer Witze, die, wie Carella erst argwöhnte und später begriff, sexuellen Inhalts waren. Jedesmal, wenn sie zu einem ansetzte, warnte Großmutter: *»I creaturi, i creaturi«*, schaute sie streng und finster an und deutete mit dem Kopf auf die Kinder. Tante Dorothy tat Großmutters Warnungen immer mit einem Winken ab und erging sich erst recht in dem Witz, zu dem sie angesetzt hatte. Als Carella zwölf, dreizehn wurde, oder wann immer es auch war, daß er Mädchen ernstlich wahrnahm und begriff, worum es in den Witzen seiner Tante ging, grinste er jedesmal, wenn sie eine Pointe abließ, verlegen und wissend, und sie zwinkerte ihm Großmutters mißbilligend finsterer Miene zum Trotz zu.

Er konnte nie begreifen, wie sie von Margie Gannon erfahren hatte. Aber sie erfaßte mit unfehlbarem Gespür – vielleicht hatte ihr aber auch seine Mutter einen Tip gegeben –, daß er sich einer für ihn seinerzeit wilden erotischen Beziehung mit einem kleinen irischen Mädchen erfreute, das in Riverhead auf der anderen Straßenseite von ihm wohnte und das sie als Sweet Rosie O'Grady bezeichnete, Gott allein wußte, weshalb.

Die Familie saß immer um den Tisch, riß Witze und lachte, trank Kaffee und aß die Törtchen, die sein Vater gebacken hatte. Die Cannoli und die Sfogliatelli, die Zeppoli und die Strufoli, die Napolitani und die Sfingi di San Giuseppe.

Tante Josie war diejenige, die immer vorschlug: »Warum spielen wir nicht 'ne Runde Poker?«

Onkel Freddie gewann immer, obwohl sie nur um Pennys spielten. Tante Josie war eine schlechte Verliererin, und Louise konnte nie begreifen, wieso ihre Schwester sich zu solchen Wutanfällen hinreißen ließ. Wenn sie die ersten vier Karten für einen Straight hatte und nicht die Karte zog, die sie brauchte, warf sie ihr Blatt auf den Tisch und fing an, den jeweiligen Geber zu verfluchen. *»Vergogna, vergogna«*, schimpfte dann seine Großmutter, noch einer der wenigen Ausdrücke, die sie bei ihrer längst toten Mutter aufgeschnappt hatte. Großmutter war nun ebenfalls tot. Großvater auch. Tante Josie und Onkel Mike waren nach Florida gezogen, und sie kamen nicht mehr nach Norden. Onkel Salvie war, kurz nachdem Carella zum Militär gegangen war, an Krebs gestorben. Tante Dorothy hatte fast unmittelbar danach wieder geheiratet, und die Familie verlor den Kontakt zu ihr. Carella vermißte sie und ihre schmutzigen Witze.

Letzten Juli, bei der Beerdigung seines Vaters, waren keine Onkel oder Tanten dagewesen, die Carella gekannt hatten, als er noch klein war. Eine Handvoll Cousins und Cousinen waren dagewesen, an die er sich kaum erinnern konnte, und alle hatten sie ihm ihr Beileid zu der schrecklichen Sache ausgesprochen, die geschehen war. Einer hatte gefragt, ob Carella eine Anzeige wegen Raserei für ihn hinbiegen könnte, der Schafskopf. Hinter ihren traurigen Mienen hatte unausgesprochen der Gedanke gelauert, wenn so etwas schon dem Vater eines *Polizisten* zustoßen konnte, dann …

Dieses Jahr gab es an Neujahr keine von seinem Vater gebackenen Törtchen. Tony Carella war am Abend des siebzehnten Juli in seinem Laden niedergeschossen worden, und nie wieder würde es von ihm gebackene Törtchen geben. Carellas Mutter war noch immer in Trauer. Schwarzes Kleid, schwarze Strümpfe, entsprechend einer Tradition, die in dem Land, aus dem sie stammte, praktisch vergessen war; von den abgelegensten Gegenden Italiens einmal abgesehen, gingen Witwen nur noch selten lange in Schwarz. Doch Louise war auch eine Frau, die an Neujahr, kurz nach Mitternacht, immer noch kalte Linsen auftrug.

Es war kein fröhlicher Dienstag. Das Wetter, kalt, trostlos und grau, schien das Gefühl um den Verlust widerzuspiegeln, welches das Haus erfüllte, in dem sowohl Carella als auch seine Schwester aufgewachsen waren. Ein grimmiger, eisiger Wind rüttelte an den Fenstern des alten Hauses. Doch es roch nach Essen, genau wie an all den anderen Feiertagen, an die sich Carella erinnern konnte, aber es gab kein Gelächter, und selbst die Kinder klangen seltsam gedämpft. Nur der engste Familienkreis – und nicht einmal davon alle – war heute hier. Das Fest schien irgendwie schäbig; man feiert nicht, wenn der Leichenschmaus auf dem Tisch noch nicht kalt ist.

Seine Mutter redete unverblümt und geradeheraus.

»Ich möchte zu der Verhandlung gehen«, sagte sie.

Es war nach dem Mittagessen. Carella mußte um Viertel vor vier im Mannschaftsraum antreten; bei der Polizei kannte man keine Rücksicht auf Feiertage. Die Familie saß am Eßzimmertisch, unter dem er und Angela sich als Kinder immer versteckt hatten. Ein langes Tischtuch, das fast bis auf den Boden hing. Kichernd, weil sie dachten, die Erwachsenen wüßten nicht, daß sie ihnen zuhörten. *I creaturi.* Das Geschirr war abgeräumt, sie tranken Kaffee. Seine Mutter in schwarzer Kleidung, die Hände auf dem Tisch gefaltet, ihr schmaler goldener Ehering eng um den Ringfinger der linken Hand. Carella und seine Schwester saßen nebeneinander, beide dunkelhaarig und dunkeläugig, die Augen leicht nach unten gekrümmt, ein Erbteil ihres Vaters. Teddy Carella saß neben ihrer Schwiegermutter und hob den Blick von dem Strickzeug in ihren Händen; sie strickte Pullover für die neuen Zwillinge in der Familie. Cynthia und Melinda, Angelas Töchter, am achtundzwanzigsten Juli letzten Jahres geboren, elf Tage nach dem Mord an seinem Vater – der Herr hat's genommen, der Herr hat's gegeben. Carella kümmerte sich nicht groß um ihre Namen. Seiner Ansicht nach würde eine als Cindy und die andere als Mindy aufwachsen. Er wußte, daß seine Schwester die Namen alleine ausgesucht hatte. Sein Schwager Tommy fehlte auffälligerweise. Auch hier gab es Schwierigkeiten. Manchmal fühlte sich Carella davon überwältigt.

Louise wartete auf eine Antwort. Sie sah, wie Carella und ihre Tochter einhellig die Augen zuklappten – Braun zu Braun, eine geheime Zwiesprache, die sie noch aus ihren Kindertagen kannte. Teddy achtete auf Carellas Lippen.

»Ich halte das für gar keine gute Idee«, sagte er.

»Wieso nicht?«

»Mama, da werden Aussagen gemacht...«

»Ich möchte, daß sie wissen, daß er eine Frau hatte. Ich möchte, daß die Geschworenen das wissen.«

»Die wissen das sowieso, Mama.«

Teddys Blicke huschten von einem Lippenpaar zum anderen, lasen die Worte davon ab. Sie lebte in einer stillen Welt. Sie war taub geboren und hatte nie in ihrem Leben ein Wort von sich gegeben. Teddy konnte sich per Zeichen verständigen, aber ihre Schwiegermutter versuchte es nur gelegentlich, und sowohl sie als auch Angela zogen es vor, mit übertriebenen Lippenbewegungen zu sprechen, die Teddy, wie sie hofften, entziffern konnte. Bis auf einen Moment wie diesen, wo sie mit der Dringlichkeit ihrer eigenen Anliegen beschäftigt waren.

»Mama«, sagte Angela. »Steve hat...«

»Nein, komm mir nicht mit *Mama*...«

»Aber er hat recht. Da wird Zeug zur Sprache kommen, das du nicht hören willst.«

»Ich möchte alles hören. Ich möchte sie wissen lassen, daß ich da bin und alles verfolge.«

»Mama...«

»Vor allem dieses *sfasciume*, das ihn umgebracht hat.«

Carella schaute sich automatisch um, wo die Kinder waren. Er war sich nie ganz sicher, was das Wort *sfasciume* bedeutete, aber er argwöhnte, daß es unflätig und somit etwas war, das *i creaturi* nicht aus dem Munde ihrer Großmutter hören sollten. Seine Tochter war in ein

Buch vertieft und erinnerte ihn an Angela in diesem Alter, und tatsächlich ähnelte sie ihr irgendwie. Sein Sohn bastelte mit Hingabe an einem Flugzeugmodell, das er zu Weihnachten bekommen hatte. Mark und April. Vernünftige Namen für Zwillinge, nicht so was wie Miffy und Muffy, oder wie auch immer die Kinder seiner Schwester genannt werden mochten, wenn sie größer wurden. Tess, Angelas dreijährige Tochter, beschäftigte sich mit vor Konzentration gefurchter Stirn mit einem Malbuch.

Carella wollte Teddy mehr in das Gespräch einbeziehen und unterstrich deshalb seine Worte mit Zeichensprache, als er sagte: »Mama, diese Entscheidung mußt du selber treffen, aber ...«

»Ich weiß, daß es ...«

»... aber ich habe schon in Fällen ausgesagt, bei denen die Gefährtin des Opfers zugegen ...«

»Die *Gefährtin* des Opfers.« Louise spie das Wort förmlich aus.

»... und kann dir sagen, daß es sich damit nicht so einfach leben läßt.«

»Er hat recht, Mama«, sagte Angela.

»Da werden Bilder vorgezeigt, Mama ...«

»Ich habe ihn daliegen sehen. Die Bilder können nicht schlimmer sein.«

»Mama, das war vor langer Zeit. Du mußt das nicht alles noch mal mitmachen.«

»Es war gestern.«

»Es war letzten ...«

»Es wird immer gestern gewesen sein«, sagte sie.

Teddy entging das. Carella erklärte es ihr in Zeichensprache. Sie nickte.

»Bis ich dem Mistkerl direkt in die Augen schauen kann«, sagte Louise.

Carella hatte dem Mistkerl bereits direkt in die Augen geschaut. Hatte die Mündung seines Dienstrevolvers in Sonny Coles Halsgrube gerammt, hatte Detective Randy Wade neben sich flüstern gehört: »Mach es.« Er hatte nicht abgedrückt, obwohl in dem engen Korridor eines von unbebauten Grundstücken umgebenen Hauses nichts auf der Welt leichter gewesen wäre. Er hatte es nicht getan. Nun, da er den Ausdruck in den Augen seiner Mutter sah, fragte er sich, ob er richtig gehandelt hatte.

»Ich gehe zu der Verhandlung«, sagte sie mit knappem Nicken.
»Mama...« setzte Angela an.
»Wann geht's kommenden Montag los?« fragte sie.
»Um neun Uhr«, sagte Carella und seufzte tief auf. »Im Gerichtsgebäude in Downtown.«

3

Obwohl Henry Lowell die Zwischenprüfung an der Duke und sein juristisches Examen in Harvard gemacht hatte, hielt sich die Latrinenparole, er habe einst die Universität in Oxford besucht. So oder so, seine Akte las sich jedenfalls eindrucksvoll. Seit er vor drei Jahren seinen Dienst im Amt des Bezirksstaatsanwaltes angetreten hatte, hatte er sechsundzwanzig Verurteilungen durchgedrückt, denen nur ein Freispruch gegenüberstand. Er hatte noch nie die Anklage in einem Mordprozeß vertreten.

Lowell, einen Meter dreiundneunzig groß, dünn wie eine Bohnenstange, mit strähnigen, staubfarbenen Haaren, die ihm in die breite Stirn und bis auf die Augen hingen, stand mit Carella kurz hinter den massiven Bronzetüren, die in das marmorgetäfelte Foyer des Gerichtsgebäudes an der High Street in Downtown führten. Es war zehn Minuten vor neun am Montagmorgen, dem siebten Januar. Fast zwei Wochen hatte es gedauert, die Schöffen auszuwählen; diesen Morgen sollte die Verhandlung allen Ernstes beginnen.

Wie schon bei ihrer ersten Begegnung, fragte sich Carella erneut, wieso Lowell sich mit einem britischen Akzent schmückte statt mit einem aus dem Süden oder, wenn schon, *irgendeinem* amerikanischen. Er fragte sich ferner, wie der Akzent bei einem Schwurgericht, besetzt mit drei weißen Männern, vier schwarzen Männern, zwei hispanischen Männern, einer weißen Frau, einer hispanischen Frau und einer asiatischen Frau ankommen mochte; in dieser Stadt hörte man heutzutage zwar jede Menge exotischer Akzente, aber kaum einen britischen.

»Ich muß Ihnen gleich zu Beginn mitteilen«, sagte Lowell, »daß ich hoffe, die ganze Sache mündet nicht in einen Prozeß, bei dem es um Tendenzen geht statt um Substanzielles.«

Carella wußte nicht, was er meinte.

»Ich brauche nicht zu erwähnen«, sagte Lowell, »daß es in dieser Stadt in jüngster Zeit Vorfälle gegeben hat, bei denen Italoamerikaner Afroamerikaner attackierten und ihnen körperlichen Schaden zufügten...«

Carella haßte beide Begriffe.

»...und umgekehrt hat es Vorfälle gegeben, bei denen Afroamerikaner Italoamerikaner attackierten und ihnen körperlichen Schaden zufügten. Der Punkt ist, daß wir hier einen Fall haben, in dem zwei *Afro*amerikaner einen *Italo*amerikaner attackierten...«

Meinen Vater, dachte Carella.

»...und ihm tatsächlich schwersten körperlichen Schaden zufügten.«

Ihn umbrachten, tatsächlich, dachte Carella.

»Einer der Täter ist noch am Leben, und gegen ihn wird heute und in den kommenden Tagen verhandelt werden. Ich werde natürlich mein Bestes tun, damit er verurteilt wird, aber ich möchte nicht, daß dieses Verfahren zu einem ethnischen Wettstreit ausartet. Der Punkt ist, daß mir viel wohler wäre, wenn der Name Ihres Vaters Smith oder Jones lautete, aber so heißt er leider nicht.«

Hieß er nicht, dachte Carella.

»Sicher muß ich Ihnen nicht sagen, daß es in diesem Land noch immer ein tiefverwurzeltes Vorurteil gegen Menschen italienischer Abstammung gibt. Die *paisans* in Ihrem Revier waren in diesem Zusammenhang nicht gerade eine Hilfe, als sie...«

»Wenn Sie sich auf die Ereignisse...«

»...als sie einen schwarzen Jungen bis in die Kirche von St. Catherine verfolgten und später dort eindrangen und sie verwüsteten.«

»Das sind keine *paisans* von mir«, sagte Carella.

Lowell schaute ihn an.

»Waren Sie schon einmal in England?« fragte er.

»Nein«, sagte Carella.

Er fragte sich, was das mit dem Kern der Sache zu tun hatte.

»Ich war erst vor kurzem da«, sagte Lowell. »Ich bin zu gern dort, nun, Oxford, Sie wissen schon.« Er lächelte bei der Erinnerung daran. Er konnte gut lächeln. Carella stellte sich vor, wie er dieses Lächeln bei den sechsundzwanzig Fällen, in denen er erfolgreich die Anklage vertreten hatte, zu seinem Vorteil eingesetzt hatte. »Der Punkt ist...«

Schlechte verbale Angewohnheit, dachte Carella. Der Punkt ist.

»... während meines Aufenthaltes stieß ich auf ein Interview in einer Zeitung namens *The Guardian*. Falls sie Ihnen nicht bekannt sein ...«

»Ist sie nicht.«

»... es ist eine liberale Zeitung, durchaus renommiert. Der Text stammte von einem Mann namens John Williams. Die Überschrift lautete ›Kriminaler und Kanaken‹.«

»Hmm«, sagte Carella.

»Soweit ich mich erinnere, ging es in dem Interview um einen billigen amerikanischen Krimiautoren italienischer Abstammung. Der Punkt ist, daß offenbar weder Mr. Williams noch seine Zeitung realisierten, wie beleidigend der Gebrauch des Wortes *Kanaken* war. Sie hätten den Text genausogut mit *Bullen und Briketts* überschreiben können, wenn Sie mir folgen können?«

»Nein, tut mir leid, kann ich nicht«, sagte Carella.

»Es geschieht unbewußt. Selbst da drüben in England, Tausende von Kilometern weg, kann es sich ein vermutlich renommierter Journalist wie John Williams ... ist Ihnen der Name bekannt?«

»Jetzt schon«, sagte Carella.

»John Williams ...«

»Ich werd' ihn mir merken.«

»... kann es sich herausnehmen, einem Interview den Anstrich einer ethnischen Attacke zu verleihen. Der Punkt ist, so sehr Sie das auch bedauern mögen, daß es immer Leute geben wird, denen es eine Genugtuung sein wird, wenn sie Sie mit diesen *paisans*, diesen *Spaghettis*, diesen *Kanaken*, jawohl, gleichstellen können, die in die Kirche von St. Catherine eindrangen.«

»Ich verstehe«, sagte Carella.

»Wenn wir also zulassen, daß dieser Prozeß zu einem Wettstreit im gegenseitigen Verunglimpfen wird ...«

»Hmm.«

»Die eine Minderheit gegen die andere ...«

»Hmm.«

»Ein italoamerikanisches Opfer kontra ...«

»*Das* Wort empfinde ich auch als beleidigend«, sagte Carella.

»Welches Wort?«

»Italoamerikanisch.«

»Tatsächlich?« sagte Lowell überrascht. »Warum?«

»Weil es das *ist*«, sagte Carella.

Er nahm nicht an, jemand mit einem Namen wie Lowell würde jemals begreifen, daß *italo*amerikanisch nur damals ein gültiger Begriff war, als Carellas Urgroßvater erstmals in dieses Land kam und die Staatsbürgerschaft erwarb, daß er aber spätestens dann nicht mehr zutreffend oder gar von Nutzen war, als seine *Großeltern* hier *geboren* wurden. Genau da wurde daraus nämlich *amerikanisch*, punktum.

Genausowenig würde Lowell begreifen, daß man, wenn man weiter daran festhielt, in der vierten Generation hier geborene Söhne und Töchter längst vergessener Immigranten als »*Italo*amerikaner« oder als »*Polnisch*-Amerikaner« oder als »*Ibero*amerikaner« oder als »*Irisch*amerikaner« oder – am allerschlimmsten – als »*Afro*amerikaner« zu bezeichnen, daß man sie dann ihres ureigensten Amerikanisch-Seins beraubte, daß man ihnen sagte, wenn ihre Vorväter aus einem anderen Lande kamen, würden sie nie wirkliche Amerikaner hier im Lande der Freien und der Heimat der Tapferen werden, sie würden ewig Kanaken, Polacken, Latinos, Micks oder Nigger bleiben.

»Mein Vater war Amerikaner«, sagte Carella.

Und fragte sich, wieso, zum Teufel, er das sagen mußte.

»Genau mein ...«

»Der Mann, der ihn umbrachte, ist auch Amerikaner.«

»So möchte ich es auch halten«, sagte Lowell. »Das ist genau der Punkt, auf den ich hinaus wollte.«

Doch Carella fragte sich immer noch.

»Und danke für Ihre Einsicht«, sagte Lowell. »Ich werde im Verlauf des Prozesses keines der beiden Worte gebrauchen. Italo-amerikanisch, afro-amerikanisch ... augenblicklich aus meinem Vokabular getilgt.« Wieder lächelte er und schaute dann jählings auf die Uhr. »Wird Zeit, daß wir nach oben gehen«, sagte er. »Ich hoffe, Ihre Mutter hat sich nicht verlaufen.«

Carella schaute den Korridor entlang. Seine Mutter war vor fünfzehn Minuten zur Damentoilette gegangen. Er sah sie nun auf sie zukommen, schwarz gekleidet, mit langsamen, steten Schritten über den Marmorboden und zwischen den Marmorsäulen. In ihrer rechten Hand war ein weißes, spitzenbesetztes Taschentuch. Ihre dunklen Augen wirkten feucht. Er fragte sich, ob sie geweint hatte.

»Mama?« sagte er, ging zu ihr und legte den Arm um sie.

Nur dieses eine Wort.

»Mir geht's gut«, sagte sie und hob das Kinn.

Sie gingen gemeinsam nach oben, der Sohn und die Frau des Opfers und der Mann, der ihren Fall vor den Geschworenen vertrat, die nicht gerade Sonny Coles Freunde waren – das heißt, sie hatten nicht wirklich viel mit ihm gemein, nicht einer dieser Männer und Frauen war ein Mörder –, und die feststellen würden, ob der Mann, der Anthony Carella fraglos niedergeschossen und getötet hatte, ihn tatsächlich niedergeschossen und getötet hatte. In dem sonnendurchfluteten, holzgetäfelten Gerichtssaal im ersten Stock, der Sitzungsaal III hieß, würden zwölf Männer und Frauen nach Gerechtigkeit suchen. Carella betete darum, daß sie sie fanden.

***

Von nahem war Emma Bowles noch hübscher als auf dem Foto, das ihm ihr Mann gezeigt hatte. Das Schwarzweißbild hatte den pfirsichcremefarbenen Teint oder den Schimmer in ihren dunklen Augen nicht einmal angedeutet. Blonde Haare, die im Licht der Sonne, das an diesem Montagmorgen durch die Jalousien drang, aufglühten, fielen ihr lang und glatt bis auf die Schultern. Sie trug einen Overall, der ihrer Augenfarbe entsprach, flache Sandalen mit goldenen Riemchen, die zur Farbe ihrer Haare und dem schmalen Goldclip paßten, mit dem sie sie seitlich zurückgesteckt hatte. Sie hatte einen Schmollmund, und die geschürzte Oberlippe entblößte ein dreieckiges Stückchen Weiß.

»Es ist bloß so, daß ... na ja, ich will Ihnen die Wahrheit sagen«, sagte sie. »Ein Leibwächter wäre mir peinlich.«

»Ich bin kein Leibwächter, Mrs. Bowles«, sagte Andrew. »Ich bin ein Privatermittler.«

»Was auch immer. Aber sehen Sie das denn nicht, Mr. Darrow? Die Polizei arbeitet bereits daran, es ist nicht nötig ...«

»Mrs. Bowles«, sagte er, »Ihr Mann hat mich für einen Job engagiert und mit Ihrer Erlaubnis würde ich gern versuchen, ihn zu erledigen.«

Sie dachte gerade, daß er ziemlich selbstsicher wirkte. Ein großer, schlanker blonder Mann in einem braunen Rollkragenhemd und einem Kordsamtsakko, das zu seinen bernsteinfarbenen Augen paßte, dunkelbraunen Hosen, braunen Socken, auf Hochglanz polierten braunen Slippern. Entspanntes, freundliches Lächeln, sanfte, wohlklingende Stimme – nicht der Typ Mann, mit dem sie gerechnet hatte. Ganz und gar nicht der Typ.

»Was genau erwartet er von Ihnen?« fragte sie.

»Zweierlei«, sagte Andrew. »Erstens möchte er, daß ich Sie beschütze.«

»Was ein Leibwächter tut, nicht?« sagte sie.

»Nun ja, nein, nicht unbedingt. Weil er ferner möchte, daß ich herausfinde, wer Sie umzubringen versucht.«

»Wieviel bezahlt er Ihnen dafür?«

»Nun ja, ich glaube, das betrifft nur Ihren Mann und mich.«

»Nein, das glaube ich nicht«, sagte sie.

»Nun ja«, sagte Andrew achselzuckend. »Der derzeitige Satz für einen Privatdetektiv beträgt fünfunddreißig Dollar die Stunde.«

»Verstehe.«

»In Chicago«, sagte er.

»Und wie hoch ist der derzeitige Satz *hier*?«

»Ich weiß nicht, wie hoch er hier ist«, sagte er. »Ich berechne Ihrem Gatten das, was ich ihm in Chicago auch berechnen würde. Fünfunddreißig die Stunde. Spesen inklusive.«

»Ich bin nicht sicher, ob ich kapiere, was Sie mir sagen wollen. Was hat *Chicago* mit all dem zu tun?«

»Da komme ich her. Aus Chicago. Dort habe ich eine Lizenz als Detektiv.«

»Ich versteh es immer noch nicht«, sagte sie. »Wenn Sie aus Chicago sind...«

»Ihr Mann hat mich dort angerufen und gefragt, ob ich diese Arbeit für ihn übernehmen möchte.«

»Hat Sie drüben in Chicago angerufen?«

»Ja, drüben in Chicago.«

»Sie müssen gut sein«, sagte sie.

»Bin ich«, sagte er und lächelte. »Ihr Mann hat mich engagiert, damit ich herausfinde, wer Ihnen etwas antun möchte, und ich bin mir ziemlich sicher, daß ich das kann.«

»Ich *weiß* bereits, wer mir was antun möchte.«

»Tatsächlich?« sagte er und riß überrascht die Augen auf.

»Ja, tatsächlich.«

»Nun... wer ist es?«

»Sein Name lautet Roger Tilly. Mein Gatte weiß, wer der Mann ist, ich habe ihm gesagt, wer der Mann ist, er kennt diesen Mann, er hat ihn früher gefahren. Er traut der Polizei bloß nicht zu, daß sie ihn findet. Also geht er bis nach Chicago und engagiert einen Leibwächter, obwohl in Wirklichkeit...«

»Einen Privatermittler«, korrigierte er sie höflich. »Keinen Leibwächter, Madam.«

Etliche Sekunden lang sagte sie nichts.

Sie fragte sich, ob er ihr letzten Endes vielleicht tatsächlich helfen könnte.

»Na ja«, sagte sie und zögerte.

Erwartungsvoll beobachtete er sie weiter.

»Ich nehme an, wir können es versuchen«, sagte sie.

***

Fat Ollie Weeks schüttelte immer noch den Kopf.

Nicht etwa, weil er auf einen toten Mann gestoßen war, der an einem asbestummantelten Rohr im Keller hing, sondern weil er irgendwo oben einen Plattenspieler hören konnte, und das Liedchen, das gespielt wurde, hieß »Fuck tha Police«. War eine prima Art, jemandem Respekt beizubringen. Schwarze, die ein derartiges Lied sangen. Einen derartigen Song abrapten. Wieder schüttelte Ollie den Kopf. Ollie haßte Schwarze noch mehr als Juden.

Er fragte sich nicht, was ein weißer Mann hier oben im schwärzesten Afrika machte, weil er wußte, daß jede Menge gottverfluchte Weiße hier heraufkamen, um sich ihr Crack zu besorgen. Er fragte sich auch nicht, wieso dieser spezielle weiße Mann sein Leben mit einem Strick um den Hals beschlossen hatte, weil er überdies wußte, daß jede Menge gottverfluchte Weiße hier hoch nach West-Simbabwe kamen und in Leichensäcken heimfuhren. Er fragte sich nicht einmal, wie es zu all dem gekommen war. Alles zu seiner Zeit, dachte er, und das nächste ist immer das wichtigste. Ollie Weeks war furchtbar borniert, aber zufällig auch ein guter Cop. Er gab den Scheiß telefonisch durch, setzte sich wieder hin und wartete.

Gegen halb sieben an diesem Montag knurrte sein Magen, und die Geduld ging ihm aus. Er war um Viertel vor vier angetreten und hatte den blöden Notruf um die Fünfe rum gekriegt, zehn Minuten nachdem sein Partner runtergegangen war, Kaffee und Burger für sie beide holen. Nun war sein Partner weiß Gott wo, während sich Ollie hier, in diesem Scheiß Keller aufhielt, mit tropfenden Rohren und mit einem toten Mann, der an einem davon baumelte, während jede Menge Cops in schweren Überziehern, die Hände in den Taschen, herumgingen und steiffroren, und Monoghan und Monroe von der Mordkommission gerade die Treppe runterkamen, und der Scheiß Gerichtsmediziner immer noch nicht da war.

»Was haben wir denn da, Weeks?« sagte Monoghan.

»Einen kleinen Lynchmord?« sagte Monroe und schaute hoch zu dem Erhenkten; seiner Witzelei fehlte allerdings der Pfiff, da das Opfer weiß war.

Ollie schnitt nichtsdestotrotz ein Gesicht.

»Wo is'n der Scheiß Gerichtsmediziner?« fragte er niemand Bestimmten. »Ich hab den Scheiß vor 'ner Stunde durchgegeben.«

»Viel zu tun heute abend«, sagte Monoghan.

»Aha, wie das?« fragte Ollie.

»Guy-Fawkes-Tag«, sagte Monoghan.

»Was, zum Scheiß, is'n das, Guy-Fawkes-Tag?« fragte Ollie.

»Jede Menge Feten heute abend«, sagte Monroe, der den Ulk aufgriff. »Guy-Fawkes-Tag.«

»Hab' noch nie was von 'nem Scheiß Guy-Fawkes-Tag gehört«, sagte Ollie.

»Jedenfalls«, sagte einer der Blauröcke, »ist Guy-Fawkes-Tag im November.«

»Wer hat'n dich gefragt?« sagte Ollie.

»Ist er jedenfalls nicht«, sagte Monroe.

»Fünfter November«, beharrte der uniformierte Cop.

»Nein, der ist im Januar«, sagte Monroe kopfschüttelnd. »Heute ist er. Am siebten Januar.«

»Ich weiß ganz sicher, daß er am fünften November ist«, sagte der Cop.

»Kümmert's wen 'nen Scheiß, *wann* Guy-Fawkes-Tag is'?« sagte Ollie. »Wo, zum Scheiß, is'n der Gerichtsmediziner?«

»Meine Mutter ist in England geboren«, erklärte der Cop.

»Wen kümmert's 'nen Scheiß, wo deine Mutter geboren is'?« sagte Ollie.

»Ich sag's ja bloß. Guy-Fawkes-Tag«, sagte der Cop achselzukkend.

»Blöder Scheißer hängt sich an der Decke auf«, sagte Ollie, »und ich muß auf mein Scheiß Abendessen warten.«

»Woher willst du wissen, ob ihn nicht jemand anders dort hingehängt hat?« fragte Monroe.

»Woher willst du wissen, ob ihn nicht Guy *Fawkes* dort hingehängt hat?« fragte Monoghan, und beide Detectives von der Mordkommission prusteten los. Sie trugen beide schwarze Mäntel und schwarze Fedoras. Monoghan trug seit neuestem einen weißen Seidenschal. Monroe ebenfalls. Sie standen da, die Hände in den Taschen, die Hüte verwegen schief auf dem Kopf. Sie glaubten, sie sähen aus wie Fred Astaire und Cary Grant, die im selben alten Schwarzweißfilm gemeinsam zu einer Fete am Guy-Fawkes-Tag gingen. In Wirklichkeit sahen sie aus wie zwei fette Pinguine.

»Wen kümmert's 'nen Scheiß, wer ihn aufgehängt hat?« sagte Ollie, und just da kam der Gerichtsmediziner die Treppe herunter. »Wo, zum Henker, sind Sie gewesen?« fragte Ollie. »Auf 'ner Scheiß Guy-Fawkes-Fete?«

»Was?« sagte der Gerichtsmediziner und schaute hoch zum aufgehängten Mann.

»Hol' ihm jemand eine Leiter«, sagte Monoghan.

»Los, holt ihm eine Leiter«, sagte Monroe.

Zwei Blauröcke gingen eine Leiter suchen. Der Blaurock, dessen Mutter in England geboren war, stand herum und schaute beleidigt drein.

»Woran, glauben Sie, ist er gestorben, Doc?« sagte Monroe und zwinkerte Monoghan zu.

»Vorausgesetzt, er *ist* tot«, sagte Monoghan und zwinkerte zurück.

Der Gerichtsmediziner musterte sie säuerlich und zündete sich eine Zigarette an.

»Das ist schlecht für Ihre Gesundheit«, sagte Monroe.

Ollie zündete sich ebenfalls eine Zigarette an.

Über ihnen baumelte weiter die Leiche. Sie trug einen langen blauen Mantel, schwarze Lederhandschuhe, blaue Ohrwärmer und einen grauen Fedora. Der Blaurock kam schließlich mit einer langen Leiter zurück. Sie stellten sie für den Gerichtsmediziner auf, der ihnen nervös zusah.

»Ich habe Akrophobie«, sagte er.

»Was, zum Henker, is'n das, Akrophobie?« fragte Ollie.

»Ausgesprochene Höhenangst«, sagte der Cop, dessen Mutter in England geboren war.

»Der ist ja ein Quell des Wissens«, sagte Monroe und funkelte ihn an.

»Ich steig nicht die Leiter hoch«, sagte der Gerichtsmediziner. Er wurde langsam ein bißchen blaß.

»Wie, zum Teufel, wollen Sie ihn dann untersuchen?« fragte Ollie.

»Holt ihn runter«, sagte der Gerichtsmediziner. »Ich untersuche ihn hier unten.«

»Was sollen wir mit der Leiter machen?« fragte einer der Blauröcke.

»Schieb sie dir in'n Arsch«, sagte Ollie. »Wir dürfen ihn nicht anfassen, bevor Sie ihn nicht für tot erklärt haben«, erklärte er dem Gerichtsmediziner. »So lauten die Vorschriften.«

»Ich kenne die Vorschriften.«

»Wenn Sie also nicht die Leiter rauf wollen und ihn für tot erklären, wie, zum Teufel, können wir ihn dann runterholen? Wir müssen ihn *anfassen*, wenn wir ihn runterholen, oder nicht?«

»Ich kann von hier aus feststellen, daß er tot ist. Er ist tot. Ich erkläre ihn für tot. Jetzt holt ihn runter, damit ich ihn untersuchen kann.«

»Ich geh nicht die Leiter hoch«, sagte Ollie.

»Ich auch nicht«, sagte Monoghan.

»Geh die Leiter hoch und hol ihn runter«, befahl Monroe dem Cop mit der englischen Mutter.

»Am Guy-Fawkes-Tag steig ich keine Leitern hoch«, sagte der Cop.

Die beiden anderen Blauröcke stiegen die Leiter hoch. Einer von ihnen hob die Leiche ein bißchen an, während der andere den um die asbestummantelten Rohre gewickelten Strick löste. Langsam, vorsichtig, stiegen sie mit dem Opfer die Leiter herunter und ließen es rücklings zu Boden. Der Strick war eng um den Hals der Leiche geschlungen. Jemand hatte hier ganze Arbeit geleistet. Der Gerichtsmediziner setzte dem Mann ein Stethoskop auf die Brust.

»Halten Sie ihn immer noch für tot?« fragte Monoghan und zwinkerte Monroe zu.

»Oder sollen wir noch eine andere Meinung einholen?« fragte Monroe.

Der Gerichtsmediziner schaute sie säuerlich an. Sie sahen zu, wie er die Leiche untersuchte.

»Woran, glauben Sie, ist er gestorben?« fragte Monroe, der immer noch herumulkte.

»Glauben Sie, der Tod könnte durch Erhängen eingetreten sein?« fragte Monoghan und zwinkerte seinem Partner zu.

»Ich glaube, der Tod könnte durch eine Schußverletzung eingetreten sein«, sagte der Gerichtsmediziner, vermutlich weil er das Opfer gerade umgedreht und ein Einschußloch an der Schädelbasis entdeckt hatte.

»Oh«, sagte Monoghan.

Ollie filzte den Toten.

Und da erfuhr er, daß sein Name Roger Turner Tilly war.

***

Carella traf eine halbe Stunde später ein. Ollie erwartete ihn außerhalb des Hauses, wo er kauend auf der Vordertreppe saß. Er hatte den Blaurock mit der englischen Mutter losgeschickt, damit er ihm eine Tüte Hamburger und eine große Cola holte, und er verdrückte sein Mahl hier oben, weil er nicht gern in Gesellschaft von Toten aß. Außerdem war er bereits darauf gekommen, daß dies nicht sein Fall war. Deswegen hatte er im Siebenundachtzigsten angerufen und sie gebeten, Carella anzupiepsen.

Carella trug zwei Pullover unter seinem dicken Mantel, hatte einen Wollschal um, eine Mütze mit Ohrenschützern auf und fror immer noch. Ollie trug nur ein Sportsakko über Hose und Hemd, aber er wirkte mollig warm.

»Dein Mann is' unten«, sagte er zu Carella und biß in seinen sechsten Hamburger. »Tilly, hab' ich recht? Das haste doch am Telefon gesagt?«

»Tilly, richtig«, sagte Carella.

Er hatte Ollie letzte Woche in der schwachen Hoffnung angesprochen, er könnte ein paar Neuigkeiten über den Mann wissen, der Emma Bowles nach deren Worten umzubringen versuchte. Laut den Unterlagen der Personalienabteilung hatte Tilly letztes Frühjahr aufgehört, Bowles zu chauffieren, weil er im März die Stadt verlassen hatte – in Richtung Castleview, einer Haftanstalt weit im Norden des Staates.

Er war dort hingeschickt worden, weil er über einen Mann hergefallen war, der ihn als *un maricón* bezeichnet hatte. Tilly war kein *un maricón*. Außerdem verstand er kein Spanisch und wußte nicht einmal, als was er da bezeichnet worden war, bis es ihm später jemand übersetzte. Von da an hielt er Ausschau nach dem anderen Fahrer. Damit er ihm die Nase und beide Arme brechen konnte, in dieser Reihenfolge.

Der andere Fahrer war Hispanier. Oder Latino. Oder Spic oder wie immer die Bezeichnung lautete, mit der man derzeit Menschen spanischer Herkunft bedachte. Deswegen wußte er, was *maricón* bedeutete. Er hatte Tilly *un maricón* genannt, weil dieser klein und gedrungen und leichtfüßig war. Er wußte nicht, daß Tilly deshalb so leichtfüßig war, weil er einst im Weltergewicht geboxt hatte. Daher die gebrochene Nase und die Arme.

Der Mann in der Einsatzzentrale von Executive Limousine, der Droschkenfirma, für die sowohl Tilly als auch der ibero-amerikanische Hispano-Latino arbeiteten, rief bei der Polizei und im Krankenhaus an. Die Polizei traf zuerst ein. Tilly versetzte einem von ihnen einen Hieb, während sie ihm die Handschellen anlegten. Das hätte die Angelegenheit für ihn noch verschlimmern können, doch der Richter, der den Fall verhandelte, war der Ansicht, jemand namens Roger Turner Tilly könne nicht von Grund auf schlecht sein. Der Richter haßte seinerseits Minoritäten jedweder Couleur oder Hautfarbe. Er verurteilte Tilly zu glatten anderthalb Jahren oben auf dem Lande. Nach nur sechs Monaten kam Tilly heraus.

Die Adresse, die er dem Bewährungshelfer genannt hatte, lautete St. Sebastian Avenue Nummer 335, mitten in Ollies Amtsbereich. Nie aber hatte einer was von ihm gehört, daher der Anruf beim Dreiundachtzigsten. Ollie versprach Carella, er wolle sich umhören. Wie sich nun herausstellte, mußte er das nicht mehr.

»Bist du sicher, daß er's ist?« fragte Carella.

»Hab' den Mann noch nie im Leben gesehn«, sagte Ollie mampfend. »Ich sag dir bloß, was auf seinem Scheiß Ausweis steht: Roger Turner Tilly.«

»Ist der Gerichtsmediziner noch da?«

»Nee.«

»Was hat er gesagt?«

»Schußverletzung.«

»Wo?«

»Im Hinterkopf. Geh ihn dir anschaun, er liegt noch da drunten auf dem Boden.«

»Wer ist sonst noch da unten?«

»Bloß ein paar Blaue. Wir haben auf den Sanitätswagen gewartet. Viel los heute abend«, sagte Ollie und schüttelte den Kopf. »Scheiß Guy-Fawkes-Tag.«

»Wen hat die Mordkommission geschickt?« fragte Carella.

»Monoghan und Monroe. Die sind schon weg. Die Spurensicherung ebenfalls. Ich hab' dir doch gesagt, da drunten sind bloß der Kalte und ein paar Blaue. Wo du jetzt da bist, kann ich ja heim.«

»Was meinst du damit?«

»Ich übergeb den Papierkram, und du kannst dich hinsetzen und auf den Schaschlikwagen warten.«

»Was meinst du damit?« fragte Carella wieder.

»Ich meine, das ist alles deins, Stevie.«

»Alles *meins*?«

»Genau. Du kannst es mitnehmen.«

»*Was* kann ich mitnehmen? Wovon, zum Teufel, redest du?«

»Du kannst da einsteigen, wo ich aufgehört habe«, sagte Ollie.

»Wo du *aufgehört* hast? Du hast noch nicht mal *angefangen*. Du hast nichts weiter gemacht, als ...«

»Das is' dein Fall, Steve.«

»Oh, wirklich? Wie kommst du darauf?«

»Du hast mir gesagt, du suchst Tilly, nicht? Du hast gesagt, du willst ihn wegen versuchten Mordes ...«

»Nein, ich habe gesagt, ich will ihn verhören wegen ...«

»Is' doch dasselbe. Und nun haste ihn, Stevie-Schätzchen. Er is' drunten im Keller.«

»Hmm«, sagte Carella. »Das ist dein Ding, und das weißt du auch.«

Er dachte gerade, wenn Tilly tatsächlich der Mann war, der Emma Bowles laut deren Angaben umzubringen versucht hatte, dann drohte ihr von ihm keine Gefahr mehr. Weshalb also sollte er einem anderen Revier einen Mord abnehmen? Ollie hatte die Sache entgegengenommen, es war sein Fall. Ollie war anderer Meinung.

»Das hängt zusammen«, sagte er. »Erster Mann am Fall, Stevie, du kennst doch die Vorschriften.«

»Erster Mann am Fall gilt nur dann, wenn *vorher* bereits eine Ermittlung in einer Mordsache läuft. Das trifft hier nicht zu.«

»Du hast in einem *versuchten* Mord ermittelt, Stevie. Das is' dasselbe.«

»Nein, ist es nicht.«

»Außerdem kannst du das hier in 'ner Minute abschließen. Es is'n Selbstmord. Er hat sich an der Decke aufgehängt.«

»Ich denke, du hast gesagt, er hat eine Kopfverletzung.«

»Das hat der Gerichtsmediziner gesagt. *Ich* sag, er hat sich aufgehängt.«

»So oder so, es muß als Mord behandelt werden. Das weißt du auch. Ollie. Das heißt, mit allem Drum und Dran.«

»Ich lad dich gern ein«, sagte Ollie und biß wieder in seinen Burger.

»Nein«, sagte Carella. »Das ist dein Fall.«

»Glaubst du das?«

»Ich weiß es.«

»Na ja, vielleicht, wer weiß?« sagte Ollie. »Aber ich frag mich, was mein Lieutenant dazu sagt. Weil ich dir nämlich sagen muß, Stevie, daß das Dreiundachtzigste grade bis zum Arsch in Mordfällen steckt, und was wir überhaupt nicht gebrauchen können, is' noch 'n Scheiß *andrer*, der mit 'nem Fall zusammenhängt, an dem das Siebenundachtzigste bereits arbeitet. Weißt, was ich glaube, daß der Lieutenant sagt? Ich glaube, er sagt, das is' *dein* Fall, und wenn er deswegen mit dem Chef der Kriminalabteilung reden muß, mit dem er übrigens jeden Dienstagabend pokert.«

Ollie biß in einen weiteren Hamburger.

Carella schaute ihn an.

»Jawoll«, sagte Ollie.

***

Ich habe mich schon gefragt, ob ich noch einen Mann habe, bedeutete ihm Teddy mit Handzeichen.

»Tut mir leid, daß ich so spät dran bin, Schatz«, sagte Carella mit Worten und Handzeichen, während er gleichzeitig versuchte, den Mantel auszuziehen, so daß sich seine Stimme und seine Finger in den Ärmeln verloren. »War eine Art Notfall.«

Teddy nahm ihm diese Nacht keine Notfälle ab. Teddy hatte alleine mit den Kindern gegessen, ihr Mann war nirgendwo aufzutreiben, und ihre Anrufe per Spezialapparat im Mannschaftsraum – alles in allem vier – hatte niemand entgegengenommen. Bei ihrem letzten Anruf hatte sie getippt: WO ZUM TEUFEL BIST DU? SL. Das SL stand für SCHIESS LOS, aber niemand schoß los, und niemand nahm ihre Anrufe entgegen. Nun stand sie feurigen Blickes und wunderschön mit verschränkten Armen da und wartete, daß er losschoß. Carella versuchte sie auf die Wange zu küssen, doch sie wandte sich ab.

»Tut mir wirklich leid«, sagte er. »Sind die Kids schon zu Bett?«

Ja, die Kids waren schon zu Bett, tatsächlich schliefen die Kids schon seit etwa einer Stunde, denn es war bereits Montag nacht um halb elf, und morgen war Schule. Er wußte, er sollte eigentlich über den Flur gehen und nach ihnen sehen, aber er traute sich nicht, Teddy den Rücken zuzukehren, da er fürchtete, sie könnte ihm mit einem Hammer oder sonst etwas eine über die Rübe ziehen, worauf er sie dann wegen tätlichen Angriffs würde festnehmen müssen. Er hatte sie noch nie so wütend erlebt. Nun ja, vielleicht zwei- oder dreimal, aber bei diesen Anlässen war nicht er der Gegenstand ihrer Wut gewesen. Er fragte sich, weswegen sie wirklich so wütend war. Er war früher schon spät heimgekommen, er war ein Cop, und Cops kamen *immer* spät heim. Und diesmal hatte es wirklich –

»Es hätte beinahe einen Aufruhr gegeben«, sagte er und buchstabierte ihr das Wort per Handzeichen, A-U-F-R-U-H-R, er betonte es ausdrücklich, damit sie mitbekam, daß er nicht einfach in Downtown herumgehangen und leichtfertig mit den Jungs ein paar Bier gezischt hatte. Sie nahm es ihm immer noch nicht ab. Ihre funkelnden Augen verrieten ihm, daß alles unter dem dritten Weltkrieg nicht als plausible Begründung für sein Spätkommen akzeptiert wurde. Aber wieso? Was war *passiert*?

»Ich meine es ernst«, sagte er. »Das ganze verdammte Revier war draußen auf der Straße und hat versucht, die Sache in den Griff zu kriegen.« Und er traute sich nicht zu erwähnen, daß er noch nichts gegessen hatte und am Verhungern war.

Passiert war ...

Und er erzählte es ihr, während sein Magen knurrte und rumpelte, mit fliegenden Fingern in der Zeichensprache, die sie ihn gelehrt hatte, und unterstrich zusätzlich zu seinen Händen jedes Wort mit übertriebenen Mundbewegungen ...... daß ich zurück zum Revier ging, nachdem ich das Gericht verlassen hatte, und dann rief Ollie an, weil er eine Leiche im Keller hängen hatte und behauptete, es wäre rechtmäßig meine; es ist eine lange Geschichte, Schatz, aber irgendwie bin ich da oben in Diamondback nicht vor halb neun fertig geworden, und dann mußte ich zurück in den Mannschaftsraum und dem Lieutenant darüber berichten. Passiert ist dann, daß irgendein Kerl beschloß, nicht über die Schnellstraße nach Uptown zu fahren, weil der Verkehr zu dicht war – ein großer, fetter Kerl mit einem Cadillac – und statt dessen beschloß, lieber die Straße durch unser Revier zu nehmen. Und an einer Ampel mußte er stehenbleiben, als ein Schwarzer mit einem Wassereimer, einem schmierigen Schwamm und einem Gummiwischer hin zum Auto ging und ihm die Windschutzscheibe putzen wollte, worauf ihn der Weiße wegwinkte...

Mach langsam, signalisierte ihm Teddy.

Aber wenigstens hörte sie zu.

...aber der Schwarze ist weiter auf ihn zugegangen. Der Weiße hat also das Fenster runtergekurbelt – so hat er es uns später berichtet – und dem Schwarzen gesagt, seine Windschutzscheibe wäre sauber, sie müßte nicht geputzt werden, und der Schwarze hat trotzdem den Schwamm draufgeklatscht, einen großen Fettschmierer hinterlassen und wollte dann weggehen. Mittlerweile war die Ampel umgesprungen, aber der Weiße ist ausgestiegen und hat gebrüllt: He, *du*, du Gauner, oder irgend so was, und als der Schwarze weiterlief, ging er ihm nach und zerrte ihn hinten am Kragen und riß ihn fast von den Füßen. Er schleppte ihn zurück zum Auto und wollte ihn zwingen, den ganzen Schmutz abzuwischen, den er auf die Windschutzscheibe gemacht hatte, als es auf einmal einen Auflauf auf der Straße gab, und danach ist der Weiße auch schon um sein Leben gerannt.

David-Car kam zufällig vorbei, und die Cops darin – ein Weißer, ein Schwarzer – sahen, wie ihrer Meinung nach zehntausend Schwarze einen fetten Weißen über die Straße hetzten und ihn offenbar nach Herzenslust lynchen wollten. Sie stiegen also aus dem Auto, nahmen den Weißen in Gewahrsam und stimmten das übliche Polizistengeschrei an: Okay, Schluß jetzt, hier gibts nichts zu sehen; aber das übliche Geschrei zog heute abend nicht. Die Meute wollte Blut sehen, und die Cops waren das einzige, was ihnen die Befriedigung ihrer Gelüste vorenthielt. Also drängte die Meute voran und schaukelte das Polizeiauto, worauf der Beifahrer, der zufällig der schwarze Polizist war, sich an die Strippe klemmte und einen Zehn-Dreizehner durchgab. Das war um Viertel vor neun, während ich immer noch mit dem Lieutenant redete...

Du mußt hungrig sein, besagten ihre Fingerzeichen. *Ich stelle dein Essen in die Mikrowelle.*

...wegen dem Kerl, der an der Kellerdecke hing – du erinnerst dich doch noch, daß ich dir von Fat Ollies Mordfall erzählt habe? Jedenfalls mußten ich und alle anderen raus auf die Straße, weil ein Aufruhr auszubrechen drohte wegen einem fetten Weißen, der einen dürren Schwarzen von seinem Auto verscheucht hatte und sich dann aufregte, als der ihm die Windschutzscheibe versaute. Windschutzscheiben zu putzen ist sowieso eine Art Erpressung, weißt du, weil der Fahrer in seinem Auto festsitzt und jeder, der sich nähert – diesmal war's zufällig ein dürrer kleiner Kerl, aber manchmal sind sie groß und so breit –, bedrohlich wirkt. Aber versuche das mal einem Haufen Leuten zu erklären, die an all den schlimmen Sachen zu kauen haben, mit denen Schwarze in dieser Stadt leben müssen, versuch ihnen das bloß mal zu erklären.

»Das ist köstlich, Schatz«, sagte er, während er sein Essen runterschlang und gleichzeitig mit der freien Hand Zeichen machte.

Jedenfalls hatten wir schließlich alle wieder heimgeschickt, bevor einer dieser professionellen schwarzen Prediger-Agitatoren auf der Bildfläche erschien; in dem Fall wäre die verfluchte Sache nämlich die ganze Nacht oder die ganze Woche oder den ganzen Monat weitergegangen. Der fette Weiße ist wutschnaubend fortgefahren, weil seine Windschutzscheibe dreckig war und er nun zu spät zu der Dinnerparty kam, zu der er verabredet war. Der dürre Schwarze hat vor den Fernsehkameras geprotzt, während seine sämtlichen schwarzen Kumpel im Hintergrund Gesichter schnitten, allesamt fünf Minuten lang berühmt. Bis wir alle wieder im Revier waren, war es zehn Uhr vorbei –

»Ich bin sofort nach Hause«, sagte er. »Wieso bist du so wütend?«

Weil ich dachte, dir wäre etwas passiert, signalisierte sie ihm und verdrehte dann die Augen, als könne das doch jeder Idiot verstehen. Er wollte sie in den Arm nehmen, als das Telefon klingelte. Er ging sofort hin und hob ab.

»Hallo?« sagte er.

»Steve?«

Seine Mutter. In Tränen aufgelöst.

»Mama?« sagte er. »Was ist los?«
»Dieser Anwalt«, sagte sie schluchzend. »Das ganze Zeug, was der gesagt hat.«
»Mama...«
»Du hast ihn doch gehört.«
»Ja, aber...«
»Daß der Mann, der Papa umbrachte, ihn *nicht* umgebracht hat. Daß es keine Beweise gibt, daß er's getan hätte, daß die Waffe nicht mal seine wäre, daß es keinerlei Anhaltspunkte gegen ihn gäbe...«
»Das sagen sie bei der Prozeßeröffnung immer. Wir haben alles, was wir brauchen, glaube mir.«
»Ich hätte ihn am liebsten umbringen wollen«, sagte sie. »Wie er mit diesem Gesichtsausdruck dagesessen hat, während sein Anwalt jedem erzählt hat, er wär's nicht gewesen.«
»Schaun wir mal, was er für ein Gesicht macht...«
»Er macht mir Sorgen. Dieser Anwalt.«
»Nein, Mama...«
»Macht er aber.«
»Nein, es gibt keinen Grund, dir Sorgen zu machen.«
»Angenommen, die lassen ihn laufen?«
»Werden sie nicht.«
»Aber nur mal angenommen?«
»Mama, du hättest den Anwalt nicht so ernst nehmen sollen. Das gehört alles zu seiner Masche, so klopfen sie die Geschworenen weich. Damit die Geschworenen alles glauben, was sie hören und sehen.«
»Angenommen, sie *tun* es?«
»Mama...«
»Glauben ihm alles, was er erzählt? Angenommen, sie glauben es?«
»Werden sie nicht.«
»Traust du diesem Engländer?«
»Er ist kein Engländer, Mama.«
»Warum klingt er dann so englisch?«
»Er war in Oxford. Dort reden sie nun mal so an...«
»Er klingt unecht.«
»Na ja...«
»Ich hoffe bloß, die Geschworenen finden nicht, daß er unecht klingt.«
»Werden sie nicht, Mama, keine Sorge.«

»Der andere Anwalt sieht aus wie der Nikolaus. Er spricht die Geschworenen direkt an, sagt ihnen, sein Mann ist es nicht gewesen. Ich habe Angst, daß sie ihm glauben.«

»Mama, wirklich, mach dir keine Sorgen, okay?«

Er hörte, wie sie am anderen Ende seufzte.

»Holst du mich morgen früh ab?« fragte sie.

»Angela hat gesagt, sie kommt bei dir vorbei. Ich treffe euch dann beide in der Stadt.«

»Ich wünschte, ich könnte ihn besser leiden«, sagte Louise.

»Tja«, sagte Carella.

»Wir sehen uns morgen.«

»Ja.«

»Im Gericht.«

»Ja. Und mach dir keine Sorgen wegen dem, was der Anwalt gesagt hat.«

»Ich mache mir Sorgen«, sagte sie und legte auf.

4

Gemeiner Mord war Gegenstand dieser Verhandlung.

Gemeiner Mord schien sich in dem grimmigen Januarwind auszutoben, der an den hohen Fenstern auf der einen Seite des Gerichtssaales rüttelte. Die Fenster waren wegen der Kälte dicht geschlossen, doch immer noch konnte man draußen den Wind hoch und schrill heulen hören, durchdringender jedenfalls als die gedämpften Verkehrsgeräusche auf der Straße unten. Der walnußholzgetäfelte Gerichtssaal war viel zu klein für die Menschenmenge darin. Ein erwartungsvolles Schweigen schien den Raum eher noch schrumpfen zu lassen, als der stellvertretende Bezirksstaatsanwalt Henry Lowell den ersten Zeugen aufrief.

»Ich bitte Dominick Assanti in den Zeugenstand«, sagte er.

Ein großer, junger Weißer mit welligen schwarzen Haaren und braunen Augen trat durch die Doppeltür auf der Rückseite des Gerichtssaales ein, nickte einem Mann in der hinteren Reihe zu – der auffälligen Ähnlichkeit nach zu urteilen zweifellos sein Vater – und ging den Mittelgang entlang zum Zeugenstand. Der Gerichtsdiener nahm ihm den Eid ab. Lowell trat näher.

»Würden Sie mir bitte Ihren Namen sagen«, forderte er ihn auf.

»Dominick Assanti.«

»Wie alt sind Sie, Dominick?«

»Achtzehn.«

»Wie alt waren Sie am siebzehnten Juli letzten Jahres?«

»Siebzehn.«

»In der Zwischenzeit sind Sie achtzehn geworden, nicht wahr?«

»Ja, Sir. Am sechsten Dezember.«

»Mr. Assanti, erinnern Sie sich, daß Sie am siebzehnten Juli letzten Jahres ins Kino gingen, und zwar mit einem Mädchen namens Doris Franceschi ...«

»Ja, gewiß.«

»... die seinerzeit Ihre Freundin war, oder nicht?«

»Ja. Aber wir haben uns getrennt. Sie ist nicht mehr meine Freundin ...«

»Aber seinerzeit war sie es?«

»Ja.«

»Wohnte sie seinerzeit an der Harrison Street Nummer 7914?«

»Ich glaube, da hat sie gewohnt, ja.«

»Mr. Assanti«, sagte Lowell in sanftem Tonfall, »wenn Sie sich an die genaue ...«

»Einspruch.«

Harold Addison, der Verteidiger. Ein Weißer von Anfang Sechzig, den ein Nikolausbart und der entsprechende Schmerbauch zierten. Mit seinen roten Backen und den Schalksaugen machte er den Eindruck, als sei er ein freundlicher und spendabler Großvater, dem es geradezu körperliche Pein bereitete, das Wort Einspruch auch nur in den Mund zu nehmen, aber wenn es denn der Gerechtigkeit diente ...

»Ja, Mr. Addison?«

»Er hat die Frage bereits beantwortet, Euer Ehren.«

»Das glaube ich nicht. Bitte wiederholen Sie die Frage.«

»Hat sie seinerzeit an der Harrison Street Nummer 7914 gewohnt?«

»Meinen Sie Frankie?«

»Haben Sie sie so genannt?«

»Frankie, ja. Das ist ihr Spitzname.«

»Und ist das ihre Anschrift?«

»Ja, genau da hat sie gewohnt«, sagte Assanti.

Von seinem Platz in der dritten Reihe aus, wo er mit seiner Mutter und seiner Schwester auf der rechten Seite saß, sah Carella, wie Addison in seinen Nikolausbart lächelte, als habe er einen großen Sieg errungen. Carella konnte sich beim besten Willen nicht vorstellen, wieso. Richter Rudy Di Pasco runzelte die Stirn, als mißfalle ihm, was immer Großpapa Addison auch getan haben mochte. »Damals, am siebzehnten Juli letzten Jahres, wohnte Doris Franceschi also an der Harrison Street Nummer 7914 in Riverhead, oder nicht?«

»Das stimmt, ja«, sagte Assanti.

»Vielen Dank. Und sagen Sie mir, Mr. Assanti: Haben Sie Miss Franceschi an diesem Abend, nach dem Kino, nicht nach Hause an die Harrison Street Nummer 7914 gebracht?«

»Doch, hab' ich.«

»Erinnern Sie sich vielleicht noch, um welche Zeit das war?«

»Es war nach dem Kino.«

»Ja, aber um welche Zeit war das? Erinnern Sie sich vielleicht, wann das Kino zu Ende war?«

»Es muß gegen halb neun gewesen sein. So in etwa.«

»Sind Sie vom Kino aus direkt zu Miss Franceschi nach Hause gegangen?«

»Ja.«

»Und kamen dort etwa um welche Zeit an?«

»Daran kann ich mich nicht mehr erinnern.«

»Nun, ist das Kino, in das Sie gingen, nicht nur zehn Querstraßen...«

»Euer Ehren?«

Nikolaus. Wieder auf den Beinen. Den Kopf leicht schräg geneigt, als wäre er eben durch den Kamin heruntergefahren und wolle sich für den ganzen Ruß entschuldigen, den er auf den Teppich gekleckert hatte.

»Ja, Mr. Addison«, sagte Di Pasco.

»Ich unterbreche den Fortgang der Befragung ja nur ungern«, sagte Addison, »und mir ist durchaus bewußt, daß Euer Ehren bereits einmal entschieden haben, als Mr. Lowell auf einem bestimmten Wissen beharrte, statt sich mit Mutmaßungen zufriedenzugeben. Aber, Euer Ehren, wenn der Zeuge sagt, er kann sich an etwas nicht erinnern, dann sollte dies gewiß als direkte Antwort auf eine direkte Frage akzeptiert werden. Ich kann mich nicht erinnern... ich weiß beim besten Willen nicht mehr... egal, welche Redensart der Zeuge auch gebrauchen mag, es bedeutet dasselbe. Er kann sich nicht erinnern. Und sich an etwas nicht erinnern zu können ist durchaus eine gültige Antwort und meines Wissens in diesem, unserem Staate nicht etwa ein Verbrechen.«

Mord schon, dachte Carella.

»Mr. Lowell?«

»Euer Ehren, ich hatte gehofft, das Gedächtnis des Zeugen mittels wesentlicher Fakten bezüglich Uhrzeit und Entfernung aufzufrischen.«

»Vielleicht gelingt Ihnen das auf eine andere Weise.«

»Euer Ehren...«

»Ich habe entschieden, Mr. Addison.«

»Danke, Euer Ehren. Aber...«

»Ich sagte, ich habe *entschieden*.«

»Danke«, sagte Addison und verdrehte beim Hinsetzen die Augen, so daß den Geschworenen deutlich vermittelt wurde, daß irgend etwas faul war an diesem amerikanischen Gerichtshof, wenn einem Zeugen nicht zugestanden wurde, daß er sich an etwas nicht erinnern konnte.

»Wie hieß das Kino, in das Sie gingen?« fragte Lowell.

»Das Octagon.«

»Vielen Dank. Und das Octagon liegt an welcher Straße?«

»An der Benton.«

»Und wie weit, würden Sie sagen, ist das von der Harrison Street weg? Von dem Haus an der Harrison Street, in dem Miss Franceschi wohnte?«

»Etwa zehn Straßen.«

»Wie lange also dauerte es, diese zehn Straßen weit zu laufen? Würden Sie sagen, fünf Minuten?«

»Länger.«

»Zehn Minuten?«

»Eher fünfzehn bis zwanzig.«

»Kann man dann also mit Recht sagen, daß es etwa fünfzehn bis zwanzig Minuten dauerte, um vom Kino bis zu ihrem Haus zu gehen?«

»So lange hat's in etwa gedauert.«

»Womit Sie um Viertel vor neun, zehn vor neun dagewesen wären, um die Zeit.«

»Ja, um die Zeit war es.«

»Um welche Zeit haben Sie sich von Miss Franceschi verabschiedet?«

»Gegen zwanzig nach neun.«

»Mr. Assanti, kennen Sie eine Bäckerei an der Harrison Street Nummer 7834, einen Laden namens A & L Bakery, ist Ihnen dieser Laden bekannt?«

»Ich hab' ihn gesehen, ja. Er hat jetzt nicht mehr geöffnet.«

»Wissen Sie vielleicht, ob er am Abend des siebzehnten Juli noch geöffnet hatte?«

»Ja, das hatte er.«

»Sind Sie, nachdem Sie sich von Miss Franceschi verabschiedet hatten, auf Ihrem Heimweg an diesem Laden vorbeigekommen?«

»Ja, bin ich.«

»Erinnern Sie sich, um welche Zeit das war?«

»Es war etwa um halb zehn, ein paar Minuten hin oder her.«

»Mr. Assanti, können Sie uns sagen, was geschah, als Sie nach Hause gingen?«

»Ich habe Schüsse gehört.«

»Von woher?«

»Ich hab' zuerst nicht gewußt, woher. Ich dachte, sie kämen aus dem Schnapsladen.«

»Welcher Schnapsladen?«

»Neben der Bäckerei ist ein Schnapsladen.«

»Wie viele Schüsse fielen denn?«

»Drei. Einer unmittelbar nach dem andern.«

»Kamen diese Schüsse tatsächlich aus dem Schnapsladen?«

»Nein.«

»Woher kamen sie?«

»Aus der Bäckerei.«

»Sagen Sie uns, was danach geschah.«

»Zwei Typen sind aus der Bäckerei gerannt.«

»Beschreiben Sie sie.«

»Die waren beide schwarz. Sehr groß. Beide hatten Jeans und schwarze T-Shirts an.«

»Waren sie bewaffnet?«

»Einer von ihnen hatte eine Knarre.«

»Und Sie sagen, sie kamen aus dem Bäckerladen gerannt...«

»Ja, und sie hätten fast einen Mann umgerempelt, der aus dem Schnapsladen kam.«

»Sie haben also die drei Schüsse gehört ...«

»Ja.«

»Einer unmittelbar nach dem anderen.«

»Ja.«

»In rascher Folge, würden Sie ...?«

»Euer Ehren, er legt dem Zeugen Worte in den Mund.«

»Stattgegeben.«

»Sie hörten also diese drei aufeinanderfolgenden Schüsse, und Sie sahen, wie zwei Männer aus dem Bäckerladen gerannt kamen ...«

»Ja.«

»Und einer trug eine Waffe.«

»Ja.«

»Haben Sie die Waffe zu Gesicht bekommen?«

»Ja, hab' ich.«

»Wissen Sie, was für eine Waffe es war?«

»Nein, ich versteh überhaupt nichts von Waffen.«

Lowell ging zum Staatsanwaltspult, ergriff eine mit einem Schildchen versehene Pistole und trug sie zum Zeugenstand. »Mr. Assanti«, sagte er, »ich zeige Ihnen eine 9-Millimeter-Schnellfeuerpistole und möchte Sie fragen, ob die Waffe, die Sie am Abend des siebzehnten Juli sahen, so aussah wie ...«

»Einspruch!«

Addison war wieder aufgesprungen. Sein bärtiges Gesicht war zu einem tadelnden Lächeln verzogen, als wolle er sagen, daß Lowell *sicherlich* wisse, daß er nicht einmal daran *denken* dürfe, so eine Frage auch nur zu formulieren. Mit einem rügenden Kopfschütteln sagte er: »Euer Ehren, möchte der Staatsanwalt fragen, ob Mr. Assanti am Abend des siebzehnten Juli diese *bestimmte* Pistole sah ...«

»Meine Frage ...«

»Lassen Sie ihn bitte ausreden, Mr. Lowell.«

»Danke ... oder eine Pistole, die lediglich wie diese aussah«, sagte Addison. »Denn wenn diese *bestimmte* Waffe zur Debatte steht, die der Staatsanwalt gerade ...«

»Diese bestimmte Waffe steht zur Debatte«, sagte Lowell, »wenn auch nur als ...«

»Dann kommt dieser Frage eine außerordentliche Bedeutung zu.«

»Ich möchte fragen... falls man mir die Gelegenheit dazu gibt«, sagte Lowell mit gerissenem Seitenblick zu den Geschworenen, »ob Mr. Assanti eine Pistole *wie* diese gesehen hat...«

»Dann, Euer Ehren...«

»Treten Sie bitte näher.«

Beide Anwälte traten vor zur Richterbank. Di Pasco schaute auf sie herab.

»Ich mag diese Spiegelfechtereien nicht«, sagte er zu Addison.

»Euer Ehren, sicherlich...«

»Sicherlich nicht«, sagte Di Pasco. »Sie haben Mr. Lowells Frage genausogut gehört wie ich. Wenn Sie nun alle zwei Minuten aufspringen wollen und Einsprüche anbringen, die lediglich dazu angetan sind, die Geschworenen zu verwirren...«

»Möglicherweise war ich selbst verwirrt, Euer Ehren.«

»Ja, möglicherweise.«

»In welchem Fall ich mich entschuldigen möchte, daß ich das Gericht wertvolle Zeit gekostet habe.«

»Ersparen Sie sich's«, sagte Di Pasco und verdrehte die Augen.

Addison lächelte leicht in seinen Bart, als er zum Verteidigerpult zurückging. Lowell trat wieder an den Zeugenstand.

»Mr. Assanti«, sagte er, »hat die Waffe, die Sie am Abend des siebzehnten Juli zu Gesicht bekamen, so *ausgesehen* wie diese Waffe?«

»Ja, das hat sie.«

»Die gleiche Größe und Form...«

»Ja.«

»Das gleiche Visier und der gleiche Abzugsbügel...«

»Ja.«

»Der gleiche Lauf...«

»Ja.«

»Der gleiche Griff...«

»Ja.«

»Die Waffe hat also tatsächlich *genau*so ausgesehen wie diese Waffe, ist dem so?«

»Ja.«

»Euer Ehren«, sagte Lowell, »ich beantrage, daß diese Pistole gekennzeichnet und als Beweismittel im Zusammenhang mit der Befragung weiterer Zeugen zugelassen wird.«

»Zugelassen«, sagte Di Pasco.

Lowell schien gelinde überrascht, daß Addison keinen Einspruch erhoben hatte. Er zögerte einen Augenblick, bevor er die nächste Frage stellte. Vielleicht aber geschah dies nur um der dramatischen Wirkung willen.

»Mr. Assanti«, sagte er, »könnten Sie uns bitte mitteilen, welcher der beiden Männer eine Waffe trug, die wie diese aussah?«

»Derjenige, der Sonny hieß.«

»Woher wissen Sie, wie er hieß?«

»Der andere hat ihn Sonny genannt.«

»Wann war das?«

»Als sie an mir vorbeigerannt sind.«

»Sie kamen also aus dem Bäckerladen gerannt...«

»Ja.«

»Und hätten beinahe einen Mann umgerempelt, der aus dem Schnapsladen kam...«

»Ja.«

»Übrigens, würden Sie diesen Mann wiedererkennen, wenn Sie ihn zu Gesicht bekämen?«

»Ja, ich glaube schon.«

»Und dann rannten sie an Ihnen vorbei, ist dem so?«

»Ja.«

»Sagen Sie mir, was Sie hörten, als sie vorbeigerannt kamen.«

»Der andere Mann... nicht Sonny, sondern derjenige, der *bei* ihm war... hat gebrüllt: ›Komm schon, Sonny, mach *hinne*‹.«

»Was meinte er damit?«

»Einspruch.«

»Stattgegeben.«

»Haben Sie beide Männer zu Gesicht bekommen?«

»Ja, hab' ich.«

»Denjenigen, der die Waffe hatte?«

»Ja.«

»Sie haben ihn zu Gesicht bekommen?«

»Ja.«

»Würden Sie ihn wiedererkennen, wenn Sie ihn sehen würden?«

»Ja, das würde ich.«

»Ich bitte Sie darum, sich im Gerichtssaal umzusehen und mir zu sagen, ob Sie den Mann erkennen, der am Abend des siebzehnten Juli eine Waffe bei sich führte, die genauso aussah wie diese.«

»Ich seh ihn.«
»Würden Sie ihn uns bitte kenntlich machen.«
»Da ist er. Er sitzt genau da.«
»Sitzt er am Pult der Verteidigers?«
»Ja.«
»Handelt es sich um den schwarzen Mann, der neben Mr. Addison sitzt?«
»Genau der ist es.«
»Ich bitte, ins Protokoll aufzunehmen, daß der Zeuge auf Mr. Samson Wilbur Cole deutet, auch bekannt als ...«
»Einspruch.«
»Sein Name steht so in der Anklageschrift, Euer Ehren. Samson Wilbur Cole, alias Sonny Cole. Was natürlich nichts anderes heißt als ›auch bekannt als Sonny Cole‹.«
»Abgelehnt. Fahren Sie fort, Mr. Lowell.«
»Ich habe keine weiteren Fragen.«

***

Das Beisammensein mit ihr machte ihm nicht gerade Spaß.

Sie sagte nicht viel, sie war keine gesprächige Frau, aber sie brachte es fertig – mit einem leichten Augenverdrehen oder einem tiefen Seufzen oder einem fast unmerklichen Kopfschütteln –, ihre heftige Ungeduld kundzutun, wann immer er durchblicken ließ, daß er sich in der Stadt nicht auskannte. Wenn er zögerte, bevor er eine Straße überquerte oder an einer Ecke abbog, wenn er auch nur die geringste Verwirrung darüber verriet, wo es nach Osten oder Westen, Norden oder Süden ging, die U-Bahn- oder Buslinien durcheinander brachte, in Richtung Uptown loslief, wenn er nach Downtown wollte, dann schnitt sie kurz die mittlerweile wohlvertraute Miene, die ihm besagte, er sei eben bloß ein Bauer aus Stadt Nummer zwei, U.S.A., der blindlings durch M-E-T-R-O-P-O-L-I-S! stolperte.

An diesem Dienstag – es war bereits der achte Januar, das Jahr schien förmlich vorbeizurasen – teilte er dem Portier unten mit, daß er da sei, und der Portier klingelte nach oben durch und sagte: »Mr. Darrow ist hier, Madam«, und über den Lautsprecher erklang ihre Stimme: »Ich bin gleich unten, George.« Sie bat ihn nicht hoch. Nun, warum sollte sie auch? Schließlich war er nur ein Lohnknecht.

Er wartete in der prunkvoll mit Marmor getäfelten Lobby. Plauderte mit dem Portier über das Wetter. Die Außentemperatur betrug an diesem Morgen minus elf Grad Celsius. Während des Frühstücks in der nur eine Ecke von seinem Haus entfernten Cafeteria hatte er die *USA Today* gelesen. Etwa anderthalb Grad unter Null in Chicago. Da droben war es wie in der Karibik, aber er fror hier unten fast zu Tode. Der Portier erzählte ihm, eine Warmfront sei im Anmarsch. Das glaubte er erst, wenn er sie sah. Inzwischen heulte draußen der Wind. In der Lobby war's indessen hübsch warm. Er haßte allein den Gedanken daran, daß er wieder hinaus mußte. Vielleicht wollte sie irgendwo hin, wo es warm war.

»Guten Morgen«, sagte sie.

Trat aus dem Fahrstuhl und ging auf die Ecke zu, wo er saß. Ein Waschbärmantel hing offen über einem gelben Gymnastikdreß, darunter schwarze Strumpfhosen und schwarze Aerobic-Schuhe. »Guten Morgen«, sagte er und richtete bewußt seinen Blick weiter auf ihr Gesicht und nichts sonst. Sie zog den Mantel zu, schloß ihn, holte eine Wollmütze aus der Tasche und zog sie tief über die Ohren. Gemeinsam traten sie hinaus in die Kälte.

Sie ging flotten Schrittes, sagte kein Wort, während ihr der Atem in dichten Wolken aus dem Munde drang. Sie liefen, wie er nun wußte, in südlicher Richtung, auf die breite Avenue zu, die diesen Teil der Stadt von Ost nach West durchschnitt. Ihr richtiger Name lautete Stemmler Avenue und stand klar und deutlich auf den Straßenschildern an den Kreuzungen, aber die Einheimischen nannten sie die Stem, wie er erst gestern herausgefunden hatte – lebe und lerne. Er erkannte den Maniküreladen wieder, an dem er gestern auf dem Weg zur Wohnung vorbeigekommen war, erkannte andere kleine Wegzeichen entlang der Strecke, den Waschsalon, den Imbiß, den Billardsalon namens Christus der Erlöser, den Kräutershampoo-Laden, die Bronzestatue des Bürgerkriegshelden General Julian Pace, der hoch zu Roß auf der Insel in der Mitte saß. Allmählich kannte er sich in der Stadt aus.

Das Aerobic-Studio befand sich oben in einem Haus, das im Erdgeschoß ein Chinarestaurant beherbergte. Emma ging vor ihm eine hohe, schmale Treppe hoch, die vor einer glasgetäfelten Tür endete, auf der der Name des Studios, Body Language, und das Logo prangten, die Silhouette einer Frau, die mit unglaublich weit gespreizten Armen und Beinen in die Luft hüpfte. Die Tür führte in einen Raum mit einer

Holzbank an der rechten Wand, einer Reihe Haken an der linken, einem Empfangstisch direkt gegenüber von der Eingangstür und einem offenen Durchgang gleich daneben. Eine Blondine in einem rosa Aerobic-Dreß blickte auf, als sie eintraten.

»Hi, Mrs. Bowles«, sagte sie.

»Hallo, Ginger«, sagte Emma, ging sofort zu den Haken an der Wand und hängte ihren Waschbärmantel neben einen langen Parka. Sie blickte zu der Wanduhr über der Bank – es war zwanzig Minuten nach neun – und wandte sich dann an Andrew. »Ich bin um zehn, Viertel nach zehn, fertig«, sagte sie. »Wenn Sie derweil einen Kaffee trinken möchten oder so ...«

»Zu kalt da draußen«, sagte er. »Ich warte lieber hier, wenn's geht.«

»Klar«, erwiderte sie und zuckte mit den Achseln, als wolle sie sagen, die seltsamen Verhaltensweisen eines von einem Ehemann engagierten Leibwächters seien nun mal unerklärlich. »Das ist Mr. Darrow«, sagte sie zu Ginger. »Er begleitet mich die nächste Zeit.«

»Freut mich, Sie kennenzulernen«, sagte Ginger, ohne zu fragen, weshalb er sie die nächste Zeit begleitete. Andrew fragte sich, wie viele Männer ihre Frauen zu den Aerobic-Stunden begleiteten. Emma verschwand durch den offenen Durchgang. Er konnte hören, wie sie drinnen andere Frauen begrüßte. Er zog seinen Mantel aus, hängte ihn neben ihren an die Garderobe und setzte sich dann auf die Bank. Auf einem kleinen Beistelltisch stapelten sich Illustrierte wie *Vogue, Mademoiselle, Vanity Fair* und *Cosmopolitan*.

»Wenn Sie möchten, kann ich Ihnen einen Kaffee bringen«, sagte Ginger.

»Danke, das wäre sehr nett«, sagte er.

»Wie möchten Sie ihn?«

»Nicht so stark, mit einem Stück Zucker, bitte.«

»Darf's auch löslicher sein?«

»Jederzeit.«

»Ein Minütchen«, sagte sie, lächelte ihm zu und verschwand irgendwo hinter dem Empfangstisch.

Er trug ein schwarzes Kaschmirsakko zu Kammgarnhosen mit einem feinen Hahnentrittmuster. Graues, mercerisiertes Baumwollhemd mit weißem Kragen und weißen Manschetten. Schlichte silberne Manschettenknöpfe. Eine dazu passende silberne Krawattenspange, die einen weinroten Seidenschlips an Ort und Stelle hielt. Schwarze

Slipper, die er an diesem Morgen bei einem Schuster, zwei Straßen von seiner Mietswohnung entfernt, hatte aufpolieren lassen. Er wußte, daß seine Kleidung lässig, aber elegant aussah, aber er wußte ebenso, daß er auf die kleine Ginger hier auch dann attraktiv gewirkt hätte, wenn er schmutzstarrende Jeans und ein T-Shirt mit Ketchup-Flecken getragen hätte. Er kam nun mal bei Frauen an.

Nun ja, bei den meisten Frauen.

»Bitte sehr«, sagte sie. »Ich hoffe, er ist nicht zu stark.«

Sie lächelte immer noch. In dem enganliegenden Gymnastikdreß samt Strumpfhosen. Wunderschöner Körper.

»Danke«, sagte er und nahm die Tasse.

Sie ging nicht sofort zum Empfangstisch zurück.

»Wie, sagte Mrs. Bowles noch mal, war Ihr Name?«

»Andrew«, sagte er.

»Ich bin Ginger«, sagte sie und hielt ihm die Hand hin.

Er nahm sie. Ihre Hand war fleischig, etwas feucht. Er fragte sich, wo sie sonst noch feucht sein mochte.

»Nett, Sie kennenzulernen«, sagte er.

»Hi, Ginger!«

Durch die Tür mit der hüpfenden Silhouette, kam eine Frau oder besser gesagt, die Silhouette einer Frau, die vor lauter Energie förmlich hüpfte. Sie kam in den Raum gefegt, schaute zur Wanduhr, warf Andrew einen flüchtigen, aber anerkennenden Blick zu und hängte ihren Mantel dann an einen der Wandhaken. Sie war groß und schlank, eine Frau von Ende Vierzig, die sich offensichtlich gut gehalten hatte. Hübsche, feste Brüste in dem hautengen Aerobic-Dreß, lange, wohlgeformte Beine in schwarzen Strumpfhosen. Wieder blickte sie zu Andrew. Sie lächelte ihn an, und er lächelte zurück. Sie schenkte ihm ein knappes, kaum wahrnehmbares, gefälliges Nicken und ging dann durch die Tür in den anderen Raum, wo nun ein Tonband zu spielen begann.

Er hörte rhythmische Musik.

Seine Lider fielen zu, und er sah sie vor seinem inneren Auge da drinnen herumhüpfen.

Als sie schließlich wieder durch die Tür herausschwärmten, stellte er sich jede einzelne von ihnen im Bett vor, wußte, genauso würden sie aussehen, nachdem sie mit einem Mann geschlafen hatten: außer Atem, die Kleidung verklebt und durchgeschwitzt, die Gesichter gerötet, die Haare zerzaust, körperlich bis an den Rand der Erschöpfung verausgabt. Sie wußten – zumindest glaubte er, daß sie es wußten –, daß er sie mit Blicken auszog. Emma schien das gleichfalls zu spüren; mit sichtlich unnötiger Eile zog sie ihren Mantel an.

»Ich hoffe, Sie haben sich nicht gelangweilt«, sagte sie spröde.

»Jede Menge Illustrierte da«, sagte er, und dann gingen sie wieder hinunter in die Kälte.

Sie liefen zurück zu der Eigentumswohnung an der Butler Street, und diesmal bat sie ihn mit hinauf. Schweigend fuhren sie mit dem Fahrstuhl hoch. Schweigend liefen sie im zwölften Stock den Flur entlang. Sie sperrte beide Schlösser auf, erst das Medeco, dann das darunter.

»Bin gleich wieder da«, sagte sie. »Machen Sie es sich bequem.« Mit nonchalanter Geste deutete sie ins Wohnzimmer. »Dort sind Zeitschriften.« Hörte er da eine Spur Sarkasmus? Weil er all die hübschen Aerobic-Mädels genossen hatte? Er sah sie durch eine Tür verschwinden, vermutlich im Schlafzimmer. Leise ging die Tür hinter ihr zu. Es klickte einmal. Sie hatte abgeschlossen.

Er ging ins Wohnzimmer, setzte sich auf ein Sofa mit einem Rahmen aus Edelstahlrohr und vanillefarbenen Lederpolstern und nahm sich eine Illustrierte von der Glasplatte des gleichermaßen aus Stahlrohr bestehenden Kaffeetisches. *Forbes*. Zweifellos nach dem Geschmack ihres Mannes. Die Zeitschrift darunter war *Fortune*. Und darunter die *Business Week*. Er fragte sich, wo die ganzen Frauenzeitschriften waren. Im Schlafzimmer?

Er schaute auf die Uhr.

Zwanzig vor elf.

Er begann die *Fortune* zu lesen.

Jede Menge reiche Leute in diesem Land.

Er fragte sich, wie viele davon Einkommenssteuer zahlten.

Er war gerade in einem Artikel über Firmenübernahmen vertieft, als sie aus dem Schlafzimmer kam. Sie trug einen grauen Rollkragenpullover mit Zopfmuster und gutsitzende klassische Hosen. Schwarze Stiefel. Ein rotes Barett keck in die Stirn geschoben.

»Bereit zum Aufbruch?« fragte sie und holte ihren Nerzmantel aus dem Vorsaalschrank.

Es war zehn Minuten vor elf.

Der Portier rief ihnen ein Taxi. Sie sagte dem Fahrer, sie wolle nach

Midtown, und nannte ihm die Adresse. Obwohl es ihr offenkundige Pein bereitete, erklärte sie Andrew, daß sie zu Gucci wolle, um eine Handtasche in Reparatur zu geben.

»Habt ihr in Chicago einen Gucci-Laden?« fragte sie.

»O ja«, sagte er, »an der Michigan Avenue. Ich kaufe da meine sämtlichen Schuhe.«

Er war stolz auf seine Garderobe. Wollte sie wissen lassen, daß er viel Geld für Kleidung ausgab. Seine Kleidung sorgfältig auswählte. Seine Kleidung nur in den teuersten Geschäften kaufte.

»Übrigens«, sagte er, »sollten Sie vielleicht meine Privatnummer haben.«

»Warum?« fragte sie.

»Nun ja, ich kann keine vierundzwanzig Stunden am Tag um Sie sein, und falls irgendwas passiert...«

»Sobald die Polizei erst Tilly findet, wird nichts mehr passieren«, sagte sie.

»Bislang haben sie ihn aber nicht, oder?«

»Nein, aber...«

»Dann nehmen Sie schon meine Karte«, sagte er und reichte sie ihr. »Ich habe eine Nummer hinten drauf geschrieben. Da bin ich zu erreichen, solange ich in der Stadt bin. Sie können mich jederzeit anrufen.«

Sie schaute auf die Karte:

A. N. DARROW
ERMITTLUNGEN
644 South Clark Street
CHICAGO, ILLINOIS 60605
123-404-2592

»Darrow-Ermittlungen«, sagte sie laut.

»Ja.«

»South Clark Street.«

»Ja.«

Sie drehte die Karte um, musterte die Telefonnummer, die er mit Tinte hingekritzelt hatte.

»Wo ist das?« fragte sie.

»Ganz unten in Downtown. Bei der Calm's Point Bridge.«

»Da unten habe ich mal gewohnt.«

»Oh?«

»Ist lange her. Bevor ich Martin kennenlernte.«

»Was haben Sie damals gemacht?«

»Geträumt«, sagte sie und verfiel während der weiteren Fahrt nach Downton in Schweigen.

Hier, im Stadtzentrum, stand seitlich auf den Polizeiwagen REV MIDTOWN NORD. Andrew fragte sich, wo das Revier Midtown *Süd* anfing. Gab es eine deutliche Grenze? In den Geschäften entlang der Avenue war die Weihnachtsdekoration bereits abgenommen, und in den Fenstern hing Urlaubskleidung. Hall Avenue hieß die große Einkaufsstraße hier, die ihn an die Miracle Mile in Chicago erinnerte, abgesehen davon, daß sie nicht so breit war. Hier in dieser Stadt wirkte alles eng und schäbig. Hier hatte man nicht diesen Eindruck von großartiger *Weite* wie in Chicago. Nun ja, Chicago war aus der Prärie gestampft worden, und das hier war eine Insel, aber selbst dann hätten sie ihre Avenues ein bißchen breiter anlegen können. *Wenigstens* die Avenues. Er haßte diese Scheiß Stadt wirklich.

Bei Gucci oben brauchte sie etwa eine halbe Stunde. Erst wartete sie wegen der Tasche auf jemanden, und dann erklärte sie, was mit dem Schnappverschluß passiert war. Andrew schätzte die Frau, mit der sie sprach, auf Ende Vierzig, eine attraktive Frau mit lackschwarzen Haaren, die sie hinten zu einem Dutt zusammengefaßt hatte. Sie sprach mit einem Akzent, den Andrew ganz reizend fand. Er fragte sich, wie es in Rom sein mochte. Er ging jede Wette ein, daß es in Rom breite Avenues gab.

Als sie wieder auf die Straße traten, war es kurz nach zwölf. Auf den Gehsteigen drängten sich die Menschen zur Mittagspause. Das war der zweite Haken an dieser Stadt. Alles wirkte so *überlaufen*. Kein Wunder, daß die Menschen gereizt waren.

»Wollen wir etwas essen gehen?« fragte Emma.

»Wird allmählich Zeit, nicht?« sagte er.

Sie führte ihn zu einem kleinen, französischen Restaurant in einer Seitenstraße. Er wußte nicht genau, wo er sich befand, nahm jedoch an, daß es hier in der Gegend jede Menge Restaurants gab, die meisten dem Anschein nach ziemlich teuer. Dem äußeren Anschein nach jedenfalls. Markisen, wuchtige hölzerne Eingangstüren, manche mit kunstvollen Schnitzereien verziert, auf Hochglanz polierte Messingtürgriffe.

Augenblicklich fragte er sich, wer für das Essen bezahlte. Er hatte ihr gesagt, daß die Spesen im Honorar inbegriffen seien. Zahlte hier jeder für sich? Er hoffte inständig, sie möge nicht erwarten, daß er *ihr* Essen mit übernahm. Wäre unbestritten ein dickes Ding, was schlechte Investitionen anging.

Emma bestellte sich ein Glas Wein. Er bestellte sich einen Absolut auf Eis.

»Ich trinke nur den Besten«, sagte er. »Cheers.«

»Cheers«, sagte sie.

Sie nahm einen kleinen Schluck Wein und stellte dann das Glas ab.

»Ist der Wein gut?« fragte er.

»Bestens«, sagte sie.

Und verfiel wieder in Schweigen. Er haßte dieses Schweigen.

Das Restaurant war eng und intim, kleine, viereckige Tische mit makellosen weißen Tischtüchern, glänzendem Tafelsilber, glitzernden langstieligen Gläsern, ein kleines für den Weißwein, ein großes für den roten und ein noch größerer Kelch fürs Wasser. Ständig kamen Leute herein; der Laden wurde langsam voll. Es roch gut hier drinnen. Andrew verspürte plötzlich einen Bärenhunger. Der Oberkellner brachte ihnen die Speisekarten und trottete davon. Andrew studierte seine.

»Da muß mir jemand helfen«, sagte er.

»Klar«, sagte sie.

Zuerst dachte er, sie wolle sie ihm übersetzen, doch statt dessen winkte sie dem Oberkellner, der ihm geduldig die Spezialitäten des Tages vortrug und danach Andrews gezielte Fragen bezüglich etlicher Einzelheiten auf der Karte beantwortete. Schließlich bestellte er den gegrillten Lachs *ohne* Mousselinesoße. Sie bestellte Hühnchen spezial. Der Kellner fragte ihn, ob er noch etwas trinken wolle. Er sagte, er hätte gerne ein Glas Weißwein, bitte schön.

»Madame?« fragte der Kellner.

Ihr Glas war noch zu drei Vierteln voll. Sie legte die Hand darüber.

»Ich habe noch«, sagte sie. »Danke.«

Und verfiel wieder in Schweigen.

Was, zum Teufel, stimmte nicht mit ihr?

»Wann *war* das?« fragte er unverhofft.

Sie blickte auf.

»Wann war *was*?«

»Als Sie in Downtown gewohnt haben? Bei der Brücke.«
»Oh. Als ich noch sehr viel jünger war.«
»Wie jung?«
»Neunzehn. Ist lange her.«
»So lange nun auch nicht«, sagte er und lächelte.
»Ziemlich lange«, sagte sie.
»Was haben Sie damals gemacht?«
»Ich ging zur Schule«, sagte sie.
»Die schönste Zeit in meinem Leben«, sagte er und lächelte wieder.
Es war ganz schön schwer, die Frau dazu zu bringen, daß sie sein Lächeln erwiderte. Ihr Daumen und Zeigefinger waren mit dem Stiel des Weinglases beschäftigt. Sie blickte wieder in das Glas. Keinerlei Blickkontakt. Der Kellner brachte Andrews Wein. Er hob das Glas und prostete ihr zu, was sie aber nicht sah, und nahm einen kleinen Schluck.
»Angenehm«, sagte er.
»Ja«, sagte sie.
»Was haben Sie gelernt?« fragte er.
»Was? Oh. Ich wollte Künstlerin werden.«
»Wirklich?«
»Malerin«, sagte sie. »Ich habe an der Briley Kunst studiert. Wissen Sie, wo das ist?«
»Nein.«
»Na ja ... in Downtown. Gleich bei der Brücke.«
»Waren Sie gut?«
»Ich glaubte, ich wär's.«
»Aber?«
»Manches ändert sich.« Sie blickte auf. »Ich habe Martin kennengelernt.«
»Aha.«
»Und wir haben uns ineinander verliebt. Und dann haben wir geheiratet. Und ...«
»Und?«
Sie zuckte mit den Achseln und griff zu ihrem Weinglas. Sie nahm einen Schluck, aber nicht mehr. Stellte das Glas gleich wieder auf den Tisch. Begann wieder am Stiel herumzufummeln. Schluckte ja mächtig, diese Frau.
»Wie haben Sie ihn kennengelernt?« fragte er.

»Im Park. Vor der Schule ist ein kleiner Park, und ich habe mir immer ein Sandwich mit in die Schule genommen und es im Park gegessen. Und wenn das Wetter gut war, habe ich mich nach dem Essen hingesetzt und gezeichnet... ich wollte ganz ernsthaft Künstlerin werden, verstehen Sie. Der Vietnamkrieg war damals vorbei...«

...na ja, er war damals schon seit etlichen Jahren vorbei, und die Mehrzahl der Studenten wurde etabliert und versuchte sich auf das vorzubereiten, was die Zukunft bringen mochte. Dabei war sich keiner sicher, ob es überhaupt eine Zukunft gab; die Kids hockten herum und redeten über den großen Knall, der jeden Tag kommen konnte. Während sie Andrew davon erzählt, erinnert sich Emma, daß es auf der ganzen Welt ständig nur Ärger zu geben schien, überall wurden Staatsoberhäupter ermordet, wurden Länder überfallen oder unterworfen, und all das hätte ein neunzehnjähriges Mädchen völlig verunsichern können – wäre da nicht ihre Kunst gewesen.

Damals sah Emma alles mit einem Rahmen drum herum.

Ihr aufmerksamer Blick erkundete jede Einzelheit im Alltag der Stadt, und mit flinker Feder hielt sie alles fest. Wenn sie diese Skizzen später in Kohleentwürfe auf Leinwand umsetzte, sie größer anlegte, mit Öl ausgestaltete und ihnen mit schreienden Farben Leben verlieh, fühlte sie sich als essentieller Bestandteil dieser unglaublich aufregenden Sache, die da in dem großen, zugigen Raum im obersten Stockwerk ihrer Schule vonstatten ging; mit dem Nordlicht, das durch die Dachfenster einfiel, den Kids, die in farbverkleckststen Kitteln an den Staffeleien standen und mit Pinseln auf Palette und Leinwand hantierten, dem Geruch nach Terpentin und Leinöl, den ernsthaften Mienen; mit Mr. Grayson, der dastand, Hände in den Hüften, einen Zigarrenstumpen zwischen die Zähne geklemmt, und mit verkniffenen Augen die Leinwand musterte: Hübsch, Emma, sehr hübsch, o Gott, war das schön. Berstend vor Energie, Talent und Ehrgeiz, entnahm sie der Stadt ihre Eindrücke, machte sie sich zu eigen und gab sie ihr um so reicher zurück.

An diesem Tag im Park... an diesem strahlenden Frühlingstag... sie erinnert sich, daß da ein Akkordeonspieler im Park vor der Schule war... ja... und ein Vogel... ein grüngelber Papagei... und der Papagei steckte den Schnabel in einen Bauchladen mit Spielkarten und zog eine, und die Karten sagten einem das Schicksal voraus. Sie machte eine Reihe rascher Skizzen – der Mann, der sein Instrument spielte, der

Papagei, der in den Bauchladen griff, die grinsenden Gesichter der Jungen und Mädchen im Publikum – und arbeitete gerade an etlichen genaueren Studien von den um die Stange geklammerten Füßen des Papageis und seinen hellen, klugen Augen ... als ...

»Das ist sehr gut«, sagte er.

Erschreckt blickte sie auf.

Der Mann, der da stand und ihr über die Schulter sah, war vermutlich fünf oder sechs Jahre älter als sie, ein großer, schlanker Mann mit dunklen Haaren und braunen Augen, den angenehmen Mund zu einem Lächeln verzogen. Er trug einen dunklen Nadelstreifenanzug, ein weißes Hemd mit Button-down-Kragen und eine Seidenkrawatte mit Diagonalstreifen.

»Wirklich, es ist sehr gut«, sagte er.

»Danke«, sagte sie.

Er setzte sich neben ihr auf die Bank. Schlug die Beine übereinander. Schaute zu dem Akkordeonspieler und dann zu dem Papagei. Schaute auf ihren Skizzenblock und den geschäftig hantierenden Stift.

»Gehen Sie hier zur Schule?« fragte er.

»Ja«, antwortete sie.

Er schaute zu dem Gebäude, als entdecke er es zum ersten Mal.

»Die Briley-Kunstschule, hm?« sagte er.

»Ja«, erwiderte sie. Den Blick auf den Augen des Papageis. Den vertrackten Runzeln um die Augen.

»Martin Bowles«, stellte er sich vor.

»Hallo, Martin«, sagte sie. »Ich muß das erst hinkriegen, okay?«

Schweigend sah er ihr zu. Wie ihr Stift die Runzeln um die Augen schraffierte. Die hellen, durchdringenden Papageienaugen.

»Sehr hübsch«, sagte er.

»Schsch«, sagte sie.

Und arbeitete weiter. Als sie sich ihm schließlich zuwandte, fragte er: »Alles klar?«

»Vorerst ja«, sagte sie. »Ich muß wieder rein.«

»Wollen wir nicht lieber spazierengehen?«

»Nein«, sagte sie. »Ich kann nicht.«

Sie klappte den Block zu, erhob sich von der Bank. Sie hielt den Block an die Brust gedrückt, sagte: »Emma Darby«, lächelte und ging wieder in die Schule.

»So haben wir uns kennengelernt«, erzählte sie nun Andrew. »Er war der bestaussehende Mann, dem ich in meinem ganzen Leben begegnet war.«

***

»Mr. Assanti«, sagte Addison und lehnte sich gönnerhaft zurück, wie ein Kaufhaus-Nikolaus, der wissen möchte, was sich das verschreckte Kind vor ihm zu Weihnachten wünscht, »Sie haben ausgesagt, daß Sie Miss Franceschi vom Kino nach Hause brachten...«

»Ja.«

»... und gegen Viertel vor neun, zehn vor neun, bei ihr zu Hause waren, das sagten Sie doch?«

»Ja.«

»Und Sie haben ebenfalls ausgesagt, daß Sie gegen zwanzig nach neun dort weggingen...«

»Ja.«

»... wodurch Sie um oder gegen halb zehn zufällig in der Nähe der A & L Bakery waren... ich glaube, Sie sagten, es war um halb zehn, ein paar Minuten hin oder her, korrigieren Sie mich bitte, falls ich mich irre.«

»Nein, genau das habe ich gesagt.«

»Danke, Mr. Assanti. Nun, Mr. Assanti, was haben Sie zwischen Viertel vor neun, als Sie bei Miss Franceschis Haus eintrafen, und zwanzig nach neun gemacht, als Sie dort fortgingen? Haben Sie das nicht gesagt? Zwanzig nach neun?«

»Ja. Ich habe bloß zehn Minuten oder so gebraucht...«

»Ja, und was haben Sie dann zwischen Viertel vor neun und zwanzig nach neun gemacht, können Sie mir das sagen?«

»Wir waren bei Frankie im Hausflur.«

»Und haben was gemacht?«

Assanti schaute zum Richter.

»Beantworten Sie die Frage«, sagte di Pasco.

»Wir haben rumgefummelt.«

Im Gerichtssaal ertönte verhaltenes Gelächter. Zornig starrte Di Pasco vom Podium. Das Gelächter erstarb.

»Sie haben fünfunddreißig Minuten herumgefummelt, stimmt das?« fragte Addison mit erstaunter Miene.

»Ja.«

»Mr. Assanti, erinnern Sie sich noch, daß Sie am Abend des vierundzwanzigsten Juli letzten Jahres mit den Detectives Randall Wade und Charles Bent geredet haben?«

»Jawohl.«

»Erinnern Sie sich noch, daß Sie ihnen sagten, als Sie nach Hause gingen, hätten Sie nichts als Frankie im Kopf gehabt?«

»Ja, ich glaube, das habe ich zu ihnen gesagt.«

»Nun, haben Sie's gesagt oder nicht?«

»Ich habe es gesagt.«

»Haben Sie ihnen nicht sogar gesagt, daß Ihnen irgendwie schwindlig gewesen sei, nachdem Sie mit Frankie zusammengewesen seien?«

»Das kann ich durchaus gesagt haben, ja.«

»Nun, dies sind genau Ihre Worte, nicht wahr?« fragte Addison, ging zum Verteidigerpult und ergriff einen Stapel Blätter. »Hier, wenn ich Ihr Gedächtnis etwas auffrischen darf.«

»Was ist das?« fragte Di Pasco.

»Der von Detective Randall Wade von der Kriminalabteilung des fünfundvierzigsten Reviers verfaßte und zu den Akten gelegte kriminalpolizeiliche Bericht bezüglich der Unterredung mit dem Zeugen am Abend des vierundzwanzigsten Juli letzten Jahres.«

»Fahren Sie fort.«

»Nun, Mr. Assanti, haben Sie nicht genau das gesagt? ›Ich schätze, mir war irgendwie ein bißchen schwindlig, nachdem ich die ganze Zeit mit Frankie zusammen war. Ich bin so vor mich hingelaufen und habe mir ihren Lippenstift vom Mund gewischt...‹«

»Na ja, das ist schon okay, Sie müssen nicht...«

»Ich würde gerne fortfahren, wenn ich darf. ›Mir ihren Lippenstift vom Mund gewischt und drüber nachgedacht, was bei ihr im Hausflur passiert ist.‹ Haben Sie den Detectives Wade und Bent nicht genau das gesagt?«

»Ja.«

»Und haben Sie da nicht genau das gehört, was Sie zuerst für Fehlzündungen hielten? Während Sie sich ihren Lippenstift vom Mund wischten und darüber nachdachten, was bei ihr im Hausflur passiert war?«

»Ja.«

»Was brachte Sie zu der Erkenntnis, daß es keine Fehlzündungen waren?«

»Es war kein Auto auf der Straße.«

»Ah. In Ihrem delirierenden Zustand waren Sie in der Lage...«

»Einspruch. Er versucht den Zustand des Zeugen...«

»Stattgegeben.«

»Im Delirium war ich jedenfalls nicht«, sagte Assanti.

»Sie sagten den Detectives, Ihnen sei schwindlig gewesen. Genau dieses Wort haben Sie gebraucht. Schwindlig.«

»Ich schätze, ich war ein bißchen poetisch drauf.«

»Ah. Poetisch. Wie hübsch.«

»Einspruch. Der Verteidiger belästigt den...«

»Stattgegeben.«

»Jedenfalls war ich seinerzeit in Frankie verliebt«, sagte Assanti.

»Aber jetzt sind Sie nicht mehr in sie verliebt.«

»Nein, bin ich nicht.«

»Und nun, da Sie in einer stabileren, unpoetischen Verfassung...«

»Einspruch, Euer Ehren.«

»Stattgegeben. Also *wirklich*, Mr. Addison.«

»Mr. Assanti... würden Sie hier und heute noch immer sagen, Ihnen sei wegen Frankie schwindlig gewesen, als Sie an jenem Abend von ihr fortgingen?«

»Na ja... ja.«

»Aber nicht so schwindlig, daß Sie Schüsse nicht von Fehlzündungen unterscheiden...«

»Es waren Schüsse.«

»Das ist Ihnen später klargeworden.«

»Ja.«

»Weil kein Auto auf der Straße war.«

»Ja.«

»Nicht etwa, weil Sie in der Lage waren, sie als Schüsse zu identifizieren, sondern nur, weil es keine Fehlzündungen sein konnten, da kein Auto auf der Straße war.«

»Na ja, ja, ich habe mir gedacht...«

»Eigentlich war es also eine Art logischer Entwicklung, nicht wahr?«

»Ja, ich vermute...«

»Obwohl Ihre Logik seinerzeit etwas getrübt war, nicht wahr? Sie waren in Frankie verliebt, Sie hatten nichts als Frankie im Kopf, Ihnen war beim Gedanken an Frankie schwindlig, Sie wischten sich ihren

Lippenstift aus dem Gesicht, dachten daran, was Sie gemeinsam bei ihr im Hausflur gemacht hatten. Und in dieser Verfassung sahen Sie zwei schwarze Männer aus der Bäckerei kommen ... sind Sie sicher, daß sie schwarz waren?«

»Absolut.«

»Und Sie sind auch sicher, daß sie zu zweit waren?«

»Ja.«

»Jedenfalls haben Sie das den Detectives Wade und Bent eine Woche *nach* dem Vorfall gesagt, nicht? Daß Sie zwei schwarze Männer aus der Bäckerei kommen sahen, nicht wahr?«

»Ja.«

»Aber am betreffenden Abend ... am siebzehnten Juli ... nur ein paar Minuten, nachdem Sie Augenzeuge des Vorfalles geworden waren, sagten Sie zu Doris Franceschi, daß Sie irgendeinen Typ mit einer Knarre in der Hand aus dem Bäckerladen hätten rennen sehen. Haben Sie das nicht gesagt?«

»Das kann ich durchaus gesagt haben, ich bin mir nicht sicher.«

»Nun, waren das nicht genau Ihre Worte? Irgendeinen Typ mit einer Knarre?«

»Vielleicht, aber gemeint hab' ich ...«

»Er hat die Frage beantwortet, Euer Ehren.«

»Wollen wir es ihn erklären lassen.«

»Ich habe gemeint, daß ich zwei Typen gesehen habe, aber nur der eine hatte eine Knarre.«

»Ich verstehe. Aber das ist nicht das, was Sie am Abend des siebzehnten Juli wortwörtlich *sagten*, nicht wahr?«

»Nein.«

»Das ist das, was Sie *heute* sagen, nicht wahr?«

»Ja.«

»Und Sie können ebenfalls sagen – nun, mit völliger Überzeugung –, daß Sie an jenem Abend Samson Wilbur Cole sahen, und daß er eine 9-Millimeter-Schnellfeuerwaffe in der Hand hatte?«

»Ja.«

»Mr. Assanti, erinnern Sie sich, daß Detective Randall Wade Ihnen am fünfundzwanzigsten Juli letzten Jahres einige Fotos zeigte?«

»Jawohl.«

»Wie viele Fotos bekamen Sie gezeigt?«

»Ich weiß nicht mehr genau. Es war 'ne ganze Menge.«

»Nun, bei einer ganzen Menge ... würden Sie sagen, zwanzig?«
»Mehr als zwanzig.«
»Nun ... fünfzig?«
»Viel mehr.«
»Einhundert?« fragte Addison.
»Nein nicht so viele.«
»Zwischen fünfzig und einhundert Bildern also?«
»Ja.«
»Könnte die Zahl zweiundsiebzig einigermaßen korrekt sein?«
»Ja, um den Dreh.«
»Hat man Ihnen gesagt, daß es sich bei diesen Bildern um Fahndungsfotos von polizeilich bekannten Kriminellen handelte?«
»Ja.«
»Hat man Ihnen gesagt, daß all diese polizeilich bekannten Kriminellen den Spitznamen Sonny trugen?«
»Ja.«
»Wonach haben Sie gesucht, Mr. Assanti?«
»Ich habe versucht, den Mann rauszupicken, den ich aus dem Bäckerladen habe rennen sehen.«
»Am siebzehnten Juli letzten Jahres?«
»Ja.«
»Hatten Sie dabei Erfolg?«
»Nein.«
»Sie sahen sich also über siebzig Fotos von polizeilich bekannten Kriminellen namens Sonny an, aber Sie konnten nicht einen finden, der auch nur *halbwegs* ...«
»Einspruch.«
»Stattgegeben.«
»Haben Sie auch nur *ein* Foto gefunden, das dem Sonny genannten Mann ähnelte, den Sie aus dem Bäckerladen rennen sahen?«
»Nein, hab' ich nicht!«
»Bei ein paar *siebzig* Fotos!«
»Ja.«
»Aber heute – fünf, beinahe sechs Monate nach dem Ereignis – können Sie sich im Gerichtssaal umsehen und mit dem Finger auf den Angeklagten da deuten und ohne jeden Zweifel sagen, daß er derjenige Mann ist, den Sie mit einer Waffe in der Hand aus der Bäckerei rennen sahen.«

»Ja, das stimmt.«
»Keine weiteren Fragen.«
Lowell erhob sich vom Staatsanwaltspult, konsultierte einige Notizen in seiner Hand und ging auf den Zeugenstand zu.
»Mr. Assanti«, sagte er, »als man Ihnen vergangenen Juli diese Fotos zeigte, haben Ihnen die Detectives Wade und Bent da gesagt, was Sie sich ansahen?«
»Ja, das haben sie.«
»Was haben Sie sich angesehen?«
»Bilder von Menschen, die in dieser Stadt wegen Straftaten verurteilt wurden.«
»Und Sie sagen, Sie konnten Mr. Coles Foto nicht unter den Ihnen vorgelegten Bildern entdecken, ist das richtig?«
»Das ist richtig.«
»Sein Foto war also nicht unter den Bildern von polizeilich bekannten Straftätern in dieser Stadt.«
»Nein, war es nicht.«
»Polizeilich bekannten Tätern, deren Spitzname Sonny lautete.«
»Ja, Sir.«
»Nicht darunter.«
»Nein, Sir.«
»Zeigte man Ihnen Bilder von jemandem, der vielleicht woanders eine Straftat begangen hatte, in Kalifornien zum Bei...«
»Einspruch!« rief Addison. »Dürften wir bitte vortreten?«
»Kommen Sie her«, sagte Di Pasco.
Beide Anwälte gingen zur Richterbank.
»Euer Ehren«, sagte Addison, »an dieser Stelle möchte ich auf Verfahrensfehler hinweisen.«
»Abgelehnt«, sagte Di Pasco.
»Euer Ehren, die Fragen des stellvertretenden Bezirksstaatsanwaltes unterstellen, daß Mr. Cole woanders wegen einer Straftat verurteilt...«
»Ja, ich weiß. Und *Sie* wissen, daß im Antragsverfahren über die Zulassung von Beweismitteln vor Beginn der Hauptverhandlung...«
»Ja, Euer Ehren, aber...«
»... von mir entschieden wurde, daß ich, entsprechend Ihrer Erklärung, wonach Cole aussagen und seine Glaubwürdigkeit in die Waagschale werfen würde, Fragen bezüglich der früheren Verurteilung des

Angeklagten wegen Mordes zulassen würde. Ich habe meine Meinung dazu nicht geändert. Darüber hinaus waren Sie es, der diese Tür aufgestoßen hat, indem Sie zuerst die Fotos ins Spiel brachten. Fahren Sie mit der Befragung fort, Mr. Lowell.«

Lowell ging wieder zum Zeugenstand.

»Mr. Assanti«, sagte er, »hat man Ihnen Fotos von polizeilich bekannten Straftätern aus Kalifornien gezeigt?«

»Meines Wissens nach nicht.«

»Man hat Ihnen also nur Fotos von Straftätern aus dieser Stadt gezeigt?«

»Ja.«

»Und Sonny Coles Bild war nicht darunter?«

»Nein, war es nicht.«

»Danke, keine weiteren Fragen.«

»Ich möchte die Geschworenen an dieser Stelle ermahnen«, sagte Di Pasco, »Fragen nicht als *Beweise* zu betrachten. Fragen sind *keine* Beweise. Nur *Antworten* sind Beweise. Sie dürfen auch nichts in Fragen hineindeuten, Sie dürfen sie lediglich als ein Mittel zum Entlokken von Antworten betrachten.«

Am Verteidigerpult lächelte Addison vor sich hin.

5

Die Asservatenkammer nahm das gesamte Kellergeschoß des neuen Polizeipräsidiums an der High Street in Downtown in Beschlag. Dies war eine gewaltige Verbesserung gegenüber dem Kabuff, das bis in jüngster Zeit als Lagerstätte für wiedergefundenes Diebesgut, beschlagnahmte Betäubungsmittel, bei Verbrechensopfern sichergestellte Kleidung und Schmuck oder, in vielen Fällen, riesige Mengen Bargeld gedient hatte, die als Beweismittel bei einer Festnahme eingezogen worden waren. Doch trotz seiner Größe und des aufgestockten Personals – sechs Polizeibedienstete, wo es früher nur zwei gegeben hatte –, war der zugige Kellerraum bis zum Überlaufen vollgestopft, und die Angestellten schienen förmlich in einem Meer aus Treib- und Strandgut zu schwimmen.

Das Ablagesystem wurde nun per EDV verwaltet, und so war es relativ einfach, TILLY, ROGER TURNER einzugeben und eine Liste der Sachen zu erhalten, die im Leichenschauhaus unter seinem Namen eingetütet worden waren. Eine ganz andere Geschichte war es indes, all diese *Sachen* auch zu finden. Das Ablagesystem erschien sinnvoll, als es ihnen der Angestellte erklärte...

»Kleidung ist in den offenen Regalen, Schmuck und ähnliches in den verschlossenen Maschendrahtkästen, Bargeld in den Stahlbehältern, für die man zwei Schüssel braucht, genau wie auf der Bank...«

...doch sobald er die vergitterte innere Tür aufgesperrt und sie in die gewaltige Lagerhalle eingelassen hatte, wurde fast augenblicklich klar, daß Tillys weltliche Güter etwa so schwer aufzufinden sein würden wie die sprichwörtliche Stecknadel im Heuhaufen.

»Es gibt ein System, glauben Sie's mir«, sagte ihnen der Angestellte weiter.

Der Name auf dem kleinen Plastikschild auf seiner Brust lautete J. DI LUCA. Er sagte ihnen ferner, daß er nicht allzu vertraut mit dem System sei, da er nur für einen der regulär hier Beschäftigten eingesprungen sei, der sich krank gemeldet habe. Normalerweise arbeite er oben, beim Erkennungsdienst. Da droben sei es einfach, Sachen zu finden, weil alles Papierkram sei. Selbst die Fingerabdrücke seien Papierkram. Hier unten im Keller aber seien es Sachen, können Sie mir folgen? Lauter Scheiß Sachen.

Meyer hatte den ganzen Tag am Tatort zugebracht, Anwohner und Ladenbesitzer befragt, um herauszufinden, ob irgendwer am Tag von Tillys Tod etwas Verdächtiges gehört oder gesehen hatte. Carella war direkt vom Gericht hergekommen, das er verlassen hatte, als Lowell gerade wieder ins Kreuzverhör eintrat. Es war nun fast vier Uhr, und beide Männer waren todmüde, aber nichtsdestotrotz wollten sie sich unbedingt all die verschiedenen Papiere und Karten ansehen, die man in Tillys Brieftasche gefunden hatte. Seine Schuhe und Socken, die Boxershorts – sie kamen auch ohne sie klar. Dito die anderen Kleidungs- und Schmuckstücke. Aber diese verschiedenen Papiere und Karten klangen so, als sollten sie einmal einen Blick darauf werfen.

»Wie funktioniert das?« fragte Meyer. »Nehmt ihr das Geld aus der Brieftasche und legt es in einen von den verschließbaren Behältern? Oder packt ihr...?«

»Fragen Sie *mich*?« sagte der Angestellte. »Ich hab' erst heute morgen hier angefangen. Und ich bin froh, wenn ich hier raus bin, das sag ich Ihnen.«

»Weil wir uns nämlich«, sagte Carella, »gerne mal die Brieftasche angeguckt hätten.«

»Aber nicht das Geld, was?«

»Nein, das Geld interessiert uns nicht sonderlich.«

»Die haben hier unten Schließfächer mit Millionen Dollar in bar, glauben Sie das?«

»Ich glaube es«, sagte Carella.

»Von Drogenrazzias«, sagte Di Luca. »Wenn einer wirklich schlau sein will, sollte er den Laden ausnehmen, da holt er mehr bei raus als bei 'nem Banküberfall.«

»Ist schon passiert«, sagte Meyer.

»Alles ist schon mal passiert«, sagte Di Luca betrübt. »Schaun wir mal, ob ich jemand finde, der weiß, wie der Scheiß hier läuft.«

Etwa fünf Minuten später kehrte er mit einem anderen Angestellten in blauer Uniform zurück. Der hier kannte das System. Er erklärte ihnen, er arbeite seit fünfzehn Jahren in der Asservatenkammer, und wenn sie's wissen wollten, ihm habe die alte besser gefallen, so vollgestopft und überbelegt sie auch gewesen sein mochte. Auf seinem Namensschild stand R. BALDINI.

»Man nennt mich den Großen Baldini«, sagte er, »weil ich der einzige in dieser Abteilung bin, der alles finden kann. Und wofür interessiert ihr euch nun? Für dem Mann seinen Geldbeutel?«

»Eigentlich für die Papiere, die drin waren«, sagte Carella.

»Wir machen das folgendermaßen«, sagte Baldini. »Es gibt nämlich Diebe bei der Polizei, ich nehme an, ihr wißt das. Jede Menge sogar.«

»Das könnt ihr glauben«, sagte Di Luca.

»Wir machen das also folgendermaßen, daß wir Maschendrahtkästen für den Schmuck und so was haben und verschließbare Behälter für das Bargeld. Wegen der ganzen Langfinger, die wir hier unten haben. Aber normalerweise bewahren wir Bargeld, das in der Brieftasche oder der Handtasche von jemand ist, nicht einzeln auf. Weil das wie eine Packung ist, versteht ihr? Wir reißen keine Packung auseinander.«

»Hmm«, sagte Carella.

»Wir müssen also wieder an den Computer ran und uns die Index-Nummer für den Scheiß von dem Kerl besorgen. An die Index-Nummer müssen wir uns nämlich ständig halten. Das ist wie beim Dewey-Dezimalsystem – kennt ihr euch aus mit dem Dewey-Dezimalsystem?«

»Nein«, sagte Carella.

»Nein«, sagte Meyer.

»Nein«, sagte Di Luca.

»Ich war mal Bibliothekar«, sagte Baldini. »Und da haben wir immer das Dewey-Dezimalsystem benutzt. Hier funktioniert es genauso, bloß daß wir hier diese sogenannten Index-Nummern haben. Der ganze Scheiß von dem Kerl ist unter derselben Index-Nummer. Ob Klamotten, Schmuck, Geld, egal was, es hat hier an den verschiedenen Aufbewahrungsorten dieselbe Index-Nummer. Versteht ihr, was ich sage?«

»Nein«, sagte Di Luca.

»Muß ja großartig sein da droben, bei deinen Erkennungsdienstlern«, sagte Baldini trocken und führte sie wieder zum Computer zurück. Noch einmal gaben sie TILLY, ROGER TURNER ein. Doch diesmal wies Baldini sie auf eine Folge von Buchstaben und Ziffern etwas rechts und kurz oberhalb des Namens hin: RLD 34-21-679.

»Verflixt und zugenäht«, sagte Di Luca.

Baldini führte sie zurück durch die zig Reihen offener Regale, wies auf die Index-Nummern hin, die jedem zusammengefalteten Haufen Kleidungsstücke zugeordnet waren, zeigte ihnen die gleichen Kennziffern auf den versperrten Maschendrahtkästen mit den kleinen, grauen Schalen voller Armbanduhren und Brieftaschen, Halsbänder und Ringe, Armbänder und Ohrringe, alle einzeln in den Kästen ausgewiesen, und blieb schließlich vor einem mit RLD 34-21 und auf einer extra Zeile darunter mit 650-680 gekennzeichneten Kasten stehen. An einem von seinem Gürtel hängenden Ring fand Baldini den gewünschten Schlüssel und sperrte den Kasten auf.

»Hier drin könnte es sein«, sagte er, »oder in einem der anderen Kästen. Kommt drauf an, wieviel Geld in der Brieftasche war.«

»Unserer Liste nach vierhundertundfünfunddreißig Mäuse«, sagte Meyer.

»Normalerweise packen wir alles von fünfhundert aufwärts drüben in die Behälter.«

In einer kleinen, grauen Plastikschale, die mit dem Code RLD 34-21-679 beschildert war, stießen sie auf Tillys Armbanduhr, Ring, Krawattenklammer und Federhalter, eine offene Marlboro-Schachtel, ein Streichholzheftchen, eine Plastiktüte mit drei U-Bahn-Jetons, zwei Vierteldollarmünzen, vier 10-Cent-Stücken, einem 5-Cent-Stück und drei Pennys, eine offene Packung Wrigley-Spearmint-Kaugummi und eine braune Lederbrieftasche.

»Was dagegen, daß wir in die Brieftasche reinschauen?« fragte Carella.

»Nehmt die ganze Schale mit, wenn ihr wollt«, sagte Baldini. »Dahinten ist ein Zimmer, wo ihr euch hinsetzen und es euch gemütlich machen könnt. Nicht rauchen, bitte. Wenn ihr fertig seid, bringt ihr die Schale zum Schalter, und wir checken den Inhalt mit der Liste auf dem Computer ab.«

»Danke«, sagte Carella.

Sie trugen die Schale durch die Tür, auf die Baldini gewiesen hatte, und traten in einen fensterlosen Raum. Er enthielt einen langen Holztisch mit mindestens einem Dutzend Holzstühlen und einer Reihe trostloser Neonlampen darüber. Am anderen Ende des Tisches saßen zwei Männer in Anzügen und brüteten über dem Inhalt einer weiteren grauen Plastikschale. Carella kannte den einen; er war Detective im Zehnten. Er nickte ihnen kurz zu, und dann zogen er und Meyer die Mäntel aus, hängten sie über einen der Stühle, setzten sich hin und nahmen sich den Inhalt von Tillys Brieftasche vor.

Das ganze Bargeld war noch da. Bloß damit ihnen später keiner vorwerfen konnte, sie hätten vom Honigtopf genascht, zählten sie die Scheine auf den Tisch und legten eine Liste mit den Seriennummern an. Genau vierhundertundfünfunddreißig Dollar in Hundertern, Fünfzigern, Zwanzigern, Zehnern und Eindollarnoten. In dieser Stadt schleppte man normalerweise nicht soviel Bargeld mit sich herum.

Sein Personenbeförderungsschein war auf den Namen Roger Turner Tilly ausgestellt und gab als Geburtsdatum den 15. 10. ...

»Der Geburtstag großer Männer«, sagte Carella, führte es aber nicht weiter aus.

... und als Auslaufdatum denselben Tag im gleichen Monat in drei Jahren an. Sie rechneten nach, daß Tilly erst siebenundzwanzig Jahre alt war, als er totgeschossen worden war. Als Anschrift hatte er die St. Paul's Avenue Nummer 178 in Isola angegeben, mitten im Herzen des *L'Infierno*, dem dichtest bevölkerten hispanischen Viertel der Stadt. Das blaue Feld hinter dem Foto wies jeden Polizisten darauf hin, daß er beim Fahren eines Kraftfahrzeuges eine die Sehschwäche genügend ausgleichende Brille zu tragen hatte. In der Auflistung seiner Besitztümer war keine Brille aufgeführt, aber möglicherweise trug er Kontaktlinsen.

Die verschiedenen Papiere und Karten beinhalteten eine eingeschweißte Karte von einem Video-Verleih namens Videodrome mit der Seriennummer MRL 06732 und dem per Hand mit blauer Tinte geschriebenen Namen Roger Tilly, einen Zettel, der mit *Arthur* und darunter *64 Charlesgate East, Boston 02215* und darunter *Pullover – Large, Hemd 16-32, Gürtel 32* beschriftet war, sowie ähnliche kleine Papierschnipsel mit den Adressen und Konfektionsgrößen eines Mannes namens Frank und zweier Frauen namens Paquita und Gerry. Sämtliche Notizzettel waren mit der gleichen energischen Handschrift beschrieben, vermutlich Tillys. Ferner befanden sich darunter ein Heftchen mit Sonderbriefmarken und eine Karte mit der Anschrift und Telefonnummer einer Lumumbataxifirma.

In der Brieftasche war nur eine einzige andere Visitenkarte.

Von einer Investmentfirma namens Laub, Kramer, Steele und Worth an der Steinway Street Nummer 3301.

In der unteren rechten Ecke der Karte stand der Name *Martin Bowles*.

***

Es gab bestimmte Anzeichen dafür, daß der Tod hier, an diesem Ort, geweilt hatte.

Das polizeiliche Vorhängeschloß an der Tür, ja, und das gelbe Plastikband, das den Tatort kennzeichnete, und das an die Wand geheftete schwarzweiße Schild, das darauf hinwies, daß dieser Bereich ausschließlich von Mitarbeitern der Polizei betreten werden durfte, all das, ja. Aber noch mehr.

Sie sperrten die Tür auf, und Meyer knipste den Lichtschalter an der rechten Wand an, und dann stiegen beide Männer die steile Treppe in den Keller hinab, wo eine nackte Glühbirne am Fuß der Stufen baumelte, hinter deren Lichtkreis alles in Dunkelheit getaucht war. Hier nun lag dieses Frösteln in der Luft, an dem man spürte, daß der Tod an dieser Stelle verweilt und seinen düsteren Schatten hinterlassen hatte.

Sie waren erfahrene Kriminalpolizisten, diese beiden hier, sie wußten, was man an einem Ort verspürte, den der Tod heimgesucht hatte, sie hatten bei viel zu vielen Gelegenheiten genau dieses Gefühl verspürt, das sie nun verspürten. Sie standen im Lichtkreis wie zwei fassungslose Vaudeville-Künstler im Scheinwerferstrahl von der Empore, wenn sie die Sätze ihrer komischen Nummer, die Schritte für ihren Steptanz vergessen haben. Ihr Atem dampfte in der klammen Kellerluft, als sie mit offenen Mänteln, die Schals lose herunterhängend, in die Dunkelheit blickten, wo vielleicht ein Hinweis lauerte, in die Düsternis starrten, die der Tod hinterlassen hatte; und während der eine zu erkennen versuchte, was sich auf der rechten Seite befand, musterte der andere die graue Leere auf der linken – gab es hier noch einen Lichtschalter?

Keiner von beiden sagte ein Wort.

Meyer schwärmte nach rechts aus und tastete entlang der Wand nach einem Lichtschalter. Carella ging bereits nach links und suchte dort die Wand ab. Plötzlich war der Kellerraum hinter ihm hell erleuchtet. Er drehte sich um. Meyer hatte einen Wandschalter entdeckt. Und nun, da der Raum etwas besser als zuvor ausgeleuchtet war, entdeckte Carella in dem Bereich, den er absuchte, noch einen weiteren Schalter, und er knipste ihn an, und noch mehr Licht fiel in den Raum – es war, als ob eine Bühne zum Leben erwachte und die Schauspieler aufeinander zugingen, um zu begutachten, was ihre Kunst bewirkt hat.

Türen erstreckten sich entlang der gesamten Wand gegenüber der Treppe. Vorhängeschlösser an sämtlichen Türen. Jede Tür mit der Nummer der dazugehörigen Wohnung gekennzeichnet. 01 für den Hausmeister im Erdgeschoß, dann 11, 12 und 13 für den ersten Stock und so weiter bis hoch zum fünften Stock, drei Wohnungen pro Etage, was insgesamt sechzehn im ganzen Haus ergab, sechzehn mit Vorhängeschlössern versperrte Türen, sechzehn schmale Speicherkammern an einer um die zwanzig Meter breiten Wand. Mehr oder weniger über die ganze Breite des Hauses.

Die Vorhängeschlösser hingen an offenen Schließen; hier war der Schauplatz eines Verbrechens, und niemand brauchte eine richterliche Genehmigung, um hier nach einer Waffe zu suchen; ein Mann war umgebracht worden, eine Ermittlung lief an. Die Spurensicherung hatte den Ort bereits mit feinster Bürste abgekämmt. Nun waren die Detectives an der Reihe.

Normalerweise war in dieser Stadt das Detective-Team für einen Fall zuständig, das den Notruf entgegennahm. Die Mordkommission beriet und überwachte, aber das war's auch schon. Die zwei Männer, die nun in diesem muffigen, dumpfen, nach Tod stinkenden Keller herumstöberten, hätten eigentlich Detective/Second Grade Jasper Loop und sein Partner Fat Ollie Weeks sein sollen. Auf Grund der Erster-Mann-am-Fall-Regel – wegen der zahlreichen Ungerechtigkeiten, die sie geradezu förderte, mitunter auch als Erster-Mann-am-Arsch-Regel bekannt – waren nun statt dessen Meyer und Carella die glücklichen Cops, die sich durch den ganzen staubigen Scheiß in den vollgestopften kleinen Speicherkammern wühlen durften. Auf der Suche nach etwas, das ein Einschußloch in Roger Tillys Kopf hinterlassen hatte.

Sie stießen auf Fahrräder und Lampen, zusammengeklappte Liegestühle und ein altes Fernsehgerät, ein Clownskostüm und einen Standventilator, eine dreißigbändige Ausgabe der *Encylopaedia Britannica* und eine nichtaufgeblasene Aufblaspuppe mit blonder Perücke, stapelweise zusammengeschnürte *Life*-Magazine und ein Münztelefon samt Geldschacht, das weiß Gott von welcher Telefonzelle stammte, Gummireifen und Werkzeug, eine Weinpresse und Bügelbretter, einen zusammenklappbaren Bridge-Tisch und Stühle und all das irgendwann einmal aufbewahrte und in Vergessenheit geratene Treib- und Strandgut des geballten Großstadtlebens, das hier – aus den Augen, aus dem Sinn – angehäuft war, das meiste von Staub, manches von Schimmel überzogen. Sie stießen auf nichts, das auch nur im entferntesten einer Pistole ähnelte.

Am anderen Ende des Kellers befand sich ein Ölbrenner, der in der nachmittäglichen Stille summte, sich an- und abschaltete, wenn es der Thermostat gebot, und den Keller mit einem Geräusch erfüllte, das der Tod möglichst hätte meiden müssen. Der Tod war hier allgegenwärtig. Von den Blutflecken, wo Roger Tilly auf den grauen und rissigen Betonboden gelegt worden war ... über die Abdrücke des Strickes an dem asbestummantelten Rohr, wo ihn der Mörder aufgehängt hatte ... bis zu der düsteren Stille in den Ecken und Winkeln.

»Ich frage mich, wieso?« sagte Meyer.

»Wieso was?«

»Wieso er sich die Mühe gemacht hat, ihn an die Decke zu hängen. Er mußte doch wissen, daß wir die Kopfverletzung finden.«

»*Wenn* es ein Mann war.«

»Hätte 'ne ziemlich starke Frau sein müssen, die ihn bis da hoch hievt«, sagte Meyer und schaute hinauf zu den dicht unter der Decke verlaufenden Rohren.

»Gibt jede Menge starke Frauen in der Stadt«, sagte Carella.

»Na klar. Aber auch dann... wieso die Mühe? Tot ist tot, nicht?«

»Tot ist tot, ganz richtig.«

Meyer schaute weiter zu dem asbestummantelten Rohr hinauf.

»Vielleicht will er, daß wir glauben, er wäre verrückt«, sagte er schließlich. »Schießt Tilly in den Hinterkopf und knüpft ihn auf. Damit wir glauben, ein Verrückter wär's gewesen.«

»Vielleicht war es ein Verrückter«, sagte Carella.

»Vielleicht.«

Beide Männer verfielen wieder in Schweigen.

»Ich frage mich, ob ihm der Mörder hier herunter gefolgt ist«, sagte Carella.

»Er könnte auch hier unten gewartet haben«, sagte Meyer.

»Könnte tatsächlich jemand gewesen sein, den er kannte.«

»Eine Art Treffen hier unten.«

»Eine Art Verabredung.«

»Wieso sollte sich jemand in diesem gottverdammten Keller verabreden?«

»Nun ja, hier oben...«

»Dope«, sagte Meyer.

»Könnte sein.«

Sie mußten beide daran denken, daß es *überall* in dieser Stadt hätte Dope gewesen sein können, nicht nur hier oben. Wurde ein Mann umgebracht, dachte man automatisch an Dope. Das war dieser Tage die schmerzliche Tatsache im amerikanischen Alltagsleben.

»Glaubst du, er hat vielleicht in einem von den Kabuffs sein Dope versteckt?« fragte Meyer.

»Vielleicht.«

»Geht hier runter und sieht nach seinem Dope.«

»Sperrt das Kabuff auf, versichert sich, daß es noch da ist, und ein Kerl tritt hinter ihn und ballert ihm eine in den Schädel.«

»Haut mit dem Dope ab.«

»Könnte sein.«

»Das Bild stimmt, soviel ist mal sicher.«

»Hat ihm aber sonst nichts abgenommen. Und der hatte mehr Gold an sich, als in Fort Knox liegt. Der Mörder hat alles dagelassen.«

»Zu viele Fragen, Steve.«

»Nicht genug Antworten.«

In der einen Ecke des Kellers befand sich ein alter schmiedeeiserner Kohleheizkessel, offensichtlich seit einiger Zeit nicht mehr in Gebrauch. Die Hauptleitung war am ersten Knie abmontiert, so daß das Rohr vom Kessel aufwärts abrupt in der Luft endete. Die Rückleitung auf der anderen Seite des Kessels war gleichfalls abmontiert. Sie verlief etwa einen Dreiviertelmeter horizontal und knickte dann im rechten Winkel nach oben zum Belüftungsschacht ab, wo sie ebenfalls abrupt endete. Links vom Heizkessel befand sich ein Kohlebunker, an dessen hölzerner Rückwand noch schimmernde Kohlebrocken angehäuft waren. Das Licht einer Glühbirne an der Decke fiel auf eine schräg in der Kohle steckende Schaufel. Vielleicht hätten sie die Kesseltür nicht aufgemacht, hätte Carella nicht den winzigen roten Punkt am herunterhängenden Griff wahrgenommen. Nur ein roter Tupfer. Doch das reichte, so daß er sofort an...

»Blut«, sagte er.

Meyer, der in den Kohlebunker starrte, drehte sich um, ging hin zu Carella, der den Griff untersuchte, bückte sich und warf einen Blick darauf.

»Könnte sein«, sagte er.

Carella stieg in den Kohlebunker, ergriff die Schaufel und trug sie zurück zum Heizkessel. Mit dem flachen Blatt hob er den Griff der schweren Eisentür an. Sie konnten immer noch nichts drin sehen. Meyer ging zu einer der Speicherkammern, stöberte drin herum und kehrte mit einer Taschenlampe zurück.

Und da stießen sie auf etwas, das wie ein Revolver vom Kaliber .32 aussah.

***

Die Bar war an diesem Dienstagnachmittag um fünf Uhr relativ leer, aber sie lag auch nicht in der Nähe der großen Bürohäuser, die um diese Zeit Feierabend machten. Andrew war den ganzen Tag mit Emma Bowles durch die Gegend gezogen und war nun froh, daß er sie los war. Gieß dir ein paar hinter die Binde, gönne dir zu Abend ein gutes Steak, vergiß den verdammten Job, den Bowles dir gegeben hat. Er hob gerade das Glas zum Zeichen für den Barkeeper, daß er nachgeschenkt haben wollte, als sich das rechts von ihm sitzende Mädchen an ihn wandte und sagte: »Hi, ich heiße Daisy.«

Sofort dachte er: Das Blümchen würde ich gern pflücken. Neunzehn, zwanzig Jahre alt, bräunlich-schwarze Haare, blaue Augen, eine niedliche kleine Nase, ein Mund, wie für die Sünde geschaffen. Sie trug eine langärmlige weiße Seidenbluse, hohe schwarze Stöckelschuhe und einen bis rauf zum Nordpol gerutschten schwarzen Mini. Ihre Beine waren übereinandergeschlagen. Sie wippte ständig mit dem rechten Fuß.

»Ich heiße Andrew«, sagte er und ergriff ihre ausgestreckte Hand.

Er hielt sie für eine Nutte.

Hübsches junges Mädchen, das an der Bar sitzt und ein Gespräch mit »Hi, ich heiße Daisy« anfängt, das ist doch 'ne Nutte, stimmt's?

Sie erzählte ihm, sie arbeite bei einer Telefonfirma. Er glaubte ihr. Er stellte sie sich mit Kopfhörer vor, wie sie mit dem rechten Fuß wippte: Bitte, womit kann ich Ihnen dienen? Er fragte sie, warum in dieser Stadt kein einziges Münztelefon funktionierte. Neulich hatte er acht Telefonzellen ausprobieren müssen, bevor er auf eine mit einem intakten Telefon stieß. In zwei Zellen waren die Münzschächte vorhanden, aber keine Telefone. Die Telefonhörer fehlten einfach, sauber am Verbindungskabel gekappt. Übriggeblieben war lediglich eine Art schimmernde Metallstrippe, aus deren Ende ein Strang dünner, farbiger Drähte herausfaserte. Kein Telefonhörer. Die nächsten beiden Zellen hatten Hörer, aber die Münzschlitze waren verstopft, und man konnte kein Geld einwerfen. Die letzten vier waren schlicht und einfach tot. Man nahm den Hörer ab, warf sein Geld ein, und man kriegte nichts als tote Hose, und wenn man einhängte, spuckte der Münzschacht das Geld nicht mehr aus. Er hatte einen Dollar für einen Anruf verpulvert, ohne auch nur einen Pieps dafür zu kriegen.

»Es ist furchtbar, ich weiß«, sagte Daisy.

»Und in den Zellen gibt es keine Telefonbücher.«

»Die zerreißen sie, ich weiß«, sagte Daisy.

»Wer zerreißt sie?«

»Wer weiß? Vandalen.«

»Warum zerreißen die denn Telefonbücher?«

»Wer weiß?« sagte sie. »Warum besprühen sie die Mauern mit Graffiti? Es ist der Zusammenbruch der Zivilisation.«

Sie wippte weiter mit dem Fuß. Er verspürte plötzlich den Drang, mit der Hand unter ihren Rock zu greifen, seinerseits die Zivilisation ein bißchen zusammenbrechen zu lassen.

»Mögen Sie Silvester?« fragte sie und erzählte ihm, ohne erst die Antwort abzuwarten, wie sehr sie Silvester hasse, weil es immer so eine riesige Enttäuschung sei. Mit neunzehn, zwanzig Jahren, dachte sich Andrew, muß sie ja wer weiß welche Erfahrungen mit enttäuschenden Silvesterabenden haben. Letztes Silvester, erzählte sie ihm, sei sie zu Hause geblieben und habe sich alles im Fernsehen angeguckt. Um halb eins sei sie im Bett gewesen, erzählte sie ihm.

»Alleine«, fügte sie hinzu und verdrehte die blauen Augen.

Sie trank Campari mit Soda, etwas, das Andrew noch nie probiert hatte. Es sah aus wie Kirschlimonade.

»Ich hab' alles angestellt, was man an Silvester halbwegs anstellen kann«, sagte sie, »und es ist immer...«

»Wie alt haben Sie gesagt, sind Sie?«

»Ich hab' gar nichts gesagt«, erwiderte sie. »Aber ich bin vierundzwanzig.«

»Aha«, sagte er.

»Wie alt sind Sie?«

»Vierund*dreißig*.«

»Ich mag ältere Männer«, sagte sie.

Ältere Männer, dachte er.

»Außerdem steh ich auf blonde Männer.«

»Ich Glückspilz«, sagte er.

»Ja, und mit Katzenaugen«, sagte sie und lächelte. Sie hatte ein hübsches breites Lächeln. Gute Zähne, einen üppigen, auffällig geschminkten Mund. »Jedenfalls«, sagte sie, »wollte ich grade sagen, daß ich auf großen Feten war und auf kleinen Feten, und ich bin daheim geblieben und habe ein ruhiges Essen zu zweit bei Kerzenlicht veranstaltet, und ich bin in schicke Restaurants ausgegangen und habe mit drei anderen Pärchen gegessen, und ich bin alleine ins Bett gegangen, und ich bin auch mit jemand anders ins Bett gegangen, und es war immer langweilig. Silvester ist echt scheißlangweilig.«

Er fragte sich, ob sie einen Campari-Soda zuviel hatte.

»Was machen *Sie*?« fragte sie.

»Nun ja, dieses Jahr bin ich auch früh zu Bett gegangen«, sagte er.

»Nein, ich meine nicht an Silvester. Ich meine, was Sie *machen*?«

»Oh, *beruflich*«, sagte er. »Ich bin Privatermittler.«

»Wirklich?« sagte Daisy. »Ich dachte, so was gibt's bloß in Büchern oder im Kino.«

»Auch im richtigen Leben«, sagte er und lächelte.

»Tja, na ja«, sagte sie und musterte ihn genauer. Wippte mit dem Fuß. Er rückte näher ran. Er faßte ihr nur kurz ans Knie, wie zur Betonung dessen, was er gerade sagte, und zog dann lässig die Hand zurück, legte sie auf die Bar neben seinen zweiten Absolut-Martini on the rocks, mit zwei Oliven, bitte. Sie schaute auf seine Hand, als frage sie sich, wieso sie nicht mehr auf ihrem Knie war.

»Ich habe in Uptown an einem Fall gearbeitet«, sagte er. »In der Nähe von Smoke Rise. Kennen Sie sich in der Gegend aus?«

Die einzige Gegend, in der er sich halbwegs auskannte, nachdem Emma Bowles da oben wohnte. Nun ja, er kannte auch *diese* Gegend hier, mehr oder weniger jedenfalls. Eines Tages mußte er diese Stadt wirklich *studieren*. Es war frustrierend, wenn man sich an einem Ort nicht auskannte.

»Wo ist das denn?« fragte Daisy. »An der Haltestelle Butler Street?«

»Sie haben's erfaßt.«

»Die Linie G, richtig?«

»Ja.«

»Ich kenn ein Mädchen, was da droben wohnt. Sie arbeitet ebenfalls bei der Telefonfirma. Sie haben sehr hübsche Hände, wissen Sie das.«

»Nun ja, nein, ist mir nie aufgefallen«, sagte er, hielt beide Hände hoch, als entdecke er sie gerade an seinen Armen, und drehte sie im weichen Licht der Bar hin und her.

»Hübsche lange Finger«, sagte sie. »Und Sie pflegen Ihre Nägel, das seh ich sofort.«

»Nun ja, danke«, sagte er und zog die Hände zurück, als sei es ihm peinlich. In Wahrheit hatte man ihm schon früher gesagt, daß er gute Hände hatte. Wunderschöne Hände, um genau zu sein. Einmal hatte er sich als Konzertpianist ausgegeben. Bei diesem Job, den er in Seattle erledigte. Behauptete, er sei Pianist und verschaffte sich Zutritt zum Büro eines Konzertveranstalters.

»Und wie fühlt man sich als Privatdetektiv?« fragte Daisy.

»Genauso wie in jedem anderen Job«, sagte er, legte ihr wieder die Hand aufs Knie und ließ sie diesmal dort. Sie ließ sich nicht anmerken, ob sie spürte, daß sie da war. Aber sie bat ihn auch nicht, sie wegzunehmen.

»Ich wünschte, ich hätte in dieser Stadt meine private Polizei«, sagte Daisy, »anstelle von der, die wir haben. Neulich hab' ich die Polizei angerufen, und die haben drei Stunden gebraucht, bis sie da waren. Ich will mich ja nicht beschweren, verstehen Sie, aber wenn ein Mädchen anruft und sagt, vor ihrer Tür steht jemand und brüllt ihr obszönes Zeug zu, sollte man doch meinen, daß die Polizei ein bißchen schneller kommt als erst nach drei *Stunden*. Sie hätten mal hören sollen, was der alles für Zeug gesagt hat. Man muß doch wissen, ob die Cops... sollten die nicht auf so was, egal wie man's nennt, reagieren?«

»Oh, klar«, sagte er.

»Ruft ein Mädchen die Neun-Eins-Eins an und sagt denen, jemand steht vor ihrer Tür und brüllt ihr allen möglichen Dreck zu, sollten die so was nicht sofort nachprüfen? Statt dessen kommen sie drei Stunden später. Wenn er längst wieder weg ist.«

»Manchmal rechnen sie genau damit«, sagte er.

»Was meinen Sie damit?«

»Daß er der Sache müde wird und fortgeht.«

»Aber angenommen, er hätt's nicht gemacht? Ich meine, angenommen, er hätte die Tür aufgebrochen oder so was? Ich meine, Sie hätten mal *hören* sollen, was der alles für Zeug gesagt hat.«

»Was für Zeug?«

»Na ja, lauter Zeug, was er mit mir *machen* wollte. Es war, als ob man einen obszönen Telefonanruf durch die *Haustür* kriegt!« lachte sie.

Er lachte mit.

Seine Hand war immer noch auf ihrem Knie.

Er drückte ihr Knie.

»Apropos obszöne Anrufe«, sagte sie und hob die Augenbrauen. »Ich schätze, Ihnen ist klar, daß das ziemlich aufregend ist.«

»Was denn?« fragte er.

»So wie Sie die Hand an meinem Knie haben. Sie haben sehr hübsche Hände«, sagte sie.

»Danke«, sagte er und ließ die Hand an ihrem Bein höher wandern, vom Knie weg, hoch auf den weit oben an den Schenkeln sitzenden Rocksaum zu. Sie legte ihre Hand auf seine und unterband ein weiteres Hochrutschen. »Sie haben schöne glatte Hände«, sagte sie. Bewegte ihre Hand auf seiner. Berührte seine Hand. Erkundete seine Hand. »Sind Sie verheiratet oder so?« fragte sie.

»Nein.«

»Ich hab' keinen Ring gesehn, aber man weiß ja nie.«

»Ich bin nicht verheiratet«, sagte er. »Und Sie?«

»Machen Sie sich nicht lächerlich«, sagte sie, zog die Hand von seiner weg und griff nach ihrem Drink. Er sah ihr beim Trinken zu. Augen geschlossen, Gesicht angehoben, ein langer, sauber geschwungener Hals.

»Was ist daran so lächerlich?« sagte er. »Ein hübsches Mädchen wie Sie...«

»Na klar.«

»Das sind Sie wirklich, wissen Sie.«

»Klar, sicher.«

»Ich würde es nicht sagen, wenn...«

»Mein Mund ist zu groß.«

»Nein, Ihr Mund ist wunderschön«, sagte er und ließ die Hand höher an ihrem Schenkel hinaufgleiten.

»Die Leute sagen, ich seh aus wie Carly Simon«, sagte sie, machte aber keinerlei Anstalten, seine Hand zu bremsen.

»Sie haben einen ähnlichen Mund wie sie, das ist mal sicher.«

»Ja, genau das hab' ich gemeint.«

»Genau ihr Mund«, sagte er.

»Mmm«, sagte sie.

Er befummelte nun ihr Bein. Die Hand sehr weit oben an ihrem Bein, weit oben am Fleisch ihrer Schenkel, das sich warm, weich und leicht feucht unter dem Nylon anfühlte.

»Ich hab' auch in nächster Zeit noch nicht vor zu heiraten«, sagte sie.

Schaute in ihren Drink. Ignorierte, was er mit der Hand unter ihrem Rock anstellte.

»Wissen Sie...« sagte sie.

»Ja?«

»Normalerweise laß ich mich mit Männern nicht so weit ein.«

»Wenn Sie möchten, daß ich aufhöre...«

»In der Öffentlichkeit«, sagte sie. »Ich meine, ich mach's halt nicht.«

Ihre Blicke begegneten sich.

»Ich wohne gleich um die Ecke«, sagte er.

Eine ganze Zeit lang redeten sie nichts mehr. Dann sagte sie: »Sie sind wirklich ein attraktiver Mann, wissen Sie.«

»Danke.«

»Sehr sogar«, sagte sie. Und musterte sein Gesicht. Er wartete.

»Wieso gehn wir nicht einfach ins Kino oder so?« sagte sie.

»Wenn Sie möchten.«

»Nein, was ich möchte... ist ja egal.«

»Sagen Sie mir, was Sie möchten«, sagte er.

»Das hört sich dann an wie der Typ, der im Hausflur rumgebrüllt hat.«

»Verraten Sie mir, was er gesagt hat.«

Die Stimme zu einem Flüstern gesenkt. Die Hand unter ihrem Rock.

»Ich verrat's dir später«, flüsterte sie. »Vielleicht.«

»Sag's mir jetzt.«

»Was glaubst du denn, was er gesagt hat?«

»Er hat vielleicht gesagt, er möchte deinen Carly-Simon-Mund küssen.«

»Gesagt hat er schon, daß er was damit *machen* möchte, das ist mal sicher.«

»Was wollte er denn damit machen?«

»Was denkst du denn, was er damit machen wollte?«

»Warum gehen wir nicht rauf in meine Wohnung?«

»Wieso sollten wir?«

»Hier ist es zu offen.«

»Scheint dich aber nicht sonderlich zu stören.«

»Ich möchte nicht verhaftet werden«, sagte er und lächelte.

»Werden Privatdetektive verhaftet?«

»Die ganze Zeit«, sagte er.

Vor allem, wenn man die Hand so weit droben unter dem Rock einer Frau hat, dachte er. Nehmen dich wegen Notzucht oder Erregung öffentlichen Ärgernisses fest, oder weil du versuchst, einen neuen Handelsweg nach China zu entdecken.

»Hast du eine Knarre dabei?« fragte sie.

»Nein«, sagte er.

»Hast du eine?«

»Ja.«

»Wo?«

»In meiner Wohnung. Willst du sie dir ansehen?«

»Ich hab' noch nie 'ne Knarre gesehn«, sagte sie.

»Gleich um die Ecke«, sagte er.

Sie schaute ihn an.

»Du möchtest das wirklich, was?« sagte sie.

»Ja, ich glaube, es könnte ganz nett werden«, sagte er.

»Nett«, wiederholte sie nickend.

»Ja.«

»Ich schätze, schon.«

»Aber das liegt ganz bei dir.«

»Na klar liegt das bei mir.«

»Genauso ist es.«

»Wir kennen uns grade mal zehn Minuten...«

»Viel länger.«

»Und du hast mich total...«

Sie ließ den Satz verklingen. Sie schüttelte den Kopf. Sie ergriff wieder ihr Glas, leerte es, nahm einen Eiswürfel in den Mund, saugte daran, ließ ihn zurück ins Glas fallen.

»Du machst das oft, nicht?« fragte sie.

»Was?«

»Frauen total...« Wieder schüttelte sie den Kopf, und dann hob sie das Glas an die Lippen und kippte sich noch einen Eiswürfel in den Mund. Rollte ihn wieder in ihrem Mund herum. Ließ ihn wieder ins Glas fallen. »Woher soll ich wissen, daß du nicht was hast, was ich mir nicht holen will?« fragte sie.

»Ich habe nichts.«

»Woher soll ich das wissen?«

»Mein Test war negativ.«

»Meiner auch«, sagte sie.

Schaute ihn immer noch an, musterte ihn. Wippte mit dem Fuß. Nickte. Dachte darüber nach. Blickte ihm in die Augen. Nickte.

»Zufällig«, sagte sie, »bin ich mir nämlich nicht ganz sicher, ob ich das noch viel länger durchhalte.«

»Soll ich aufhören?«

»Allmählich wird's nämlich irgendwie unerträglich, wenn du weißt, was ich meine.«

»Hmm.«

Lächelte sie an. Befummelte sie.

»Ich meine... hast du den Film *Harry mit Sally* gesehn?«

»*Harry und Sally*«, sagte er.

Korrigierte sie. Lächelte. Befummelte sie ständig.

»Erinnerst du dich an die Szene in dem Restaurant?« fragte sie.

»Ja.«

»Was sie in dem Restaurant gemacht hat?«

»Ja.«

»Na ja, entweder du läßt das, was du grade machst...«

»Sie hat markiert«, sagte er.

»*Ich* werde nicht markieren«, sagte sie. »Ich versprech's dir.«

»Gehn wir und schaun uns meine Knarre an«, sagte er.

»Ich muß erst mal pinkeln gehn«, sagte sie, nahm seine Hand fort, verdrehte die Augen, als wolle sie sagen *Uuuff*, und rutschte vom Hocker, so daß sich ihr Rock noch höher schob. Er sah ihr nach, als sie zur Toilette ging. Und dachte: *Wie leicht, wie gottverdammt leicht.* Und fragte sich gleichzeitig, weshalb er sich die Mühe machte – wo er sich doch eigentlich, müssen Sie wissen, nicht mehr das geringste aus irgendeiner Frau auf der Welt machte.

***

An diesem Dienstagabend marschierte Fat Ollie Weeks kurz nach sechs in den Mannschaftsraum.

»Bist du noch sauer auf mich?« fragte er.

Draußen waren minus elf Grad Celsius, doch er trug nur Bluejeans, ein weißes Hemd, ein braunes Sportsakko, dunkelblaue Socken und braune Slipper. Sein Hemd hatte entweder einen Ketchup- oder einen Blutfleck auf der Brust und war am Hals nicht zugeknöpft. Ein schwarzer Haarschopf ragte heraus und ringelte sich über die Knopfleiste. Brotkrumen oder Kuchenkrumen, irgendwelche Krumen jedenfalls, hatten sich in den Haaren verfangen. Ollie brauchte dringend eine Rasur. *Und* ein Bad.

»Weil du nämlich nicht mehr sauer sein wirst, sobald ich dir verrate, was ich rausgefunden habe«, sagte er.

»Was hast du denn rausgefunden?«

»Ich hab' rausgefunden, wieso dieser komische Tilly droben in Uptown, an der Ainsley war.«

»Wieso?« fragte Carella.

»Wieso er da droben war? Oder wieso ich dir'n Gefallen tu?«

»Von welchem Gefallen sprichst du, Ollie?«

»Von dem Gefallen, daß ich wegen deinem Fall rumfrage. In meiner Freizeit.«

»Holla«, sagte Carella.

»Du bist noch sauer, stimmt's?«

»Nein, ich bin sehr froh, daß ich noch mehr Fälle bearbeiten darf.«

»Aber denken tust du, daß ich einen Mord auf dich abgewälzt habe, stimmt das nicht?«

»Nein, wie sollte ich denn auf den Gedanken kommen?«

»Weiß ich auch nicht, nachdem es ein glasklarer Erster Mann am Fall is.«

»Dann mach dir deswegen keine Sorgen.«

»Wer macht sich denn Sorgen? Willst du nun wissen, wieso Tilly dort droben war, oder nicht?«

»Wieso war er dort droben?«

»Er hat die Braut in Apartment zwoundzwanzig gestoßen.«

»Woher weißt du das?«

»Hab' ich dir doch gesagt. Ich hab' rumgefragt. Tilly hat die Braut schon gekannt, bevor er wegen Körperverletzung in den Bau gegangen is. Hast du was von der Körperverletzung gewußt?«

»Ja, Ollie.«

»Der hat folgendes gemacht, dieser Tilly, der hat sich einen Scheiß Spic vorgeknöpft, der ihn als Schwuchtel bezeichnet hat. Was er übrigens nicht is', weil er nämlich da droben war und die Braut gestoßen hat in der Nacht, bevor ihn irgend'n andrer Spic an die Decke gehängt hat, nachdem er ihm eine verblättert hat.«

»Wer sagt das?«

»Das mit dem Spic? Da rat ich bloß. Die Gegend um das Haus rum is heutzutage das reinste San Juan. In dem Abschnitt von der Ainsley haben die nämlich endgültig die Nigger abgelöst, du hast ja keine Ahnung, was uns das für Scheiß Kopfschmerzen macht. Jedenfalls, wenn du mit der Braut reden willst, die is' in Apartment zwoundzwanzig, ihr Name is Carmen Sanchez.«

»Hast *du* schon mit ihr geredet?«

»Nee, ich hab' das alles beim Rumfragen rausgekriegt.«

»Wen hast du gefragt?«

»Du hast deine Leute, ich hab' meine.«

»Einen Informanten?«

»Wen denn sonst?«

»In Diamondback?«

»Nein, an der Scheiß französischen Riviera.«

»Möchtest du mir vielleicht seinen Namen verraten?«

»Aber mit Vergnügen würd ich dir seinen Namen verraten, bloß daß es kein Er is', es is 'ne Sie. Es gibt nämlich Damen in dieser Stadt, mußt du wissen, die manchmal mit dem Gesetz aneinandergeraten, o ja«, sagte Ollie und verfiel in seine gefürchtete W.-C.-Fields-Imitation. Carella zuckte zusammen.

»Hat dein Informant zufällig auch erwähnt, wie Tilly an die Decke gelangt ist?«

»Mein Informant hat mir nichts weiter gesagt, mein Lieber, als daß Tilly droben war und die ganze Nacht lang die Sanchez gestoßen hat, die ich übrigens auch nicht von der Bettkante schubsen würde, so wie die meines Hörens nach aussehn soll.«

»Hat dein Informant Tilly tatsächlich da droben *gesehen*?«

»Ich weiß es nicht, mein Freund, ich weiß es nicht. Aber ich schlag vor, du gehst da selber rauf und redest mit der Dame in zwoundzwanzig, die nach dem, was man mir gesagt hat, durchaus was is, auf das man ein Auge werfen sollte, o ja.«

***

Carmen Sanchez war eine Frau von Ende Zwanzig, groß und gelenkig, mit einem schwarzen Lockenkopf, dazu passenden Augen und einem wie zum Singen geschaffenen Mund. Jedenfalls erklärte sie ihnen das sofort. Carmen war auf dem Sprung zu ihrer Gesangsstunde. Wollte eigentlich gerade in den Mantel schlüpfen, als die Türglocke schellte. Der Mantel war ebenso rot wie ihr sehr molliger langärmliger Pullover. Ein langer, gestreifter Schal um ihren Hals hatte die gleiche Farbe wie der mollige Pullover und ihre sehr molligen Jeans. Carmen sagte, sie müsse augenblicklich los, sie habe keine Zeit, mit der Polizei zu reden. Meyer erwiderte, es werde nur eine Minute dauern.

»Klar, ich weiß, was bei der Polizei 'ne Minute ist«, sagte Carmen und schaute auf ihre Uhr. »Okay, fünf Minuten, mehr Zeit hab' ich nicht. Ich mache keine Witze. Ich muß um acht da sein.«

»Fünf Minuten«, versprach Carella.

»Ich meine das ernst«, sagte Carmen. »Ich muß sie für die ganze

Stunde bezahlen, egal, *wie* spät ich komme. Also machen Sie schnell, okay?«

»Roger Tilly«, sagte Carella und kam gleich zur Sache.

»Hab' ich mir gedacht.«

»War er in der Nacht, bevor er umgebracht wurde, hier?«

»Ja, er war hier.«

»Das wäre Sonntag nacht gewesen, am sechsten.«

»Ich weiß, wann das war.«

»Um welche Zeit kam er her?« fragte Meyer.

»Als ich nach Hause gekommen bin, war er da.«

»Wie meinen Sie das? In der Wohnung?«

»Ja.«

Und nun begannen die beiden Männer – eingedenk des fünfminütigen Zeitlimits, das ihnen Carmen für die Befragung zugestanden hatte, aber durchaus bereit, dagegen zu verstoßen, falls sie mußten –, sie im Team zu bearbeiten, nach Belieben auf sie einzuwirken, ihr nolens volens Fragen zu stellen, um herauszufinden, was genau in den Stunden vor Tillys Tod geschehen war.

»Hatte er einen Schlüssel?«

»Nein, ich hab' ihn beim Hausmeister hinterlegt. Ich wußte, daß er vorbeikommen wollte.«

»Von woher kamen Sie heim?«

»Ich habe an dem Abend gearbeitet. Ich bin gegen zwei Uhr heimgekommen.«

»Wo haben Sie gearbeitet?«

»In einem Club drunten im Quarter.«

»An einem Sonntag?«

»Warum nicht? Sind Sie religiös oder was?«

»Was haben Sie da gemacht?«

»Ich bin Sängerin. Ich dachte, das hätte ich Ihnen schon gesagt.«

»In welchem Club?«

»Warum?«

»Reine Neugierde.«

»Ich hab' ihn nicht umgebracht.«

»Wer hat denn das behauptet.«

»Warum wollen Sie wissen, welcher Club es war? Damit Sie nachprüfen können, ob ich dagewesen bin, stimmt's?«

Beide Detectives schauten sie an.

»Er heißt Clancy's, es ist ein Jazz-Club«, sagte sie.

»Wieso kam Tilly *hierher* statt zum Club?«

»Es mag keinen Jazz. Außerdem hat er mich schon hundertmal singen hören.«

»Er kam also hierher und hat auf Sie gewartet.«

»Yeah. Das war am Sonntagabend. Es lief gerade ›Immer wenn sie Krimis schrieb‹.«

»Das mochte er, was?«

»Er hat sich's nie entgehen lassen.«

Carmen schaute auf ihre Uhr.

»Drei Minuten«, sagte sie.

»Was hat Tilly gemacht, als Sie heimkamen?«

»Er hat geschlafen.«

»War er die ganze Nacht hier?«

»Die ganze Nacht.«

»Was ist gestern morgen passiert?«

»Wir sind aufgestanden, das muß so gegen zehn, halb elf gewesen sein. Wir haben Kaffee getrunken, und dann sind wir noch ein Weilchen ins Bett gegangen.«

»Hmm«, sagte Carella.

»Und dann?« fragte Meyer.

»Dann hab' ich mich langsam angezogen.«

»Was hat Tilly gemacht?«

»Er hat mit jemandem telefoniert.«

»Hat er angerufen? Oder hat ihn jemand angerufen?«

»Das erste Mal hat er angerufen. Der zweite Anruf kam von außerhalb.«

»Es waren also insgesamt zwei Anrufe?«

»Ja.«

»Hat er am Telefon irgendwelche Namen erwähnt?«

»Ich muß in genau einer Minute von hier los.«

»Haben Sie ihn irgendeinen Namen sagen hören?«

»Er hat nach einem Mr. Steinberg gefragt. Er wollte sich ein neues Auto kaufen, und das war der Verkäufer, mit dem er zu tun hatte.«

»War das der Anruf, den er machte?«

»Ja.«

»Und wie war's beim zweiten Anruf?«

»Er hat mit jemand über Geld geredet.«

»Aha, fahren Sie fort. Was hat er gesagt?«

»Er hat gesagt, er will das restliche Geld.«

»Was meinte er damit?«

»Ich weiß es nicht. Aber er war echt wütend. Hat ins Telefon gebrüllt – hören Sie, ich muß los.«

»Halten Sie noch eine Minute aus, Miss Sanchez«, sagte Carella.

»Nein, ich halte keine Minute mehr aus, nicht mal mehr dreißig Sekunden«, sagte sie und wollte den roten Mantel anziehen. »Ich geh jetzt sofort durch die Tür da ...«

»Bloß noch ein paar weitere Fragen«, sagte Carella.

»Sie haben mir versprochen ...«

»Versprochen, versprochen«, sagte Meyer.

Sie blickten einander an.

»Bullen«, sagte sie, schüttelte den Kopf, zog den Mantel aus und hängte ihn wütend über einen Küchenstuhl. »Okay, bringen wir's hinter uns«, sagte sie, setzte sich auf den Stuhl, streckte die langen Beine aus und verschränkte die Arme über dem engen roten Pullover.

»Der zweite Anruf«, sagte Carella.

»Yeah«, sagte sie und nickte kurz und kochend.

»Berichten Sie uns in allen Einzelheiten davon.«

»Was für Einzelheiten?«

»Was hat er zuerst gesagt?«

»Er hat gesagt: ›Yeah, ich bin's‹.«

»Und dann?«

»Er hat irgendwas gesagt wie: ›Ja, nun, und wann krieg ich's?‹«

»Ja, und weiter?«

»Dann hat er ... woher soll *ich* das wissen? Wieso erwarten Sie, daß ich noch weiß ...?«

»Versuchen Sie's.«

»Er hat irgendwas gesagt wie: ›Nein, ich will das restliche *jetzt*, nicht morgen, ich will es genau in dieser Minute‹. Er hat das ein-, zweimal gesagt, daß er das restliche Geld *jetzt* will. Er hat gesagt, so wär das abgemacht gewesen, und er hätte es satt, darum zu bitten. Er wollte das restliche Geld *jetzt*.«

»Hat er das Wort *Geld* ausdrücklich erwähnt?«

»Ja. Na ja, das Geld, die Knete, was auch immer.«

»Womit endete das Gespräch?«

»Sie haben sich unten verabredet.«

»Woher wissen Sie das?«

»Weil ich gehört habe, wie Roger die Hausnummer hier erwähnt hat, und dann hat er ...«

Plötzlich änderte sich ihr Gesichtsausdruck. Sie erinnerte sich an etwas. Sie warteten.

»Yeah«, sagte sie nickend. »Das stimmt.«

»Yeah *was* stimmt?« fragte Meyer.

»Er hat einen Namen genannt.«

»Was für einen Namen?«

»Bowles. ›Ich geb Ihnen 'ne halbe Stunde, Mr. Bowles.‹«

»Sind Sie sich dessen sicher?«

»Yeah, genau der Name war's. Bowles.«

»Und dann?«

»Er hat 'ne Minute zugehört, und dann hat er gesagt: ›In Ordnung, sagen wir Punkt zwölf.‹«

»Und Sie sagen, er hat ihm die Hausnummer genannt?«

»Yeah, und er hat gesagt, er will sich mit ihm auf der Eingangstreppe treffen.«

»Um Punkt zwölf Uhr.«

»Yeah. Und er hat gesagt, er soll besser das Geld mitbringen.«

»Um welche Zeit war das, wissen Sie das noch?«

»Es muß so gegen Viertel nach elf gewesen sein.«

»Was hat Tilly danach gemacht?«

»Er hat geduscht, und dann hat er sich angezogen und ist runtergegangen.«

»Um welche Zeit war das?«

»Na ja, ich schätze, das war so gegen zwölf.«

»Ist er nach der Verabredung noch mal hochgekommen?«

»Nein, er ist nie wieder hochgekommen«, sagte Carmen.

6

An einem amerikanischen Gerichtshof legt der Vertreter der Anklage seinen Fall immer zuerst dar. In der sogenannten direkten Befragung vernimmt er den von ihm aufgerufenen Zeugen, und dann vernimmt ihn der Vertreter der Verteidigung im sogenannten Kreuzverhör. Danach kommt der Staatsanwalt bei diesem Zeugen ein zweites Mal zum Zuge – das nennt man dann *Redirect*. Worauf auch der Verteidiger beim sogenannten *Recross* noch einmal dran kommt. Sobald der Ankläger seine sämtlichen Zeugen aufgerufen hat, erklärt er dem Richter, sein Fall sei damit abgeschlossen, und nun ruft der Verteidiger seine Zeugen auf, und das gleiche Ritual beginnt wieder von vorne: direkte Befragung, Kreuzverhör, Redirect, Recross. Mitunter ist das ermüdend und verwirrend.

Am Mittwochmorgen, dem neunten Januar und dem dritten Tag des Mordprozesses in Sachen Carella, rief Henry Lowell seinen zweiten Zeugen auf, einen Detective namens Peter Haggerty von der ballistischen Abteilung. Haggerty, klein und stämmig, mit einem dicken schwarzen Schnurrbart und einer Brille mit entsprechendem Rahmen, trat in den Zeugenstand, schwor, die Wahrheit zu sagen, die volle Wahrheit und nichts als die Wahrheit, so wahr ihm Gott helfe, blickte dann selbstbewußt auf die Sitzreihen und vermittelte allen den Eindruck, daß ein Gerichtssaal eine Art zweites Zuhause für ihn war. Als Lowell ihn fragte, wie oft er schon aufgerufen worden sei, um als sachverständiger Zeuge auszusagen, erwiderte er: »Dies ist das achtundvierzigste Mal.«

»Vor wie vielen Gerichten haben Sie als sachverständiger Zeuge ausgesagt?«

»Vor elf.«

»In wie vielen Bezirken?«

»In vier.«

»Wie lange arbeiten Sie bei der ballistischen Abteilung?« fragte Lowell.

»Seit zwölf Jahren.«

»Können Sie mir sagen, was für eine Ausbildung Sie für die Identifizierung und ...?«

Während der nächsten zehn Minuten präsentierte Haggerty seine Referenzen und teilte dem Gericht mit, wie umfassend seine Ausbildung gewesen war, an welchen Lehrgängen er teilgenommen hatte und bei wie vielen Polizeibehörden im ganzen Lande er selbst Unterricht in forensischer Ballistik erteilt hatte. Danach akzeptierte ihn Di Pasco als sachverständigen Zeugen, wies die Geschworenen aber darauf hin, daß sie seinen Sachverstand da, wo er zu Rate gezogen werden würde, nicht notwendigerweise gänzlich oder auch nur teilweise akzeptieren müßten.

»Werden Sie im Verlauf Ihrer alltäglichen Arbeit«, fragte Lowell, »häufig dazu angehalten, Fabrikate und Kaliber von unterschiedlichen Feuerwaffen zu identifizieren?«

»Das werde ich«, sagte Haggerty.

»Und werden Sie ferner im Verlauf Ihrer alltäglichen Arbeit häufig dazu angehalten, aus unterschiedlichen Feuerwaffen abgeschossene Kugeln zu identifizieren?«

»Das werde ich.«

»Beinhaltet Ihre Arbeit darüber hinaus den Vergleich von Kugeln und Patronenhülsen mit anderen Kugeln und Patronenhülsen zum Zwecke der Bestimmung, ob sie aus derselben Waffe abgefeuert wurden?«

»Das mache ich praktisch jeden Tag, gewissermaßen als Routine.«

»Ich zeige Ihnen nun eine zuvor gekennzeichnete und als Beweismittel zugelassene Pistole und frage Sie, ob Sie an dieser Pistole bestimmte Untersuchungen durchgeführt haben.«

»Das habe ich.«

»Können Sie mir sagen, um was für eine Pistole es sich handelt?«

»Es ist eine 9-Millimeter-Uzi.«

»Und was ist das? Wenn Sie den Geschworenen erklären würden ...«

»Es ist eine in Israel hergestellte Schnellfeuerpistole, eine kürzere und leichtere Version von deren Uzi-Maschinenpistole.«

»Wenn Sie ›leichter‹ sagen ...«

»Sie wiegt voll geladen in etwa zwei Kilo.«

»Was besagt ›voll geladen‹?«

»Nun, sie faßt ein zwanzigschüssiges Magazin. Das heißt, man kann zwanzig Kugeln abfeuern, ohne nachladen zu müssen. Das heißt voll geladen. Zwanzig Kugeln.«

»Nun, wenn Sie sagen, es ist eine 9-Millimeter-Pistole, was bedeutet das?«

»Das heißt, daß die Waffe 9-Millimeter-Parabellum-Munition verfeuert. Das ist das Kaliber. Neun Millimeter.«

»Und wenn Sie sagen, diese Waffe ist kürzer als die Maschinenpistole, wie sind dann ihre tatsächlichen Maße.«

»Die Gesamtlänge beträgt hundertundvierzig Millimeter.«

»Angaben in Zoll wären für die Geschworenen vielleicht verständlicher. Können Sie das für uns in Zoll übertragen?«

»Nun, ohne Rechenschieber...«

»Annähernd. Damit es die Geschworenen verstehen.«

»Die Gesamtlänge beträgt in etwa neuneinhalb Zoll.«

»Und die Länge des Laufes? Bitte wieder die ungefähren Zollangaben.«

»In etwa fünf Zoll.«

»Kann man diese Waffe in der Hand halten?«

»O ja, sie wurde für den Handgebrauch *entwickelt*. Es handelt sich um eine halbautomatische Pistole, eine Handfeuerwaffe.«

»Was bedeutet halbautomatisch?«

»Das heißt, daß bei jedem Schuß ein Durchdrücken des Abzuges erforderlich ist. Im Gegensatz zu einer vollautomatischen Waffe, die solange weiterfeuert, wie Druck auf den Abzug ausgeübt wird.«

»Würden Sie sagen, daß diese Waffe dazu in der Lage ist, eine große Anzahl Schüsse in rascher Folge abzugeben?«

»Nun, bis zu zwanzig. Das ist das Fassungsvermögen des Magazins.«

»Aber in rascher Folge?«

»Ja. Diese Waffe wurde so entwickelt, daß sie den Rückstoß absorbiert. Dies ermöglicht einen enorm kontrollierten und daher treffsicheren Schnellfeuerbetrieb.«

»Wäre diese Waffe dazu in der Lage, sagen wir, drei Schüsse in rascher Folge abzugeben?«

»O ja. Mit Sicherheit.«

»Euer Ehren, ich würde gerne als Beweismittel drei 9-Millimeter-Parabellum-Kugeln vorlegen, die bei der Autopsie im Leichnam des Anthony John Carella aufgefunden wurden.«

»Mr. Addison?«

»Keine Einwände.«

»Kennzeichnen Sie sie als Gegenstand zwei, drei und...«

»Euer Ehren, da es noch mehr Beweismittel dieser Art geben wird, möchte ich vorschlagen, daß es vielleicht einfacher wäre, wenn diese drei Kugeln als ein *einziger* Gegenstand gekennzeichnet werden, anstatt...«

»Ja, schön. Kennzeichnen Sie sie als Gegenstand Nummer zwei.«

Carella warf einen kurzen Blick zu seiner Mutter. Sie saß aufrecht, mit unbewegter Miene, und beobachtete Lowell, als dieser zurück zum Staatsanwaltspult ging und eine weitere versiegelte und von der Polizei mit einem BEWEISMITTEL-Schildchen versehene Plastiktüte aufhob.

»Euer Ehren«, sagte Lowell, »ferner möchte ich gerne als Beweismittel drei ausgeworfene 9-Millimeter-Parabellum-Patronenhülsen vorlegen, die von den Detectives Wade und Bent am Abend des siebzehnten Juli vergangenen Jahres in der A & L Bakery an der Harrison Street Nummer 7834 aufgefunden wurden.«

»Keinen Einwand.«

»Kennzeichnen Sie sie als Gegenstand Nummer drei.«

»Und schließlich, Euer Ehren, möchte ich als Beweismittel drei Patronenhülsen und drei Kugeln vorlegen, die von Schußtests in der ballistischen Abteilung der Polizeibehörde stammen.«

»Mr. Addison?«

»Keinen Einwand.«

»Kennzeichnen Sie sie als Gegenstand Nummer vier.«

»Detective Haggerty, ich frage Sie nun, ob Sie vergleichende Überprüfungen an allen diesen Kugeln und Patronenhülsen durchgeführt haben.«

»Das habe ich.«

»Können Sie mir nun sagen, ob alle diese Kugeln aus derselben Pistole abgefeuert wurden?«

»Das wurden sie.«

»Können Sie mir sagen, ob alle diese Patronenhülsen von derselben Pistole ausgeworfen wurden?«

»Das wurden sie.«

»Detective Haggerty, welche Pistole haben Sie bei Ihren Schußtests verwendet?«

»Die Schnellfeuerpistole, die Sie mir vor wenigen Minuten zeigten.«

Lowell hob die Pistole auf.

»Sprechen Sie von dieser bei der Beweisaufnahme als Gegenstand Nummer eins gekennzeichneten halbautomatischen 9-Millimeter-Uzi-Schnellfeuerpistole?«

»Jawohl.«

»Und Sie können ohne jeden Vorbehalt sagen, daß die im Leichnam des Anthony John Carella aufgefundenen Kugeln mit dieser Waffe abgefeuert wurden.«

»Das wurden sie. Die Marken auf den aufgefundenen Kugeln

waren identisch mit denjenigen, die nach den Schußtests untersucht wurden.«

»Ich danke Ihnen, keine weiteren Fragen.«

»Mr. Addison?«

Addison erhob sich schwerfällig, schüttelte sogar den Kopf, bevor er sich dem Zeugenstand näherte, womit er den Geschworenen den Eindruck vermitteln wollte, daß hier offenbar jemand hereingelegt werden sollte, er jedoch diese Kleinigkeit sobald wie möglich geradezurücken gedenke.

»Detective Haggerty«, sagte er, »wann haben Sie die Kugeln erhalten, die man angeblich im Leichnam des Anthony John Car...«

»Einspruch, Euer Ehren!« rief Lowell und sprang auf. »Wenn hier nicht die Integrität des gerichtsmedizinischen Instituts in Zweifel gezogen werden soll, dann gibt es hier überhaupt keine *Frage*, daß diese Kugeln diejenigen *sind*, die der Leiche entnommen wurden. Hier ist nichts *angeblich*, Euer Ehren. Dr. Josef Mazlova unterschrieb den Autopsiebericht, und er unterschrieb ebenso das den drei Kugeln beigefügte Beweismittelschild. Dies sind die Kugeln. Ich bitte Sie, Mr. Addison anzuweisen...«

»Frage zurückgezogen«, sagte Addison und schüttelte erneut den Kopf, als sei die ganze Welt – einschließlich seines Gegenspielers und des vorsitzenden Richters – dagegen, daß in diesem Gerichtssaal Gerechtigkeit gesprochen wurde. »Detective Haggerty«, sagte er, »wann haben Sie diese Kugeln erhalten?«

»Meinen Sie diejenigen, die im Leichnam aufgefunden wurden?« fragte Haggerty; er hatte bei vielen Anlässen mit Carella zusammengearbeitet, und verdammt wollte er sein, wenn er nun einen Rechtsverdreher das Zeug abziehen ließ, das er hier und heute ausprobierte.

»Die mit Gegenstand Nummer zwei gekennzeichneten Kugeln«, sagte Addison und vermied bewußt die Wiederholung dessen, was, wie er hoffte, die Geschworenen noch immer für eine Verleumdung hielten.

»Ich erhielt sie am achtzehnten Juli letzten Jahres. Am Tag nach dem Mord.«

»Wer hat Ihnen diese Kugeln zugesandt?«

»Dr. Josef Mazlova, der stellvertretende Gerichtsmediziner. Auf Ersuchen von Detective/Second Grade Charles Bent vom fünfundvierzigsten Polizeirevier.«

»Gab es irgendeine direkte Kommunikation zwischen Ihnen und Dr. Mazlova?«

»Nein.«

»Zwischen Ihnen und Detective Bent?«

»Ja.«

»Welcher Art war diese Kommunikation?«

»Er bat mich, Fabrikat und Kaliber der Feuerwaffe zu bestimmen, aus der diese Kugeln abgefeuert wurden.«

»Und konnten Sie ihm mit dieser Auskunft dienen?«

»Das konnte ich.«

»Was haben Sie ihm gesagt?«

»Daß die Kugeln aus einer 9-Millimeter-Uzi-Pistole abgegeben wurden.«

»Dessen waren Sie sich sicher?«

»Absolut sicher.«

»Somit wußten Sie also damals schon genau – lange bevor Sie irgendeinen Testschuß mit der Uzi abgaben –, daß die in Mr. Carellas Leichnam aufgefundenen Kugeln ...«

Carella sah, wie seine Mutter neben ihm zusammenzuckte.

»... aus einer 9-Millimeter-Uzi abgefeuert wurden.«

»Das wußte ich.«

»Und diese Auskunft gaben Sie Detective Bent?«

»Jawohl.«

»So daß jedermann Ausschau nach einer 9-Millimeter-Uzi als der Mord ...«

»Einsp ...«

»Ich weiß nicht, wonach *jedermann* Ausschau gehalten hat. Ich weiß ...«

»Euer Ehren, Einspruch, bitte.«

»Ja, Mr. Lowell.«

»Mr. Haggerty konnte unter keinen Umständen wissen, wonach *jedermann* Ausschau hielt.«

»Stattgegeben.«

»Detective Haggerty, haben Sie Detective Bent mitgeteilt, daß es sich bei der Mordwaffe um eine 9-Millimeter-Uzi handelte?«

»Ich habe ihm mitgeteilt, daß die fraglichen Kugeln aus einer 9-Millimeter-Uzi abgefeuert wurden.«

»Und Sie stellten es fest, indem Sie Routinetests durchführten ...«

»Ja.«

»Diese werden, soweit Sie wissen, von jeder ballistischen Abteilung in den Vereinigten Staaten durchge...«

»Auf der ganzen *Welt.*«

»Auf der ganzen Welt also, danke. Tests, bei denen man untersucht, ob Züge und Felder und Drall und was sonst noch so...«

»Das sind hochwissenschaftliche...«

»Ich habe meine Frage noch nicht gestellt, Mr. Haggerty. Sind diese Tests unfehlbar?«

»Diese Tests sind unfehlbar, ja.«

»Und sind Sie ebenfalls unfehlbar?«

»Was?«

»Haben Sie noch nie im Leben einen Fehler gemacht?«

»Nicht, wenn es darum ging, Kaliber und Fabrikat einer unbekannten Feuerwaffe zu bestimmen.«

»Aber andere Fehler schon? Haben Sie in Ihrem Leben andere Fehler gemacht?«

»Jeder macht in seinem Leben mal Fehler. Ich will sagen...«

»Keine weiteren Fragen.«

»Mr. Lowell?«

Lowell ging zum Zeugenstand, hakte die Daumen in die Jackentaschen, beugte sich zum Stuhl vor und sagte: »Ist es nicht eine unbestrittene wissenschaftliche Tatsache, daß sich Kaliber und Fabrikat einer unbekannten Feuerwaffe durch die Untersuchung einer aus dieser Waffe abgefeuerten Kugel bestimmen lassen?«

»Unbestritten, ja.«

»Ist es nicht ebenso unbestritten, daß die ballistische Abteilung in dieser Stadt über die größte und umfassendste Auflistung von Feuerwaffen verfügt, die es überhaupt auf der ganzen Welt gibt?«

»Das ist unbestritten.«

»Und daß sie über ständig auf dem neuesten Stand gehaltene Unterlagen zu jeder bekannten Waffe verfügt, einschließlich Mustern von Kugeln, die aus diesen Waffen *abgefeuert* wurden?«

»Ja.«

»Haben Sie die als Beweismittel vorliegenden und dem Leichnam von Mr. Carella entnommenen Kugeln mit einer aus einer 9-Millimeter-Uzi abgefeuerten Musterkugel verglichen?«

»Das habe ich.«

»Und was haben Sie festgestellt?«

»Sämtliche Kugeln waren vom selben Kaliber, mit demselben Drall und derselben Anzahl und Breite der Züge und Felder.«

»Und dadurch wußten Sie dann, daß sie alle aus einer 9-Millimeter-Uzi abgefeuert wurden?«

»Genau.«

»Danke, keine weiteren Fragen.«

Addison erhob sich wieder und ging zum Zeugenstand.

»Mr. Haggerty, wollen Sie damit sagen, daß *jede* aus einer 9-Millimeter-Uzi abgefeuerte Kugel dieselben Markierungen hat?«

»Nein, Sir, das will ich damit überhaupt nicht sagen.«

»Weil ich hier den Eindruck hatte, daß die in Mr. Carellas Leichnam aufgefundenen Kugeln aus *jeder* beliebigen 9-Millimeter-Uzi hätten abgefeuert worden sein können und nicht notwendigerweise...«

»Nein, Sir, das wäre ein falscher Eindruck. Was ich sagen wollte...«

»Danke, Sie haben die Frage beantwortet.«

»Euer Ehren?«

»Ja, Mr. Lowell?«

»Dürfte der Zeuge vielleicht erklären, was er *wirklich* meint?«

»Euer Ehren, ich bin mit seiner Antwort zufrieden.«

»Ich nicht«, sagte Di Pasco. »Führen Sie das, was Sie sagen wollten, zu Ende, Detective.«

»Ich wollte sagen, daß ich die in Mr. Carellas Leichnam aufgefundenen Kugeln *ursprünglich* nur untersuchte, um das Kaliber und Fabrikat der Pistole zu bestimmen, aus der sie abgefeuert wurden. Aber *später*, als ich die als Beweismittel vorliegende Pistole erhielt, war ich in der Lage, Schußtests durchzuführen, die bewiesen, daß die fraglichen Kugeln aus genau dieser Waffe abgefeuert wurden. Das wollte ich sagen, Euer Ehren.«

»Beantwortet dies Ihre Frage, Mr. Addison?«

»Meines Erachtens war meine Frage bereits beantwortet, Euer Ehren«, sagte Addison trocken. »Aber ich danke dem Zeugen nichtsdestotrotz für seine weiteren Ausführungen.« Er wandte sich vom Zeugenstand ab, schien zurück zum Verteidigerpult gehen zu wollen, sagte dann: »O ja«, und ging zurück zu Haggerty. »Sagen Sie mir eins«, fragte er, »wann haben Sie die als Beweismittel vorliegende Pistole erhalten?«

»Am zweiten August.«

»Wie gelangte sie in Ihre Hände?«

»Sie wurde der ballistischen Abteilung zum Zwecke der Untersuchung zugesandt.«

»Wer sandte sie dorthin?«

»Lieutenant Nelson.«

»Meinen Sie Lieutenant James Michael Nelson von der Kriminalabteilung des fünfundvierzigsten Polizeireviers?«

»Jawohl.«

»War sie mit einem sogenannten Dienstweg-Vermerk versehen?«

»Ja, das war sie.«

»Stand auf diesem Vermerk noch irgendein anderer Name? Neben Lieutenant Nelson.«

»Jawohl.«

»Können Sie mir sagen, welcher Name das war?«

»Detective Randall Wade.«

»Danke, keine weiteren Fragen.«

Carella dachte, er hätte ein schmales, triumphierendes Lächeln hinter Addisons Bart bemerkt.

***

Hier war die Alte Stadt.

Er lief flotten Schrittes durch den City Hall Park, vorbei an frisch gestrichenen grünen Bänken, vorbei an Tauben, die sich trotz der bitteren Kälte hier tummelten, die Flügel angelegt wie kleine, alte Männer, die ihre Hände hinter dem Rücken gefaltet haben; hier, zwischen den beeindruckenden, mit Säulen bestückten Gebäuden, hatte man noch das Gefühl, daß Gesetz und Ordnung, die Zivilisation an sich funktionierten, auch wenn die eigentliche Stadt im Chaos versank. Zügig ging er an diesem kalten, strahlenden Sonnentag weiter in Richtung Downtown, während Lowells Worte in seinen Ohren widerhallten, begleitet von Addisons Gemurmel wie von einem heimlichen Kontrapunkt. Und nun ragten mit einem Mal die mächtigen Türme des Big Business vor ihm auf, gar nicht allzuweit entfernt von den eindrucksvollen grauen Bauten der Justiz, wo Carella gerade noch Addisons Nachhaken beim *Recross* mitverfolgt hatte, bevor er seine Mutter auf die Wange geküßt hatte und zu seiner Verabredung mit

Meyer losgestürmt war. Er hatte Verpflichtungen, und die beschränkten sich keineswegs auf den Gerichtssaal.

Die meerumtoste Kaimauer stand noch immer dort, wo sie die Holländer Jahrhunderte zuvor erbaut hatten, und die massigen Kanonen darauf schienen auch heute noch die Atlantikküste zu beherrschen, obwohl ihre Rohre vor langer Zeit mit Zement ausgegossen worden waren. Wenn man von der äußersten Spitze der Insel über die Mauer hinausblickte, konnte man da, wo die beiden Flüsse aufeinandertrafen, die von der Gegenströmung aufgewühlten Fluten von Harb und Dix erkennen. Der Wind pfiff hier mit grimmigem Heulen durch die Straßen, die einst Pferdefuhrwerke erlebt hatten, aber nun zu eng waren, als daß mehr als ein Auto sie hätte passieren können. Wo einst einstöckige Holztavernen gestanden hatten, von denen es nur noch herzlich wenige gab, türmten sich nun Betonbauten bis zum Himmel, in denen sich viel zuviele überflüssige Anwälte und Financiers herumtrieben. Und dennoch – vermutlich wegen der unmittelbaren Nähe zum Atlantik, der majestätisch in Richtung Alte Welt wogte, die diese Stadt einst zum Leben erweckt hatte – konnte man hier nachempfinden, wie es einst gewesen sein mußte, als alle noch jung und unschuldig gewesen waren. Nun ja, so unschuldig wiederum nicht, daß sie den Indianern nicht das Land hätten abluchsen können.

Sie hatten letzten Abend versucht, Martin Bowles zu Hause zu erreichen, aber niemand hatte das Telefon abgenommen. Als Meyer an diesem Morgen in seinem Büro anrief, teilte man ihm mit, Mr. Bowles könne ihn vor elf Uhr, nach seiner morgendlichen Konferenz, nicht empfangen. Während Carella und Meyer nun durch die engen Straßen der Alten Stadt liefen, gingen sie alles noch einmal durch. Bei der polizeilichen Arbeit kam es immer und allzeit darauf an, daß man alles noch einmal durchging. Und danach noch einmal. Und danach wieder und immer wieder, bis es allmählich einen Sinn ergab.

»Ich gebe zu, die Sache sieht anders aus, wenn Geld mit im Spiel ist«, sagte Meyer.

»*Ganz* anders«, sagte Carella.

»Das schließt einen Verrückten aus.«

»Es schließt auch eine Drogengeschichte aus.«

»Worauf es hinausläuft, ist, daß Bowles Tilly Geld schuldete.«

»Einer von zwei Grundfaktoren, Meyer. Liebe oder Geld. Und warum glaubst du nun, daß Bowles Tilly Geld schuldete?«

»Frag mich was Leichteres.«

»Okay, wie funktioniert so ein Auftrag?«

»Normalerweise gibt's die Hälfte bei Abschluß und den Rest bei Ausführung.«

»Normalerweise.«

»Aber Tilly hat nichts ausgeführt. Er hat's zweimal versucht und gepfuscht.«

»Und wollte *trotzdem* den Rest.«

»Weshalb er vielleicht mit einer Kugel im Kopf und einem Strick um den Hals in einem Keller gelandet ist.«

»Weshalb wir uns hier mit Bowles treffen«, sagte Carella.

Die Büros von Laub, Kramer, Steel und Worth wirkten eine Spur zu kühl und modern. Auf einem etwa dreißig Zentimeter hohen elektronischen Telexstreifen oben an der Wand, gegenüber der schweren gläsernen Eingangstür, flackerten unentwegt Zeichen von links nach rechts, die weder Meyer noch Carella kapierten. Darunter hingen Gemälde, deren enormen Wert Carella sofort erkannte, auch wenn er die einzelnen Künstler auf den Tod nicht hätte nennen können. Eine sehr schöne Schwarze in einem strengen Kleid saß an einem mit Edelstahl beschlagenen Rosenholzschreibtisch. Eine schlanke Hand ruhte auf einer Konsole, die aussah, als könne man damit auf jedes Land der Welt Atomraketen abfeuern. Die Nägel an dieser Hand waren sehr lang und sehr rot. Ihre Lippen waren im gleichen Farbton geschminkt. Als die Detectives den Empfangsbereich betraten, wandte sie ihnen die träge blickenden braunen Augen zu. Hinter ihr spuckte das Telex weiter Quoten für das schmale elektronische Sichtgerät an der gegenüberliegenden Wand aus.

»Mr. Bowles, bitte«, sagte Carella, klappte ein kleines Lederetui auf und zeigte ihr seine Plakette und den Dienstausweis.

»Haben Sie einen Termin?« fragte sie.

»Ja, den haben wir«, sagte Meyer.

»Würden Sie mir bitte Ihre Namen nennen«, sagte sie, drückte auf einen Knopf auf der Konsole und hob einen Telefonhörer ab.

»Sagen Sie ihm, daß die Detectives Meyer und Carella da sind.«

Die Frau nickte unverbindlich.

»Hier sind zwei Herren für Mr. Bowles«, sagte sie ins Telefon. »Ein Detective Meyer und...«

Sie verzog eine Augenbraue.

»Detective Carella«, sagte Carella.

»... ein Detective Carella«, sagte sie ins Telefon und hörte dann zu. »Danke«, sagte sie schließlich und legte den Hörer wieder auf die Konsole. »Jemand wird Sie hier abholen«, sagte sie. »Bitte, möchten Sie nicht Platz nehmen?«

Sie nahmen beide Platz.

Sie fühlten sich hier unbehaglich, diese Cops.

Sie wußten nicht, was die ganzen Zeichen bedeuteten, die über dieses elektronische High-Tech-Dingsbums da droben liefen ... AGC und BHC und FAL und JNJ und DIS ... was, zum Teufel, *waren* das alles für Buchstaben? Sie waren Cops, die nicht über das nötige Einkommen verfügten, um es irgendwo zu investieren. Das Einkommen, über das sie verfügten, reichte gerade mal aus, ihre Familien zu ernähren und einzukleiden und vielleicht ab und zu mit ihnen ins Kino zu gehen. Deshalb saßen sie da und fühlten sich unbehaglich. Und weil ihnen unbehaglich war, während sie in ihren Cop-Klamotten dasaßen und sich wie Cops fühlten, redeten sie kein Wort, bis plötzlich eine stattliche Blondine in Tageskostüm und hohen Stöckelschuhen im Empfangsbereich auftauchte und sagte: »Mr. Carella, Mr. Meyer?«, und beide mit einem Mal aufsprangen, als würden sie von der Mathematiklehrerin aufgerufen, eine schriftliche Division zu lösen – »Ja«, sagten beide wie aus einem Munde –, und die gletscherkühle Blondine sagte: »Bitte hier entlang, meine Herren«, und führte sie an dem Schreibtisch vorbei, wo Nofretete mit den langen roten Nägeln und dem trägen Blick und den üppigen roten Lippen saß und sich überlegte, ob sie ihren Bruder nun den Krokodilen zum Fraß vorwerfen sollte. Und sie folgten der Blondine durch die langen, kargen Korridore, bis sie vor einer Tür mit einem kleinen Messingschild stehenblieb, in das der Name MARTIN J. BOWLES eingraviert war.

Sie klopfte an.

»Herein«, sagte er.

Martin J. Bowles.

Ein gutaussehender Mann in einem Designer-Anzug, einen Meter fünfundachtzig bis einen Meter achtundachtzig groß, mit dunklen Haaren und braunen Augen, lächelndem Mund, die Hand ausgestreckt.

»Meine Herren«, sagte er, »wie geht's?«

Die Hand immer noch ausgestreckt.

»Mr. Bowles«, sagte Carella und ergriff seine Hand. »Ich bin Detective Carella, das ist mein Partner, Detective Meyer.«

Sie kamen sich immer noch unbeholfen vor.

»Wie geht es Ihnen?« sagte Bowles und schüttelte ihnen schwungvoll die Hand. »Womit kann ich Ihnen dienen? Geht es um die Mordanschläge auf meine Frau?«

»Ja, Sir, darum geht es«, sagte Carella.

»Das dachte ich mir«, sagte Bowles und nickte.

»Soweit wir wissen, arbeitete mal ein Mann namens Roger Turner Tilly für Sie als Chauffeur«, sagte Carella.

»Nun ja, eigentlich arbeitete er für eine Mietwagenfirma«, sagte Bowles. »Executive Limousine. Aber ja, er war mein fester Chauffeur.«

»Bis letztes Frühjahr, ist das richtig?«

»Ja. Er geriet in irgendwelche Schwierigkeiten...«

»Ja, und mußte ins Gefängnis.«

»Ja, so ist es meines Wissens gewesen.«

»Haben Sie ihn seit seiner Haftentlassung wieder gesehen?«

»Nein, das habe ich nicht.«

»Sie wissen doch, daß er tot ist, nicht wahr?«

»Ja. Meine Frau erwähnte, daß Sie gestern morgen anriefen...«

»Ja.«

»...und sie davon informierten.«

»Ja. Wann haben Sie ihn das letzte Mal lebend gesehen, Mr. Bowles?«

»Bevor er ins Gefängnis kam. Muß irgendwann im Februar vergangenen Jahres gewesen sein.«

»Haben Sie gewußt, daß er auf Bewährung entlassen wurde?«

»Ja.«

»Woher haben Sie das gewußt, Mr. Bowles?«

»Nun, ich habe mit ihm gesprochen.«

»Wann soll das gewesen sein?«

»Das erste Mal irgendwann vergangene Woche.«

»Vergangene Woche?« sagte Carella erstaunt. »Wann genau vergangene Woche?«

»Ich glaube, es war am Freitag. Ich erinnere mich, daß ich an dem Tag gerade von hier aufbrechen wollte. Emma und ich... meine Frau...«

Carella nickte.

»Wir hatten Theaterkarten und wollten vorher essen gehen. Tilly rief gegen halb sechs Uhr an, um die Zeit muß es gewesen sein.«

»Was war der Zweck seines Anrufes?« fragte Carella.

»Er sagte, ich schulde ihm Geld.«

»Oh?« sagte Carella, einmal mehr erstaunt. »Für was?«

»Er sagte, ich hätte ihn für eine Fahrt zu einem Lehrgang oben im Norden engagiert – ihn persönlich engagiert, verstehen Sie, nicht über die Firma –, und ich hätte ihm nur die Hälfte des Lohnes für die Fahrt gezahlt und schulde ihm noch das restliche Geld. Ich sagte ihm, ich sei gerade am Aufbrechen, und er gab mir eine Telefonnummer, wo ich ihn erreichen könnte. Ich rief erst am Montagmorgen zurück.«

Der Tag, an dem Tilly umgebracht wurde, dachte Meyer.

»Warum haben Sie ihn angerufen?« fragte Carella.

»Um die Angelegenheit zu bereinigen. Ich hatte ihn tatsächlich für die Fahrt engagiert – er hatte irgendwo eine Limousine gemietet, die Einzelheiten kenne ich beim besten Willen nicht, aber ich bin sicher, er hat mehr verdient, als wenn es über Executive gelaufen wäre. Aber ich hatte ihm alles bezahlt, und ich wollte das klarstellen. Ich wollte nicht, daß der Mann meinte, er sei zu kurz gekommen.«

»Um welche Zeit haben Sie ihn angerufen?«

»Gegen elf, elf Uhr dreißig, etwa um die Zeit.«

»Worüber haben Sie diesmal geredet?«

»Nun, es war lächerlich. Er bestand weiter darauf, daß ich ihm Geld schulde, *verlangte* geradezu, ich solle hoch nach Diamondback kommen und mich um Punkt zwölf mit dem restlichen Geld mit ihm in Uptown treffen. Ich habe noch nie im Leben soviel Unsinn gehört. Unter *keinen* Umständen würde ich mich nach Diamondback begeben.«

»*Sind* Sie denn nicht zu ihm gefahren?«

»Natürlich nicht!«

»Haben Sie ihm *gesagt*, Sie würden hinkommen?«

»Ja, das habe ich. Damit ich meine Ruhe hatte.«

»Hatten Sie vor, uns von den beiden Telefongesprächen mit ihm Mitteilung zu machen?«

»Offen gesagt, nein.«

»Haben Sie sie gegenüber Ihrer Frau erwähnt?«

»Nein, das habe ich nicht.«

»Mr. Bowles, ich nehme an, Sie wissen, daß Ihre Frau den Mann, der sie zu ermorden versuchte...«

»Ja, ich weiß all...«

»... als Roger Turner Tilly identifizierte.«

»Ja. Aber ich weiß nicht, wie sie auf die Idee kam. Der Mann hatte keinerlei Grund...«

»Sie glauben also nicht, daß er derjenige Mann war, was?«

»Ich glaube, sie hat sich geirrt. Er hatte keinerlei Grund für so etwas.«

»Was ist mit dem Geld, das Sie ihm seiner Meinung nach schuldeten? Könnte er deswegen wütend gewesen sein?«

»Das ist mir auch schon durch den Kopf gegangen, aber warum hat er dann nicht mit mir geredet, bevor diese Mordanschläge auf Emma geschahen? Es stimmt einfach nicht, verstehen Sie.«

Carella dachte gerade, daß hier *nichts* stimmte. Er dachte, daß Bowles log, wenn er den Mund aufmachte.

»Sie glauben also nicht, daß das Geld, das Sie ihm schuldeten...«

»Das Geld, das ich ihm *seiner* Meinung nach schuldete.«

»Ja, entschuldigen Sie... Sie glauben also nicht, daß es irgend etwas damit zu tun hatte, daß jemand versuchte, Ihre Frau zu ermorden?«

»Nicht das geringste.«

»Wie sind Sie persönlich mit Tilly klargekommen?« fragte Meyer. Er wollte einen anderen Kurs ausprobieren. Auch er glaubte, daß Bowles log. Es gab da so ein bestimmtes Gefühl. Es resultierte aus jahrelangen Gesprächen mit Mördern und Nicht-Mördern. Man wußte einfach, wenn einem jemand etwas weismachen wollte.

»Wir sind prima miteinander klargekommen«, sagte Bowles. »Er war einer der besten Fahrer, die mir Executive je zuteilte. Nun, deswegen habe ich mich auch regelmäßig von ihm chauffieren lassen. Ich konnte ja nicht wissen, daß er im Gefängnis verrückt werden würde.«

»Sie glauben also, er ist im Gefängnis verrückt geworden?« sagte Meyer nickend.

»Nun, diese ganze Geschichte mit dem Geld«, sagte Bowles und schüttelte den Kopf.

»Sie haben ihm *keinerlei* Geld geschuldet, richtig?«

»Nicht einen Pfennig.«

»Gab es«, sagte Carella, »vor diesen beiden Telefongesprächen jemals irgendwelche bösen Worte zwischen Ihnen?«

»Niemals.«

»Hätten Sie aus irgendeinem Grund annehmen können, daß er Ihnen etwas nachtrug?«

»Nein, nicht im geringsten.«

»Und dennoch war sich Ihre Frau sicher, daß er der Mann war, der sie in der U-Bahn vom Bahnsteig schubste...«

»Ich weiß, aber...«

»...und später zu überfahren versuchte.«

»Ich bin sicher, sie hat sich geirrt.«

»Und Sie sind sich auch sicher, daß Sie ihm kein Geld schuldeten, obwohl er behauptete...?«

»Ja, wie oft muß ich Ihnen noch...?«

»Hatten Sie in letzter Zeit einen Grund, ihm Ihre Visitenkarte zu geben?« fragte Carella.

»Nein. Ich sagte Ihnen doch, daß ich ihn seit Februar vergangenen Jahres nicht gesehen habe.«

»Mr. Bowles, können Sie uns sagen, wo Sie letzten Montag um die Mittagszeit waren? Das war vorgestern, am siebten.«

Bowles warf ihm einen stechenden Blick zu.

»Sollte ich hierbei einen Anwalt benötigen?« fragte er.

»Nur wenn Sie das Gefühl haben, Sie brauchen einen.«

»Ich meine, was soll das: Wo *war* ich? Was zum Teufel soll das?« sagte Bowles, zog seinen Terminkalender zu sich und blätterte ihn wütend durch. »Hier steht es«, sagte er, tippte auf die Seite und blickte dann auf. »Ich hatte bis etwa elf Uhr einen Klienten hier«, sagte er, »worauf ich bei Tilly anrief. Dann verließ ich das Büro...«

»Und gingen wohin?«

»Ich war zum Essen verabredet.«

»Mit wem?«

»Einem anderen Klienten.«

»Wie heißt er?«

»Es handelt sich um eine Frau.«

»Ihren Namen, bitte.«

»Lydia Raines.«

»Um welche Zeit waren Sie verabredet?«

»Um zwölf Uhr mittags.«

»Wo?«

»In einem Restaurant namens Margins.«

»Wo ist das?«

»An der Zwaan.«

Es war ein holländisches Wort, ein Überbleibsel aus Peter Stuyvesants Zeit. Bowles sprach es so aus wie die meisten Einheimischen in dieser Stadt: Swäin.

»Wie können wir diese Frau erreichen?« fragte Carella.

»Sie ist eine wichtige Klientin, ich möchte nicht, daß sie...«

»Mr. Bowles, ich bin mir nicht sicher, ob Sie begreifen, wie ernst...«

»Doch, durchaus. Ich sehe auch, wie bedeutend...«

»Ist Ihnen bewußt, daß es sich hier um einen *Mordfall* handelt?« sagte Carella.

»Ja, durchaus«, sagte Bowles. »Ich möchte lediglich vorschlagen, ob es nicht vielleicht andere Möglichkeiten gibt, wie Sie sich bestätigen lassen können, daß ich mit ihr zusammen war. Ich möchte nicht, daß sie irgend etwas über polizeiliche Ermittlungen erfährt. Wenn Investoren *Polizei* hören, denken sie augenblicklich, die Firma sei in irgendwelche Unredlichkeiten verwickelt. Ich rechne im Mai mit einer Beförderung. Bei einer so bedeutenden Klientin wie Miss Raines...«

»Welche anderen Möglichkeiten schlagen Sie denn vor?« fragte Meyer freundlich.

»Ich möchte nur nicht, daß sie da hineingezogen wird.«

»Aber sie ist bereits da hineingezogen«, sagte Meyer in sanftem Ton. »Sehen Sie das denn nicht?«

»Ich nehme an, schon.«

»Können Sie uns also sagen, wo sie wohnt, Sir?«

»Nun...«

»Bitte«, sagte Meyer. »Das würde uns allen eine Menge Mühe ersparen.«

»Sie wohnt an der Chase. Chase Avenue Nummer 475.«

»Danke, Sir«, sagte Meyer.

»Ich wäre Ihnen dankbar, wenn Sie nicht erwähnten, daß Sie in einem Mordfall ermitteln.«

»Wir werden's versuchen«, sagte Meyer und lächelte wieder freundlich.

***

Lydia Raines besaß einen Blumenladen namens The Raines Forest, der an der Davidson, Ecke Parade lag. Vielleicht hätte das neckische Wortspiel mit dem Namen des Ladens funktioniert, wenn auch nur einer von Lydias Kunden ihren Familiennamen gekannt hätte. Da dies aber nicht der Fall war, begriffen nicht allzu viele Leute die Raffinesse, mit der das Schaufenster gestaltet war. Die meisten Passanten dachten einfach, das zweite Wort wäre falsch geschrieben. Tatsächlich hatte der Portier in dem Haus an der Chase den Detectives gesagt, der Name des Ladens sei The Rain Forest.

Das Fenster war – erstaunlich zu jeder Jahreszeit, für Januar aber völlig verblüffend – voller exotischer Blütenpflanzen. Carella erkannte die Orchideen, aber es gab noch andere Pflanzen, deren Namen er nicht einmal hätte erraten können, allesamt lila und gelb, orange und golden, und die meisten wirkten irgendwie phallisch. Meyer dachte unterdessen über den Namen des Ladens nach und fragte sich, welchen anderen Beruf Lydia hätte ergreifen und was sie mit ihrem Namen sonst noch hätte anstellen können. Wenn sie zum Beispiel Wildfleisch aus Lappland importierte, würde sie ihren Laden dann *Home of the Raines* nennen? Oder wenn sie ...?

»Wie wär's mit *It Never Raines*?« fragte er Carella.

»Was?« sagte Carella.

»Für einen kalifornischen Salzhersteller«, sagte Meyer.

»Was?« sagte Carella wieder und öffnete die Ladentür.

»Aber es stinkt«, erklärte Meyer achselzuckend.

Vor langer Zeit waren Carella und Meyer einmal gemeinsam nach Puerto Rico gereist, um einen wegen Doppelmordes gesuchten Mann zurück in die Vereinigten Staaten zu bringen. In dem Augenblick, in dem sie in San Juan aus dem Flugzeug stiegen, hatten sie gewußt, daß sie in den Tropen waren. Diese Erkenntnis hatte nichts mit dem strahlenden Sonnenschein, der Hitze oder der Luftfeuchtigkeit zu tun. Sie rührte vielmehr von dem berauschenden Duft her, der in der Luft lag, einer durchdringenden Mischung aus Schimmel und Parfüm, Moder und ungezügeltem Wachstum, ein Aroma, wie es keiner der beiden Männer je zuvor gerochen hatte. Hier, in Lydia Raines' kleinem privaten Regenwald, lag das gleiche Aroma in der Luft. Dampf hätte eigentlich von den riesigen Blattpflanzen aufsteigen müssen, die an den Wänden emporwucherten und die schmalen Durchgänge verstellten. Winzige glitzernde Vögel hätten die offenen Blüten umschwirren müssen, die schrill mit ihrer triumphierenden Blütenpracht warben. Es hätte den ununterbrochenen Singsang der Insekten geben müssen. Und, in der Ferne, das träge Plätschern des Meeres.

Lydia Raines – wenn sie es denn war – stand hinten am Ladentisch und fummelte an einem Blumenarrangement herum, steckte hier eine lila Blume hinein, setzte da eine rote um und fächerte dort einen Farnstrauch auf. Carella schätzte sie auf etwa Mitte Vierzig, eine große, schlanke Frau, die selbst einer exotischen Pflanze ähnelte. Buschige, kurzgeschnittene goldgelbe Haare, funkelnde, den Blättern nacheifernde grüne Augen, einen Rock in der Farbe des Tropenhimmels, Bluse und Pullover, die rosa und scharlachrot zu blühen schienen, hohe Stöckelschuhe, die das blasse Blau ihres Rockes widerspiegelten. Sie blickte auf, als die Türglocke ertönte, lächelte, als sie den zugewucherten Mittelgang entlangkamen und sich an den geflammten Blättern einer riesigen Pflanze vorbeizwängten – »Kann ich Ihnen helfen?«

»Miss Raines?« fragte Carella.

»Ja?«

»Detective Carella«, sagte er und zeigte ihr seine Plakette und den Dienstausweis. »Siebenundachtzigstes Polizeirevier. Das ist mein Partner, Detective Meyer.«

Ihre Hände schwebten über dem Blumenarrangement wie kleine Vögel, die jäh im Flug verharrten.

»Ja?« sagte sie wieder.

»Kein Grund zur Aufregung«, sagte er, »wir sind...«

»Aber ich bin gar nicht aufgeregt«, sagte sie.

Und dennoch hing ihre Hand noch immer bewegungslos über dem Arrangement, und das einladende Lächeln schien wie festgefroren auf dem liebenswürdigen Gesicht. Nur die grünen Augen waren in Bewegung. Unstet. Ängstlich.

»Miss Raines, kennen Sie einen Mann namens Martin Bowles?« fragte Meyer.

»Ist ihm etwas zugestoßen?« fragte sie.

»Nein, nein«, sagte Carella.

»Sondern...?«

»Es handelt sich nur um eine Routineermittlung«, sagte Meyer.

Für jeden Kriminellen hieß das: Mach dich aus dem Staub. Doch Lydia Raines war keine Kriminelle.

»*Ist* er Ihnen bekannt?« fragte Carella.

»Ja, er ist mein Anlageberater«, sagte sie. »Bei Laub, Kramer, Steel und Worth.«

»Wann haben Sie ihn das letzte Mal gesehen?« fragte Carella.

»Wird er vermißt oder was?«

Sie wirkte nun verwirrt. Nichts war ihm zugestoßen, jedenfalls behaupteten sie das. Aber nun wollten sie wissen, wann sie ihn zum letzten Mal gesehen hatte. Warum? Wenn er nicht vermißt wurde oder was? Das alles verrieten ihr Gesicht und ihre Augen. Entweder war sie eine sehr gute Schauspielerin, oder Bowles hatte nicht vorher angerufen und sie vor dem drohenden Besuch gewarnt.

»Nein, er wird nicht vermißt«, sagte Meyer freundlich lächelnd und nickte. »Tatsächlich haben wir uns gerade mit ihm getroffen... wann war das, Steve? Vor einer halben Stunde? Vierzig Minuten?«

»So in etwa«, sagte Carella.

Sie wollten, daß sie locker war. Noch hatten sie ihr nicht gesagt, daß Bowles sie als sein Alibi am Montag benutzte. Sie wollten das von ihr hören.

»Können Sie uns sagen, wann Sie ihn das letzte Mal gesehen haben?« fragte Meyer.

Immer noch freundlich lächelnd. Nickend. Komm schon, Schätzchen. Sag dem glatzköpfigen Onkel, wann du den netten Mann das letzte Mal gesehen hast.

»Ich habe am Montag mit ihm zu Mittag gegessen«, sagte Lydia. »Es steht sicher in meinem Buch.«

Sie legte letzte Hand an das Arrangement, streichelte beinahe eine der Blumen, bedachte es mit anerkennendem und bewunderndem Blick und ging dann zu einem kleinen, in eine Nische neben einem Paar doppeltüriger Kühlvitrinen mit gläserner Vorderseite gezwängten Schreibtisch. Sie setzte sich auf den Schreibtischstuhl, schlug die, wie Carella nun sah, sehr wohlgeformten Beine übereinander und öffnete die Schublade über dem Fußraum. Ihr Terminkalender war eins dieser dicken, in Leder gebundenen Dinger, die mit ihrer Effizienz geradezu protzen. Sie schlug ihn rasch an der Stelle auf, wo eine dicke Klammer den aktuellen Tag anzeigte, und fing an, darin herumzublättern.

»Ja, hier steht es«, sagte sie und blickte auf.

Genau dieselben Worte, die Bowles gebraucht hatte, als er seinen Kalender zu Rate gezogen hatte.

»Es war am Montag«, sagte sie. »Den siebten.«

»Sie haben an dem Tag mit ihm zu Mittag gegessen«, sagte Carella.

»Ja«, sagte sie. »Tja, hier steht es«, wiederholte sie, drehte den Kalender um und zeigte ihm die Seite. In einer großzügig geschwungenen Handschrift – wahrscheinlich ihre eigene, vermutete Carella – standen da die Worte:

Martin Bowles
Margins @ 12

»Ist das der Name des Restaurants?« fragte Meyer, obwohl er die Antwort bereits kannte. »Margins?«

»Ja. Es ist drunten bei der Börse. An der Zwaan.«

Auch sie sprach es Swäin aus. Aber in ihrem Tonfall war eine regionale Färbung, die verriet, daß sie ursprünglich von woanders herkam.

»War Mr. Bowles bereits da, als Sie hinkamen?« fragte Carella.

»Ja, das war er.«

»Sie mußten also nicht auf ihn warten oder so?«

»Nein, er saß an der Bar.«

»Ist das ein großes Lokal? Dieses Margins?«

»Ziemlich groß.«

»Waren viele Leute dort?«

»Ich nehme es an. Ich habe wirklich nicht darauf geachtet. Warum? Hat er etwas angestellt?«

Sie fragten sich beide, wie sie darauf kam.

»Nicht daß wir wüßten«, sagte Meyer und lächelte wieder freundlich. Der gute alte Onkel Meyer. Dem mit den Chinesenaugen magst du ja vielleicht nicht trauen können, aber auf mich kannst du dein letztes Hemd setzen.

»Warum dann die ganzen Fragen?« wollte sie wissen.

»Reine Routine«, sagte Carella.

»Klar«, sagte sie. »Und ich bin Prinzessin Di.«

»Wann haben Sie sich mit ihm zum Essen verabredet?« fragte Meyer.

»Ich habe keine Ahnung. Ich treffe mich regelmäßig mit Martin und bespreche mit ihm meine Anlagen. Kann sein, daß ich ihn angerufen habe, kann sein, daß er mich angerufen hat. Ich weiß es einfach nicht mehr. Was soll er denn angestellt haben?«

»Wie schon gesagt...«

»Oder *angeblich* angestellt haben?«

»Nichts. Soweit wir wissen.«

»Und wegen was *verdächtigen* Sie ihn dann?«

»Wegen nichts«, sagte Carella.

»Klar«, sagte sie wieder. Sie blickte ihm tief in die Augen. In seinem ganzen Leben hatte Meyer noch keinen solchen Blickkontakt gesehen. Wie das mörderische grüne Leuchten, so kam es ihm vor, das Carella mit einem Laserstrahl bombardierte. Ihn zwingen wollte, ihr zu verraten, weshalb sie wirklich hier waren. Einen Augenblick lang war Meyer versucht, mit allem herauszurücken. Er widerstand der Versuchung.

»Wo kommen Sie ursprünglich her?« fragte er.

»Aus Chicago«, sagte sie. »Warum?«

***

Carella wollte sie persönlich sprechen – und alleine. Da war das eine oder andere, das er mit ihr bereden mußte, und er wollte zumindest den Anschein von Vertraulichkeit wahren. Er wollte nicht, daß es so aussah, als suchten sie zwei Bullen in schweren Mänteln auf. Sie sagte ihm, sie sei erst vor ein paar Minuten nach Hause gekommen, und bot ihm einen Drink an. Es war nun vier Uhr nachmittags. Er erklärte ihr, er sei noch im Dienst, und sie nahm ihm den Mantel ab und hängte ihn in den Kleiderschrank im Flur, und dann gingen sie in das von lauter Stahl und Leder dominierte Wohnzimmer, wo er gleich zur Sache kam.

»Mrs. Bowles«, sagte er, »haben Sie irgendeinen Grund zu der Annahme, daß Ihr Mann Ihren Tod herbeiwünschen könnte?«

Sie schaute ihn sprachlos an.

»Mrs. Bowles«, sagte er.

»Nein. Natürlich nicht. Nein. Was meinen Sie damit? *Martin*?« sagte sie.

»Ja, Madam. Hatten Sie in letzter Zeit Ärger?«

»Nein, wir...«

»In Ihrer Ehe, meine ich.«

»Ja, ich weiß. Nein, absolut nicht. Wir...«
»Hat er jemals von Scheidung gesprochen?«
»Nein, nein, wir sind sehr...«
»Oder auch nur indirekt angedeutet?«
»Nein, wir sind sehr glücklich.«
»Hatten Sie in letzter Zeit irgendwelche heftigen Auseinandersetzungen...«
»Nein.«
»...oder so etwas Ähnliches?«
»Nein.«
»Er hat Sie noch nie mißhandelt, oder?«
»Nein. Meinen Sie...?«
»Ich meine, ob er Sie jemals *geschlagen* hat. Sie körperlich mißhandelt hat.«
»Nein. Noch nie.«
»Oder Ihnen damit gedroht hat?«
»Nein.«
»Mrs. Bowles, tut mir leid, daß ich Sie das fragen muß, aber es ist wichtig. Hat Ihr Mann vielleicht eine andere Frau?«
»Nein, das hat er nicht. Mr. Carella, also wirklich...«
»Tut mir leid, daß ich diese Fragen stellen muß. Und in Ihrem Leben gibt es auch keinen anderen Mann, oder?«
»Ganz bestimmt nicht!«
»Ihr Mann hat also absolut keinen Grund, Ihnen zu mißtrauen...«
»Nicht den geringsten.«
»Oder Sie aus seinem Leben fortzuwünschen...«
»Nein.«
»Was steht in Ihrer beider Testament, Mrs. Bowles? Tut mir leid«, sagte er, »mir macht das auch keinen Spaß, glauben Sie mir. Aber man hat zweimal versucht, Sie umzubringen...«
»Wie kommen Sie auf die Idee, daß *Martin*...?«
»Weil er mit Tilly telefoniert hat an dem Morgen, an dem dieser umgebracht wurde...«
»Mit Tilly?«
»Ja. Es ging um Geld, das er ihm Tillys Reden nach schuldete.«
Sie schaute ihn an.
»Ja«, sagte er.
Sie schaute ihn weiter an. Allmählich kapierte sie es.

»Tut mir leid«, sagte er.

»Es ist bloß... ich hatte nie einen Grund, anzunehmen...«

»Das weiß ich.«

»Ich hab' einfach nie...« sagte sie und ließ den Satz verklingen. Sie dachte nun nach. Grübelte über allem, was er ihr mitgeteilt hatte. Überlegte, ob es nicht doch eine winzige Möglichkeit gab, daß...

»Es gibt einen Ehevertrag«, sagte sie. Sehr leise. »Wir haben einen Ehevertrag unterschrieben.«

»Was steht da drin, Mrs. Bowles?«

»Falls... falls wir uns je scheiden lassen sollten... würde ich die Hälfte von allem kriegen, was ihm gehört. Jetzt und in Zukunft.«

»Ich verstehe.«

»Und... wir haben einander auch in unserem Testament bedacht. Als einzige Nutznießer. Egal, wer zuerst...«

Sie schüttelte den Kopf.

»Es geht um eine Menge Geld«, sagte sie.

Carella wartete.

»Sein Vater hat ihm etwas über eine Million Dollar hinterlassen... und er hat natürlich auch nicht schlecht verdient. Wahrscheinlich wird er dieses Frühjahr Gesellschafter.«

Sie schüttelte den Kopf.

»Ich kann das einfach nicht glauben, wirklich. Wenn Sie sagen, er hat Tilly angerufen...«

»Ja, das hat er zugegeben.«

»Dann, na ja,... dann hat er's vermutlich getan. Und wenn er an Scheidung gedacht haben sollte, hätte er es sich vermutlich zweimal... aber das *hat* er nicht, das *tut* er nicht, das weiß ich. Wir *lieben* einander. Und wenn Sie andeuten... ich meine, ich weiß nicht, *was* Sie andeuten wollen, aber ich nehme an, Sie wollen sagen, daß Martin diesen Tilly...«

»Ja, Mrs. Bowles, ich möchte andeuten, daß diese Möglichkeit besteht.«

»Aber das ist es doch. Wenn das der Fall wäre, warum sollte er dann Darrow engagieren?«

»Wer ist Darrow?« fragte Carella verblüfft.

»Ein privater Ermittler.«

»Ein *was*?« sagte Carella. Er war völlig überrascht. »Warum sollte er einen privaten...?«

»Um der Sache auf den Grund zu gehen. Herauszufinden, wer mir etwas antun wollte. Sie sehen also ...«

»Wann war das?« fragte er.

»Er fing am Montag an.«

»Ich wünschte, Sie hätten mir etwas davon gesagt.«

»Dazu hatte ich keinerlei Grund. Der Mann ist ordnungsgemäß zugelassen, er ist ...«

»Woher wissen Sie das?«

»Ich hab's nachgeprüft.«

»Ich wünschte, Sie hätten *mir* das Nachprüfen überlassen.«

»Es kam mir so einfach vor. Er gab mir seine Karte, und ich habe einfach unter dieser Nummer in Chicago ...«

»Ihr Mann hat einen privaten Ermittler aus *Chicago* engagiert?«

»Ja.«

»Warum? Laufen hier nicht genug davon rum?«

»Ich weiß nicht, warum. Er soll sehr gut sein.«

»Und Sie sagen, Sie haben bei ihm in Chicago angerufen?«

»Ja, unter dieser Nummer. Die auf seiner Karte war. Es ist eine echte Detektei.«

»Warum hat Ihr Mann ihn engagiert, wissen Sie das?«

»Hab' ich Ihnen doch gerade gesagt. Damit er mich beschützt. Und herausfindet, wer versucht hat, mich umzubringen.«

»Nun ja, da Tilly jetzt tot ist, muß er *das* nicht mehr, stimmt's? Sagen Sie mir noch mal seinen Namen.«

»Andrew Darrow.«

»Wie schreibt sich der Familienname?«

»D-A-R-R ...«

Carella dachte bereits: Der ist falsch. Ein Privatdetektiv namens *Darrow*? Wie in Clarence?

»... O-W.«

»Und der Name der Firma?«

»A. N. Darrow Ermittlungen.«

Na klar, dachte Carella.

»Haben Sie seine Karte noch?«

»Ja.«

»Könnte ich die bitte mal sehen?«

»Sie ist in meiner Tasche«, sagte sie.

Sie ging aus dem Zimmer. Als sie zurückkam, reichte sie ihm eine anscheinend echte Visitenkarte – aber niemand fragte einen nach dem Ausweis, wenn man diese Dinger drucken ließ. Er schrieb Name, Anschrift und Telefonnummer von der Karte ab und gab sie ihr dann zurück. Draußen wurde es allmählich dunkel. Er dankte ihr für ihre Mühe und sagte, er werde mit ihr in Verbindung bleiben. Was sie ihm von dem Ehevertrag erzählt hatte, beunruhigte ihn gewaltig, aber er versuchte, sich nichts anmerken zu lassen. Und er war auch alles andere als erfreut darüber, daß Martin Bowles einen Unbekannten aus Chicago engagiert hatte, damit er seine Frau beschützte.

***

Sobald er wieder im Mannschaftsraum war, wählte er die Nummer, die er von der Karte abgeschrieben hatte. Ein Anrufbeantworter teilte ihm mit:

»Sie sprechen mit Darrow Ermittlungen. Ich bin zur Zeit nicht in der Stadt, aber wenn Sie nach dem Pfeifton eine Nachricht hinterlassen, rufe ich Sie an, sobald ich wieder zurück bin. Danke.«

Darrow Ermittlungen, dachte er und wählte die 1-312-555-1212.

»Fernsprechauskunft«, sagte eine Stimme.

»Ich bräuchte eine Nummer in Chicago«, sagte er. »Und zwar von Darrow Ermittlungen an der South Clark Street.«

»Können Sie das bitte buchstabieren?« fragte sie.

»D-A-R-R-O-W«, sagte er.

Wie in Clarence, dachte er.

»Einen Augenblick, bitte«, sagte die Vermittlung.

Er wartete.

»Tut mir leid, Sir, ich habe keine Eintragung unter diesem Namen.«

»Könnten Sie es mal unter A. N. Darrow versuchen?« fragte er.

»Mit einem N wie in Nordpol?«

»Ja, bitte.«

»Augenblick, bitte.«

Wieder wartete er.

Als sie sich zurückmeldete, sagte sie: »Auch unter dem Namen haben wir nichts, Sir.«

»Sind Sie sicher?«

»Ja, Sir.«

»Danke«, sagte er und legte auf.

Er dachte einen Augenblick nach und suchte dann in seinem persönlichen Telefonverzeichnis nach der Nummer des P.A.-Anschlusses der Telefongesellschaft. Sobald er verbunden war, sagte er der Frau, die sich meldete, er ermittle in einem Mordfall und brauche Name und Anschrift zu einer Telefonnummer in Chicago. Sie sagte, sie werde sofort zurückrufen. In Wirklichkeit dauerte es drei Minuten, bis sie in ihren Unterlagen die Nummer des 87. Polizeireviers herausgefunden und gewählt hatte. Als sie Carella wieder an der Strippe hatte, bat sie ihn um die Nummer in Chicago, sagte, sie werde sich mit ihrem dortigen Pendant in Verbindung setzen, und rief zehn Minuten später zurück, um ihm mitzuteilen, daß die Nummer, die er ihr gegeben hatte, eine Geheimnummer sei.

»Ich verstehe die Problematik nicht«, sagte er.

»Das habe ich Ihnen doch eben gesagt, Sir. Es ist eine geheime.«

»Spreche ich mit der P.A.-Vermittlung?«

»Ja, Sir, das tun Sie.«

»Und stehen diese Buchstaben immer noch für Polizeiauskunft?«

»Jawohl, Sir.«

»Man hat mir früher schon bei Geheimnummern ausgeholfen«, sagte er.

»Tut mir leid, Sir«, sagte sie. »Sie meinen wahrscheinlich eine nicht eingetragene.«

»Nein, ich meine eine geheime. Ich arbeite hier an einem Mordfall.«

»Ja, Sir, das ist mir durchaus bewußt. Aber ich kann Ihnen keine geheime...«

»Hat man Ihnen in Chicago einen Namen und eine Anschrift zu der Nummer genannt?«

»Nein, Sir, das hat man nicht.«

»Mit wem haben Sie dort gesprochen?«

»Ich kann Ihnen eine Nummer bei Illinois Bell geben, Sir, aber die kamen mir dabei ziemlich hartnäckig vor.«

»Geben Sie mir bitte die Nummer«, sagte er.

»Ja, Sir«, sagte sie und nannte ihm die Nummer.

Carella wählte sie.

»Abteilung für gerichtliche Verfügungen«, meldete sich eine Frauenstimme.

Und schon steckst du im Schlamassel, dachte sich Carella.

»Ja«, sagte er, »hier spricht Detective Carella vom siebenundachtzigsten Polizeirevier in Isola.«

»Ja?« sagte sie.

»Mit wem spreche ich, bitte?«

»Mit Mrs. Fisher.«

»Mrs. Fisher, ich arbeite hier unten an einem Mordfall, und ich habe da eine Telefonnummer in Chicago, die meines Wissens geheim ist...«

»Ja, Sir?«

»Ich hätte gern den Namen und die Anschrift zu dieser Nummer.«

»Da müssen Sie sich eine richterliche Anordnung besorgen...«

»Es geht um einen Mordfall«, sagte er.

»Dennoch benötigen Sie eine gerichtliche Verfügung, die uns aufträgt, diese Auskunft preiszugeben.«

»Nun ja, das könnte ein bißchen schwierig werden...«

»Ja, Sir.«

»...wenn man bedenkt, daß ich hier unten stecke, und Sie...«

»Ja, Sir, aber so läuft das hier bei uns.«

»Sprechen Sie von einer richterlichen Anordnung in Illinois?«

»Ja, Sir. Wir sind hier in Illinois, Sir.«

»Genau das meine ich ja. Hier unten ist ein Mann umgebracht worden«

»Ja, Sir.«

»Und normalerweise habe ich bei einer Ermittlung...«

»Sämtliche Ersuchen an uns stammen von Rechtsorganen, Sir.«

»Was ich sagen will, ist, daß die Telefongesellschaft in einer solchen Situation normalerweise...«

»Wir bei Illinois Bell behandeln etwa acht- bis neuntausend derartiger Ersuchen pro Jahr, Sir. Sie benötigen dennoch eine richterliche Anordnung.«

»Gibt es bei Ihnen eine Art Verbindungsstelle zur Polizei in Chicago?« fragte er. »Hier unten...«

»Sind Sie bei der Polizei in Chicago, Sir?«

»Nein, ich habe Ihnen doch gesagt...«

»Dann benötigen Sie eine richterliche Anordnung, Sir.«

»Danke«, sagte er und legte auf.

Er hielt sich wieder an sein persönliches Telefonverzeichnis, entdeckte eine Eintragung für das Polizeipräsidium in Chicago, wählte die Nummer und teilte dem Sergeant, der sich meldete, mit, was er wollte.

Der Sergeant stellte ihn zu einem Detective namens Riley durch. Er erklärte Riley alles noch einmal. Berichtete ihm von seinem Gespräch mit Mrs. Fisher.

»Yeah, die können ganz schön rotzig werden, wenn sie wollen«, sagte Riley. »Aber folgendermaßen stellen Sie's an. Setzen Sie sich mit unserer Abteilung für Einsatzfragen in Verbindung. Suchen Sie sich die Telexnummer in Ihrem Amtsverzeichnis raus. Teilen Sie denen mit, woran Sie arbeiten und wozu Sie die Auskunft brauchen. Der Chef der Kriminalpolizei leitet das dann an die Kriminalabteilung weiter, und jemand wird sich drum kümmern.«

»Besorgt ihr mir eine gerichtliche Verfügung?«

»Nein, nein, das ist Quatsch.«

»Sie hat gesagt...«

»Yeah, aber wir haben unsern Mann bei denen im Sicherheitsamt, der arbeitet ständig mit uns zusammen. Bei einer laufenden Ermittlung... Sie haben doch von einem Mordfall gesprochen, nicht wahr?«

»Ich habe von einem Mordfall gesprochen.«

»Da gibt er uns die Auskunft normalerweise gleich am Telefon.«

»Gut«, sagte Carella. »Wie lange wird das dauern?«

»Sind Sie mit spätem Nachmittag zufrieden?« fragte Riley.

***

Das Telex von der Polizei in Chicago traf eine halbe Stunde später ein. Carella erfuhr dadurch zweierlei:

Die geheime Telefonnummer auf Andrew Darrows mutmaßlicher Visitenkarte war einem Mann namens Andrew Denker zugeteilt, und die Anschrift lautete nicht South Clark Street, sondern West Wellington Street.

7

Die Besprechung fand am Dienstagmorgen, dem zehnten Januar, in Lieutenant Byrnes' Eckzimmer statt.

Meyer und Carella, beide geschniegelt und putzmunter, bereit, ihren Fall vorzutragen, saßen nebeneinander auf harten hölzernen Lehnstühlen im kalten Winterlicht am Fenster. Hinter ihnen schneite es. Byrnes haßte Neuschnee. Er verzögerte den Einsatz der Polizei und verschaffte den Kriminellen oft einen Vorteil, den sie weiß Gott nicht brauchten.

Cotton Hawes war frisch vom Skiurlaub in Colorado zurück und sah krebsrosa aus, so daß es schien, als spiegelten sich seine roten Haare auf den Wangen. Er mußte dringend zum Friseur; Byrnes fragte sich, ob er ihn darauf ansprechen sollte. Hawes saß auf der Ecke von Byrnes' Schreibtisch und versperrte ihm so teilweise die Sicht auf Arthur Brown, der massig an der Tür stand, als wolle er jedem unerwünschten Ankömmling den Zutritt verwehren. Wenn Byrnes um zwei Uhr morgens unbewaffnet durch eine dunkle Gasse gehen müßte, würde er sich Brown zum Partner nehmen.

Andy Parker saß auf dem Stuhl neben ihm. Wie üblich unrasiert. Setz ihn auf eine Parkbank, und jeder denkt, er wäre einer von den Obdachlosen der Stadt. Versetz ihn nach Florida, und jeder denkt, er ist bei Miami Vice.

Neben ihm lehnte Bert Kling an der Wand und dachte zweifellos darüber nach, wie er seine Freundin wieder herumkriegen könnte. Mit den Augen weiß Gott wo, so daß Byrnes große Lust hatte, ihm in den Arsch zu treten. Er kannte die ganze Geschichte. Wußte, daß Kling der Grund dafür gewesen war, daß Eileen im Einsatz auf einen Serienkiller ihre Begleitmannschaft verloren hatte. Wußte, daß sie den Mann hatte erschießen müssen. Eine in die Brust, eine zweite in die Schulter, und dann hatte sie ihm sicherheitshalber das ganze Magazin in den Rücken gepumpt. Knallharte Frau, diese Eileen Burke. Ein guter Cop. Arbeitete jetzt bei der Sondereinheit für Geiselbefreiungen. Byrnes wollte Kling in den Arsch treten, ihm sagen, er solle endlich wieder anfangen zu *leben*.

Bob O'Brien saß, die Arme verschränkt, die Beine in Richtung Schreibtisch ausgestreckt, auf dem Stuhl rechts von Kling. Bob, der Pechvogel. Geh mit ihm auf Einsatz, und die Chance steht zehn zu eins, daß es eine Schießerei gibt. Man muß sich das mal vorstellen. Da wurde man mit O'Brien losgeschickt, und irgendein dämlicher Mistkerl zog einfach die Knarre und fing an, auf einen zu schießen. Er hatte in Ausübung seines Dienstes sechs Männer getötet. Vielleicht sollte er O'Brien bitten, sich eines Tages mal mit Eileen Burke zusammenzusetzen, ihr sozusagen von Mick zu Mick sein großes irisches Herz ausschütten und ihr sagen, wie es war, wenn man *wirklich* Menschen umbrachte, dachte Byrnes. Du bringst gern Menschen um? Probier's mal mit sechsen. Erzähl ihr, wie du jedesmal innerlich geweint hast, wenn es passiert ist. Sag ihr das gleiche, was du eines regnerischen Tages dem Lieutenant gesagt hast, genau hier, in diesem Büro. Innerlich weint bei mir alles, Pete. Jedesmal. Weine ich innerlich.

»Können wir anfangen?« sagte Byrnes. Auf der Uhr an der Wand war es zehn Minuten nach acht. Vor fünfundzwanzig Minuten war die Friedhofsschicht abgelöst worden. Seit Mitternacht schneite es. »Ich möchte das hier schnell hinter mich bringen. Steve muß nach Downtown aufs Gericht. Es geht um den Fall, an dem er und Meyer seit Ende Dezember arbeiten. Letzten Montag hat er sich zum Mordfall ausgewachsen.«

»Was war's denn vorher?« fragte Hawes.

»Versuchter Mord«, sagte Carella.

»An dem Mordopfer?«

»Nein. Das ist der Kerl, der versucht hat, sie umzubringen. Jedenfalls sagt sie das.«

»Da komm ich nicht mit«, sagte Hawes.

»Geh zurück nach Aspen«, sagte Parker zu ihm.

»Ich war in Vail.«

»Egal, wohin.«

»Ich wünschte, ich könnte.«

»Sag ihm, er kann wieder hin, Lieutenant.«

Byrnes funkelte sie beide an.

»Warum fängst du nicht einfach von vorne an, Steve?« sagte er, lehnte sich auf seinem Drehstuhl zurück und faltete die Hände über der Brust. Carella setzte sie ins Bild. Ab und zu mischte sich Meyer ein und korrigierte Zeitpunkt oder Datum, aber zum größten Teil war es ein Solovortrag. Carella erzählte ihnen alles, was seit dem neunundzwanzigsten Dezember, als Emma Bowles in den Mannschaftsraum gekommen war, im Zusammenhang mit dem Fall passiert war; er berichtete ihnen vom Mord an Roger Turner Tilly und seinem Streit mit Fat Ollie Weeks über die Erster-Mann-am-Fall-Regel...

»Yeah, das ist typisch Ollie«, sagte Parker glucksend.

...von der Entdeckung der Pistole im Keller und dem Gespräch sowohl mit Martin Bowles als auch der Klientin, mit der er am Tag des

Mordes vermutlich zu Mittag gegessen hatte, und von der Neuigkeit, daß dieser einen Privatdetektiv engagiert hatte, der einen falschen Namen benutzte.

»Das wär's soweit«, sagte Carella.

»Gibt's Fragen?« sagte Byrnes.

»Weißt du schon irgendwas über die Waffe?« fragte Hawes.

»Die Ballistik wollte sich heute bei uns melden.«

»Es ist eine Zweiunddreißiger, soviel ist mal sicher«, sagte Meyer.

»Eine Hi-Standard Sentinel«, sagte Carella.

»Das ist doch die mit dem kurzen Lauf?«

»Ja.«

»Wie hat der Typ noch mal geheißen?«

»Roger Turner Tilly.«

»Klingt wie ein Schwarzer«, sagte Parker.

»Nein, er war weiß.«

»Die einzigen, die in dieser Stadt noch weiße Namen haben, sind die Schwarzen«, sagte Parker. Brown, der an der Tür stand und groß und breit wie ein Berg wirkte, schien er nicht wahrzunehmen. Brown sagte nichts. Er hatte große Lust, Parker aus dem Fenster zu werfen, aber er sagte kein Wort.

»Und was nehmt ihr an?« fragte O'Brien. »Daß der Ehemann dahintersteckt?«

»Ja. Wir haben seine Karte in Tillys Brieftasche gefunden.«

»Na, da habt ihr doch die Verbindung«, sagte Parker.

»Und er hat zugegeben, daß er mit Tilly an dem Morgen, an dem er umgebracht wurde, geredet hat.«

»Am Tatort, meinst du?«

»Nein. Am Telefon.«

»Worum ging's?« fragte Brown.

»Tilly behauptete, er schulde ihm Geld.«

»Oha.«

»Genau. Bowles zufolge hat Tilly ihn irgendwann letztes Jahr rauf nach Norden gefahren ...«

»Jetzt sind wir aber tief in der Vorgeschichte, stimmt's?« sagte Parker.

»... und er schuldete ihm noch das restliche Geld für die Fahrt. Das war, bevor er letztes Frühjahr wegen Körperverletzung eingefahren ist.«

»Ich hasse Geschichten mit einer Vorgeschichte«, sagte Parker.
»Das Opfer war im Knast?« fragte Hawes.
»Paß gefälligst auf«, sagte Parker.
»Ich hab' nicht gewußt, ob der Ehemann im Knast war oder das Opfer.«
»Das Opfer, das Opfer«, sagte Parker.
»Ich wollte es bloß klargestellt haben.«
Parker nickte säuerlich und wandte sich an Carella. »Der Ehemann war's«, sagte er. »Geh hin und verhafte ihn.«
»Er hat ein Alibi«, sagte Meyer.
»Richtig«, sagte Brown nickend. »Die Frau mit dem Blumenladen.«
»Seid ihr in dem Restaurant gewesen?« fragte Byrnes.
»Nein, noch nicht.«
»Dann macht's lieber gleich. Seht zu, ob sie irgendwer zusammen gesehen hat.«
»Meyer geht heute morgen da runter«, sagte Carella.
»Die Woche hat zuwenig Tage, Lieutenant«, erklärte Parker.
»Wer ist dieser andere Kerl?« fragte Byrnes.
»Denker? Das wissen wir noch nicht. Im Computer ist kein Eintrag über ihn. Angeblich ist er Privatdetektiv.«
»Wieso sollte jemand, der halbwegs bei Sinnen ist, freiwillig behaupten, er wäre Privatdetektiv, wenn er keiner ist?« sagte Parker.
Sämtliche Detectives lachten.
Sogar Byrnes lachte.
»Ist ja gut, ist ja gut«, sagte er schließlich.
Doch die Männer lachten weiter.
»Ist ja gut, beruhigt euch«, sagte er.
»Aber der Ehemann hat ihn engagiert, stimmt das?« fragte Brown.
»Jawohl.«
»Damit er sie beschützt?«
»Genau.«
»So ein Käse«, sagte Parker.
»Die sollte mal lieber auf sich aufpassen«, sagte O'Brien.
»Genau das denke ich mir auch«, sagte Carella.
»Jesus, tatsächlich?« sagte Parker. »Daß ihr daraufgekommen seid. Ihr Jungs müßt ja Blitzmerker sein. Wach auf, Landei«, sagte er zu Kling. »Ich will dir grade erklären, wie Polizeiarbeit geht.«
Kling hatte bislang noch kein Wort gesagt.

»Leck mich, Parker«, sagte er nun.

»Danke«, sagte Parker, stand auf und verbeugte sich vor ihm. »Aber sei's, wie es mag, auf die Art nimmt die Sache Form an. Dieser Bowles... so heißt er doch?«

»Ja, Bowles«, sagte Meyer.

»Dieser Bowles heuert diesen Wichser an, damit er seine Frau umbringt, und der Typ verpatzt es. Zweimal sogar. Also sagt dieser Bowles ihm, er soll sich verpissen, und er heuert 'nen anderen Wichser an, diesmal einen aus Chicago. Bloß daß der erste Wichser nicht so schnell abzieht, weil er erst das restliche Geld will.«

»Seine Schlußabrechnung«, sagte Brown. »Zahl oder stirb.«

»Besten Dank, Mr. Watson«, sagte Parker, schnitt ein säuerliches Gesicht und schüttelte den Kopf angesichts der Simpel, von denen er umgeben war. »Also ruft er Bowles an und sagt, er soll mit dem Rest rüberkommen, sonst... und dieser Bowles gibt ihm mit 'ner Kugel den Rest.«

»Du vergißt dabei, daß Bowles ein Alibi hat«, sagte O'Brien.

»Alibi, Käse. Klemmt euch hinter die Blumenfrau, und das Alibi ist im Eimer.«

»Vielleicht«, sagte Carella.

»Am Arsch, von wegen vielleicht. Die vögelt mit Bowles, oder was denkt ihr denn? Und der sagt ihr, daß er nach Uptown muß und sich um was kümmern, Liebling. ›Wenn die Cops dich fragen, wo ich am Montag um die und die Zeit gewesen bin, sagst du ihnen, wir haben zusammen zu Mittag gegessen.‹ Und sie sagt: ›Aber sicher, Liebster, darf ich dir den Schwanz lutschen?‹«

»Vielleicht«, sagte Meyer.

»Da gibt's kein Vielleicht. Wieso, meint ihr, will Bowles, daß seine Frau tot ist? Weil's da schon die Blumenfrau gibt. In der Zwischenzeit hockt dieser zweite Wichser der Ehefrau auf der Pelle und wartet bloß auf den rechten Ort zur richtigen Zeit, damit er sie abmurksen kann. Da habt ihr euren Fall, meine Herren. Verhaftet Bowles wegen dem beschissenen Mord und die Blumenfrau als Helfershelferin im nachhinein. Danach scheucht ihr den falschen Privatdetektiv windelweich aus der Stadt.«

In dem Büro wurde es still.

»Klingt nicht schlecht«, sagte Byrnes.

Carella gab es nur ungern zu, aber so war es.

Detective/Third Grade Randall Wade wirkte so fies wie eine Kneifzange. Groß und schwarz, mit schmalen Schultern und hagerem, muskulösem Körperbau trat er in den Zeugenstand, hob die rechte Hand und legte die linke auf die Bibel, die ihm der Gerichtsschreiber hinhielt. Er schien sich unwohl zu fühlen in Anzug und Krawatte. Die Knöchel an der auf der Bibel liegenden Hand waren übergroß, wie bei einem Streetfighter. Er hatte schlimme Pockenmale im Gesicht, und aufgrund einer alten Messernarbe über dem linken Auge wirkte er ganz besonders bedrohlich. Louise Carella musterte ihn einmal von oben bis unten und hoffte, die Geschworenen würden ihn weniger furchterregend finden als sie; sie konnte nur schwerlich glauben, daß er Polizist war.

»Detective Wade«, sagte Lowell, »ich zeige Ihnen nun eine 9-Millimeter-Uzi-Schnellfeuerpistole und frage Sie, wann Sie diese Waffe zum ersten Mal gesehen haben.«

»In der Nacht... nun ja, lassen Sie mich korrigieren«, sagte Wade. »Es war zwar noch dunkel, aber eigentlich war's schon morgens. Am Morgen des ersten August.«

»Wo haben Sie diese Pistole zum ersten Mal gesehen?«

»Im Flur eines Hauses an der Talley Road Nummer 1143.«

»Wo ist das, Detective Wade?«

»In Riverhead. Im sechsundvierzigsten Revier.«

»Was haben Sie dort gemacht?«

»Wir waren dort, um zwei Verdächtige in einem Mordfall festzunehmen, in dem wir ermittelten.«

»Um welchen Mordfall handelte es sich?«

»Um den Mord an Anthony John Carella.«

»Und welche Verdächtigen wollten Sie dort festnehmen?«

»Desmond Whittaker und Samson Cole.«

»Handelt es sich bei Samson Cole um denselben Mr. Cole, der in diesem Prozeß angeklagt ist?«

»Jawohl.«

»Befand sich Mr. Cole im Flur des Hauses Talley Road Nummer 1143, als Sie diese Pistole zum ersten Mal sahen?«

»Jawohl.«

»Wo befand sich die Pistole, als Sie sie zum ersten Mal sahen?«

»In Mr. Coles rechter Hand.«

»Können Sie mir sagen, wie diese Pistole in Ihren Besitz gelangte?«

»Sie wurde als Beweismittel sichergestellt, nachdem Mr. Cole überwältigt und festgenommen worden war.«

»Wenn Sie ›überwältigt‹ sagen ...«

»Er hatte die Waffe in Schußposition erhoben. Es war erforderlich ...«

»Diese Waffe?«

»Ja, die Waffe, die Sie in der Hand haben. Er hatte sie auf uns gerichtet und wollte grade schießen. Es war erforderlich, bei der Festnahme körperliche Gewalt anzuwenden.«

»Wann genau haben Sie die Pistole als Beweismittel sichergestellt?«

»Nachdem Mr. Cole in Handschellen war.«

»Was haben Sie danach mit der Pistole gemacht?«

»Sie als Beweismittel kenntlich gemacht und an meinen Vorgesetzten übergeben.«

»Würden Sie mir den Namen Ihres Vorgesetzten nennen?«

»Detective-Lieutenant James Michael Nelson«, sagte Wade, »Leiter der Kriminalabteilung des fünfundvierzigsten Reviers.«

»Detective Wade, wie ist das übliche Verfahren bei der Polizei, wenn Beweismittel von einer Person an eine andere weitergereicht werden?«

»An dem Beweismittel wird ein Schild befestigt, ein sogenannter Dienstweg-Vermerk.«

»Können Sie mir sagen, was auf diesen Schildern vorgedruckt steht?«

»Zuerst steht da *Entgegengenommen von*, dann das Wort *Durch* und dann die Wörter *Datum* und *Tageszeit*. Auf dem Schild ist Platz für die Eintragungen von drei Personen. Danach muß man auf ein Zusatzschild zurückgreifen, das normalerweise dem ersten hinzugefügt wird.«

»So daß Lieutenant Nelson zum Beispiel, als Sie die beschilderte Pistole an ihn weiterreichten, vermerkt hätte, daß er sie von Ihnen erhalten hatte, und nach dem Wort *Durch* unterschrieben hätte, ist das so richtig?«

»Das ist richtig.«

»Wissen Sie vielleicht, was mit der Pistole geschehen ist, nachdem Sie sie an Lieutenant Nelson weiterreichten?«

»Ja, Sir. Sie wurde zu Schußtests an die Ballistikabteilung gesandt.«

»Euer Ehren«, sagte Lowell, »ich möchte, daß dieses *Dienstweg*-Vermerkschild als Beweismittel gekennzeichnet wird.«

»Kein Einspruch«, sagte Addison.

Er strich sich den Bart, stellte Carella fest. Strich sich müßig am Bart. Wirkte durch und durch gelangweilt von dem ganzen Trara mit der Pistole.

»Kennzeichnen Sie es als Gegenstand Nummer fünf der Anklage«, sagte Di Pasco.

»Detective Wade«, sagte Lowell, »würden Sie bitte einen Blick auf dieses Schild werfen?«

Wade nahm das Schild entgegen, blickte darauf, nickte.

»Können Sie anhand dieses Schildes sagen, wer nach Lieutenant Nelson in den Besitz dieser Pistole gelangte?«

»Ja. Der Empfang der Pistole wurde am Morgen des ersten August um elf Uhr siebenundzwanzig durch Detective Peter Haggerty von der Ballistikabteilung abgezeichnet.«

»Der Dienstweg, so wie er auf dem Schild vermerkt ist, führte also von Ihnen zu Lieutenant Nelson und von Lieutenant Nelson zu Detective Haggerty.«

»Das ist richtig.«

»Stehen noch weitere Namen auf dem Schild?«

»Nein.«

»Hätte zu irgendeiner Zeit noch jemand in den Besitz der Pistole gelangen können? Jemand anders als die Personen, deren Namen auf dem Schild auftauchen?«

»Sonst hätte niemand in ihren Besitz gelangen können.«

»Dann steht für Sie also völlig außer Frage, daß die Pistole, die Sie am Morgen des ersten August bei Samson Cole sicherstellten, dieselbe Pistole ist, die Detective Haggerty etwas später in Empfang nahm?«

»Ohne jede Frage.«

»Führten Sie, nachdem Detective Haggerty die Pistole in Empfang genommen hatte, ein Gespräch mit ihm?«

»Jawohl.«

»Können Sie mir sagen, worum es bei diesem Gespräch ging?«

»Ich habe ihm gesagt, wir möchten, daß er mit der Waffe Schußtests macht und die Kugeln und die ausgeworfenen Hülsen mit denen vergleicht, die ihm mein Partner vorher geschickt hatte. Den Kugeln und den Hülsen aus dem Carella-Mord.«

»Hat er das getan?«

»Jawohl.«

»Haben Sie anschließend ein Gespräch über seine Ergebnisse geführt?«

»Jawohl. Er gab mir einen mündlichen Bericht bezüglich seiner Feststellungen.«

»Was sagte er Ihnen?«

»Die Kugeln und die Hülsen stimmten überein.«

»Was besagen sollte, die Schußtests zeigten, daß die Waffe, die Sie bei Mr. Cole sicherstellten, identisch war mit der Waffe, die im Mordfall Carella benutzt wurde.«

»Ja.«

»Wurde das später schriftlich bestätigt?«

»Wir haben den Bericht der Ballistikabteilung am nächsten Tag erhalten. Er bestätigte, was mir Detective Haggerty am Telefon mitgeteilt hatte.«

»Was wiederum was besagte?«

»Daß die bei Mr. Cole aufgefundene Waffe dieselbe Waffe war, die im Mordfall Carella benutzt wurde.«

»Danke, keine weiteren Fragen.«

***

Das Margins war einerseits so groß, daß man darin jederzeit eine Bar-Mitzvah-Feier veranstalten konnte, aber andererseits wieder so klein, daß es einem Pärchen, das in einem versteckten Winkel ein bißchen für sich sein wollte, ausreichend Intimsphäre bot. Es war absolut möglich, daß Bowles und die sogenannte Blumenfrau am Montag hiergewesen waren, ohne daß sie irgendwer gesehen hatte. Sollte sich dies als wahr erweisen, dann hielt das Alibi, und Parker hatte wahrscheinlich recht damit, daß sie sich danach hinter die Frau klemmen sollten.

Der Oberkellner war ein Mann namens Frank Giglio.

Er war ohne Jacke, trug schwarze Hosen, ein weißes Rüschenhemd, eine lose um den Hals hängende Fliege, schwarze Hosenträger, schwarze Socken und auf Hochglanz polierte schwarze Schuhe, als er die Schwingtür von der Küche aus aufstieß und sich augenblicklich dafür entschuldigte, daß er Meyer hatte warten lassen.

»Ich habe mich auf das Mittagessen vorbereitet«, sagte er und schaute auf seine Uhr.

Es war zehn Minuten vor elf. Die Tische waren tadellos mit Tischtüchern und funkelnden Gläsern gedeckt. Sonnenlicht drang durch die Bleiglasfenster und erfaßte mit kaltem, mattem Schein die Silbergedecke an den Sitzplätzen.

»Mr. Giglio«, sagte Meyer, »ich frage mich, ob ich Ihr Reservierungsbuch vom Montag, dem siebten Januar, sehen dürfte.«

»Warum, ja, sicherlich«, sagte Giglio. »Gibt es etwas Besonderes, wonach Sie suchen?«

»Ja, eine Reservierung für einen gewissen Mr. Martin Bowles.«

»Oh, ja, natürlich«, sagte Giglio.

Meyer schaute ihn an.

»Mr. Bowles von Laub, Kramer«, sagte er. »Ja, der war am Montag hier. Ich habe die Reservierung persönlich entgegengenommen.«

»Sind Sie sicher?«

»Absolut«, sagte er. »Aber sehen wir in meinem Buch nach.«

Er ging zu einem Pult neben dem Eingang, wo zwischen zwei knapp anderthalb Meter voneinander entfernten Messingpfosten eine rote Samtkordel gespannt war. Er griff in ein kleines Fach unter der schrägen Platte des Pultes, zog ein langes, schwarzgebundenes Buch heraus, schlug es auf und fuhr mit dem Finger die Seite für Montag, den 7. Januar, hinab. Der Finger blieb stehen.

»Mittags um zwölf«, sagte er. »Martin Bowles. Reservierung für zwei.«

»Wissen Sie, wer bei ihm war?« fragte Meyer.

»Eine Frau«, sagte Giglio. »Ihren Namen kenne ich nicht. Er war schon früher mit ihr hier.«

»Wie hat sie ausgesehen?«

»Eine große, ziemlich hübsche blonde Frau.«

»Wie alt würden Sie sie schätzen?«

»Um die Vierzig.«

»Um welche Zeit sind sie gegangen?«

»Halb zwei? Zwei Uhr? Ich kann es nicht mit Sicherheit sagen.«

»Danke«, sagte Meyer.

Einfach ist noch nie einer gewesen, dachte er.

***

»Wenn es Ihnen nichts ausmacht, Mr. Wade«, sagte Addison leutselig, »würde ich das gerne noch einmal durchgehen.«

»Einspruch, Euer Ehren«, sagte Lowell, der sich mühsam, die lange Gestalt reckend, aufrappelte und den Geschworenen unmißverständlich den Eindruck vermittelte, daß er überaus müde war und langsam die Geduld verlor. »Detective Wade hat, wenn ich richtig mitgezählt habe, dieselben Fragen mindestens schon dreimal beantwortet. Immer und immer wieder dieselben Fragen, Euer Ehren. Nun weiß ich nicht, welchem Zweck es dient, dasselbe Thema fortwährend und *unaufhörlich* ...«

So wie er das Wort sagt, hört er sich sehr britisch an, dachte Carella.

»... durchzukauen, es sei denn, um auf den Zeugen einzuwirken, was, wie ich hoffe, mein werter Kollege ...«

Diese Wörter ebenfalls.

»... nicht beabsichtigt. Aber wenn ...«

»Möchten Sie bitte vortreten?« sagte Di Pasco.

Beide Anwälte gingen zur Richterbank.

»Mir scheint, Sie behandeln wiederholt dasselbe Thema, Mr. Addison«, sagte Di Pasco.

»Ich versuche lediglich, für die Geschworenen die Fakten klarzustellen, Euer Ehren.«

»Ich bitte meinen Kollegen um Verzeihung, Euer Ehren, und möchte ihm keineswegs Hintergedanken unterstellen ...«

»Nun, besten Dank dafür«, sagte Addison.

»Aber mir scheint doch, daß es sich bei seinem Beharren auf einer Rekonstruktion der Festnahme lediglich um einen Versuch handelt, wie er umgehen ...«

»Ach, nun kommen Sie«, sagte Addison.

»Machen Sie weiter«, sagte Di Pasco.

»... um*gehen* kann, wollte ich gerade sagen, daß Euer Ehren im Vorfeld des Verfahrens befunden haben, die Pistole als Beweismittel zuzulassen. Ich meine, Mr. Addison versucht bei den Geschworenen Zweifel bezüglich der Rechtmäßigkeit der Sicherstellung der Waffe zu säen, und zwar trotz der Tatsache, daß Euer Ehren ...«

»*Haben* Sie vor, Fragen bezüglich der Rechtmäßigkeit der Sicherstellung zu stellen?« fragte Di Pasco.

»Ich habe vor, Fragen bezüglich der Glaubwürdigkeit des Polizisten zu stellen.«

»Aber doch inwieweit seine Glaubwürdigkeit die Sicherstellung dieser Waffe betrifft?«

»Das mag sie betreffen, vielleicht aber auch nicht, Euer Ehren.«

»Dann müßte ich Einspruch einlegen«, sagte Lowell.

»Der Tenor hierbei ist Glaubwürdigkeit«, beharrte Addison.

Kopfschüttelnd und mit ungläubig hochgezogenen Augenbrauen sagte Lowell: »Bitte, Euer Ehren, ich hätte hierzu gerne eine Entscheidung.«

»Es steht keinem Geschworenen zu, Beweismittel abzulehnen, weil er vielleicht glaubt, bei der Sicherstellung sei nicht alles rechtmäßig zugegangen«, sagte Di Pasco. »Die Geschworenen haben nur über Fakten zu befinden. Das wissen Sie, Mr. Addison. Über Rechtmäßigkeiten zu befinden, das steht alleine dem Richter zu. Und in diesem Fall habe ich bereits darüber befunden, daß die Pistole rechtmäßig sichergestellt wurde und als Beweismittel zugelassen wird. Was ich im Vorfeld des Verfahrens befunden habe, gilt. Ich lasse Sie mit der Befragung fortfahren, aber nur insoweit, als sie die Glaubwürdigkeit betrifft. Im Sinne der Gerechtigkeit ist es weder erforderlich noch zulässig, wenn hier eine eventuelle Manipulation unterstellt werden soll.«

»Danke, Euer Ehren«, sagte Addison und lächelte säuerlich.

Carella sah ihn lächeln und fragte sich, worüber sie da vorne wohl geredet haben mochten.

***

Im Museum fragte sie ihn, was die Initiale hinter seinem Vornamen bedeute: Andrew *N.* Darrow. Gestern war eine neue Ausstellung eröffnet worden, und obwohl sie ihm erklärt hatte, nun, da Tilly tot sei, seien seine Dienste nicht länger vonnöten, hatte er unmißverständlich klargemacht, daß er, solange ihn Martin Bowles nicht persönlich entlasse, an ihr klebenbleiben wolle wie Leim.

Während sie durch die Galerien schritten, erwähnte er, daß sie in Chicago ein sehr gutes Museum hätten, das Art Institute, aber er sei nie dort gewesen. Die Art, wie er seine Ignoranz eingestand, war absolut entwaffnend. Die neue Ausstellung befaßte sich mit gewagten Formen der Bildhauerei, und beinahe wäre er auf, beziehungsweise in eine *getreten*, weil sie irgendwie einer Leiter mit Ziegelhaufen und einem

Handtuch ähnelte, die auf dem Boden lagen. Als sie etwa zehn Minuten später durch die permanente Ausstellung gingen, blieb er vor einem riesigen Seurat stehen und sagte, es sei doch total erstaunlich, wie ein Mensch aus lauter kleinen Farbtupfern ein ganzes Bild machen könne. Als sie ihn fragte, ob er *Sonntags mit George im Park* gesehen habe, wirkte er völlig verwirrt, und sie begriff, daß er nicht wußte, wovon, um Himmels willen, sie überhaupt redete.

Deshalb wechselte sie das Thema und sagte: »Was bedeutet das *N*?«

»Das was?«

»In Ihrem Namen.«

»Oh. Nelson«, sagte er.

»Wie der Admiral.«

»Genau.«

»Wieso das?«

»Meiner Mutter hat der Klang gefallen.«

»Ist sie Engländerin?«

»Nein, aber mein Vater ist zur See gefahren.«

»War *er* Engländer?«

»Nein. Amerikaner.«

»Und warum hat sie Sie dann nicht nach einem *amerikanischen* Seehelden benannt? Zum Beispiel John Paul Jones?«

»Das muß ich sie eines Tages mal fragen«, sagte er achselzuckend.

Kurz nach drei verließen sie das Museum. Draußen brauste der Wind, und es wurde bereits bedrohlich dunkel. Der Wetterbericht hatte für das Wochenende weitere Schneefälle vorausgesagt, und der Himmel war bleigrau, doch bislang hatten sie Glück gehabt. Sie fragte ihn, ob er Lust auf heiße Schokolade habe, und sagte, sie kenne eine hübsche kleine Teestube gleich in der Nähe. Der Nerzmantel flatterte ihr um die Knöchel, und mit der behandschuhten Hand hielt sie ihren Kragen dicht am Hals geschlossen, während sie eiligen Schrittes mit ihm auf die von Fußgängern und Personenwagen, Taxis und Bussen verstopfte Avenue vor ihnen zuhastete. Er trug einen Burberry-Kamelhaarmantel mit Gürtel, den er seinen Worten zufolge in Chicago gekauft hatte, der aber in England hergestellt worden sei – kenne sie die Marke Burberry. Lächelnd sagte sie, ja, sie habe schon mal von der Firma gehört.

»Woher stammt das Darrow?« fragte sie.

»Darrow?« sagte er. »Da hab' ich nicht die geringste Ahnung.«

»Sie wissen doch, daß es mal einen berühmten Anwalt namens Darrow gab, oder nicht?«

»Oh, sicher«, sagte er. »Der Fall Leopold-Loeb. Das war ein Fall in Chicago.«

»Ja«, sagte sie, und sie nahm an, daß sie erleichtert war. Sie war sich nie ganz sicher, *was* er eigentlich wußte.

»Aber ich glaube nicht, daß ich mit ihm verwandt bin«, sagte er. »Mein Vater stammt ursprünglich aus Rhode Island.«

Sie erreichten die Kreuzung und blieben an der Ampel stehen. An dem Eckhaus wurden die Fenster ersetzt, und die Oberkante des Gerüstes über ihnen war mit dem unvermeidlichen Nato-Draht bestückt. Man stellte in dieser Stadt ein Gerüst auf, und irgend jemand kletterte daran hoch. Und wenn jemand daran hochkletterte und es nicht mit Draht versehen war, dann gelangte derjenige durch die Fenster in den ersten Stock. Wenn man für die Fensterfirma arbeitete, mußte man ständig auf den verdammten Nato-Draht aufpassen. Es war wie mit allem anderen in dieser Stadt. Die ehrlichen Bürger mußten für die Diebe büßen.

»Haben Sie irgendwelche Geschwister?« fragte sie.

»Nee. Ich bin Einzelkind. Und Sie?«

»Ich habe eine Schwester in Los Angeles.«

»Älter? Jünger?«

»Jünger.«

»Wenn sie auch nur ein bißchen so wie Sie aussieht«, sagte er, »muß sie eine Schönheit sein.«

Die Ampel wurde grün und ersparte ihr die Antwort. Sie war mit zwei Schritten am Rinnstein, trat vom Gehsteig, blickte sich automatisch nach dem Verkehr von links um – und sah den Bus.

»Emma!« rief er.

Später sollte sie sich daran erinnern, daß er dabei zum ersten Mal ihren Vornamen verwendet hatte.

Der Bus war riesig und glänzte metallisch, und er veranstaltete ein Wettrennen mit der Ampel, aber die Ampel war bereits umgesprungen. Sie erstarrte mitten im Lauf, wußte nicht mehr, ob sie vorwärts oder zurück gehen sollte, so schnell kam er auf sie zu. Sie hörte Bremsen kreischen. Und dann rief er wieder ihren Namen – »Emma!« Und plötzlich wurde sie von hinten geschubst, stieß er ihr die Hände in den Rücken und warf sie beinahe um. Sie torkelte vorwärts, kämpfte ums Gleichgewicht. Noch immer kreischten die Bremsen auf sie ein, und nun fing eine Frau auf dem Gehsteig zu schreien an. Mit einem Mal nahm sie wahr, daß er immer noch unmittelbar hinter ihr war, während der Bus an ihnen vorbeibrauste und sie um knapp zehn Zentimeter verfehlte. Vom eigenen Schwung getrieben, taumelten sie beide weiter vorwärts. Sie spürte, daß sie hinfiel. Sie streckte die Hände vor sich aus. Er langte nach ihr, verpaßte sie, und sie stolperte zu Boden, schlug sich dabei die Knie auf, schaffte es aber, ihren Sturz abzufangen, bevor sie auf dem Gesicht landete. Er hob sie sofort auf. Half ihr auf die Beine. Die Frau auf dem Gehsteig schrie immer noch.

»Alles okay?« fragte er.

»Ja«, sagte sie und rang um Luft.

Der Bus war bereits einen halben Straßenzug weg und näherte sich der nächsten Kreuzung. »Du blöder Misthund?« brüllte er ihm hinterher, und dann wandte er sich ihr zu und sagte: »Tut mir leid. Ich hoffe, ich habe Ihnen nicht weh getan.«

»Nein«, sagte sie. »Mir geht's gut.«

Und ihr Herz hämmerte.

***

»Reden wir doch noch einmal über den Morgen des ersten August, ja?« sagte Addison freundlich.

Wade sagte nichts.

Er hatte den ganzen Nachmittag lang über den Morgen des ersten August geredet. Jetzt war es beinahe halb vier, und sie redeten immer noch über den Scheiß Morgen des ersten August.

»Sie haben mir gesagt, daß Sie zu dem Haus an der Talley Road gingen, nachdem Sie einen Hinweis von ...«

»Ja.«

»... einer Prostituierten namens Dolly Simms erhielten, die inzwischen verstorben ist.«

»Ja.«

»Sagen Sie mir, Detective Wade«, fragte Addison, »hatten Sie am Morgen des ersten August letzten Jahres einen Haftbefehl oder einen Durchsuchungs ...?«

»Einspruch, Euer Ehren!«

»Stattgegeben. Und treten Sie bitte vor.«

Die Anwälte gingen zur Richterbank.

»Was soll das nun wieder?« fragte Di Pasco.

»Sir?« sagte Addison.

»Sie haben schon im Vorfeld des Verfahrens die Frage nach den Haft- und Durchsuchungsbefehlen aufgeworfen, und ich befand, daß die Umstände in dieser Nacht keine solchen Befehle *erforderten*. Mit Ihrer Frage unterstellen Sie nun das Gegenteil. Sie wissen ganz genau, daß dies keine Frage für die Geschworenen ist. Was haben Sie also vor?«

»Nun, Sir, ich dachte...«

»Lassen Sie es sein. Haben Sie mich verstanden?«

»Ja, Sir.«

»Gut. Bitte keine faulen Tricks mehr.«

Lowell lächelte. Addison ging zurück zum Zeugenstand.

»Also, Detective Wade«, sagte er. »Als Sie in der Nacht des ersten August zu diesem Haus gingen...«

»Ja, Sir.«

»... nachdem Ihnen eine *Prostituierte* einen Hinweis gegeben hatte...«

»Ja, daß die zwei Männer, die wir gesucht haben...«

»Eine Prostituierte sagte Ihnen...«

»Ja, sie war eine.«

»Sagte Ihnen, daß Desmond Whittaker und Samson Cole in diesem Haus wären...«

»Ja.«

»Und Sie gingen also mit... wie viele weitere Polizisten waren dort?«

»Bevor es zu der Geiselnahme kam?«

»Ich möchte wissen, wie viele Polizisten Sie zu dem Haus an der Talley Road begleiteten.«

»Alles in allem waren wir zu zehnt.«

»Mit wie vielen Wagen?«

»Mit zwei.«

»Zehn Detectives. Alle vom fünfundvierzigsten Revier?«

»Nein. Nicht alle.«

»War ein Detective dort, der nicht zum fünfundvierzigsten Revier gehörte?«

»Ja.«

»Wer war dieser Detective?«
»Detective Stephen Carella.«
»Zu welchem Revier gehört er?«
»Zum Siebenundachtzigsten.«
»Was *hat* er dort gemacht?«
»Ich habe ihn angerufen.«
»Warum?«
»Ich dachte, er wäre vielleicht gern bei der Festnahme dabei.«
»Wieso dachten Sie, Detective Carella könnte bei der Festnahme vielleicht gerne dabeisein wollen?«
»Diese Männer hatten seinen Vater umgebracht ...«
»Euer Ehren ...«
»Streichen Sie das«, sagte Di Pasco. »Das wissen Sie doch genau, Officer.«
»War Detective Carella mit dem Opfer des Mordfalles verwandt, in dem Sie ermittelten?« fragte Addison.
»Ja, das war er.«
»Wie war sein verwandtschaftliches Verhältnis zu dem Opfer?«
»Er war der Sohn des Opfers.«
»Unter den Detectives, die eine Festnahme vornehmen wollten, befand sich also der *Sohn* des Opfers, ist das richtig?«
»Das ist richtig.«
»Waren noch irgendwelche anderen Detectives an der Festnahme beteiligt?«
»Ja.«
»Wie viele?«
»Acht.«
»Waren die auch vom Fünfundvierzigsten?«
»Nein. Vom Sechsundvierzigsten. Die Talley Road gehört zum Sechsundvierzigsten.«
»So daß also insgesamt achtzehn Detectives an dieser Razzia beteiligt waren?«
»Es war keine Razzia.«
»Als was würden Sie das denn sonst bezeichnen? Achtzehn Detectives, die plötzlich über ...«
»Es war eine *Festnahme,* keine Razzia. Wir wußten von Dolly Simms, wo diese Männer waren, deswegen waren wir ja da: um die Festnahme durchzuführen. Wir hatten bereits Musterkugeln und -hül-

sen, die im Verlauf unserer Ermittlungen von diesen Männern auf uns abgefeuert worden waren. Und diese hatten beim Vergleich mit den aus der Mordwaffe abgefeuerten Kugeln und Hülsen ein positives Ergebnis erbracht. Wir wußten also, daß diese Männer im Besitz der Mordwaffe waren. So einfach war das. Man könnte sagen, es war die heiße Phase bei dieser...«

»Also *wirklich*, Detective Wade...«

»Ja, Sir, indem wir wußten, wo sie waren, und daher so schnell wie möglich hinfuhren, um sie festzunehmen. Wie sich herausstellte, hatte ihnen das Mädchen, bevor wir hinkamen, erzählt, daß wir unterwegs waren, und wir gerieten mitten in eine Geiselna...«

»Das ist Gegenstand eines anderen Verfahrens«, sagte Di Pasco.

»Ich wollte dabei nicht in Einzelheiten gehen, Sir«, sagte Wade. »Ich habe nur zu erklären versucht, wieso wir das Gefühl hatten, daß die Zeit ausschlaggebend war, das ist alles, Euer Ehren.«

»Sind Sie mit den polizeilichen Richtlinien bezüglich des Gebrauches von Schußwaffen vertraut?« fragte Addison.

»Jawohl.«

»Schreiben diese Richtlinien vor, wann eine Pistole gezogen werden darf?«

»Jawohl, das tun sie.«

»Und wann mit einer Pistole geschossen werden darf?«

»Jawohl, auch das.«

»Sie haben vorhin ausgesagt, daß Sie die Uzi-Pistole zum ersten Mal im Flur des Hauses an der Talley Road Nummer 1143 sahen...«

»Das ist richtig.«

»...und daß sie sich in der rechten Hand des Angeklagten befunden hätte.«

»Auch das ist richtig.«

»Hatten Sie zu dem Zeitpunkt Ihre Pistole bereits gezogen?«

»Ja, Sir. Wir hatten es mit einer laufenden Straftat zu tun. In den Richtlinien wird ausdrücklich festgestellt, daß eine Pistole gezogen werden darf, wenn offensichtlich eine laufende Straftat vorliegt.«

»Hatten Sie zu dem Zeitpunkt bereits mit Ihrer Pistole geschossen?«

»Ja, Sir. Zur Selbstverteidigung.«

»Wurden Sie zu dem Zeitpunkt von dem Angeklagten bedroht?«

»Der Angeklagte hatte eine Uzi-Schnellfeuerpistole in der Hand.

Diese war vom selben Fabrikat und Kaliber wie die Pistole, aus der die Kugeln bei dem Mord abgefeuert worden waren.«

»Und natürlich *vermuteten* Sie, dies sei die Mordwaffe.«

»Nun ja, wenn da ein Mann war, der, wie Dolly Simms uns sagte, sechs Tage vorher auf uns geschossen hatte, dann schien es mir nur logisch, daß...«

»*Haben* Sie vermutet, daß es sich um die Mordwaffe handelte? Ja oder nein?«

»Ja.«

»Und aufgrund dessen schossen Sie mit Ihrer Pistole auf den Angeklagten.«

»Aufgrund dessen, daß wir einen Mann vor uns hatten, der eine Waffe besaß, die bei einer früheren Straftat benutzt worden war, ja.«

»Wen meinen Sie, wenn Sie von ›wir‹ sprechen?«

»Mich und Detective Carella.«

»Sowohl Sie als auch Detective Carella waren also – übrigens, wie gelangten Sie in den Hausflur?«

»Wir haben im Keller auf das Zeichen zum Losschlagen gewartet.«

»Auf das Zeichen von wem?«

»Von Inspector William Cullen Brady, dem Verantwortlichen des Spezialtrupps zur Geiselbefreiung.«

»Euer Ehren...«

»Tut mir leid, Euer Ehren«, sagte Wade, »aber wir hatten dort eine Geiselnahme, und ich kann unmöglich drüber reden, ohne zu sagen, was es war. Die beiden Männer haben dieses junge Mädchen als Geisel festgehalten. Das war die laufende Straftat, Euer Ehren. Und das gab mir auch das Recht, meine Waffe zu ziehen.«

»Wollen Sie das zulassen, Euer Ehren?«

»Lassen Sie es stehen.«

Addison seufzte tief.

»Sie waren also im Keller«, sagte er, »Sie und Carella...«

»Ja, Sir.«

»... und haben auf das Zeichen zum Losschlagen gewartet.«

»Ja.«

»Ich nehme an, Sie haben das Zeichen erhalten...«

»Jawohl.«

»... und kamen heraus in den Hausflur.«

»Ja.«

»War der Angeklagte überrascht?«
»Ich weiß nicht, was er war.«
»Nun, hat er überrascht *gewirkt*?«
»Er hat überrascht gewirkt, ja.«
»Er hatte nicht mit Ihnen gerechnet, stimmt's?«
»Nein, mit uns hatte er nicht gerechnet.«
»Dann war er doch überrascht, oder stimmt das nicht?«
»Ich nehme an, er war überrascht.«
»Überrascht, als er Sie sah.«
»Ja.«
»Sie und Detective Carella in diesem Hausflur, mit der Waffe in der Hand. Hatten Sie da schon beide die Waffe gezogen?«
»Ja.«
»Haben Sie beide vermutet, daß Sie es bei dem Mann in dem Hausflur mit einem Mörder zu tun hätten?«
»Ich weiß nicht, was Carella vermutet hat. Ich weiß bloß, was ich selber gedacht habe.«
»Ja, und was *haben* Sie gedacht, Detective Wade? Sagen Sie uns, was Sie in dem Sekundenbruchteil dachten, bevor Sie auf Samson Cole schossen.«
»Ich dachte mir, da ist ein Mann mit einer tödlichen Waffe in der Hand, und den schaltest du lieber aus, bevor er jemandem was tut.«
»Ihn *aus*schalten?« fragte Addison. »Soll ich das so verstehen, daß Sie schossen, um ihn zu *töten*?«
»Nein, Sir, ich habe geschossen, um ihn *aus*zuschalten. Das ist nicht dasselbe wie töten. Ich habe nicht geschossen, um ihn allezumachen, ich habe nicht geschossen, um ihn umzunieten. Ich habe geschossen, um ihn auszuschalten. Um ihn flachzulegen, bevor er jemandem was tun konnte.«
»Wohin haben Sie geschossen?«
»Ins Bein.«
»Haben Sie auf das Bein gezielt?«
»Jawohl.«
»Und da haben Sie ihn auch erwischt?«
»Ja. Am rechten Bein.«
»Sie müssen ein guter Schütze sein.«
»Das bin ich.«
»Sie haben ihn mit einem Schuß ausgeschaltet, stimmt das?«

»Ja, Sir.«

»Haben ihn flachgelegt.«

»Ja.«

»Und dann?«

»Hat er sich aufgesetzt und die Uzi auf uns gerichtet. Ich habe sie ihm aus der Hand gekickt, und wir überwältigten ihn.«

»Wie?«

»Daran kann ich mich nicht mehr erinnern.«

Carella konnte sich noch daran erinnern. Während er in der dritten Reihe im Gerichtssaal saß und mitverfolgte, wie Wade leidenschaftslos die Ereignisse zu jener unchristlichen Nachtzeit an diesem frühen Augustmorgen letzten Jahres wiedergab, konnte er sich noch an alles erinnern: Wie Wades Kugel Cole am rechten Bein erwischte und ihn von den Füßen holte, wie Wade ihm die Uzi aus der Hand kickte, als Cole sich aufsetzen und die Uzi in Schußposition bringen wollte, wie er, Carella, ihm das Knie unters Kinn rammte und ihn rücklings auf den Linoleumboden in dem engen Flur schmetterte. Das Linoleum war grün, erinnerte er sich nun. Mit gelbem Blumenmuster. Grün und gelb und Sonny Coles weitaufgerissene Augen, als Carella ihm seine Waffe in die Halsbeuge drückte und Wade neben ihm flüsterte: »Mach es.«

»... bewußt, oder etwa nicht, Detective Wade, daß die Richtlinien den Waffengebrauch zum Zwecke der Einschüchterung ausdrücklich verbieten ...«

»Ich habe den Angeklagten damit nicht eingeschüchtert.«

»Als was bezeichnen Sie es denn sonst, wenn ein Mann Sie nicht bedroht hat, dieser Mann aber von Ihnen überrascht wird, indem Sie in den Hausflur hineingestürmt kommen, und wenn dieser Mann seine Waffe nicht einmal dann auf Sie richtet, sondern erst, nachdem Sie ihn angeschossen haben, als was bezeichnen Sie es denn dann, wenn nicht als Waffengebrauch zum Zwecke der Einschüchterung?«

»Sir, wenn ein Mann eine halbautomatische Pistole in der Hand hat, dann ist das bedrohlich, Sir. Und in so einer Situation ist es erlaubt, zur Selbstverteidigung von der Schußwaffe Gebrauch zu machen.«

»Auch dann, wenn der Mann keine bedrohliche Geste mit der Pistole macht?«

»Sir, ich erachte einen Mann mit einer Pistole in der Hand als sehr bedrohlich.«

»Nun, darüber sollten wohl die Geschworenen entscheiden, nicht?«

»Ja, Sir, aber ich mußte damals gleich auf der Stelle entscheiden. Ich weiß, was in den Richtlinien steht, ich weiß *genau*, was da drinsteht. Ich hatte fünf Sekunden zum Entscheiden, und ich habe es getan.«

»Keine weiteren Fragen«, sagte Addison.

Lowell erhob sich und ging vor zum Zeugenstand.

»Ich möchte nur einen Punkt geklärt haben«, sagte er. »Sie sagten aus, daß Sie bereits Kugeln aufgefunden hatten, die auf Sie abgefeuert worden waren...«

»Ja..«

»...und Patronenhülsen ebenfalls.«

»Ja.«

»Unter welchen Umständen haben Sie diese Kugeln und Patronen aufgefunden?«

»Ein Informant hatte uns erzählt, daß zwei Männer – welche diejenigen, die wir suchten, hätten sein können – in einem leerstehenden Haus an der Sloane untergekrochen waren. Wir sind also hin und haben nachgesehen.«

»Wann war das?«

»Am sechsundzwanzigsten Juli.«

»Was geschah, als Sie dort hinkamen?«

»Wir wurden unter Beschuß genommen, wodurch wir die vier Hülsen auffanden, aber nur drei Kugeln. Die vierte Kugel konnten wir nicht entdecken.«

»Was haben Sie mit ihnen gemacht?«

»Mein Partner hat sie eingetütet und beschildert und sie an die Ballistik geschickt.«

»Wann?«

»Am nächsten Tag. Am siebenundzwanzigsten Juli.«

»Warum hat er sie an die Ballistikabteilung geschickt?«

»Damit sie mit den Kugeln und Hülsen verglichen werden konnten, die wir vom Mordfall Carella her hatten.«

»Wie fiel der Vergleich aus?«

»Positiv. Sie waren aus derselben Waffe abgefeuert worden.«

»Und was war das für eine Waffe?«

»Eine 9-Millimeter-Uzi.«

»Und nur fünf Tage darauf, am ersten August, sahen Sie eine 9-Millimeter-Uzi in Sonny Coles Hand.«

»Jawohl.«

»Danke«, sagte Lowell.

Nickend stand Addison auf und ging wieder auf den Zeugenstand zu.

»Detective Wade«, sagte er, »wußten Sie zu dem Zeitpunkt, als Sie in diesen Hausflur stürmten, mit Sicherheit, daß die Pistole in Samson Coles Hand dieselbe Waffe war wie die, die Mr. Carella getötet hatte?«

»Nein, zu dem Zeitpunkt wußte ich das nicht.«

»Wußten Sie überhaupt, daß es eine Uzi war?«

»Erst nachdem ich sie gesehen hatte.«

»Aber als Sie sie sahen, da wußten Sie, daß es eine Uzi war?«

»Ja, mit Uzis kenne ich mich aus.«

»Haben Sie da geschossen? Als Sie die Uzi sahen und vermuteten, es handle sich um die Mordwaffe?«

»Ich habe geschossen, als ich einen Mann mit einer halbautomatischen Pistole in der Hand sah.«

»Obwohl Sie zu diesem Zeitpunkt keinerlei Beweise dafür hatten, daß es sich bei der Pistole in seiner Hand tatsächlich um die Waffe aus dem Mordfall Carella handelte?«

»Einen Beweis hatte ich nicht.«

»Sie stellten lediglich diese eine Vermutung an.«

»Ich stellte lediglich diese Vermutung an.«

»Danke, keine weiteren Fragen.«

»Wir vertagen auf morgen früh um neun«, sagte Di Pasco und schlug seinen Hammer.

***

Jimmy der Zwinkerer wurde beschuldigt – auch wenn es ihm vor Gericht nie nachzuweisen war –, er habe als Enforcer oder »Durchsetzer« des kriminellen Familienklans der Benalzato die Ermordung von rund vierzehn Menschen in Auftrag gegeben, die samt und sonders in kleinen Einzelteilen im Fluß aufgetaucht waren. Einige verantwortungsbewußte und für gewöhnlich zuverlässige Kriminalpolizisten in dieser Stadt behaupteten, daß Jimmy einmal das Herz eines rivalisierenden Gangsters aufgegessen habe, das er ihm noch blutig aus der Brust gerissen und roh verschlungen habe wie ein Indianer im Wilden Westen.

Im Alter von siebenundsechzig Jahren sah Jimmy aus, als habe er in seinem ganzen Leben nie etwas anderes als durchgebratene Steaks und Pommes frites gegessen. Er war korpulent bis hart an der Grenze zur Fettleibigkeit und wirkte wie ein glatzköpfiger Sumo-Ringer mit stechenden grünen Augen. Sein richtiger Name lautete James Albert Biondi, aber seit seinem achten Lebensjahr wurde er Jimmy der Zwinkerer gerufen, nachdem er einen unvorteilhaften Tick entwickelt hatte, bei dem es ihm alle zehn bis zwanzig Sekunden das linke Augenlid verriß. Einige Gesetzeshüter in dieser Stadt behaupteten, Jimmy habe diesen Tick bereits im zarten Kindesalter entwickelt, weil er damals seinen ersten Mord begangen habe. Nichts hätten die Cops lieber getan, als ihn zurück nach Sizilien zu verschiffen. Der Ärger dabei war, daß sie es nicht tun konnten, weil Jimmy kein Italiener war, nicht einmal ein Italo-Amerikaner. Er war hier geboren, Leute, und folglich ein hundertprozentiger Bilderbuch-Ami-Stenz.

Und ein Stenz war er auch, daran gab's nichts zu rütteln. Mit weißem Hemd, dunkelblauem Nadelstreifenanzug und einem rot, weiß und blau wie seine Staatsbürgerschaft gemusterten Seidenschlips saß er an einem Tisch in einem Restaurant namens Colucci's – bekannt ob der Tatsache, daß es dem Mob gehörte – und begrüßte Carella so herzlich, als störe der keineswegs einen ehrenwerten Bürger bei der Einnahme einer frühen Abendmahlzeit. Auf der Uhr an der Wand war es zwanzig vor sechs. Carella war direkt vom Gericht hierhergekommen. Jimmy saß mit einem Mann zusammen, den er als Senator Ralph Antonelli vorstellte. Carella wußte, daß Antonelli gerade aus dem Knast gekommen war. Daß er nun in aller Öffentlichkeit hier mit einem Gangster zusammensaß, war ein Beweis für Jimmys Einfluß und Macht.

»Ich hatte gehofft, wir könnten uns alleine unterhalten«, sagte Carella.

»Dann hättste vielleicht erst mal anrufen sollen, wa?« sagte Jimmy, und sein linkes Auge zwinkerte.

»Ah, wenn ich doch nur deine Nummer gehabt hätte, Jimmy.«

Der doppelte Wink mit dem Zaunpfahl verfehlte seine Wirkung nicht. Er prustete los und sagte dann: »Der Senator hier wollte bloß kurz Hallo sagen, er war grad am Gehen. Ruf mich an, Ralph, wa?«, und er zwinkerte und hielt ihm die fleischige Hand hin. Der Senator, leicht ergraut und am Stock gehend, nahm Jimmys Hand, sagte, er freue sich, Carella kennengelernt zu haben, und humpelte dann fort zu einer Nische am anderen Ende des langen Raumes.

»Hab' dich lange nicht mehr gesehn«, sagte Jimmy.

»Nun ja, du weißt doch. Viel zu tun.«

»Tut mir leid, das mit deinem Vater.«

»Danke.«

»Wann fängt der Prozeß an?«

»Er hat am Montag angefangen.«

»Wie läuft's?«

»Gut, glaube ich.«

»Wenn se den Penner nicht verknacken, sagste mir Bescheid, wa? In dieser Stadt gibt's Leute, die der Gerechtigkeit gern auf die Sprünge helfen.«

»Hmm«, sagte Carella.

»Und was kann ich für dich tun, *paisan*? Willst du was trinken? Oder ist das ein dienstlicher Besuch?«

»Gegen 'ne Cola hätte ich nichts einzuwenden.«

Jimmy winkte dem Kellner.

Carella versuchte, nicht auf das zwinkernde linke Auge zu sehen. Er nahm eine Streichholzschachtel und begann damit herumzuspielen. Doch das Auge war wie hypnotisch. Immer wieder wanderte sein Blick dorthin.

»Willste 'ne Limone drin haben?« fragte Jimmy.

»Nein, einfach so«, sagte Carella.

»Bring meinem Freund hier 'ne einfache Cola, ohne Limone«, sagte Jimmy zu dem Kellner, wandte sich dann an Carella und sagte: »Und wie isses dir ergangen?«

»Bestens, danke. Du siehst gut aus.«

»Na ja, könnte durchaus ein paar Pfund weniger vertragen. Was führt dich hierher?«

»Schon jemals was von einem Killer aus Chicago namens Andrew Denker gehört?«

»Nein«, sagte Jimmy auf der Stelle und zwinkerte. »Was bin ich denn, 'n Spitzel? Komm schon, ja? He, Kellner, streich die Cola«, rief er und prustete los. »Mir so 'ne Frage zu stellen«, sagte er zu Carella. »Das weißt du doch genau.«

»Entschuldigen Sie, Mr. Biondi«, sagte der Kellner und kam her. »Möchten Sie wirklich, daß ich die Cola streiche?«

»Nein, bring sie, ich hab' die Spendierhosen an«, sagte er. »Außerdem hab' ich meinen Freund hier lange nicht gesehn.«

»Vielleicht zu lange«, sagte Carella.

Jimmy schaute ihn an.

»Vielleicht verlierst du das Gedächtnis, Jimmy.«

Jimmy zwinkerte.

»Wie geht's deinem Sohn?« fragte Carella.

Das war es also.

»Prima«, sagte Jimmy.

Nun war es auf dem Tisch. Du tust mir einen Gefallen, ich tu dir einen Gefallen, so läuft die Sache nun mal, mein Freund. Egal, ob in der Politik oder beim Verbrechen, soweit die nicht sowieso identisch miteinander waren – früher oder später wurde die Quittung präsentiert. Carella hatte den Gefallen vor langer Zeit getan, aber er hatte bis heute keinen Vorteil daraus gezogen. Vielleicht hätte er die Quittung für etwas Wichtigeres aufheben sollen. Aber wenn in dieser Stadt jemand wußte, ob ein Killer aus Chicago zugange war, dann war es Jimmy der Zwinkerer.

»Was lange währt, wa?« sagte Jimmy.

Carella zuckte mit der Schulter.

»Ein Killer aus Chicago, wa?«

»Andrew Denker«, sagte Carella und nickte.

»Laß mich mal nachdenken«, sagte Jimmy. »Hier kommt deine Cola.«

Mit der Cola kam ein spendierter Cognac auf Kosten des Hauses. Jimmy nickte ein freundliches Dankeschön und griff dann zum Schwenker. Wie ein Kenner wärmte er das Glas mit den Händen an. Er schnüffelt am Bukett. Wieder nickte er, nahm einen Schluck und ließ den Cognac auf der Zunge zergehen. Carella nippte an seiner Cola.

Jimmys Sohn war seinerzeit achtzehn Jahre alt gewesen. So gutaussehend wie sein Vater im gleichen Alter, mit denselben lockigen schwarzen Haaren, den erstaunten Augen und dem wie von Engeln geküßten Gesicht. Er war im Auto eines Kumpels von ihm mitgefahren, der unvorsichtigerweise vier Marihuanazigaretten geraucht hatte, bevor er sich in den Straßenverkehr stürzte, und dann noch unvorsichtiger war, als er mit seinem Cadillac Seville einen VW Käfer frontal rammte, wobei der Fahrer auf der Stelle getötet wurde und der einzige Beifahrer ins Krankenhaus mußte.

Es stand außer Frage, daß James junior nicht gefahren und zum Zeitpunkt der Karambolage stocknüchtern war. Es lag nichts vor, dessen ihn die Polizei hätte beschuldigen können, nichts, weswegen er hätte angezeigt werden können. Doch die Cops im Zwölften unten in Downtown, wo sich der Unfall ereignet hatte, erkannten in dem gutaussehenden jungen Bengel, den sie da vor sich hatten, den Sohn von Jimmy dem Zwinkerer Biondi, der Arschgeige, die ihnen öfter durch die Lappen gegangen war als Al Capone. Daher hielten sie es für urkomisch, wenn sie den engelsgesichtigen kleinen Jamie hier einfach aus Versehen durch den zauberhaften Justizapparat jagten, ihn gemeinsam mit seinem Kifferfreund mit der Minna losschickten und alle *beide* die Nacht im Kahn in Downtown zubringen ließen, wo sie auf den Haftprüfungstermin warten konnten.

Natürlich nutzte Jamie den einen Anruf, der ihm zugestanden wurde, und telefonierte mit seinem Vater. Jimmy der Zwinkerer schickte auf der Stelle einen Anwalt zum Zwölften, doch die Mühlen der Justiz mahlten in diesem einen Falle ausnehmend schnell, und der Bengel war bereits unterwegs zum Gerichtsgebäude in Downtown. Danach rief Jimmy Carella im Siebenundachtzigsten in Uptown an. Carella schuldete ihm nichts. Tatsächlich hatte er Jimmy einmal festgenommen, nur damit er wieder laufengelassen wurde, sobald der Fall zur Verhandlung anstand. Das erste, was Jimmy am Telefon sagte, war: »Ich weiß, du bist mir kein Ding schuldig.« Was Carella sowieso wußte. Es sei denn, Jimmy redete von einer langen Haftstrafe, in welchem Fall ihm Carella – und jeder andere Cop in der Stadt – jede Menge schuldig war.

»Und was steht an?« fragte er.

Jimmy erklärte es ihm.

»Und?« sagte Carella.

»Ich will ihn da raus haben«, sagte Jimmy.

»Er ist achtzehn«, sagte Carella. »Damit ist er ...«

»Ich rede hier nicht von was Rechtlichem«, sagte Jimmy. »Wenn du was Rechtliches willst, dann isser nicht mal beschuldigt oder angezeigt worden.«

»Und von was *redest* du dann?«

»Von Menschlichkeit. Du weißt doch, was mit ihm in dem Kahn passiert.«

»Nichts, wenn sie rausfinden, daß du sein Vater bist.«

»Die wissen schon, daß ich sein Vater bin. Deswegen isser ja in dem Scheiß Kahn.«

»Ich rede von den Leuten, die mit ihm da drin sind.«

»Du redest von den *Tieren*, die mit ihm da drin sind«, sagte Jimmy. »Du redest von Junkies und Notzüchtlern und Taugenichtsen, die nicht wissen, wie der Laden *läuft*. Weißt du denn nicht, was diese Stadt heutzutage *ist*? Um Himmels willen, *weißt* du das denn nicht?«

»Ich weiß es«, sagte Carella.

»Na gut, dann hilf mir. Für die ist mein Sohn nichts als Frischfleisch. Du mußt ihn da rausholen.«

»Warum?« fragte Carella.

Aber natürlich wußte er, warum. Wenn man nicht die Theorie vertreten wollte, daß die Söhne für die Sünden der Väter hafteten, dann hatte die Polizei – falls Jimmy die Wahrheit sagte – keinerlei Recht, seinen Sohn über Nacht einzusperren. Jimmy hatte recht; er würde nicht so heil aus dem Kahn herauskommen, wie er eingefahren war. Und auch wenn später eine Menge Dummköpfe mit durchschnittener Kehle endeten, sozusagen als Lektion dafür, wie der Laden *wirklich* lief, so wäre es doch zu spät, um einen unschuldigen Jungen zu retten. Carella hatte keinerlei Anlaß, Jimmy helfen zu wollen. Soweit es ihn anging, konnte Jimmy in der Hölle schmoren. Aber mit Jimmys Sohn war das wieder etwas anderes. Und Jimmy hatte das Schlüsselwort fallenlassen. *Menschlichkeit.*

Daher fuhr Carella hinunter nach Downtown zum Bezirksgericht und redete mit dem Sergeant, der dort der Beschließer war, und bat ihn, Jimmy aus der Zelle zu holen.

»Wozu der Scheiß?« fragte der Sergeant. »Wissen Sie, wem sein Balg das ist?«

»Schaffen Sie ihn raus«, sagte Carella.

»Biste auf Biondis Liste?« fragte der Sergeant.

»Möchten Sie eine gebrochene Nase?« fragte Carella.

»Ich bin ein Scheiß *Sergeant*«, sagte der Sergeant und erinnerte Carella daran, daß er im Rang unter ihm stand.

»Okay, *Sergeant*«, sagte Carella, »der Junge wurde weder beschuldigt noch angezeigt. Sie handeln sich eine Menge Ärger ein, glauben Sie mir.«

»Ich heiß mit zweitem *Vornamen* Ärger«, sagte der Sergeant, aber allmählich wirkte er zweifelnd.

»Mein Lieutenant möchte, daß er rauskommt«, sagte Carella. »Ist das für Sie hoch genug? Oder möchten Sie meinen Revierleiter anrufen? Hier ist die Telefonnummer, *Sergeant*. Die Nummer lautet drei-sieben-sieben-acht-null-drei-vier.«

Der Sergeant schaute zum Telefon.

»Na los, rufen Sie an«, sagte Carella.

»Nur zur Kontrolle«, sagte der Sergeant, der Carella klarmachen wollte, daß er nicht kniff.

Lieutenant Byrnes teilte ihm mit, der Häftling solle in die Obhut des Polizisten überstellt werden. Sie hängten sich beide weit aus dem Fenster – aber sie hatten beide selbst Söhne. Voller unverhohlenem Widerwillen und Entrüstung schloß der Sergeant die Gemeinschaftszelle auf und ließ Jamie heraus. Er schien sich nicht bewußt, daß ihm die Polizei ein handgeschriebenes Schild auf den Rücken geheftet hatte. Auf dem Schild stand: KURZSICHTIG. Das hieß, daß der Träger dieses Schildes nur Augen für Kurze hatte – mit anderen Worten: Kinder. Die Polizei wollte damit den versammelten Verbrechern in der Zelle mitteilen, daß Jamie ein Kinderschänder sei. Wenn das kein Garant für eine Vergewaltigung war, dann war es nichts. Offensichtlich war Carella gerade noch rechtzeitig gekommen. Die anderen Häftlinge hatten Jamie bereits die goldene Rolex abgenommen und sein maßgeschneidertes Seidenhemd aufgerissen.

Der Anwalt von Jimmy dem Zwinkerer wartete draußen mit einer richterlichen Verfügung, wonach der Häftling entweder angeklagt oder entlassen werden müsse. Eine Hürde war noch zu nehmen: Der Verantwortliche in dem Revier, das die Festnahme vorgenommen hatte, mußte die offizielle Entlassung unterzeichnen, aber der diensthabende Mann im Zwölften – mittlerweile war es elf Uhr nachts, und Carella hätte seit drei Stunden zu Hause sein sollen – war froh, daß er den Fall wie eine heiße Kartoffel fallenlassen konnte. Um Viertel nach elf stieg James Biondi junior in eine Limousine, die ihm sein Vater nach Downtown geschickt hatte. Jimmys Anwalt schüttelte Carella die Hand und erklärte ihm, Mr. Biondi vergesse niemals eine Schuld.

Am nächsten Morgen traf eine Kiste Glenfiddich im Mannschaftsraum ein.

Auf der Karte darin stand:

Danke Jimmy

Carella klebte den Karton wieder zu und bat einen Streifenwagen, den Whisky wieder bei dem Laden vorbeizubringen, der ihn geliefert hatte.

Auf seiner Karte stand:

Nein, danke.
Stephen Louis Carella
Detective/2nd Grade

Aber nun war die Zeit zum Eintreiben gekommen.

»Da war irgendein Typ aus Chicago, der 'n Eisen gesucht hat«, sagte Jimmy, zwinkerte und nahm noch einen Schluck Cognac.

»Wann?« fragte Carella.

»Irgendwann um Weihnachten. Gleich nach Weihnachten«, sagte Jimmy. »Wann genau, hab' ich vergessen.«

Passiert war folgendes: Einer seiner Leute, der einen Bonbonladen, der zufällig auch Wetten annahm, draußen in Majesta besaß, rief ihn an und sagte, irgendein Typ aus Chicago suche eine Knarre. Der Typ komme auf Empfehlung von einem Cicero-Buchmacher namens Danny Gerardi, der auf Pferde und Football und so mache. Jimmy kannte den Namen nur vage – ein popeliger Buchmacher, der angeblich ein bißchen hitzköpfig und schwer umgänglich war. Aber berufliches Entgegenkommen war berufliches Entgegenkommen, also hatte er seinem Mann in Majesta gesagt, er solle zusehen, was er für ihn tun könne. Er dachte sich, wenn ein Kerl aus Chicago kommt, kann er schlecht eine Knarre im Flugzeug mitnehmen, stimmt's? Also versucht man ihm zur Hand zu gehen. Berufliches Entgegenkommen, klar? Diese Stadt kann mächtig groß sein, wenn man ein Fremder ist.

»Das kann sie«, stimmte Carella zu. »Hat der Fremde vielleicht zufällig einen Namen hinterlassen?«

»Um dir die Wahrheit zu sagen, ich hab' nie weiter nachgefragt.«

»Oder eine Anschrift.«

»Das muß ich erst rausfinden«, sagte Jimmy.

Er war der Meinung, daß er billig davonkam.

8

Vier Detectives, je zwei pro Auto, warteten an diesem Freitagmorgen um halb acht an der Straße oberhalb des Bowles'schen Apartmenthauses. Es hatte die ganze Nacht geschneit. Die Welt war weiß. Der Himmel war frisch und klar und geradezu schmerzhaft blau. Die Außentemperatur betrug minus vierzehn Grad Celsius. Die Automotoren liefen, und die Heizung war an.

Um zwanzig nach acht hielt eine schwarze Limousine am Straßenrand vor dem Haus. Ein uniformierter Fahrer stieg aus, ging ins Haus und verließ es einen Augenblick später wieder. Meyer hängte sich ans Funkgerät.

»Cotton?«

»Jawoll.«

»Das könnte der Abholer sein.«

»Wir haben ihn entdeckt.«

»Macht euch abfahrbereit.«

»Jawoll.«

Rund fünf Minuten später kam Martin Bowles aus dem Haus...

»Da ist euer Mann«, sagte Meyer.

»Hab' ihn«, antwortete Hawes.

... bekleidet mit einem dunklen Wintermantel und einer Pelzmütze mit Ohrenklappen. Er ging über den frischgeschippten Gehsteig zur Limousine, sagte irgend etwas zu dem Fahrer, der die hintere Tür auf der Beifahrerseite aufhielt, und stieg in den Wagen. Die Tür schlug hinter ihm zu...

»Bleibt an ihm dran«, sagte Meyer.

»Jawoll«, sagte Hawes.

... und die Limousine fuhr vom Straßenrand los. Hawes gab ihr kaum bis zur nächsten Straßenecke Vorsprung, dann setzte er ihr nach. Beim Vorbeifahren schaute er nicht einmal zu O'Brien und Meyer. Auch Klings Blick hing wie gebannt auf der Straße.

Um zehn Minuten nach neun kam ein Mann, der Emmas Beschreibung von Denker entsprach, aus Richtung des zwei Häuserzeilen entfernten U-Bahn-Kiosks die Straße entlanggelaufen. Er war ohne Hut, und seine blonden Haare flatterten im Wind. Ein langer, braungrün gestreifter Wollschal war um seinen Hals geschlungen und hing offen über die Brust seines Kamelhaarmantels. Die Hände hatte er in den Taschen. Er schenkte dem unscheinbaren blauen Dodge auf der anderen Straßenseite keinerlei Aufmerksamkeit. Doch Meyer fragte sich, ob er sie nicht entdeckt hatte.

»Gutaussehender Kerl«, sagte er.

»Jawohl«, sagte O'Brien.

»Womit rechtfertigt er jetzt, wo Tilly tot ist, seine Anwesenheit?«

»Frag mich nicht«, sagte O'Brien.

»Ich meine, vor wem schützt er sie *jetzt*?«

»Vor sich?« sagte O'Brien.

***

»Ich bitte Dr. Mazlova in den Zeugenstand«, sagte Lowell.

Das war der Augenblick, vor dem Carella gegraut hatte.

»Mama«, flüsterte er, »ich möchte nicht, daß du dir das anhörst.«

»Ich möchte es hören«, sagte sie.

»... die Wahrheit und nichts als die Wahrheit, so wahr Ihnen Gott helfe?«

»Ich schwöre.«

»Angela, bring sie raus.«

»Ich möchte nicht rausgehen.«

»Mama ...«

»Dr. Mazlova, können Sie mir sagen, wo Sie derzeit beschäftigt sind?«

»Ich arbeite im Amt für Gerichtsmedizin hier in dieser Stadt.«

Irgendein starker mitteleuropäischer Akzent, so daß das Wort *arbeite* wie *arrbeite* klang. Die dünnen weißen Haare quer über den erkahlenden Schädel gekämmt. Eine Brille mit dicken Gläsern. Er trug einen braunen Anzug samt Weste, an der eine goldene Kette hing.

Carella nahm die Hand seiner Mutter.

»In welchem Fachbereich?«

»Mama, bitte...«
»Ich halte das aus.«
»...für den stellvertretenden Leiter des Amtes für Gerichtsmedizin.«
»Erteilen Sie gelegentlich Unterricht in forensischer Medizin?«
»Ich bin außerordentlicher Professor für forensische Medizin an der Ramsey University.«
»Und halten Sie gelegentlich auch Vorlesungen über dieses Fachgebiet?«
»Ich habe am College für Physiologie und Chirurgie an der Carlyle University Vorlesungen über forensische Medizin gehalten, und ich habe Vorlesungen über kriminologische Medizin an der hiesigen Polizeiakademie gehalten.«
»Haben Sie schon öfter als sachverständiger Zeuge bei Mordprozessen ausgesagt?«
»Ich habe, würde ich meinen, einige zwanzig bis dreißig Mal ausgesagt.«
»Und vor welchen Gerichten in welchen Bezirken...?«
Und nun kamen wieder die Referenzen, nüchtern und trocken, all die Gerichte und die Bezirke, all die Ehrungen und Auszeichnungen. Und nun kam wieder Lowell, der das Gericht darum ersuchte, Mazlova als sachverständigen Zeugen zu akzeptieren, worauf der Richter es tat und den Geschworenen die daraufhin üblichen Anweisungen erteilte.
»Nun denn, Dr. Mazlova«, sagte Lowell, »beinhaltet Ihre Arbeit als Assistent des stellvertretenden Leiters im Amt für Gerichtsmedizin auch die Durchführung von Autopsien an Traumaopfern?«
»Nicht sehr häufig. Nur gelegentlich. In Fällen von vermeintlich ungewöhnlicher Bedeutung.«
»Dr. Mazlova, haben Sie am Morgen des achtzehnten Juli vergangenen Jahres...«
»Mama, bitte, ich möchte, daß du rausgehst.«
»...die Autopsie der Leiche des Anthony John Carella durchgeführt?«
»Das habe ich.«
»Bitte, Mama.«
»*Schscht!*« sagte jemand hinter ihnen.
Seine Mutter legte ihre Hand auf die seine. Tätschelte sie. Nickte.

Keine Sorge, besagte das Nicken. Ich halte das aus. Ich kann das aushalten.

»Können Sie uns anhand dieses Leichendiagrammes zeigen, was Sie an diesem Tag festgestellt haben? Falls es Ihnen hilft, wenn Sie Ihre Notizen zu Rate ziehen, so dürfen Sie das jederzeit tun.«

Keine Fotos, dachte Carella. Gott sei Dank, keine Fotos.

»Es lagen drei Eintrittswunden vor«, sagte Mazlova, der auf das oberste Blatt des auf seinem Schoß liegenden Klemmbrettes blickte. »Schußwunden, genauer gesagt, die sich allesamt innerhalb eines Gebietes von etwa dreiunddreißig Zentimetern Durchmesser im Bereich zwischen dem unteren Ende des Manubrium ...«

»Entschuldigen Sie, Doktor, aber für die Laien unter den Geschworenen ...«

»Das ist der obere Teil des Brustbeins oder Sternum ...«

»Danke.«

»... zwischen dem Manubrium und dem Schaufelknorpel befanden«, sagte Mazlova und zeigte den Bereich auf dem Diagramm an. »Die entsprechenden lateralen Abgrenzungen ...«

Carella hielt die Hand seiner Mutter fest. Angela, die rechts von ihr saß, nahm die andere Hand. Gemeinsam saßen sie alle drei mit verschlungenen Händen da, während Dr. Mazlova berichtete, daß er im linken Lungenflügel des Opfers zwei Kugeln gefunden habe ...

Carella kniff die Augen zu.

... und eine weitere in der vorderen Bauchwand.

Und weiter leierte die eintönige Stimme des Doktors.

... Knochenfragmente von einer perforierten Rippe ... Blut in der Thoraxhöhle...

Vater unser, der du bist im Himmel ...

... perforierte Lungenarterie ...

... *geheiligt werde dein Name.*

... von tiefroter Färbung ...

Dein Reich komme ...

... wahrscheinlich, daß die nämliche Kugel ...

Papa, dachte er, *o Gott, Papa.*

»... aufgrund von Asphyxie und heftiger Blutung«, schloß der Doktor.

»Dr. Mazlova«, sagte Lowell, »haben Sie anschließend die Kugeln geborgen, die diese Wunden verursachten?«

»Das habe ich.«

»Ist es normal, daß sich die Kugeln bei Wunden dieser Art noch im Körper befinden?«

»Ich würde sagen, in sechzig, vielleicht fünfundsechzig Prozent solcher Fälle treten die Kugeln *nicht* wieder aus.«

»Was haben Sie mit den Kugeln getan, nachdem Sie sie geborgen hatten?«

»Gemäß den Anweisungen vom fünfundvierzigsten Revier tütete ich sie ein und sandte sie zum Zwecke der Identifikation an die Ballistikabteilung.«

»Von wem kamen diese Anweisungen?«

»Von Detective-Lieutenant James Michael Nelson.«

»Waren diese Kugeln an jemand Bestimmten bei der Ballistikabteilung adressiert?«

»Ich habe sie auf dem Dienstweg-Vermerkschild an Detective Peter Haggerty adressiert.«

»Auf welchem Wege haben Sie diese Kugeln an Detective Haggerty gesandt?«

»Per Boten. Ein Polizeibeamter holte das versiegelte Paket für ihn ab.«

»Womit war das Paket versiegelt?«

»Mit rotem Plastikband, beschriftet in weißer Farbe mit den Worten *Beweismaterial – Amt für Gerichtsmedizin.*«

»Sind Sie der Meinung, daß Detective Haggerty dieses Paket auch erhielt?«

»Ich bin sicher, daß er das Dienstweg-Vermerkschild unterschrieben haben müßte, als er das Paket entgegennahm. Das ist der übliche Ablauf. Auf jeden Fall rief er an und sagte, er sei im Besitz der Kugeln, und wollte wissen, wie die Prioritäten seien.«

»Danke, Doktor, ich habe keine weiteren Fragen«, sagte Lowell.

Addison erhob sich, trat zum Zeugenstand und fragte augenblicklich: »Was haben Sie ihm geantwortet?«

Mazlova neigte verwundert den Kopf zur Seite.

»Bezüglich der Prioritäten«, sagte Addison. »Was haben Sie ihm zu den Prioritäten gesagt?«

»Ich sagte ihm genau das, was Lieutenant Nelson mir gesagt hatte.«

»Und was war das?«

»Daß es sich bei dem Opfer um den Vater eines Kriminalpolizisten handelte.«

Den Vater eines Kriminalpolizisten, dachte Carella.

Mein Vater.

»Keine weiteren Fragen«, sagte Addison lächelnd.

»Ich habe keine weiteren Zeugen, Euer Ehren«, sagte Lowell. »Für die Anklage ist der Fall damit abgeschlossen.«

Di Pasco blickte hoch zur Wanduhr.

»Wir haben alle eine lange und schwierige Woche hinter uns«, sagte er. »Wenn die Verteidigung nichts dagegen hat, würde ich gerne auf Montag morgen vertagen. Sind Sie bis dahin bereit, Ihren ersten Zeugen aufzurufen, Mr. Addison.«

»Jawohl, Euer Ehren. Und ich danke Ihnen auch im Namen der Geschworenen für die Unterbrechung.«

»Ja, nun«, sagte Di Pasco trocken, »das Gericht vertagt sich auf Montag morgen um neun«, und schlug einmal heftig mit dem Hammer auf.

»Alles aufstehen!« rief der Gerichtsdiener, und Di Pasco stand von seinem Stuhl auf wie eine Fledermaus, die die Flügel ausbreitet, und rauschte mit wehender schwarzer Robe aus dem Gerichtssaal.

***

Um fünf Minuten nach zehn kam Martin Bowles an diesem Morgen aus seinem Bürogebäude am Steinway Nummer 3301 und winkte augenblicklich nach einem Taxi. Hawes und Kling – die ihren Zivilwagen vier Straßen weiter in einer unterirdischen Garage abgestellt hatten – warteten vor der Hausnummer 3303. Sobald sie Bowles entdeckten, schnappten sie sich ein anderes Taxi und sagten dem Fahrer, er solle dem Taxi vor ihnen folgen. Es war das erste Mal, daß der Fahrer Cops in seinem Auto hatte. Er wirkte gelangweilt.

Hier unten im Finanzviertel war der Schnee bereits von den Straßen und den meisten Gehsteigen geräumt. Aber viele Menschen, die hier arbeiteten, wohnten in den Außenbezirken der Stadt, wo nach Wochen noch kein Pflug hinkommen würde, wenn überhaupt. Diese Stadt war im Niedergang begriffen. Der Taxifahrer wußte es, denn er kam in der ganzen Stadt herum und sah jeden einzelnen Teil. Sah den verstreuten Müll und die aufgeschlitzten Matratzen und die Plastikabfälle, die jede begrünte Schnellstraßenböschung verunstalteten, sah die bombenkraterähnlichen Schlaglöcher auf den abgelegenen Straßen, sah die geschwärzten Fensterhöhlen der verlassenen Wohnhäuser, sah öffentliche Telefone ohne Hörer, sah öffentliche Parks ohne Bänke, weil die Bretter abgerissen und zum Verbrennen weggeschleppt worden waren, hörte die Obdachlosen fluchen oder flehen oder um eine milde Gabe flennen, hörte Tag und Nacht die Polizeisirenen, bloß nicht, wenn man eine brauchte, hörte alles und sah alles und wußte alles und fuhr einfach weiter.

Die Polizei wußte ebenfalls, was mit dieser Stadt geschah.

Der einzige Unterschied war, daß sie nicht einfach weiterfahren konnten.

Bowles fuhr in Richtung Uptown. Nicht *allzu* weit nach Uptown, wie sich herausstellte, denn am Collins Building mit seiner atemberaubend geschwungenen Glasfront bog sein Taxi nach links ab und setzte dann die Fahrt etliche Häuserzeilen weiter quer durch die Stadt fort, bevor es erst nach rechts und dann nach links in eine von Bäumen gesäumte Straße mit schneeverbrämten Klinkerbauten abbog. Auf dem Straßenschild an der Ecke stand JACOB'S WAY. Beide Detectives kannten die Straße. Der Straßenzug war eine der Überraschungen in der Stadt, ein kleines Juwel, eingeklemmt zwischen zwei spitzwinklig auf eine dahinter liegende Kreuzung zulaufenden Avenues. Bowles Taxi hielt in der Mitte des Straßenzuges.

»Bleiben Sie hier stehen«, sagte Hawes.

»Wen verfolgen Sie denn?« fragte der Fahrer. »Jack the Ripper?«

»Ja«, sagte Hawes.

Vor ihnen stieg Bowles aus dem Auto und zog die Handschuhe an. Er ging die Treppe zu dem zweistöckigen Klinkerbau vor ihm hinauf, zog den rechten Handschuh wieder aus und drückte auf den in den Türrahmen eingelassenen Klingelknopf. Einen Augenblick später langte er an den Türknauf und verschaffte sich von alleine Einlaß. Etwas weiter die Straße hoch stiegen Hawes und Kling gerade aus ihrem Taxi. Der Wind war beißend und trieb ihnen sofort das Wasser in die Augen. Ohne Hut standen sie am Straßenrand und warteten. Das Taxi fuhr los. Der Wind schnitt durch die enge kleine Straße.

»Gib ihm ein paar Minuten«, sagte Hawes.

»Ja.«

Ihr Atem dampfte an der Luft.

Hände in den Taschen.

Hawes schaute auf seine Uhr.

»Inzwischen sollte er's sich gemütlich gemacht haben«, sagte er, und beide Männer gingen rasch die Straße entlang. Das Haus, das Bowles betreten hatte, trug die Nummer 714. Kling ging zügig die Treppe hinauf, bückte sich, las den Namen unter der Türklingel und kam genauso schnell wieder herunter. Die Männer gingen in Richtung der anderen Straßenecke.

»Was steht dran?« fragte Hawes.

»Moorthy«, sagte Kling.

»Was?«

»Moorthy. M-O-O-R-T-H-Y.«

»Soll das ein Name sein?«

»Das weiß ich nicht.«

»So einen Namen habe ich noch nie gehört«, sagte Hawes.

Eineinhalb Stunden später – die beiden Männer waren inzwischen fast am Gehsteig festgefroren – kam Bowles aus dem Haus. Er war diesmal nicht allein. An seinem Arm hatte sich, während sie die Eingangstreppe herunterkamen, eine große Blondine in einem dunklen Pelzmantel eingehakt.

»Auftritt der Flamme«, sagte Hawes.

»Die kommen hier lang«, sagte Kling, und beide Männer schlenderten um die Ecke wie zwei ältere Herren, die an einem milden Nachmittag spazierengehen. Einen Augenblick später näherten sich Bowles und die Blondine lebhaft miteinander plaudernd der Ecke. Die Blondine lachte. Bowles wedelte ein Taxi heran, hielt ihr die Tür auf und winkte ihr dann zum Abschied zu, als das Taxi vom Straßenrand losfuhr. Die Detectives, die vor dem spiegelnden Schaufenster eines Handtaschenladens standen, verfolgten mit, wie Bowles sich ein zweites Taxi schnappte und einstieg. Sie wandten sich vom Fenster ab, als das Taxi losfuhr.

»Ich möchte mir die Türklingel noch mal anschauen«, sagte Hawes.

»Ich sag dir doch, da hat Moorthy draufgestanden«, erwiderte Kling. Was dann auch draufstand.

»Tja«, sagte Hawes und schüttelte ungläubig den Kopf.

»Gehn wir irgendwo einen Kaffee trinken«, sagte Kling.

***

Er hatte seine Mutter in ein Taxi gesetzt und nach Hause geschickt, weil er der Meinung war, daß sie für einen Tag mehr als genug hatte wegstecken müssen, und nun saß er mit seiner Schwester und Henry Lowell zusammen, der ihnen beiden zu erklären versuchte, welchen Schlachtplan er während der vergangenen Woche verfolgt hatte.

Der Speisesaal des Golden Lion war die getreuliche Kopie dessen, was man vielleicht in einer englischen Postkutschenstation hätte vorfinden können, so in etwa um 1637. Mächtige Eichenbalken erstreckten sich etliche Zentimeter unter dem Gewölbe über die Decke und verbanden die roh verputzten Wände miteinander. Hier und da hingen im ganzen Raum Porträts elisabethanischer Damen und Herren, deren mit weißer Spitze verbrämte Kragen und Manschetten dezent das Weiß der Wände widerspiegelten, während ihre prächtigen Samtroben und Gewänder die gediegene Kerzenlichtstimmung um einen gedeckten Farbton bereicherten. Kurz nach Mittag herrschte sogar reger Betrieb im Speisesaal, und gedämpftes Stimmengemurmel und gelegentliches Lachen drangen in die angrenzende Bar, wo sie zu dritt in einer Ecknische saßen.

Carella war erst einmal, vor langer Zeit, mit einem Anwalt namens Gerald Fletcher hiergewesen, der ihm beizubringen versucht hatte, daß er seine eigene Frau umgebracht habe. Er hatte sich seinerzeit unbehaglich gefühlt, weil der Laden für Leute seines Schlages zu reich wirkte, und er hatte nicht gewußt, worauf Fletcher hinauswollte. Heute fühlte er sich unbehaglich, weil er entschieden den Eindruck hatte, daß der stellvertretende Bezirksstaatsanwalt Henry Lowell seine Schwester anbaggerte.

Angela.

Sein Schwesterherz.

Eine verheiratete Frau, wenngleich das insofern in der Schwebe war, als es sehr wohl von der Entschlossenheit ihres Mannes abhängen konnte, sich von einer hartnäckigen Kokainabhängigkeit loszusagen, ob sie verheiratet *blieb* oder nicht.

Nichtsdestotrotz eine verheiratete Frau mit drei Kindern.

Da saß sie nun neben Carella, mit denselben geschlitzten braunen Augen wie ihr Bruder, die ihr ein leicht exotisch asiatisches Aussehen verliehen, die Haare blauschwarz im Gegensatz zu seinen lediglich dunkelbraunen, und hing an jedem Wort, das Lowell sagte.

»Ich wollte versuchen, die Waffe unwiderlegbar mit Cole in Verbindung zu bringen«, sagte er. »Mein erster Zeuge...«

»Assanti«, sagte Angela.

»Ja«, sagte er nickend, »Assanti. Er teilte den Geschworenen mit, er habe Cole mit der Waffe in der Hand aus der Bäckerei Ihres Vaters kommen sehen...«

»Oder mit einer *ähnlichen* Waffe«, sagte Carella.

»Genau, doch ich glaube, den Punkt konnte ich durchsetzen, Sie nicht?« sagte er direkt zu Angela. »Daß die Waffe, die er erblickte, genauso aussah wie die Waffe, die ich als Beweismittel einbrachte.«

»Übrigens, worum ist es *dabei* überhaupt gegangen?« sagte Angela.

»Nun, in der Folgezeit versuchte Addison wieder einmal durchzusetzen, daß die Waffe als Beweismittel ausgeschlossen würde. Keine Waffe, kein Fall. Doch Di Pasco weigerte sich, darauf einzugehen, er hatte bereits in der Vorbereitungsphase des Verfahrens entschieden. Weswegen ja Addison später mit dem ganzen Müll ankam, von wegen Durchsuchungsbefehl und Haftbefehl...«

Angela nickte.

»... und von wegen Schußwaffengebrauch außerhalb der Richtlinien, all das. Der Punkt ist, ich glaube nicht, daß das bei den Geschworenen zieht. Weil ich glaube, daß ich durch die nachfolgenden Zeugen zeigen konnte – durch den Ballistikexperten, den Gerichtsmediziner und Wade persönlich...«

»Wade war wichtig«, sagte Carella.

»*Außerordentlich* wichtig«, sagte Lowell zu Angela. »Er war derjenige, der Cole die Waffe *abnahm*, er war derjenige, der sie zum Schußtest an die Ballistikabteilung sandte...«

»Das war sehr gut, was Sie da gemacht haben«, sagte Angela. »Die ganzen Namen auf dem Schild vorzuzeigen...«

»Ja, der Dienstweg-Vermerk«, sagte Lowell lächelnd.

»Ja, das war sehr gut. Damit es keinen Irrtum gibt, wer die Waffe *gekriegt* hat und die Kugeln und alles.«

»Der Punkt ist«, sagte Lowell wiederum an Angela gewandt, »nun haben wir Assanti, der sagt, er hörte die Schüsse und sah den...«

»Drei Schüsse in rascher Folge«, sagte Carella.

»Genau. Womit nachgewiesen ist, daß es sich bei der Waffe um eine Halbautomatik handelt«, sagte Lowell zu Angela.

»Ja«, sagte sie nickend.

Flirtet sie etwa mit ihm? fragte sich Carella.

Seine kleine Schwester?

Seine verheiratete kleine Schwester mit einem Ehemann und drei gottverdammten Kindern?

»Hörte die Schüsse«, sagte Lowell zu ihr, »und sah den Mörder und sah die Waffe in der Hand des Mörders. Und danach kommt Haggerty von der Ballistikabteilung und sagt, er habe die Waffe getestet, und es sei definitiv die Waffe, mit der geschossen wurde ...«

»Den fand ich auch sehr gut«, sagte Angela.

»Ein exzellenter Zeuge«, pflichtete Lowell nickend bei, und es fehlte nur noch, daß er ihre Hand tätschelte, die auf der Tischplatte ruhte, so daß ihr goldener Ehering und ihr diamantener Verlobungsring für jeden und alle klar und deutlich zu sehen waren. »Addison konnte bei seinem Kreuzverhör nichts ernten, er wußte, daß es nicht das Geringste gab, womit er diesen Zeugen erschüttern konnte. Und dann war da Wade, der sagte, das sei genau die Waffe, die er Sonny Cole abgenommen habe, wodurch natürlich die direkte Verbindung von der Waffe zur Ballistik ...«

»Er scheint mir ein sehr guter Cop zu sein«, sagte Angela zu ihrem Bruder.

»Das ist er auch«, sagte Carella.

»Ein starker Zeuge, sehr stark«, sagte Lowell. »Addison ging ihn mit Hammer und Zange an, aber er war dennoch nicht zu erschüttern. Er hat bei den Geschworenen tüchtig gepunktet, warten Sie's ab. Da tut's im übrigen auch nicht weh, daß er schwarz ist.«

»Stört Sie das etwa?« fragte Angela. »Die Anzahl der schwarzen Geschworenen?«

»Nun, ich habe vor der Verhandlung mit Ihrem Bruder darüber diskutiert. Ich habe ständig versucht, mich von der Schwarz-Weiß-Schiene fernzuhalten ...«

»Ich glaube nicht, daß die in der Verhandlung auch nur angedeutet worden ist«, sagte Angela.

»Und ich hoffe, das *wird* sie auch nicht. Aber wissen Sie, Addison wird noch von sich hören lassen. Der Punkt ist, daß uns Doktor Mazlova gesagt hat, die Kugeln, die er an die Ballistikabteilung sandte, waren die gleichen, die er während der Autopsie vorfand. Das letzte Glied einer klaren und direkten Kette. Ich hoffe nur, die Geschworenen konnten dem Ganzen folgen.«

»Oh, dessen bin ich mir sicher«, sagte Angela. »Das Ganze war sehr klar und... nun, direkt.«

Carella schaute sie an.

»Addisons Starzeuge ist Cole persönlich«, sagte Lowell, »und der wird natürlich über alles, was geschehen ist, lügen. Er ist ein Gewohnheitsverbrecher, der schon wegen Totschlags angeklagt war, und egal, wie das Urteil in diesem Prozeß lauten sollte, er wird später wegen des Mordes an dem kleinen Mädchen erneut vor Gericht stehen. Ich hatte von Beginn an argumentiert, daß über beide Anklagepunkte gemeinsam verhandelt werden sollte, wissen Sie, weil es da einander überlappende Transaktionen *gibt*, sehen Sie, und weil sich erweisen würde, daß die Beweismittel in dem einen Fall auch im anderen von erheblicher Beweiskraft sind. Coles Geiselnahme zum Beispiel, als er sich angesichts der Polizei...« Er wandte sich Angela jählings zu und sagte erklärend: »Er und sein Partner hielten ein sechzehnjähriges Mädchen als Geisel fest...«

»Ja, ich weiß.«

»Und sein Partner ermordete sie. Der Fluchtversuch wäre zum Beispiel als Beweismittel zulässig, sehen Sie, die Geiselnahme. Auf der anderen Seite wäre es offensichtlich voreingenommen gegenüber dem Angeklagten, daher ist die Entscheidung wahrscheinlich nur fair, wer weiß. Auf jeden Fall haben wir zwei Prozesse am Hals, und meine Aufgabe ist es, diesen hier zu gewinnen.«

»Ja«, sagte Angela und lächelte ermutigend.

»Meine Aufgabe ist es sicherzustellen, daß er nie wieder den Sonnenaufgang ohne Gitter vor Augen sieht.«

Der hält das für poetisch, dachte Carella.

Und begriff mit Erstaunen, daß *Angela* es ebenfalls dafür hielt.

»Der Punkt ist«, sagte Lowell, »daß Cole lügen wird, um seinen Hals zu retten. Die einzigen Menschen, die vor Gericht die Wahrheit sagen, sind gesetzesgetreue Bürger. Mörder und Diebe lügen. Immer.«

Angela nickte, als lauschte sie einem Guru, der ihr auf höchstem Bergesgipfel seine Weisheit entbot.

»Ich *möchte*, daß Addison ihn das Feld bestellen läßt«, sagte Lowell beinahe schadenfroh. »Ich möchte, daß Cole alle seine verdammten Lügen präsentiert, damit ich sie eine nach der anderen umstoßen kann.«

»Sind Sie sich Ihrer Sache da so sicher?« fragte Carella.

»Oh, das bin ich!« sagte Lowell und grinste erwartungsvoll bösartig. Und dann wandte er sich wieder jählings an Angela und sagte: »Hatten Sie sich vielleicht vorgenommen, hier unten zu speisen? Denn das Essen hier ist fabelhaft, und es wäre mir ein Vergnügen, wenn Sie ...«

»Ich muß mich sputen«, sagte Carella.

Angela zögerte. Sie suchte Carellas Blick. Von den Augen konnte sie ihm nichts ablesen, aber sie waren immerhin schon eine ganze Weile Bruder und Schwester.

»Danke«, sagte sie. »Ich muß wieder nach Hause.«

Und sie konnte es sich nicht verkneifen hinzuzufügen: »Vielleicht ein andermal.«

***

Sie zogen von Galerie zu Galerie, während sie die Hopper Street entlang in Richtung des Scotch Meadow Park spazierten – eine Gegend, die ihren Namen von der Tatsache ableitete, daß die Hopper Street parallel zum Park verlief, und daher kurz und schick Hopscotch genannt wurde. O'Brien und Meyer folgten ihnen in gehörigem Abstand, genossen zwar die Sonne, nicht aber die grimmige Kälte, und wandten sich jedesmal einem Schaufenster zu, wenn Denker und Emma es auch taten, zogen weiter, vorbei an Kunstgalerien und Boutiquen, Schmuck, Antiquitäten oder aus Bombay importiertem Drogenzubehör, und versuchten wie staunende Touristen in einer Touristengegend auszusehen und nicht wie Detectives, die einem möglichen Killer und seiner Beute folgten.

Kurz vor zwei Uhr gingen Denker und Emma in einen kleinen Suppen-und-Sandwich-Laden an der Matthews. Meyer und O'Brien kauften sich bei einem Straßenhändler Hot dogs und Cola, standen essend und trinkend in der Kälte und warteten darauf, daß sie wieder herauskamen.

Sie hofften nur, daß es keine längere Mahlzeit war.

Es war eine.

Sie kamen erst um kurz vor halb vier wieder auf die Straße.

»Geht schon heim, Kinder«, flüsterte Meyer.

Aber sie gingen noch nicht heim. Sie spazierten den ganzen Nachmittag lang weiter durch die Gegend, scheinbar unempfänglich für die Kälte. Bibbernd sahen die Detectives schließlich, wie Denker nach einem Taxi winkte und Emma hineinsetzte. Er nahm sich ein anderes Taxi. Er war ihre Beute; sie folgten ihm.

***

Um zwanzig Minuten vor fünf stießen die vier Detectives an diesem Nachmittag vor Bowles' Bürogebäude wieder zueinander. Hawes und Kling standen mit ihrem Auto schon auf der anderen Straßenseite, bereit, Bowles' Limousine zu folgen, die am Straßenrand auf ihn wartete. O'Brien und Meyer waren Denker nach Downtown gefolgt, wo er sie zu ihrer Überraschung zu Bowles' Bürohaus geführt hatte. Gar nicht überrascht waren sie – nun, da er hier war –, als sie Bowles herauskommen und direkt auf ihn zugehen sahen. Die Börse hatte um vier geschlossen; sie nahmen an, daß Bowles sich für halb fünf mit Denker verabredet hatte und etwas später von der Arbeit losgekommen war.

Die beiden Männer gaben sich nicht die Hand. Alle vier Detectives beobachteten sie, als sie auf die am Straßenrand wartende Limousine zugingen. O'Brien und Meyer blieben stehen, als die Limousine davonfuhr. Sie sahen, wie Hawes auf der anderen Straßenseite mit dem zivilen Dodge losfuhr und quer über die ganze Fahrbahn wendete. Einen Augenblick später hängte sich der Dodge in etwa vier Wagenlängen Abstand hinter die Limousine.

***

Die Limousine schob sich durch den Spätnachmittagsverkehr wie ein Unterseeboot durch trübes Gewässer. Dämmerung senkte sich über die Stadt; messerscharf ragten die Wolkenkratzer in den im Westen lila werdenden Himmel. Es war ein sonniger Tag gewesen; es würde einen atemberaubenden Sonnenuntergang geben. Noch gab es Dinge in dieser Stadt, bei denen einem das Herz aus anderen Gründen als vor Furcht hüpfte.

Die Männer saßen in ihrem Kokon aus schwarzem Leder und getöntem Glas. Die gläserne Trennscheibe war oben, und der Fahrer konnte nicht hören, was sie miteinander besprachen. Trotzdem hatte Andrew die Stimme fast zu einem Flüstern gesenkt; er traute den kleinen

Schaltern und Knöpfen in einer Limousine nicht, und vor allem traute er Männern nicht, die zum Geldverdienen Limousinen fuhren.

»Besitzen Sie eine Knarre?« fragte er.

»Nein«, sagte Bowles. »Eine Knarre? Nein. Natürlich nicht.«

»Ich dachte, Sie hätten vielleicht eine.«

»Nein, habe ich nicht.«

Auch Bowles senkte die Stimme. Die Limousine schnurrte sachte durch die zunehmende Dunkelheit. Draußen wartete sprungbereit die Stadt. Doch die Limousine war unantastbar. Die Limousine sprach in jedem Land der Welt dieselbe Sprache. Die Limousine sagte: Hier ist Wohlstand, hier ist Macht.

»Gibt es einen Safe in der Wohnung?«

»Ja.«

»Wo ist er?«

»Im großen Schlafzimmer. Warum?«

»Ich plane einen Einbruch.«

Bowles schaute ihn an.

»Können Sie mir die Kombination verraten?«

»Ich bin mir nicht sicher, ob ich die Idee für so gut halte.«

»Ich glaube, es funktioniert.«

»Ein Einbruch, und was *dann*?«

»Den Job erledigen«, sagte Andrew.

»Das dachte ich mir.«

»Sieht dann aus wie ein Mord in Tateinheit.«

Er schielte zu der gläsernen Trennscheibe. Durch das getönte Glas konnte er den Fahrer nur verschwommen wahrnehmen.

»Wissen Sie, was ein Mord in Tateinheit ist?« flüsterte er.

»Ich glaube schon.«

»Ein Mord, der in Tateinheit mit einer anderen Straftat begangen wird.«

Immer noch flüsternd.

»Ein Einbruch ist eine Straftat.«

»Ja, das weiß ich. Warum haben Sie sie gestern nicht vom *Bus* erfassen lassen. Sie hat mir erzählt, sie sei beinahe von einem Bus erfaßt worden, aber Sie ...«

»Angenommen, sie wäre nur ins Krankenhaus gekommen?«

»Nun ...«

»Können Sie mir einen Ort sagen, wo es mehr Öffentlichkeit gibt als in einem Krankenhaus? Wollen Sie, daß ich das erledige, während Hunderte von Schwestern und Ärzten und...«

»Nun...«

»...Besuchern überall herumschwirren? Der Grund, weshalb ich nach einer Knarre frage, ist der, daß ich die Sache so aussehen lassen möchte, als hätte ein Einbrecher zur nächstbesten Waffe gegriffen. Wissen Sie, was das ist? Eine nächstbeste Waffe?«

»Natürlich weiß ich, was das ist.«

»Es handelt sich um eine Waffe, die *zufällig* grade da ist.«

»Ja, ich weiß.«

»Die Waffe, die der *nächstbeste* Gegenstand für den...«

»Ja, ja«, sagte Bowles ungeduldig. »Ich habe Ihnen doch gerade gesagt, daß ich keine Waffe habe.«

»Ich habe es mir so gedacht«, sagte Andrew, »daß der Einbrecher überrascht wird, während er da drin ist, und die gute Frau quasi in Notwehr umbringt.«

»Nun«, sagte Bowles achselzuckend.

»Weshalb ich ja die Kombi für den Safe brauche.«

»Weshalb?«

»Um ihn aufzumachen. Rauszunehmen, was drin ist. Weil es doch so aussehen soll, als wäre ein Einbrecher überrascht worden.«

»Nun«, sagte Bowles wieder.

»Wie lautet also die Kombi?«

»Ich glaube, das gefällt mir gar nicht«, sagte Bowles.

»Warum nicht?«

»Weil es sofort auf mich zurückfällt.«

»Wieso?«

»Meine Frau ist bereits bei der Polizei gewesen...«

»Weiß ich.«

»... und hat denen gesgt, jemand versuche sie umzubringen.«

»Ja, weiß ich.«

»Und wenn nun der *nächstbeste* Einbrecher...«

»Passiert doch die ganze Zeit.«

»Vielleicht schon. Aber wenn es mit *Emma* passiert, wird die Polizei automatisch...«

»Sollen sie doch.«

»Klar«, sagte Bowles. »Ist ja ein *toller* Unfall, den Sie sich da ausgedacht haben, das muß ich Ihnen schon sagen.«

»Ich glaube, es ist besser als ein Unfall.«

»Ich habe Ihnen erklärt, ich möchte, daß es wie ein Unfall aussieht. Und Sie denken sich einen vorgetäuschten... was soll ich denn der Polizei erzählen, wenn sie auftaucht?«

»Sie werden in Los Angeles sein«, sagte Andrew.

Bowles schaute ihn an.

»Ganz weit weg«, sagte Andrew und lächelte.

Bowles schaute ihn weiter an.

»Tatsache, Sie können nach Los Angeles fahren...«

»Warum sollte ich nach L. A. fahren?«

»Es muß ja nicht L. A. sein, ist mir doch egal, wohin Sie fahren. Wo würden Sie denn gern hin? Sie können überallhin, bis auf Chicago. Der Punkt ist, daß Sie außerhalb der Stadt sein werden, wenn es passiert. Sie fahren drei, vier Tage, bevor es passiert, weg, und die Polizei wird Sie anrufen und Sie von der ganzen furchtbaren Tragödie unterrichten.«

»Die werden gleich Bescheid wissen«, sagte Bowles.

»Wissen ist das eine. Beweisen ist was anderes.«

Bowles dachte schweigend nach.

»Ich bin sicher, Emma hat von Ihnen erzählt«, sagte er schließlich. »Daß ich einen Privatdetektiv engagiert habe. Ich bin sicher, das hat sie denen berichtet.«

»Was soll's? Sollen Sie A. N. Darrow doch erst einmal finden.«

»Nun...«

»Den es nämlich nicht gibt.«

Bowles dachte immer noch nach, versuchte die Löcher in der Geschichte zu finden. Andrew störte das nicht. Manchmal war ein Advocatus diaboli durchaus etwas wert.

»Sie werden wissen, daß der Einbrecher die Kombination kannte«, sagte Bowles.

»Nein, ich zerdelle die Kiste ein bißchen, damit's so aussieht, als hätte ich sie bearbeitet.«

»Was wollen Sie daraus entnehmen?«

»Alles, was drin ist. Was ist übrigens drin?«

»Jede Menge Zeug.«

»Zum Beispiel?«

»Ich bin immer noch nicht sicher, ob ich da mitmachen möchte.«

»Okay, vergessen Sie's. Ich werde was anderes finden. Eins muß ich

Ihnen nur sagen: Sie mit Ihrer Scheiß *Unfall*klausel machen den Job ganz schön...«

»Sie wußten, worauf Sie sich einlassen.«

»Das stimmt. Aber es paßt mir gar nicht, wie Sie eine absolut gute Idee einfach so abschießen. *Ich* bin derjenige, der es machen muß, nicht Sie. Was soll das? Trauen Sie mir nicht, wenn ich an die Kiste rangehe?«

»Der Preis, auf den wir uns einigten, beträgt einhunderttausend. In dem Safe ist *mindestens* soviel.«

»In was?«

»Schmuck, Wertpapiere, Bargeld...«

»Wenn Sie mir nicht trauen...«

»Das habe ich nicht gesagt.«

»Wenn Sie mir nicht trauen, dann holen Sie doch alles Unwichtige raus. Lassen Sie bloß den Schmuck drin. Lassen Sie bloß das drin, was eine Frau normalerweise im Schlafzimmersafe aufbewahrt.«

»Das läuft immer noch auf etwas um die fünfzigtausend Dollar an Sachwerten hinaus.«

»Ich bin kein Juwelendieb, ich will die gottverdammten Juwelen nicht. Ich stecke sie irgendwo in ein Schließfach, Sie suchen's aus. An einem Busbahnhof, einem Bahnhof, egal wo. In dem Augenblick, in dem Sie mir die zweite Hälfte bezahlen, übergebe ich Ihnen den Schlüssel. Ist das fair?«

»Wenn ich außerhalb der Stadt bin, wie kann...?«

»Ich warte auf Sie, aber ich habe nicht die geringste Lust, in Ihre Nähe zu kommen, bevor die Polizei nicht mit Ihnen fertig ist.«

»Ich muß über das Wo nachdenken«, sagte Bowles.

»Ja, nun, denken Sie schnell drüber nach, okay? Ich will die Sache hinter mich bringen. Ihre Frau fängt an, mir auf den Wecker zu gehen.«

»Erzählen Sie mir alles.«

»Außerdem muß ich mich um Angelegenheiten in Chicago kümmern. Ich hatte nicht vor, den Job zu 'ner Lebensaufgabe zu machen.«

»Nun, das tut mir leid. Aber Sie wußten doch, was...«

»Ja, ja. Zufällig...«

Er wandte sich Bowles zu.

»Haben Sie Tilly umgebracht?«

»Nein«, sagte Bowles.

»Haben die Cops vorbeigeschaut?«

»Ja.«

»Und Sie wegen dem Tilly-Mord befragt?«

»Ja. Sie wollten wissen, wo ich war. Und so weiter.«

»Und haben Sie's ihnen gesagt?«

»Ja, das habe ich.«

»Wo waren Sie?«

»Ich habe Tilly nicht umgebracht.«

»Danach hab' ich Sie nicht gefragt.«

»Ich war mit einer Klientin essen.«

»Haben Ihnen die Cops das abgekauft?«

»Sie haben sie aufgesucht. Sie bestätigte, was ich ihnen gesagt hatte.«

»Hmmm. Eine Dame, hm?«

»Ja.«

»Wer ist sie?«

»Das geht Sie nichts an.«

»Da haben Sie recht«, sagte Andrew und lächelte. »Und? Haben Sie schon drüber nachgedacht?«

»Ich möchte, daß Sie dabei sind, wenn ich das Schließfach öffne«, sagte Bowles.

»Schön«, sagte Andrew. »Suchen Sie einen für uns beide angenehmen Ort aus. Wir machen 'ne Bundesangelegenheit aus diesem Scheiß...«

»Wo auch immer«, sagte Bowles.

»Schön, wie lautet die Kombi?«

»Mein Geburtsdatum«, sagte Bowles. »Der dreiundzwanzigste September.«

»Dann sind Sie Jungfrau, hm?«

»Ja.«

»Kein Wunder, daß Sie niemandem trauen. Also, was ist das dann? Neun, zwo, drei?«

»Ja.«

»Und wie geht die linke Zahlenfolge?«

»Vier nach rechts, drei nach links, zwei nach rechts.«

Andrew schrieb es sich auf. Er blickte hoch und sagte: »Vier nach rechts, stopp bei neun. Drei nach links, stopp bei zwo. Zwei nach rechts, stopp bei drei. Stimmt das?«

»Das stimmt. Wann gedenken Sie das zu erledigen?«

»Sobald wie möglich. Muß mir noch ein paar Sachen ausklamüstern. Ich geb Ihnen Bescheid.«

Die Gegensprechanlage platzte mit einem hörbaren Klicken dazwischen.

»Wir sind jetzt auf der Lewiston, Mr. Bowles«, sagte der Fahrer. »Könnten Sie mir bitte noch mal die Adresse nennen.«

***

»Sie fahren ran«, sagte Kling.

»Ich seh ihn.«

Die Limousine drängte sich sachte an den Straßenrand.

»Fahr dran vorbei«, sagte Kling.

Hawes steuerte an der Limousine vorbei, als sie in die offenbar einzige Parklücke in dem Straßenzug einrangierte.

»Laß mich lieber raus.«

Hawes hielt gerade so lange in zweiter Reihe, daß er Kling absetzen konnte. Weiter oben stieg eben Denker aus der Limousine. Kling beobachtete ihn von weitem. Er bückte sich, sagte irgend etwas in das Auto, richtete sich dann auf und schloß die Tür. Er wandte sich vom Auto ab und ging auf eine etwa zwei Häuser vom Parkplatz der Limousine entfernte Tür zu. Die Limousine fuhr wieder an. Kling setzte sich in Marsch. Bis er bei dem Haus anlangte, war Denker bereits hineingegangen. Er schrieb die Hausnummer in seinen Block, wartete einen oder zwei Augenblicke und trat dann in den kleinen Flur.

Rechts an der Wand befanden sich dreizehn Briefkästen. Nur einer war mit HAUSMEISTER ausgeschildert. Die anderen zwölf waren jeweils nach den Etagen des Gebäudes durchnumeriert, drei pro Etage, angefangen bei 1A, 1B und 1C im ersten Stock und aufhörend mit 4A, 4B und 4C im vierten Stock. Nummer 4C war der einzige Briefkasten ohne ein entsprechendes Namensschild. Über den Kästen ein Plastikaufkleber, schwarze Schrift auf silbernem Grund, auf dem Name, Anschrift und Telefonnummer der Immobilienfirma angegeben waren, die das Gebäude verwaltete. Kling notierte sich die Auskunft. Als er wieder aus dem Gebäude kam, stieß Hawes mit dem Wagen gerade in die von der Limousine geräumte Parklücke.

»Was haben wir?« fragte Hawes.

»Noch nichts«, sagte Kling. »Wir müssen ein paar Anrufe machen.«
»Morgen«, sagte Hawes. »Es ist schon zehn nach fünf.«
»Nein, heute«, sagte Kling.

***

Die Telefongesellschaft nannte Hawes eine Eintragung für einen Dr. Kumar Moorthy am Jacob's Way Nummer 714 und informierte ihn darüber, daß die geheime Telefonnummer nun schon seit vier Jahren in Betrieb sei. Die Verantwortliche, mit der Hawes sprach, übertraf sich selbst, indem sie ihm mitteilte, daß dies das einzige unter dieser Anschrift eingetragene Telefon sei. Was hieß, daß der zweistöckige Klinkerbau nur von einer Partei bewohnt wurde. Zu schade, daß er nicht wußte, wer Dr. Kumar Moorthy war.

»Muß ein Inder sein«, sagte Parker, als er auf den Block auf Hawes' Schreibtisch blickte. »Mit Sicherheit ist das 'n indischer Name.«

Kling saß an seinem Schreibtisch und telefonierte mit einer Frau von der Immobilienfirma Bridge Realty. Sie sagte ihm gerade, daß Apartment 4C an der South Lewiston Nummer 321 an einen Mann namens Raymond Andotti vermietet sei. Kling fragte sich, ob das nichtvorhandene Namensschild an Briefkasten Nummer 4C überhaupt etwas bedeutete.

»Haben Sie einen Mieter namens Andrew Denker?« fragte er.

»Denker? Nein, Sir.«

»Oder Darrow?«

»Nein, Sir. Ich kann Ihnen die Namen sämtlicher Mieter in dem Haus nennen...«

»Ja, würden Sie das bitte tun?«

Sie las ihm die Liste vor. Wie sie bereits gesagt hatte, gab es weder einen Denker noch einen Darrow. Und es gab auch niemanden mit den Initialen A. D. oder A. N. D.

»Wie lange hat Mr. Androtti das Apartment bereits gemietet?« fragte Kling.

»Seit letzten Juni.«

»Mit Mietvertrag?«

»Ja, Sir. Der Mietvertrag gilt für ein Jahr.«

»Nun ja, vielen Dank«, sagte er.

»Keine Ursache«, sagte die Frau und legte auf.

Kling suchte den Namen Raymond Androtti in den Telefonbüchern aller fünf Bezirke der Stadt. Er stieß auf eine Eintragung für einen R. Androtti in Majesta. Er wählte die Nummer.

»Du solltest folgendes machen«, erklärte Parker Hawes, »probier's bei jedem Krankenhaus in der Stadt. Wenn der Typ ein indischer Arzt ist, dann findest du ihn genau da. Wir haben hier in der Stadt mehr indische Ärzte als in ganz Bombay.«

Hawes hielt das für gar keine so schlechte Idee. Wieso, zum Teufel, hatte Parker mit einem Mal lauter so gute Ideen?

»Hallo, Mr. Androtti«, sagte Kling ins Telefon.

»Ja?«

»Raymond Androtti?«

»Nein, hier spricht Ralph Androtti.«

»Gibt es unter dieser Nummer auch einen Raymond Androtti?«

»Nein, tut mir leid.«

»Danke«, sagte Kling. »Entschuldigen Sie die Störung.«

Er legte auf und fing an, die Liste sämtlicher anderer Androttis durchzuwählen, obwohl kein Raymond dabei war. Es war kein alltäglicher Name, über die ganze Stadt verteilt gab es nur acht. Hawes hatte bereits damit angefangen, die Liste der Krankenhäuser in seinem persönlichen Telefonbuch durchzuwählen.

»Hallo, ich versuche einen Mann namens Raymond Androtti herauszufinden«, sagte Kling. »Können Sie mir sagen ...«

»Falsch verbunden.«

»Hallo, hier spricht Detective Cotton Hawes, siebenundachtzigstes Revier. Ich suche einen Doktor namens Kumar Moorthy und frage mich ...«

Kling war mit seiner relativ kurzen Liste fertig, bevor Hawes auch nur einen Bruchteil von seiner geschafft hatte. Parker, der um Viertel vor vier zur Schichtablösung gekommen war und eine relativ ruhige Nachtwache zubrachte, bot keinem von ihnen seine Hilfe an, als sie die Liste aufteilten und weiter wählten. Gegen zwanzig nach sieben hatten sie in jedem Krankenhaus der Stadt angerufen und dennoch keinen Doktor namens Kumar Moorthy gefunden.

»Ruf im indischen Konsulat an«, sagte Parker.

Hawes schaute ihn fast wie das achte Weltwunder an.

Parker zuckte mit den Achseln, als wolle er sagen: So leicht wie nur irgend etwas, mein lieber Watson.

Der Konsul, mit dem Hawes redete, war ein Mann namens Ajit Sakti Vedam, und er sprach mit einem markanten britischen Akzent. Er sagte Hawes, daß er in der Tat einen Dr. Moorthy kenne, und erklärte dann, daß der Doktor an der Ramsey University Sanskrit, Hindu, Bengali und Nepali lehre und ein häufiger und ehrenwerter Gast im Konsulat sei.

»Und gleichermaßen Seminare über das moderne Indien, indische Studien und die Kontroversen zwischen Hinduismus und Buddhismus«, sagte Vedam.

»Wissen Sie vielleicht, wo ich ihn erreichen kann?« fragte Hawes.

»Ich glaube, ich habe eine Anschrift von ihm in Neu-Delhi«, sagte Vedam.

»In Neu-Delhi?«

»Ja, Sir. Er befindet sich dort auf Forschungsurlaub.«

»Wissen Sie vielleicht, wann er wieder zurückkommt?« fragte Hawes.

»Ich glaube, er ist im September abgereist«, sagte Vedam.

»Hat er erwähnt, wie lange er wegbleiben wollte?«

»Tut mir leid, Sir.«

»Wissen Sie vielleicht, was er in der Zwischenzeit mit seiner Wohnung macht?«

»Da habe ich keine Ahnung, Sir.«

»Vermietet er sie? Oder sonst was?«

»Tut mir leid.«

»Vielen Dank, Mr. Vedam«, sagte Hawes und legte den Hörer wieder auf die Gabel. »Noch 'ne andere Idee?« fragte er Parker.

»Klar. Mach die Mücke.«

***

In dem Antrag auf eine richterliche Verfügung zum Zwecke der Überwachung der in dem Haus Jacob's Way Nummer 714 installierten Telefonanlage wurde ausgeführt, daß die Detectives des 87. Polizeireviers augenblicklich mit einer laufenden Ermittlung in einem Mordfall befaßt seien und gute und vernünftige Gründe zu der Annahme hätten, daß der oder die gegenwärtigen Bewohner des Hauses wertvolle Erkenntnisse zu den Ermittlungen beitragen könnten, und daß diese Erkenntnisse durch die obengenannte Überwachung gewonnen werden könnten.

In dem gleichzeitigen Antrag auf eine richterliche Verfügung zum Zwecke einer Überwachung der in Apartment 4C an der South Lewiston Nummer 321 installierten Telefonanlage wurde angeführt, daß die Detectives des 87. Polizeireviers gute und vernünftige Gründe zu der Annahme hätten, daß der derzeitige Bewohner des Apartments an einer Verabredung zum Mord beteiligt sei, und daß durch die obengenannte Überwachung hinlängliche Verdachtsmomente für eine Festnahme gesammelt werden könnten.

In beiden Gesuchen wurde um die Genehmigung gebeten, klammheimlich die Wohnung betreten und Abhörgeräte an sämtlichen darin vorgefundenen Telefonen anbringen zu dürfen.

Beide Gesuche wurden ausnahmslos abgelehnt.

Und da das in Amerika geschah, war's damit auch vorbei.

Parker schlug vor, sie sollten trotzdem rein. Ihre Wanzen anbringen, sich beschaffen, was sie brauchten, und sich später Sorgen um alles Weitere machen. Er machte lediglich viel Wind um nichts; er wußte genausogut wie die anderen, daß alles, was sie beim illegalen Anzapfen entdeckten, vor Gericht als verbotene Früchte betrachtet und auf der Stelle unter den Tisch fallen würde.

Sie waren wieder genau da, wo sie angefangen hatten.

Bis Jimmy der Zwinkerer am Samstagmorgen anrief.

9

»Dieses Gespräch hat nie stattgefunden«, sagte Jimmy.

»Welches Gespräch?« fragte Carella.

»Gut«, sagte Jimmy, und Carella stellte sich vor, wie er zwinkerte. »Folgendes hab' ich von meinen Leuten gehört. Es gibt da 'n Typ, der in keinster Weise mit uns zusammenhängt, und der früher mal Mädels laufen hatte, ziemlich klein-klein, zwei bis drei Stück im Stall, höchstens vier vielleicht, soweit ich gehört habe. Für niemand ein Grund zur Sorge, ein Fliegendreck auf 'ner Sanddüne, kannste folgen? Okay. Vor zwei, drei Monaten fängt er mit 'ner andern kleinen Unternehmung an.«

»Und mit was für einer?«

»Unterkunft für Obdachlose.«

»Wie nett von ihm«, sagte Carella.

»Nicht die Irren, die du auf der Straße siehst«, sagte Jimmy. »Dieser Mensch macht folgendes: Er stellt jedem, der es braucht und bezahlen kann, ein sicheres Haus. Liest du Spionageromane?«

»Nein.«

»Manch einer ist gut.«

»Garantiert.«

»Jedenfalls steckt er diese Leute in die Hütte da, solange sie sich verkriechen müssen oder an 'nem Job tüfteln oder was auch immer. Kassiert 'ne Stange, deckt seine Unkosten und einiges mehr. Ein mickriger Gauner, beackert auch noch die beschissenste kleine Kiste.«

»Wo ist die Hütte?«

»An der Lewiston. South Lewiston Nummer 321. Apartment 4C.«

»Wie heißt er?«

»Ray Androtti.«

»Ray wie Raymond.«

»Schätze schon. Bei mir klingelt da nichts«, sagte Jimmy. »Ein mickriger Gauner von vorne bis hinten.«

»Wie hängt er mit Denker zusammen?«

»Meine Leute glauben, daß er die Hütte an den Typ aus Chicago vermietet hat, der gefragt hat, wo er 'ne Knarre kaufen kann. Ob das nun dein Mann ist oder nicht, weiß ich nicht.«

»Wo finde ich Androtti?«

»Das ist wieder 'ne andere Kiste. Der ist wie die Nacht, er kommt und geht.«

»Falls er *tatsächlich* an Denker vermietet hat – haben deine Leute irgendeine Ahnung, wer das Opfer sein könnte?«

»Nicht die geringste.«

»Stammt Androtti aus Chicago?«

»Nicht daß ich wüßte.«

»Warum sollte sich dann ein Killer aus Chicago an ihn wenden?«

»Tja, es gibt Wege und Umwege, die führen zu jedermann und überallhin«, sagte Jimmy philosophisch. »Das weißt du doch sicherlich.«

»Kennst du irgendwelche Killer aus Chicago? Einfach so aus dem Ärmel?«

»Ich kenn *überall* Killer einfach so aus dem Ärmel.«

»Aber du sagst doch, Androtti ist ziemlich mickrig.«

»Wahrhaftig.«

»Und wieso sollte der einen Killer aus Chicago kennen?«

»Vielleicht ist ihm der Mann empfohlen worden.«

»Aber deine Leute wissen überhaupt nichts über ihn, hm?«

»Gar nichts.«

»Und du auch nicht?«

»Ich auch nicht.«

»Obwohl du sonst die Killer überall nur so aus dem Ärmel schütteln kannst.«

»Ich kenn keinen Denker«, sagte Jimmy und brach ab, und vermutlich zwinkerte er. »Willst du, daß ich mal in Chicago anrufe?«

»Könntest du das?«

»Klar. Aber damit ist der Gefallen erledigt.«

»Damit ist er erledigt. Andrew Denker. Oder vielleicht auch Andrew Darrow.«

»Welcher isses nun?«

»Such's dir raus.«

»Ich melde mich wieder bei dir. Ist noch ziemlich früh in Chicago.«

Es klickte in der Leitung.

Carella drückte auf die Gabel, bekam wieder den Amtston und rief beim Erkennungsdienst an. Der Detective, mit dem er dort sprach, hörte sich seine Bitte um Auskunft über alles, was sie über Ray oder auch Raymond Androtti hatten, und sagte dann: »Ich wurde deswegen schon einmal angerufen.«

»Was meinen Sie damit?« fragte Carella.

»Seid ihr nicht das Siebenundachtzigste?«

»Ja?«

»Dann rede mal ab und zu mit deinen Leuten da oben, okay? Mich hat schon jemand namens Kling angerufen. Kennst du irgendwen namens Kling?«

»Ja.«

»Er rief mich gestern an. Heute ist Sonnabend, nicht wahr? Er rief mich gestern an, am Freitag. Ich hab's mir hier irgendwo aufgeschrieben.«

»Wollen Sie damit sagen, Sie haben uns die Auskunft schon gegeben?« fragte Carella.

»Nein, Rom ist schließlich auch nicht an einem Tag erbaut worden«, sagte der Detective vom Erkennungsdienst.

»Nun ja, bis wann, glauben Sie, können Sie sich wieder bei uns melden?« fragte Carella. »Wir arbeiten hier nämlich an einem Mordfall.«

»Ah ja, ein Mordfall, ein Mordfall, in dieser Stadt arbeitet jeder an einem Mordfall. Ich melde mich wieder bei euch, sobald ich auf irgendwas stoße, okay?«

»Ich möchte mich im voraus ...«

»Ja, ja«, sagte er und legte auf.

Eine halbe Stunde später meldete er sich wieder bei ihnen.

Er hatte eine ganze Menge.

***

Offenbar war Androttis Vorname gar nicht Raymond, wie sowohl Carella als auch Jimmy gemutmaßt hatten, sondern vielmehr Ramón. Und sein Familienname war nicht Androtti. Er hieß Andros. Das überraschte Carella wahrhaftig. In diesem Land war es nicht ungewöhnlich, daß jemand seinen ethnischen Namen veränderte, so daß er angelsächsischer klang. Carella fielen mindestens hundert Menschen ein, die das gemacht hatten, und keineswegs alle waren Kriminelle. Aber den einen ethnischen Namen abzulegen, nur um einen anderen anzunehmen? Nie gehört. Nichtsdestotrotz war Ray Androtti der einzige aufgelistete Aliasname, den sie von Ramón Andros hatten.

Ramón oder Ray, oder wie immer er sich insgeheim auch selbst nennen mochte, war seit seiner Einreise aus Puerto Rico vor etwa sechs Jahren ein ausgesprochen umtriebiger Bursche gewesen. Laut Strafregister wurden ihm alle möglichen Verbrechen angelastet, angefangen mit ein, zwei kleinen Eigentumsdelikten, worauf er quasi als Gesellenstück einen Hausfriedensbruch und danach einen Einbruchdiebstahl beging, bevor er endlich wegen etwas dingfest gemacht, verurteilt und gemäß Paragraph 230.25 wegen schwerer Zuhälterei eingesperrt wurde, was im Gesetzestext folgendermaßen definiert wird: »Wer persönlichen Nutzen oder Gewinn aus der Prostitution zieht, indem er zum Zwecke der Prostitution Häuser, Unternehmungen oder Organisationen unterhält, leitet, kontrolliert oder besitzt, in denen zwei oder mehr Prostituierte der Tätigkeit der Prostitution nachgehen.«

Das war eine mittelschwere Straftat, für die Andros durchaus bis zu sieben Jahre hätte einfahren können. Doch statt dessen wurde er zu einem Jahr Gefängnis verurteilt und verbüßte nur vier Monate davon, bevor er Bewährung bekam. Seine Kaderschmiede war die staatliche Justizvollzugsanstalt Castleview. Dort war er von März bis Ende Juni letzten Jahres gewesen. Carella fiel auf, daß der tote Roger Turner Tilly in etwa zur selben Zeit dort gewesen war. Andros' jüngste Kontaktadresse bei der Bewährungshilfe lautete Barnstable Nummer 1134 und lag in einem einst weitgehend italoamerikanischen, aber heutzutage fast ausschließlich hispanischen Viertel von Riverhead. Die Bleibe, in der Andros wohnte, war ein einstöckiges Bretterhaus neben einem unbebauten Grundstück. Das Grundstück war mit einem Holzzaun umgeben, doch das hatte niemand davon abgehalten, seinen Abfall hinüberzuwerfen. Der Zaun war, wie viele Gebäude und Mauern in dieser Stadt, mit Graffiti übersät. Vielleicht war das so, weil man hier, wenn schon nicht reich, so doch zumindest berühmt werden konnte, indem man mit Farbspray an allen Ecken und Enden seinen Namen hinschrieb.

Als könne er Gedanken lesen, sagte Meyer: »Ich gebe Norman Mailer die Schuld.«

Carella schaute ihn an.

»Weil er es als Kunstform bezeichnet hat«, sagte Meyer.

Sie stiegen die wacklige Außentreppe zum ersten Stock hinauf und klopften an eine glasgetäfelte Tür. Irgendwo in der Wohnung spielte ein Radio spanische Musik. Dann kam ein spanisch sprechender Ansager. Sie klopften noch einmal.

»*Quién es?*« rief eine Männerstimme.

»*La policía!*« rief Carella zurück. »*Abre la puerta!*«

»*Momento*«, sagte der Mann.

Er kam im Pyjama an die Tür. Es war kurz vor Mittag. Ein gestreifter Pyjama. Rot und weiß. Die schwarzen Haare zerzaust. Verschlafene braune Augen. Bartstoppeln im schmalen Gesicht. Zu Tode gelangweilt linste er durch die Glastür, blinzelte in die Sonne und sagte: »*Muestrame.*«

»Red Englisch«, sagte Meyer durch das Glas.

»Zeik mir eur Macken«, sagte der Mann.

Zeigt mir eure Marken, meinte er.

Carella klappte seinen Ausweis auf. »Sind Sie Ramón Andros?« fragte er.

»*Sí?*« Mit verwunderter Miene. »*Qué quiere?*«

»Red Englisch«, sagte Meyer, und diesmal sagte er es lauter.

»Und machen Sie die Tür auf«, sagte Carella.

Andros musterte sie noch einmal, schnitt ein säuerliches Gesicht und entriegelte dann die Tür.

»Mann, was wollt ihr denn?« sagte er.

Heraus kam dabei: »Wass woll irr, *loco*?«

»Dürfen wir eintreten?« fragte Carella.

Andros zuckte mit den Achseln.

Sie gingen an ihm vorbei in eine, wie sie nun feststellten, lange, schmale Küche. Spüle, Fenster, Schrank, Herd und Kühlschrank auf der linken Seite, Tisch und Stühle auf der rechten, Heizung an der anderen Wand neben einer Tür, die in das Schlafzimmer führte. Ein Teenie-Mädchen saß, das Laken über die Knie geschlagen, auf dem Bett. Oberhalb des Lakens war sie nackt. Sie machte keinerlei Anstalten, ihre Brüste zu bedecken. Das Radio stand auf einem Nachttisch neben dem Bett. Sie schüttelte den Kopf im Rhythmus des Latino-Beat. Sie fragten sich, ob sie bekifft war.

»Dass ies schleckt Zeit, *loco*«, sagte Andros.

Allmählich konnten sie ihn verstehen.

Er meinte damit: »Ihr habt euch eine schlechte Zeit ausgesucht, Mann.«

»Wollen Sie die Tür da zumachen?« sagte Carella.

Wieder zuckte Andros mit der Schulter, ging zur Schlafzimmertür und schloß sie. Hinter der Tür spielte das Radio weiter spanische Musik.

»Nehmen Sie Platz«, sagte Carella.

Am Küchentisch standen drei Stühle, einer an jedem Ende und einer mit Blick zur Wand. Sie zogen die Stühle heraus und setzten sich. Andros kratzte sich an den Eiern. Da er hier zu Hause war, nahmen sie an, daß er das Recht dazu hatte. Er strahlte eine Langeweile aus wie nur jemand, der öfter von der Polizei herumgeschubst worden war, als er mitzählen konnte. Er hatte es vormals überstanden, und er würde es auch diesmal überstehen. Egal, was es war, er würde es überstehen. Also kratzte er sich an den Eiern, gähnte und wartete.

»Denker«, sagte Carella.

Die braunen Augen zuckten.

Bloß ein kurzes Zucken. Wie eine vorschießende Schlangenzunge –

im einen Moment sieht man sie, im anderen nicht. Plötzliches Interesse, und dann wieder Langeweile.

»Andrew Denker«, sagte Meyer.

»Ies dass Name?«

Klar und deutlich kam es nun heraus: Ist das ein Name?

»Ja, das ist ein Name«, sagte Carella.

»Kennen Sie ihn?« fragte Meyer.

»Nein.«

»Wir glauben schon.«

»Ich kenn ihn nicht.«

»Und wer wohnt dann in Ihrem Apartment an der Lewiston?«

»South Lewiston Nummer 321.«

»Apartment 4C.«

Er saß da und beobachtete sie die ganze Zeit schweigend.

Dann sagte er: »Ich kenn niemand namens Albert Denker.«

»*Andrew* Denker«, sagte Carella.

»Den auch nicht.«

»Und wer ist in Ihrem Apartment?«

»Ich weiß nicht, von welchem Apartment Sie reden.«

»Von einem Apartment, das Sie von Bridge Realty gemietet haben«, sagte Carella.

»Mit Jahresvertrag«, sagte Meyer.

»Seit letzten Juli, gleich nachdem Sie aus dem Knast kamen.«

Er beobachtete sie weiter.

»Haben Sie Lust, mit uns nach Downtown zu kommen?« fragte Meyer.

»Warum sollte ich Lust haben, mit nach Downtown zu kommen?«

»Damit wir das klarstellen können.«

»Was gibt's da klarzustellen?«

»Offenbar wissen Sie nichts von einem Apartment, das unter Ihrem Namen angemietet wurde.«

»Wer sagt das?«

»Eine Frau namens Charlotte Carmichael bei Bridge Realty. Unten bei der Calm's Point Bridge, Ramón.«

»Ich kenne die Person nicht.«

»Okay, dann mal raus aus die Puschen und rin in die Klamotten«, sagte Meyer.

»Wart mal 'ne Minute, okay?«

»Wir warten«, sagte Carella.

»Um was geht's hier überhaupt?«

Er klang wie Desi Arnaz, wenn er fragte: »Umm wass gett hierr, Lucy?« Aber jetzt verstanden sie ihn deutlich, womit wieder mal der Nutzen von Fremdsprachenkenntnissen erwiesen wäre, Schätzchen.

»Es geht um einen Mann namens Andrew Denker«, sagte Carella geduldig.

»Der Ihr Apartment an der Lewiston gemietet hat«, sagte Meyer.

»Okay«, sagte Andros und nickte.

»Okay was?«

»Sagen wir mal, das stimmt, okay?«

»Sagen wir's mal so«, meinte Carella.

»Was soll's?« sagte Andros. »Ist es verboten, eine Wohnung zu vermieten?«

Ies ess verrbotten, ain Wonnunk ssu verrmittenn?

»Nein, aber es ist verboten, einen Mord vorzubereiten.«

»Pffffhhhh«, sagte Andros und verdrehte die Augen. »Woher habt ihr denn das?«

»Kennen Sie jemanden namens Martin Bowles?«

»Nie von ihm gehört.«

»Sie haben nie etwas von ihm gehört, Sie haben nie etwas von Denker gehört, wie sieht's mit Roger Tilly aus?«

»Nein, wer is'n das?«

»Haben Sie einen Hut, Ramón?«

»Ja, ich habe einen Hut.«

»Setzen Sie ihn auf. Und ziehen Sie einen Mantel an. Wir machen einen Abstecher nach Downton.«

»Nun hör zu, wart' ne Minute.«

»Nein, du Scheißkerl, wir warten nicht mehr. Los, zieh dich an, auf geht's.«

»Okay, okay«, sagte Andros.

»Was ist okay, okay?«

»Angenommen, ich weiß, wer Tilly ist?«

»Okay, angenommen du weißt es«, sagte Meyer.

»Und was soll's?«

»Er ist tot, das soll's.«

Wieder machte Andros »Pffffhhhhh«.

»Das ist dir neu, hm?«

»Absolut.«
»Wie gut hast du ihn gekannt?«
»Er war mit mir droben in Castleview.«
»Wann hast du ihn das letzte Mal gesehen?«
»Da droben. Er hat einen von uns verdroschen, deswegen war er dort.«
»Hmm.«
»Dem sein Arsch war da droben kein Pfifferling wert.«
»Was hast *du* da droben gemacht?«
»Ich bin reingelegt worden.«
»Klar, da droben ist jeder reingelegt worden.«
»Klar, aber bei mir stimmt's. Die haben gesagt, ich hab' Mädchen laufen lassen. Ach komm, *loco*.«
»Die haben sich geirrt, richtig?«
»He, natürlich.«
»Wie das?«
»Ich hab' meine Zeit abgesessen, okay? Warum kommt der ganze Scheiß wieder hoch?«
»Weil wir immer noch herausfinden wollen, wie gut du Tilly gekannt hast.«
»Mit dem Hurensohn würd' ich nicht mal *reden*.«
»Du hast ihn also nicht gemocht, hm?«
»*Kein* Latino hat ihn gemocht.«
»Und nun ist er tot.«
»Dann redet doch mit den *andern* zehntausend Leuten, die ihn angebohrt haben könnten.«
Sie tauschten einen Blick aus. In diesem Augenblick erkannten sie, daß Andros überhaupt nichts über den Mord an Tilly wußte. Denn egal, was sonst noch mit ihm passiert war, »angebohrt« worden war er sicherlich nicht, niemand hatte ihn erstochen. Anbohren war etwas, was man auf dem Gefängnishof machte. Für jemanden wie Andros war dieser Rückschluß nur natürlich, aber es verriet ihnen, daß er nichts über die genauen Umstände von Tillys Tod wußte. Es sei denn, er war verteufelt viel gewitzter, als sie ihm beide zutrauten.
»Jemals was von einer Frau namens Emma Bowles gehört?«
»Bowles?« sagte er.
Bei ihm klang es wie »Popel«.
Die Detectives hätten beinahe losgeprustet.

»Bowles«, sagte Meyer und versuchte, eine ernste Miene zu machen. »Bowles.«
»Nein, wer ist das?«
»Mrs. Martin Bowles«, sagte Carella.
»Diese Person kenn ich nicht.«
»Okay, und nun rück was über Denker raus.«
»Denker«, sagte Andros.
»Denker.«
»Ich bin ihm nie begegnet.«
»Aber du kennst ihn, richtig?«
»Nein, ich kenn ihn nicht.«
»Ramón, laß den Scheiß, okay? Wir *wissen*, daß es dein Apartment ist, und wir wissen auch, daß Denker *drin* ist. Was ist nun damit?«
»Okay, okay«, sagte Andros.
»Das hast du schon mal gesagt.«
»Sagen wir mal, ich *habe* das Apartment an diesen Denker vermietet.«
»Sagen wir mal, ist uns wurstegal. Hast du oder hast du nicht?«
»Mehr oder weniger.«
»Was soll das nun heißen?«
»Nicht direkt.«
»Wie dann?«
»Sagen wir mal, daß ein Freund von mir gesagt hat, er bräuchte für jemand ein Plätzchen, wo er bleiben kann.«
»Und dieser Jemand war Denker, ist das richtig?«
»Dieser Jemand war Denker.«
»Und wer war der Freund?«
»Wozu wollen Sie das wissen?«
»Wer bezahlt die Miete? Dein Freund oder Denker?«
»Denker. Aber über meinen Freund.«
»Wie hoch ist die Miete?«
»Zwölfhundert die Woche. Bar.«
»Das ist 'ne Menge Knete, Ramón.«
»Tja, hübsche Wohnungen sind heutzutage schwer zu kriegen.«
»Für das Geld könnte er in einem Luxushotel wohnen.«
»Aber dann hätte er keine Privatsphäre, *verdad*?«
»Okay, und wer ist der Freund?«
»Ich möchte niemand in Schwierigkeiten bringen.«

»Schön, zieh dich an.«

»Was ist denn *los* mit euch, Jungs?«

Wieder klang er wie Desi im Gespräch mit Lucy.

Sie sagten nichts. Im anderen Zimmer wurde die Radiomusik von den Nachrichten unterbrochen. Dann gab es jede Menge Wellensalat, bis das Mädchen schließlich einen anderen Musiksender fand. Sie warteten. Sie hatten alle Zeit der Welt.

»Egal, was dieser Denker gemacht hat«, sagte Andros schließlich, »*ich* weiß nichts davon, und mein Freund auch nicht.«

»Wer sagt denn, daß er etwas gemacht hat?«

»Ihr habt gesagt, jemand hat einen Mord vorbereitet.«

Gewitzter, als sie dachten.

»Weißt du irgendwas darüber?«

»Nicht das geringste.«

»Hast du jemals was von Denker gehört, bevor er das Apartment genommen hat?«

»Niemals.«

»Wie ist dein Freund auf ihn gekommen?«

»Ich weiß es nicht. Er hat gesagt, da wär' diese Person, die 'ne Weile in der Stadt bleiben möchte, und daß er eine Wohnung bräuchte. Das ist alles, was ich weiß.«

»Vermietest du das Apartment immer an Fremde?«

»Wenn ein Freund zu mir kommt, ist das kein Fremder.«

»Wird das Apartment die meiste Zeit benutzt?«

»Es gibt immer Leute, die aus diesem oder jenem Grund eine Wohnung brauchen. Es ist 'ne Geschäftsinvestition«, sagte Andros achselzuckend.

»Ich wette, eine gute.«

»Ich kann nicht klagen. Es ist nicht verboten, an jemand eine Wohnung zu vermieten.«

»Sind in deinem Vertrag Untermieter zugelassen?«

»Sie sind zugelassen.«

»Bist du dir da sicher?«

»Wollen Sie ihn sehen?«

»Dein Wort genügt uns.«

»Jedenfalls, auch wenn's nicht so wär', ist das zivilrechtlich und nicht strafbar.«

Viel gewitzter, als sie dachten.

»Und wie ist der Name deines Freundes?« fragte Carella beiläufig.

»Wieso kommen wir immer wieder darauf zurück?«

»Wir würden ihn gern kennenlernen. Für den Fall, daß wir eines Tages mal eine Wohnung brauchen.«

Andros schnitt ein Gesicht.

»Und was sagst du nun?« fragte Carella.

»Ich sag, es gibt nichts, womit ihr mich zwingen könnt, euch was zu sagen, was ich euch nicht sagen will.«

»Das ist wahr«, sagte Meyer. »Wie alt ist das kleine Mädchen da drin?«

»Alt genug.«

»Läßt du dir was vorsingen, oder was?«

»Weil es nämlich ein schweres Vergehen sein könnte, wenn sie unter sechzehn ist.«

»Sie's einundzwanzig.«

»Hat sie eine Geburtsurkunde dabei?«

»Ein schweres Vergehen kann dich bis zu fünfzehn kosten.«

»In deinem Lieblingshotel.«

»Reden wir also mal mit ihr, hm?«

»Nein, wir brauchen nicht mit ihr zu reden«, sagte Andros.

»Rausfinden, wie alt sie ist.«

»Mal sehen, wie weit wir damit kommen«, sagte Meyer.

»Wie lautet also der Name?« fragte Carella wieder, und diesmal fragte er nicht so beiläufig.

»Elena. Und ich hab' euch doch gesagt, sie ist einundzwanzig.«

»Nicht *der* von der Freundin. Von demjenigen, der sich wegen Denker an dich gewandt hat.«

»Ich hab' den Namen vergessen.«

»Okay, reden wir mit dem Mädchen«, sagte Carella und rief: »Elena! Zieh dir etwas an und komm heraus!«

»Sie ist einundzwanzig«, beharrte Andros.

»Sie sieht aus wie fünfzehn«, sagte Meyer.

Andros' Miene nach zu schließen, hatte er den Nagel auf den Kopf getroffen.

»Mach schon, Elena!« brüllte Carella.

»Ramón?« sagte sie hinter der Tür. »*Quieres que salga?*«

»*Espero un momento*«, sagte Andros.

»*Y bueno?*« fragte Carella.

»*Su nombre es Gofredo Cabrera*«, sagte Andros.
Sein Name lautet Gofredo Cabrera.
»*Muchas gracias*«, sagte Meyer.

***

Der Privatclub hieß Las Palmas, ein Name, wie dazu geschaffen, Erinnerungen an Palmen und azurblaues Meer und leise rieselnden Sand zu wecken. Doch dieses Stadtviertel wurde von seinen Bewohnern *L'Infierno* genannt, und es war eine Hölle aus Bimsstein und Beton, ohne jeden Sand in der Nähe, ob rieselnd oder nicht, dafür durchseucht mit Armut und Drogen. Einst mochte sich hier ein Wohnzimmer befunden haben, doch nun war an der einen Wand eine Bar, dahinter Regale, auf denen einige Flaschen Scotch und Wodka, vor allem aber Rumflaschen standen. Auf einem kleinen Tisch ein Mikrowellenherd und eine Kaffeemaschine, dazu etliche Tische und Stühle. Drei Männer saßen an den Tischen, sie spielten Karten und tranken Wein.

Es war gegen drei Uhr nachmittags, und zu der Zeit waren noch keine Frauen in dem Club. Die Frauen schauten irgendwann nach dem Abendessen vorbei, unterhielten sich dann mit den anderen Frauen aus der Gegend auf spanisch oder tanzten im größten Zimmer der Wohnung, in dem sich heute ein Plattenspieler, aber fast keine Möbel mehr befanden. Ein in die Tür abgehängter blauer Vorhang teilte diesen Raum vom anderen ab. Hier war einmal die Hausmeisterwohnung gewesen, als es in dem Haus noch einen gegeben hatte. Heute war es ein Privatclub, in den die Leute aus dem ganzen Block kamen, um ein bißchen zu lachen und ein bißchen was zu trinken und sich in ihrer Muttersprache zu unterhalten.

Die Detectives standen vor dem Eingang und schauten in die Wohnung. Der Mann, der ihnen die Tür öffnete, hatte, als sie anklopften, an einem der Tische gesessen. Seine Karten lagen noch mit dem Blatt nach unten auf dem Tisch, dahinter stand sein leerer Stuhl. Sie hatten sich gerade als Polizisten ausgewiesen. Der Mann wollte wissen, was sie hier suchten.

»Wir suchen jemanden namens Gofredo Cabrera.«

»Nicht da«, sagte der Mann.

Er sprach mit schwachem spanischen Akzent, sah gut aus, hager, helle Haut, Adlernase und darunter einen schmalen Schnurrbart.

»Man hat uns gesagt, er wäre hier«, sagte Carella.
»Nein«, sagte der Mann und schüttelte den Kopf.
»Wissen Sie, wo wir ihn finden könnten?«
»Nein«, sagte der Mann wieder.
»Er steckt nicht in Schwierigkeiten«, erklärte Meyer.
»Mm«, sagte der Mann.
»Wir möchten wirklich nur mal mit ihm reden«, sagte Carella.
»Ich weiß nicht, wo er ist«, sagte der Mann.
»Wie heißen *Sie*?« fragte Meyer.
Der Mann zögerte.
Verdammt will ich sein, dachte Meyer.
»Sind *Sie* Cabrera?« fragte er.
Der Mann blickte nervös vom einen zum anderen.
»Was wollen Sie von ihm?« fragte er.
»Wir haben nur ein paar Fragen.«
»Einen Augenblick«, sagte der Mann.

Er ging wieder in das Zimmer, redete leise auf spanisch mit den drei Männern, die noch am Tisch saßen, kam dann zurück zur Tür und nahm einen Mantel von der Garderobe daneben. »Gehn wir runter«, sagte er. »Ein bißchen frische Luft schnappen.«

Unten war die Luft buchstäblich kristallen. Meyer und Carella, Hände in den Taschen, gingen gleichauf zu beiden Seiten des Mannes, flankierten ihn sozusagen. Er lief mit eingezogenen Schultern, während ihm der Wind durch die langen schwarzen Haare peitschte. Er hatte ihnen immer noch nicht gesagt, wer er war. Überall auf den Bimssteinmauern um sie herum standen Namen, aber seinen wußten sie immer noch nicht. Wenn das hier ein Film wäre, gäben die graffitiüberzogenen Wände einen guten Hintergrund für eine stimmige Außenaufnahme ab. Jeder Art-Director hätte sich dazu beglückwünschen können, daß er etwas derart aufwühlend Farbenprächtiges entdeckt hatte, vor dem man eine ruhige Sequenz inszenieren konnte, *dieser* Kontrast! Im wirklichen Leben war die Sequenz, in der die beiden Detectives mitmachten, so ruhig, daß sie fast nicht vorhanden war. Der Mann ging zwischen ihnen seines Weges, die Schultern eingezogen, die Haare vom Wind zerzaust, die Lippen verschlossen.

»Hier rein«, sagte er schließlich und führte sie in einen kleinen *cuchi-frito*-Laden mit vier roten Kunstleder-Sitznischen auf der linken und einer Theke mit einer grünen Formicaplatte auf der rechten Seite.

Die Luft roch nach siedendem Fett. Der Mann nickte dem Imbiß-Koch hinter der Theke zu und ging dann geradeaus durch den Laden zu einer Hintertür und durch die Tür in einen weiteren Raum, in dem ein runder Holztisch stand, über dem eine Lampe mit rosa gefärbtem Schirm und Troddeln hing.

»Nehmen Sie Platz«, sagte er und winkte zu den Stühlen am Tisch.

Die Detectives setzten sich.

»Möchten Sie einen Kaffee oder sonst etwas?«

»Nein, wir möchten Cabrera«, sagte Meyer.

»Warum?«

»Routineangelegenheit«, sagte Carella.

»Wie heißen Sie?« fragte Meyer.

»José Altaba.«

»Wozu der ganze Hokuspokus, José?«

»Ich weiß nicht, was Sie meinen.«

»Er meint, wieso Sie uns an einem Tag, an dem man sich fast den Arsch abfriert, quer durch die halbe Stadt führen, das meint er«, sagte Meyer.

»Ins Hinterzimmer eines miesen kleinen ...«

»Der Laden *gehört* mir«, sagte Altaba beleidigt.

»Wieso konnten wir uns nicht im Las Palmas unterhalten?« fragte Carella.

»Viele Ohren«, sagte Altaba.

»Viele Ohren«, wiederholte Carella.

»*Si*.«

»Und worum geht's bei dem, was nicht jeder hören soll?«

»Es gibt dort einen Mann, der Gofredo nur Böses wünscht.«

Es hörte sich wie eine wortwörtliche Übersetzung aus dem Spanischen an.

»Und dieser Mann war im Las Palmas, stimmt das?«

»*Si*, das stimmt.«

»Und Sie wollten nicht, daß er irgend etwas davon hört.«

»Weil er es zu seinem eigenen Nutzen verdrehen würde«, sagte Altaba. »Es so erscheinen lassen, als würde Gofredo etwas Schlechtes tun. Anstatt ein ehrlicher Geschäftsmann zu sein.«

»Hmm«, sagte Meyer. »Und was macht er für Geschäfte?«

»Keine Drogen«, sagte Altaba.

»Wer hat denn was von Drogen gesagt?«

»Ihr denkt doch immer an Drogen.«

»Und *was* macht er?«

»Dieser andere Mann würde das nur benutzen, um Cabrera weh zu tun«, sagte Altaba. »Aber ich bin ein guter Freund von ihm.«

»Dann lassen Sie schon hören.«

»Waffen.«

»Waffen«, wiederholte Carella.

»*Si*«, sagte Altaba.

»Waffenhandel?« hakte Meyer nach.

Altaba nickte.

»Und wem hat er in letzter Zeit eine Waffe verkauft?«

Hoffentlich sagt er Andrew Denker.

»An jemand, der hier einen Job erledigen muß.«

»Was für einen Job?«

Hoffentlich sagt er Mord.

»Einen großen.«

»Was zum Beispiel? Einen Banküberfall? So etwas Ähnliches?«

Hoffentlich kam er damit rüber.

»Nein, nein«, sagte er.

»Was dann?«

»Ich glaube, das wissen Sie schon.«

»Nein, wir wissen es nicht.«

Man mußte ihm alles aus der Nase ziehen.

»Und was macht ihr dann hier?« fragte Altaba. »Wenn ihr nicht wißt, warum ihr hier seid, warum seid ihr dann hier?«

»Wir sind hier, weil Cabrera für jemanden ein Zimmer besorgt hat«, sagte Meyer und schielte zu Carella, der ihm einmal kaum wahrnehmbar zunickte. Mach weiter damit, wollte er ihm sagen. Erzähl ihm die Wahrheit, schaun wir mal, wohin uns das führt.

Altaba nickte ebenfalls. Ein kräftiges, wissendes Nicken.

»Erzählen Sie's uns«, sagte Meyer.

»Derselbe Kerl«, sagte Altaba.

»Was ist mit demselben Kerl?« sagte Meyer, der allmählich die Geduld verlor.

»Der Kerl, für den er das Zimmer besorgt hat, das ist derselbe Kerl, dem er die Waffe verkauft hat.«

»Ahh«, sagte Meyer.

»Sie haben's kapiert«, sagte Altaba.

»Wer war der Kerl?«
»Das weiß ich nicht. Ich weiß bloß, daß er in den Club kam...«
»Wer? Was meinen Sie damit?«
»Dieser Kerl, dem er die Waffe verkaufte.«
»Der kam ins Las Palmas?«
»Das will ich Ihnen ja gerade sagen.«
»Wann?«
»Irgendwann nach Weihnachten. Gleich nach Weihnachten.«
»Wie war er, war er weiß, schwarz, hispan...?«
»Weiß.«
»Wie hat er ausgesehen?«
»Ein großer, blonder Kerl.«
»Okay, und weiter?«
»Und er fragt nach Gofredo. Und die gehen alle zwei zusammen raus.«
»Was glauben Sie, warum der dort war?«
»Ich hab' Ihnen doch gesagt, wegen 'nem Eisen.«
»Woher wissen Sie das?«
»Weil Gofredo mir später erzählt hat, daß er hundertfünfzig Profit mit der Waffe gemacht hat.«
»Was für eine Waffe, wissen Sie das vielleicht?«
»Eine Fünfundvierziger. Ein Colt.«
»Was hat er sonst noch gesagt?«
»Gofredo?«
»Ja. Hat er irgend etwas über das Zimmer gesagt?«
»Er hat gesagt, mit dem Zimmer macht er noch mal fünfzig.«
»Was meinen Sie damit?«
»Seine Vermittlungsgebühr. Weil er dem Kerl beim Zimmersuchen geholfen hat.«
»Hat er gesagt, wo er dieses Zimer hernehmen wollte?«
»Nein.«
»Sagt Ihnen der Name Ray Androtti irgend etwas?«
»Nein.«
»Wie wär's mit Ramón Andros?«
»Ich glaube, den Namen habe ich schon mal gehört.«
»Wo haben Sie ihn schon einmal gehört?«
»Das weiß ich nicht.«
»Hat Gofredo ihn erwähnt?«

»Vielleicht.«
»In Zusammenhang mit dem Zimmer für den Mann?«
»Vielleicht, ich weiß es nicht mehr.«
»Klingelt bei Ihnen irgend etwas, wenn Sie den Namen Andrew Denker hören?«
»Nein.«
»Kennen Sie jemanden namens Tilly?«
»Ist das ein Mädchen?«
»Nein, ein Mann. Roger Tilly.«
»Nein.«
»Roger Turner Tilly.«
»Nie von ihm gehört.«
»Wer ist der Mann im Las Palmas?«
»Welcher Mann?«
»Derjenige, der Cabrera in Schwierigkeiten bringen möchte?«
»Das kann ich Ihnen nicht sagen.«
»Warum möchte er Cabrera in Schwierigkeiten bringen?« fragte Meyer.
»Weil Gofredo mit seiner Frau fickt.«
»Ahh«, sagte Carella.
»Aber das habt ihr nicht von mir gehört«, sagte Altaba und zuckte betont unschuldig mit den Achseln.
»Wissen Sie, wo wir Cabrera finden können?« fragte Carella.
»Ich wünschte, ich wüßte es«, sagte Altaba. »Ich würde es Ihnen in diesem Augenblick sagen.«
Und plötzlich wußten sie, daß die Frau, von der er gesprochen hatte, seine eigene Frau war, und daß der Mann im Las Palmas, der seinem guten alten Kumpel Cabrera nur Böses wünschte, niemand anderer als José Altaba höchstpersönlich war.
Wie zur Bestätigung zuckte Altaba wieder mit den Achseln.

***

Man kam quer durch die Stadt zu der Brücke, die den Diamondback River an seiner schmalsten Stelle überspannte, und plötzlich hörte man keine hispanischen Sprachbrocken mehr. Nun war man in Diamondback, und Diamondback war schwarz, obgleich das insofern eine irreführende Bezeichnung war, als keiner dieser Menschen *schwarz* war, sie waren vielmehr farbig in den unterschiedlichsten Schattierungen, allesamt so alt wie die Zeit und so satt wie Mutterboden. Hier oben leuchteten nie die berühmten tausend Lichter. Schwarzer Bürgermeister hin oder her, schwarzer Polizeipräsident hin oder her, hier oben kam es zum Brand, wenn es dazu kam, falls es dazu kam.

Ollie Weeks überlebte hier oben, indem er jeden Schwarzen haßte, der seinen Weg kreuzte. Carella und Meyer waren aus einem ganz anderen Holz geschnitzt, und was sie am meisten bekümmerte, war der Gedanke, daß hier oben *sie* diejenigen sein könnten, die wegen Ollies Sünden umgebracht wurden. Daher fuhren sie sehr vorsichtig, weil sie nicht verantwortlich für den Holocaust sein wollten, falls es dazu kam, wenn es dazu kam. Im Auto lief die Heizung, aber bei einer Außentemperatur um minus achtzehn Grad Celsius trug sie wenig dazu bei, das Auto zu heizen. Minus achtzehn Grad Celsius, das waren in etwa null Grad Fahrenheit. Und das war kalt. Das war ungewöhnlich kalt für diese Stadt. Manchmal wurde es hier so kalt – wie man gerade jetzt bezeugen konnte –, aber nie sehr oft und nicht über einen so langen Zeitraum.

Der Winter setzte ihnen allmählich zu. Bei so einem Wetter hatten sie nicht die geringste Lust, in der ganzen Stadt herumzuhetzen und den oder die Mörder eines miesen Nichtsnutzes wie Tilly zu jagen. Sie hatten nicht die geringste Lust, sich eine Möglichkeit auszudenken, wie sie Andrew Denker festnehmen konnten, bevor er dazu kam, Emma Bowles umzubringen – falls er tatsächlich engagiert worden war, damit er sie umbrachte. Immerhin war es durchaus möglich, daß er wirklich ein Privatdetektiv aus der Windy City war, der hier die Frau schützen sollte.

»Das Problem dabei ist«, sagte Meyer gerade, »daß wir den Kerl nicht hopsnehmen können, solange wir ihm nicht nachweisen können, daß Bowles ihn engagiert hat, damit er seine Frau erledigt. Das ist eine Verabredung. Und wenn es dabei um Mord geht...«

»Oder Entführung«, sagte Carella.

»Oder Entführung, richtig, dann haben wir hier ein Schwerverbrechen vor uns. Weil aber Bowles nicht von sich aus daherkommen und zugeben wird, daß er ihn engagiert hat...«

»Natürlich nicht.«

»...und wir das gottverdammte Telefon nicht anzapfen dürfen, was bleibt uns dann also?«

Sie näherten sich dem Dreiundachtzigsten. Meyer steuerte das Auto neben einen blau-weißen Streifenwagen am Straßenrand. Bevor sie aus dem Auto stiegen, musterten sie die Straße links und rechts und versicherten sich, daß niemand auf Randale aus war, denn bei einer Randale gab es blinden Haß, und blinder Haß konnte nicht zwischen brauner und weißer Hautfarbe unterscheiden.

Das Dreiundachtzigste sah genauso aus wie das Siebenundachtzigste, nur daß es weiter in Uptown lag. Der Sergeant hinter dem Schalter hätte durchaus Dave Murchison sein können, nur daß er ein bißchen jünger und nicht ganz so beleibt war. An den Walkie-talkies, die zum Aufladen entlang der Wand des Computerraums hingen, hätten sich durchaus Aufkleber mit den Worten EIGENTUM DES 87. REV befinden können. Die Eisentreppe, die in den ersten Stock führte, gab den gleichen vertrauten Ton von sich.

Und oben herrschten die gleichen Gerüche, der schwache Uringestank, als sie am Männerklo vorbeikamen, der Duft von kochendem Kaffee aus der Schreibstube, und als sie sich dem Mannschaftsraum näherten, roch es nach schalem Zigarettenrauch. Alle Reviere in dieser Stadt sahen gleich aus und rochen gleich. Nach nicht allzu langer Zeit ähnelten selbst die neuen allmählich den alten. In dieser Stadt gab es eine Menge Verbrechen, und die Polizeireviere waren vierundzwanzig Stunden am Tag auf Trab. Das reichte vollkommen aus, damit alles älter wirkte, als es eigentlich war.

Fat Ollie Weeks wirkte jünger, als er war. Das kam daher, daß er fett war. Fette Menschen wirkten fett, aber sie wirkten auch jung. Es war ein natürliches Phänomen. Als sie hereinkamen, saß er an seinem Schreibtisch und redete mit einer schwarzen Nutte. Er winkte ihnen zu und wandte sich dann wieder an das Mädchen.

»Nun, Marfelia«, sagte er, »du weißt doch, nicht wahr, daß du hier in ernsthaften Schwierigkeiten steckst, nicht wahr?«

Das Mädchen sah aus, als wüßte es, daß es in ernsthaften Schwierigkeiten steckte. Große, weitaufgerissene braune Augen in einem schmalen Fuchsgesicht. Kräftiger Lippenstift um den breiten Mund. Nervös verdrehte sie die Hände im Schoß, zupfte dann am Saum ihres superkurzen Minis. Die dünnen Beine übereinandergeschlagen. Stöckelschuhe mit Knöchelriemchen. Sie sah aus wie etwa neunzehn, aber Ollie setzte sie mächtig unter Druck. Carella dachte sich, er würde schon wissen, warum. In Wirklichkeit versuchte er, ein kleines tête-àtête für später auszumachen. Laß die Kleine jetzt laufen, aber sag ihr, daß sie dir einen schuldet. Schau vorbei, wenn du abgelöst wirst, und fordere sie auf, dem großen, fetten Papi hier den Tribut zu zollen.

Es war nun beinahe halb fünf. Ollie blickte tatsächlich hoch zu der Wanduhr, schaute nach der Zeit, leckte sich beinahe die Lippen, beugte sich näher zu der Kleinen und flüsterte nun mit ihr. Das Mädchen nickte. Sie verstand vollkommen, in welchen Schwierigkeiten sie steckte. Sie achtete auf jedes Wort, das Ollie sagte. Ja, später. Ja, hier ist meine Adresse. Ollie lächelte wie ein Krokodil, bevor es das Kaninchen verspeist. Er schrieb etwas in seinen Block. Das Mädchen stand auf, nickte, sagte etwas zu ihm, schaute auf die Uhr und wackelte auf viel zu hohen Absätzen aus dem Mannschaftsraum.

Ollie kam her zu dem anderen Schreibtisch, an dem sie saßen.

»Was kann ich für euch tun?« fragte er lächelnd.

»Na, alles geregelt?« fragte Carella.

»Ich weiß nicht, wovon du redest.«

»Du weißt genau, wovon ich rede.«

»Egal, von was du redest, es geht dich nichts an«, sagte Ollie.

»Was weißt du über einen Mann namens Gofredo Cabrera?« fragte Carella. Mach es kurz und schmerzlos, dachte er, und dann nichts wie weg hier. Je weniger Zeit man mit einem Cop wie –

»Wer will das wissen?« sagte Ollie.

»Zwei Leute, die wegen *deinem* Scheiß Fall in der Gegend herumhetzen«, sagte Meyer.

»Ah, horcht mal, wie hart sie heutzutage daherkommen«, sagte Ollie.

Er meinte damit die Juden. Meyer hätte ihn umbringen können.

»Schon mal was von interner Kooperation gehört?« sagte er.

»Was hat'n Scheiß Spic mit irgendwas zu tun, was vorher abgelaufen is?« sagte Ollie.

»Kennst du ihn, oder nicht?«

»Ich kenne in diesem Revier jeden und alles. Sogar 'nen Scheiß Spic, der so blöd is, daß er hier oben lebt.«

Hier oben.

Das sagte alles.

Hier oben gab es Regeln. Du kümmerst dich um deinen Kram, ich kümmere mich um meinen. Pfuschst du hier oben wo rein, kriegst du Ärger, Mister.

»Dann weißt du, wer er ist, stimmt's?«

»Klar.«

»Wer?«

»Ein armseliger Waffenhändler.«

»Wer hat dir das gesagt?«

»Allgemeinwissen. Ihr Jungs arbeitet mit Samthandschuhen, ihr wißt doch gar nicht, was es heißt...«

»Laß den Scheiß, Ollie.«

Ollie schaute ihn an.

»Verstehst du mich?« sagte Carella.

»Ich versteh dich.«

»Dann laß es. Wir haben keine Samthandschuhe, und das weißt du auch. Sag uns alles, was du über Gofredo Cabrera weißt. Wenn du nichts weißt, dann bring uns mit jemandem zusammen, der etwas weiß.«

»Ich weiß alles, was in diesem Scheiß Revier vor sich geht«, sagte Ollie. »Eines Tages will ich in dem Scheiß Revier *Lieutenant* sein, also komm mir nicht damit, von wegen ich weiß nichts über Cabrera. Was willste denn wissen?«

»Alles, was du hast.«

»Er lebt hier oben, weil er Geschäfte mit Knarren macht. Und Nigger brauchen Knarren. Punktum.«

»Hast du irgend etwas, das ihn mit Tilly in Verbindung bringen könnte?« fragte Meyer.

»Nein. Ihr etwa?«

»Nein, aber...«

»Schieß los, weiser Mann.«

Er bewegte sich hart am Rande zum offenen Antisemitismus. Ein weiser Mann war ein Rabbi. Aber Ollie wußte, wenn er Meyer einen »Rabbi« nannte, konnte er seine Zähne vom Fußboden auflesen. Er war ein vorsichtiger Bornierter, unser fetter Ollie. Meyer war sowieso kurz davor, ihn zu verdreschen.

»Wir glauben, daß Tilly engagiert wurde, um Emma Bowles umzubringen«, sagte er und unterdrückte seine Wut.

»Ah ja«, sagte Ollie, »Emma Bowles, ah ja«, und er verfiel in seine W.-C.-Fields-Imitation, in der Hoffnung, er könne Meyers Wut besänftigen.

»Und wir glauben, daß Cabrera einem *neuen* Jungen in der Stadt eine Waffe verkauft hat...«

»Ah ja.«
»Andrew Denker...«
»Ah ja.«
»Und ihm außerdem bei der Zimmersuche geholfen hat.«
»Wunderbare Verbindung, ah ja«, sagte Ollie.
»Wir wissen nicht, wie wunderbar sie ist«, sagte Carella, »aber es ist eine Verbindung.«
»Oder ein Zufall«, sagte Ollie, der seine Fields-Nummer jäh seinließ.
»Vielleicht auch nicht.«
»Was sagen die Ballistiker über die Knarre, mit der Tilly umgebracht wurde?«
»Eine Hi-Standard mit kurzem Lauf«, sagte Carella.
»Wie paßt das zu der Knarre, die dieser Nichtsnutz Denker verkauft hat?«
»Es paßt nicht.«
»Wollt ihr mir vielleicht verraten, was für ein Eisen es war? Oder is' das'n Staatsgeheimnis?«
»Ein fünfundvierziger Colt.«
»Klar.«
»Was klar?«
»Zufall. Nicht mal die *Knarren* stimmen überein.«
»Hast du irgendeinen Grund zu der Annahme, daß Cabrera auf irgendeine Weise mit Tilly zusammenhing, egal wie?« fragte Meyer.
»Nee.«
»Ihm vielleicht eine Waffe verkauft hat?«
»Dafür hab' ich keinerlei Beweise.«
»Oder ihn irgendwo anders her kannte? Durch Dope vielleicht?«
»Wieso? Hat Tilly auf Dope gemacht?« fragte Ollie.
»Nicht daß wir wüßten.«
»Und was soll dann der ganze Scheiß, den ihr euch da aus den Fingern saugt?« sagte Ollie und blickte hoch zur Uhr.
»Sie wartet schon«, sagte Carella.
»Ich hab's nicht eilig«, sagte Ollie und grinste wieder.

10

Sie rief ihn an diesem Samstag kurz vor acht an. Sie saß da, hörte zu, wie das Telefon am anderen Ende klingelte, einmal, zweimal, schloß die Hand fester um den Hörer, dreimal, dann drang seine Stimme in ihr Ohr – »Hallo?« –, und sie schwieg einen Augenblick erschreckt, so daß er wieder »Hallo?« sagte, diesmal etwas ungeduldig.

»Ja, hallo, ich bin's.«

»Wer ist ich?« fragte er.

Ihr wurde bewußt, daß er ihre Stimme zum erstenmal am Telefon hörte.

»Emma«, sagte sie. »Emma Bowles.«

»Oh, hallo«, sagte er. »Wie geht's Ihnen?«

Sie stellte sich vor, wie er lächelte, irgendwo auf einem Bett lag. Irgendwo in einem gemieteten Zimmer. Ohne Licht. Irgendwo da unten flackerte Neon. Er wohnte irgendwo da unten bei der Brücke, konnte wahrscheinlich vom Fenster aus die Lichter der Brücke sehen, und irgendwo in der Ferne glitzerte Calm's Point. Lag wahrscheinlich auf dem Bett. Und lächelte.

»Der Grund, weshalb ich anrufe«, sagte sie und zögerte. »Na ja ...« sagte sie und zögerte wieder. »Sehen Sie, als Martin gestern vom Büro nach Hause kam, erklärte er mir, er müßte übers Wochenende wegfahren ...«

»Oh?«

»Ja. Rauf nach Boston«, sagte sie.

»Muß kalt sein da droben«, sagte er.

»Ja.«

Wieder zögerte sie.

»Jedenfalls«, sagte sie, »dachte ich mir, ich gehe heute abend vielleicht ins Kino.«

»Was meinen Sie damit?« sagte er mit einem Mal. »Sie meinen doch nicht allein, oder?«

»Na ja, deswegen rufe ich ja an. Ich weiß, wie ernst Sie Ihren Job nehmen, obwohl Tilly ja jetzt tot ...«

»Ich nehme ihn ernst«, sagte er.

»Ja, deswegen rufe ich Sie an, damit Sie sich keine Sorgen machen.

Für den Fall, daß Sie vorhaben sollten, hier anzurufen, und keiner meldet sich. Weil ich Ihnen sagte, ich wäre heute den ganzen Tag daheim...«

»Ja, das sagten Sie.«

»... aber das war, bevor Martin ganz plötzlich beschlossen hat, daß er wegfahren muß.«

Schweigen herrschte in der Leitung.

»Das gefällt mir ganz und gar nicht«, sagte er schließlich.

»Oh, mir wird's bestens ergehen, keine Sorge.«

»Da bin ich mir nicht so sicher. Um welche Zeit fängt das Kino an?«

»Irgendwann um neun, ich muß erst nachgucken. Aber Sie haben sich doch sicherlich etwas anderes vorgenommen.«

»Nein, ich habe mir noch gar nichts...«

»Was ich auch vollkommen verstehen würde. Schließlich *habe* ich Ihnen gesagt, ich würde...«

»Ja, aber ich habe mir wirklich noch nichts vorgenommen. Ich komme mit Vergnügen vorbei und...«

»Na ja, das ist...«

»... sorge dafür, daß Sie sicher wieder nach Hause kommen.«

»Das ist sehr nett von Ihnen. Obwohl es nun, da Tilly tot ist, keinerlei Grund mehr zur Sorge gibt.«

»Nun ja, ich bin lange nicht mehr im Kino gewesen«, sagte er.

»Na ja, wenn Sie wirklich...«

»Ich schnappe mir ein Taxi, bin in einer halben Stunde oder so da.«

»Na ja, in Ordnung«, sagte sie. »Aber wirklich, ich bin völlig sicher, auch wenn ich all...«

»Macht überhaupt keine Umstände«, sagte er. »Bis bald.«

Sie hörte ein Klicken am anderen Ende.

Sie legte den Hörer wieder auf die Gabel und stand neben dem Telefon, die eine Hand am Hörer, während sie mit der anderen ein kleines goldenes e von Elsa Peretti an den Mund hielt. Sie knabberte einen Moment an dem e und ließ es dann an der schmalen Kette zwischen ihre nackten Brüste fallen.

***

Carmen Sanchez stand groß und gelenkig im blauen Rampenlicht, das ihr langes silbernes Abendkleid in strahlend schimmerndes Eis verwandelte. An ihrer rechten Kopfseite funkelte, eingebettet zwischen wuschligen schwarzen Locken, die sich in ihren mitternachtsschwarzen Augen widerspiegelten, eine im kalten blauen Stahl schillernde Straßspange, an der sich glitzernd das reflektierte Licht brach. In der rechten Hand hielt sie das Mikrofon, so daß die lange Schnur an ihrem einen Schenkel herunterlief und sich dann hinter ihr aufrollte wie eine langgestreckte schwarze Schlange. Sie hatte gerade einen einzelnen Akkord in mindestens sieben schillernden Einzelteilen aufgebrochen, ließ ihn wie eine diatonische Rakete hoch an die Decke des Clubs steigen und dann eine erwartungsvolle Stille nachfolgen.

In dem Rampenlicht, das sie überflutete, stiegen träge bläuliche Rauchschwaden auf. Sie blickte durch das Licht in die Ferne, in den Raum hinein, ins Publikum, ihre dunklen Augen verhießen heimliche Wonnen, sie hatte das Mikrofon dicht am Mund und öffnete nun die Lippen, als wollte sie das einzelne Wort, mit dem der nächste Song begann, liebkosen. Sie hauchte das Wort nur, und ihre Lippen liebkosten es und flüsterten es in die Luft und die Dunkelheit.

»Kiss...«

Von ihrem Platz an der Bar aus hörten Meyer und Carella zu.

»It begins with a...
Kiss...
But kisses wither
And die
Unless
The first
Caress
Is true.

Kiss...
These lips that burn in a
Kiss...
Are only learning
To lie
Unless
The first
Caress
Is true.

So hold me tight and whisper
Words of
Love
Against my eyes.
And kiss me sweet and promise
Me your
Kisses won't be lies.

Kiss...
And show me, tell me of
Bliss...
Because I know I
Will die
Unless
The first
Caress
is true.«

Das letzte Wort des Songs hing in der Luft, schwebte, verklang und wurde von einer Stille abgelöst, die ebenso tief war wie das erwartungsvolle Schweigen zuvor. Und dann rief jemand »Yeah«, und das Publikum sprang auf und spendete donnernden Applaus. Carmen klemmte das Mikro wieder ans Stativ, legte hingebungsvoll lächelnd die Hände wie zum Gebet aneinander, und verneigte sich dankend, so daß ihre Straßspange glitzernde Lichtbüschel ins Publikum warf.

Immer noch lächelnd raffte sie das lange silberne Gewand um die langen Beine und ging, einen Arm zu einem letzten Gruß erhoben und vom blauen Licht verfolgt, geschmeidig lasziv von der Bühne. Auf der Uhr innerhalb des grünen Neonkreises über der Bar war es zwanzig Minuten nach elf.

Carella und Meyer nickten einander zu, standen von ihren Barhokkern auf und gingen auf die kleine, mit einem Vorhang versehene Tür rechts von der Bühne zu.

Sie wußte, daß sie hier waren, sie erwartete sie bereits.

Sie sagten ihr, wie großartig sie gewesen sei...

»Danke, nett von euch«, sagte sie.

...und kamen dann zur Sache.

»Diese Telefonanrufe an dem Morgen ...«

»Nu' sind wir also wieder beim Telefon«, sagte sie und wirkte plötzlich sehr müde. Sie nahm ein Handtuch vom Garderobentisch, hängte es sich um die Schulter und über den Ansatz ihrer Brüste in dem tiefausgeschnittenen Kleid. Dann setzte sie sich vor den mit lauter kleinen, hellen Lampen umgebenen Spiegel und fing an, sich abzuschminken. Sie wischte das Make-up mit Reinigungscreme ab, und langsam kam das glänzende Gesicht einer jungen und schönen Frau zum Vorschein.

»Sind Sie sicher, daß es nur zwei Anrufe waren? Der eine, der einging, und der andere, den er ...«

»Ja, absolut.«

»Nur die zwei Anrufe, richtig?«

»Was habe ich denn grade gesagt?«

Ihre Augen beobachteten sie im Spiegel. Der Eyeliner weg, der Lippenstift am Verschwinden. Darunter eine frische Schönheit. Die sie beobachtete.

»Wenn wir Ihnen ein paar Namen nennen, würden Sie sich vielleicht erinnern, ob Tilly die je erwähnt hat?«

»Woher soll ich das wissen? Probieren wir's.«

»Ray Androtti«, sagte Carella. »Oder Ramón Andros.«

»Weder noch.«

»Was ist mit Gofredo Cabrera?«

»Nein.«

Sie nahm das Handtuch von der Schulter und rieb sich damit das Gesicht ab. Dann erhob sie sich plötzlich, schritt in dem langen Silbergewand und den pailettenbesetzten Slippern anmutig durch das Zimmer zu einer Tür, öffnete sie, ging ins Badezimmer dahinter, sagte: »Ich bin sofort wieder da«, und schloß die Tür hinter sich.

Die Detectives warteten.

Sie konnten hören, wie drinnen das Wasser lief.

Sie warteten weiter.

Das Wasser hörte auf zu laufen.

Nun summte sie drinnen herum, dasselbe Stück, mit dem sie ihren Auftritt beendet hatte. »Kiss«. Summte es leise. Etwa fünf Minuten später ging die Tür wieder auf. Sie trug einen kurzen Rock und eine weiße Bluse, Schuhe mit flachen Absätzen, kein Make-up. Sie ging zum Garderobentisch und kämmte sich die Haare.

»Heute ist Samstagabend«, sagte sie. »Ich habe um Mitternacht noch ’ne Show. Normalerweise gehe ich zwischen den Shows was essen. Hier ist das Essen grauenhaft.«

»Wir brauchen nicht lange«, sagte Meyer.

»Ich hoffe es. Weil ich bei der Arbeit da drin nämlich echt hungrig werde.«

»Wir möchten, daß Sie uns alles sagen, was Sie noch von dem zweiten Anruf wissen.«

»Ich habe Ihnen schon alles gesagt, was ich weiß.«

»Sind Sie sicher, daß Sie gehört haben, wie Tilly den Namen Bowles sagte?«

»Genau das habe ich gehört.«

»Denn wenn das der Mann ist, mit der er sich unten treffen wollte ...«

»... und wenn es etwas mit Geld zu tun hatte«, sagte Meyer, »Sie erinnern sich doch noch, daß Sie uns sagten, bei dem Gespräch wäre es irgendwie um Geld gegangen, nicht wahr?«

»Ja, daran kann ich mich erinnern.«

»Daß Tilly von Bowles das restliche Geld wollte.«

»Ja, ich glaube, darüber haben sie gesprochen. Ich habe Ihnen doch gesagt, ich war unter der Dusche ...«

»Nein, Sie haben gesagt, Sie hätten sich angezogen, wissen Sie das nicht mehr. Das war nach ...«

»Egal was, ich habe nicht groß auf das aufgepaßt, was Roger am Telefon gesagt hat.«

»Nun ja, gehen wir’s doch noch einmal durch, okay?« sagte Meyer.

»Wissen Sie«, sagte Carmen, »jedesmal wenn ihr Jungs mich aufsucht, bin ich grade irgendwohin unterwegs. Und ihr sagt mir immer, es dauert nicht lang, es dauert bloß ’ne Minute, und es dauert immer Ewigkeiten. Nur daß ich diesmal grade eine Show hinter mir habe und am Verhungern bin, und ich *will* nicht, daß es eine Ewigkeit dauert. Ich will was *essen* gehn, okay? Geht das rein in eure Schädel? Ich bin hungrig, ich bin ausgezehrt, ich bin am Ver ...«

»Dann gehen wir eben was essen«, sagte Carella und lächelte.

***

Das Kino war um fünf Minuten nach elf zu Ende. Es war eine kalte, klare Sternennacht, und Emma schlug vor, sie sollten zu Fuß zurück zur Wohnung gehen. Ins Kino hatte sie nicht ihren Nerzmantel angezogen. Statt dessen trug sie einen langen grauen Kavallerieoffiziersmantel und eine graue Wollmütze mit einem roten Streifen. Andrew trug den einzigen Mantel, den er von Chicago mitgebracht hatte, den Kamelhaar-Burberry. Darunter hatte er einen hellbraunen Shetland-Pullover mit Schalkragen, ein braunes Turtleneck-Wollhemd und braune Tweedhosen an. Er kleidete sich gerne lässig elegant, auch wenn er nur ins Kino ging. Er hoffte nur, sie wußte es zu schätzen. Auch wenn der Film lausig war. Er erklärte ihr gerade, ihm habe der Film nicht gefallen, weil er ihn unglaubwürdig gefunden habe.

»Dieses ganze Zeug mit der Nutte«, sagte er.

»Ich nehme an, Sie kennen eine Menge Nutten«, sagte Emma. »Bei Ihrem Gewerbe.«

»Nun ja, sagen wir mal, ich bin schon mal an die eine oder andere geraten.«

»Was fanden Sie denn so unglaubwürdig?« fragte sie.

Während sie eilig durch die windigen Straßen gingen, rasselte er all die Ungereimtheiten herunter, die ihm aufgefallen waren. Sie war darüber erstaunt, daß er sich einen absolut hirnlosen Film so aufmerksam angesehen hatte. Als sie schließlich bei ihrem Haus ankamen, sagte sie: »Vielen herzlichen Dank, daß Sie extra hierhergekommen sind. Ich weiß das zu schätzen.«

»Es hat keinerlei Umstände gemacht«, sagte er.

Der Portier hatte sie nun gesehen. Er ging auf die gläserne Eingangstür zu und griff nach dem langen Messinggriff.

»Hätten Sie Lust, mit hochzukommen?« fragte sie.

»Guten Abend, Mrs. Bowles«, sagte der Portier.

»Auf eine Tasse Kaffee oder so?«

***

Irgendwann nach Mitternacht veränderten sich die Straßen allmählich. Was zumindest halbwegs gutbürgerlich gewirkt hatte, verwandelte sich dann im Handumdrehen in eine außerirdische Landschaft. Doch jetzt war es erst zwanzig nach elf, und die Straßenräuber waren noch nicht auf der Bildfläche erschienen. Der die ganze Nacht über geöffnete Imbiß vom Clancy's um die Ecke war voller Theaterbesucher, Touristen und ein paar Anwohnern der Gegend, die sich allesamt noch einen letzten Happen genehmigten, bevor sie nach Hause in die Heia abzwitscherten. Mitternacht war die Geisterstunde. Niemand sah auf die Uhr gegenüber von der Tür, doch jeder, der in dieser Stadt wohnte, hatte eine innere Uhr, die ihm verriet, wann das Gesocks aus seinen Löchern gekrochen kam. Dann war man besser schon zu Hause. Geriet besser nicht in Berührung mit dem Gesocks. Daher plauderten sie nonchalant, und aßen und tranken mit Genuß, doch die innere Uhr tickte weiter, und bis halb eins, eins würden alle Menschen von hier verschwunden sein – denn wer später noch da war, mußte verrückt sein. Nur Carmen Sanchez behielt die Uhr im Auge. Sie hatte um Mitternacht noch eine Show, und bis dahin mußte sie zurechtgemacht und umgezogen sein.

Sie aß, als hätte sie seit zehn Jahren nichts Anständiges mehr zu sich genommen.

Ein großes Sandwich mit scharfer Pastrami auf einem Sesambrötchen, bepackt mit saftigem roten Fleisch und tropfendem Senf. Einen riesigen Teller in Ketchup schwimmender Pommes frites. Scheibenweise sauer eingelegtes Gemüse, das nach Knoblauch und Salzlake roch. Strohhalme ragten aus einer Flasche mit Sellerie-Tonic. Genauso, als wäre sie Jüdin von Geburt. Die Cops tranken Kaffee. Sie sahen zu, wie sie ihr Essen hinunterschlang. Meyer fragte sich, wieso sie sich solche Mühe beim Abschminken machte, wenn sie nur eine Stunde später wieder alles auftragen mußte. Vielleicht war sie etwas scheu, wollte in der Öffentlichkeit nicht so aufgedonnert gesehen werden. Essen tat sie jedenfalls nicht, als wäre sie scheu. Sie aß wie tausend Russen.

»Ich bin mir völlig sicher, daß der Name Bowles war«, sagte sie, biß wieder in das Sandwich, nahm dann eine Scheibe saures Gemüse und biß hinein, trank von ihrem Sellerie-Tonic und stopfte sich zwei, drei Pommes in den Mund – eine regelrechte Freßmaschine. Meyer sah ihr voller Verwunderung und Respekt zu.

»Und es gab nur diese beiden Anrufe, ist das richtig?« sagte er.

»An dem Morgen, ja«, sagte sie.

»Nun ja ... *gab* es noch andere Anrufe?« fragte Carella.

»Tja, klar, das Telefon klingelt die ganze Zeit«, sagte Carmen. »Was meinen Sie damit, ob es noch andere Anrufe gab?«

»Ich meine, für *Tilly*«, sagte er. »Und nicht unbedingt an diesem Morgen.«

»Klar. Wenn er da war, hat er Anrufe gekriegt.«

»Wie oft war er da?«

»Hin und wieder.«

»Was mein Partner fragen möchte...« fing Meyer an.

»Ich weiß, was er fragen möchte. Die Antwort lautet nein, wir haben nicht zusammengelebt, aber ja, er kam hin und wieder vorbei.«

»Und blieb die Nacht über da.«

»Und blieb die Nacht über da, blieb ein paar Tage lang da, alles mögliche.«

»Haben Sie gewußt, daß er im Gefängnis saß?«

»Ja. Aber das war eine bescheuerte Sache, er hat jemand verdroschen.«

»Hat ihn ziemlich schlimm zugerichtet, soweit wir wissen«, sagte Meyer.

»Brach ihm die Nase...«

»Beide Arme...«

»Er mußte ins Krankenhaus...«

»Trotzdem bescheuert«, sagte Carmen. »Außerdem gibt's genug Leute, die in den Knast kommen, wissen Sie, und die genauso anständig sind wie Sie oder ich.«

Keiner der beiden Detectives wollte mit ihr darüber streiten. Carella blickte zur Uhr. Meyer ebenfalls. Diesmal gab es kein Hinhalten. Sie hatte einen Auftritt vor sich, und sie mußte hier um zwanzig vor los. Das hatte sie ihnen gesagt, und sie würden es respektieren. Jetzt war es fünfundzwanzig Minuten nach elf. Carmen blickte auch hoch zur Uhr, womit es in diesem Laden schon drei Menschen gab, die die Uhr im Auge behielten.

»Können Sie sich vielleicht an irgendeinen dieser anderen Anrufe erinnern?« fragte Carella. »Soweit sie Tilly galten?«

»Kommt schon, Jungs, macht mal 'ne Pause, hm?« sagte Carmen und biß wieder in das Sandwich. Ein Klacks Senf quoll zwischen den Brotscheiben hervor. »Uupps«, sagte sie und fing ihn mit einer Papierserviette auf, bevor er auf die Tischplatte tropfte.

»Zum Beispiel in der Nacht vorher«, sagte Meyer.

»Oder irgendwann in den vierundzwanzig Stunden vor seinem Tod«, sagte Carella.

»An irgendwelche Anrufe in diesem Zeitraum.«

»An irgendwelche Namen, die Sie ihn vielleicht erwähnen hörten.«

Sie versuchten immer noch, einen 24-24er aufzustellen. Die einem Mord vorausgehenden vierundzwanzig Stunden waren wichtig, weil man vielleicht irgendwo am Wegesrand über den Mörder stolperte, wenn man einkreisen konnte, was das Opfer getan hatte, mit welchen Leuten es sich getroffen hatte, an welchen Orten es gewesen war. Die auf den Mord folgenden vierundzwanzig Stunden waren wichtig, weil danach die Spur erkaltete und der Vorsprung des Mörders größer wurde. Es war jetzt sechs Tage her, seit sie Tilly an einem Kellerrohr baumelnd gefunden hatten. Und draußen war es sehr kalt.

Carmen dachte nach.

»Ich bin spät heimgekommen, wissen Sie...«

»Ja.«

»Etwa so um zwei Uhr. Roger könnte am Telefon gewesen sein, als ich reinkam, ich bin mir nicht sicher. Er hat noch ferngesehen, so daß derjenige, der am Telefon war, vielleicht in der *Glotze* war, verstehen Sie?«

»Hmm. Und was war am nächsten Morgen? Sie sagten, Sie wären aufgewacht und hätten gefrühstückt...«

»Yeah.«

»Und dann gingen Sie noch eine Weile ins Bett.«

»Yeah.«

»Worauf Sie Tilly mit zwei verschiedenen Leuten am Telefon reden hörten. Einmal mit einem Autohändler, und das nächste Mal mit Bowles.«

»Genau.«

»Und er sagte, sie sollten sich unten treffen...«

»Auf der Eingangstreppe, richtig...«

»Richtig, in einer halben Stunde.«

»Aber dann hat's Roger auf Punkt zwölf verschoben.«

»Und da ging Tilly auch hinunter«, sagte Meyer.

»Ja. Tja, ein paar Minuten vorher. Um fünf vor zwölf. Um den Dreh.«

»Okay. Gab es an diesem Morgen noch irgendwelche *anderen* Anrufe? Während Sie gefrühstückt haben, zum Beispiel...«

»Nein.«

»Oder während Sie danach noch mal im Bett waren...«

»Nein, bloß diese beiden Anrufe.«

»Wir wissen, daß der erste an einen Anschluß ging, unter dem Arcade Motors eingetragen ist...«

»Ich weiß nicht, wie die...«

»Nun ja, wir schon. Wir haben bei der Telefongesellschaft sämtliche Anrufe nachgeprüft, die an diesem Morgen und in der Nacht zuvor von diesem Apparat aus geführt wurden. Aber der...«

»Ich habe nur den Namen des Mannes gehört, Mr. Steinberg. Daran kann ich mich erinnern, weil Roger noch ein paar andere Gespräche mit ihm geführt hat. Wegen dem Auto, das er gesucht hat.«

»Was für ein Auto wollte er sich denn kaufen?« fragte Carella abrupt.

»Einen Mercedes.«

»Dann muß er kürzlich zu Geld gekommen sein, hm?«

»Wir haben nie über seine geschäftlichen Angelegenheiten geredet.«

»Was *hatte* er denn für geschäftliche Angelegenheiten?«

»Ich habe euch doch grade gesagt, wir haben nie darüber geredet.«

»Dann wissen Sie also auch nicht, worum es ging, richtig?«

»Richtig, ich wußte nicht, worum es ging.«

»Sie wissen also auch nicht, ob es um Dope ging oder nicht?«

»Ist Ihr Partner vielleicht taub?« fragte sie Meyer. »Wenn ich nicht weiß, worum es ging, wie soll ich dann wissen, ob es um Dope ging?«

»Bei so einem teuren Auto«, sagte Carella achselzuckend.

Meyer schielte zur Uhr. Die Zeit lief ihnen davon. Er wußte, warum Carella so ungern den Drogenaspekt fallenließ. Wenn Bowles tatsächlich nicht nach Upton gekommen war, um sich mit Tilly zu treffen, dann mußte es jemand anders gewesen sein, der unten im Keller darauf gewartet und ihn mit Mr. Hi-Standard mit dem kurzen Lauf bekannt gemacht hatte. Der Kauf eines teuren Automobils paßte bestens zum Drogenverkauf. Daher kreiste Carella weiterhin die Möglichkeit ein, daß Drogen im Spiel waren. Denn wenn es nicht Bowles war, und wenn es nicht um Drogen ging, dann mußte es eine unbekannte Größe sein. Irgend etwas aus völlig heiterem Himmel, irgend jemand, der sich ein beliebiges Opfer gesucht hatte, was heutzutage immer öfter geschah. In welchem Falle ihn jeder und alle in dieser verdammten Stadt umgebracht haben könnten. Kein Wunder, daß Carella nur ungern von dem Drogenaspekt ablassen wollte. Wenn es um Dope ging, dann gab es Leute, mit denen man reden, Pfade, die man erkunden konnte. Dope hinterließ in dieser Stadt immer eine Spur.

»Aber Sie haben nichts Ungewöhnliches bemerkt?« fragte Meyer, der weiter laut nachdachte. »In der Gegend? Rund um das Haus?«

»Nein«, sagte Carmen. »Was Ungewöhnliches?«

»Irgend etwas Besonderes. Während der vierundzwanzig Stunden vor dem Mord, meine ich.«

»Nein. Was zum Beispiel?«

»Jemand, der das Haus beobachtet...«

»Nein.«

»... oder die Briefkästen überprüft...«

»Nein.«

»... oder Fragen stellt?«

»Nein, ich habe niemanden gesehen ... was meinen Sie damit? Wem Fragen stellt?«

»Dem Hausmeister viellei...«

»Nein, nichts dergleichen.«

»... Leuten, die in dem Haus wohnen?«

»Nein.«

»Wissen Sie, wir versuchen ihn einzukreisen«, sagte Meyer achselzuckend und schaute Carella an. Auf der Uhr an der Wand war es fünf Minuten nach halb zwöf. Carmen vertilgte die letzten Pommes.

»Sind Sie und Tilly jemals gemeinsam aus dem Haus gegangen?« frage Carella, der Meyers Stoßrichtung aufgriff.

»Ja.«

»Jemals bemerkt, ob Ihnen jemand folgt?«

»Nein.«

»Jemals das Gefühl gehabt, daß Sie verfolgt würden?«

»Nein.«

»Oder beobachtet?«

»Nein.«

»Hat Tilly jemals irgendwelche Drohanrufe oder -briefe erwähnt?«

»Nein.«

»Und Sie haben auch niemals jemanden bemerkt, der so aussah, als gehörte er nicht in die Gegend...«

»Nein.«

»Ich rede jetzt nicht von den vierundzwanzig Stunden vor dem Mord, ich rede...«

»Tja, ja, aber...«

»Wen?« sagte Meyer mit einem Mal. »Wen haben Sie gesehen?«

»Tja, es war nicht direkt eine *Person*...«

»Was war es dann?« fragte Carella.

»Sie hat dort oben bloß so *fremd* gewirkt«, sagte Carmen.

»Was?«

»Die Limousine«, sagte sie.

***

Sie trug einen weiten schwarzen Pullover, einen grauen, etliche Zentimeter über dem Knie endenden Flanellrock, schwarze Pumps mit französischen Absätzen und, wie er vermutete, eine schwarze Strumpfhose. Sie streifte die Schuhe ab, kaum daß sie den Mantel ausgezogen hatte. Sie tappte in die Küche, maß Kaffee in einen Topf ab, blickte dann auf und sagte: »Oder ziehen Sie etwas Alkoholisches vor?«

»Haben Sie denn welchen?« fragte er.

»Ich trinke selten etwas anderes als Wein«, sagte sie.

»Ich hätte gern einen kleinen Wodka, wenn Sie welchen haben«, sagte er.

Er folgte ihr nach hinten ins Wohnzimmer, wo sie die Frontseite der Bar herunterklappte und dann zwischen den Karaffen nach derjenigen mit dem Wodka suchte, die daran hängenden Schildchen studierte, als entdecke sie sie zum allerersten Mal, und blinzelnd die darin eingravierte Schrift zu entziffern versuchte.

»Ich bin sicher, daß wir Wodka hatten«, sagte sie, kniete sich plötzlich hin und öffnete zwei Türen unterhalb der Bar, wobei ihr Rock noch höher rutschte und sich das schwarze Nylon um ihre Knie spannte. »Hier ist er ja«, sagte sie und hielt triumphierend eine noch zugeklebte Flasche Stolichnaya hoch, drehte sich dann lächelnd und immer noch auf den Knien um und zeigte sie ihm. Dann erhob sie sich mit einer einzigen fließenden Bewegung, wie eine Tänzerin, in einer Hand die Flasche, den anderen Arm zur Balance ausgestreckt. »Wie mögen Sie ihn?« fragte sie.

»On the rocks, bitte«, sagte er.

»Ich geh' Eis holen«, sagte sie, stellte die Wodkaflasche hin und ergriff den Eiskübel. »Warum machen Sie sie nicht auf?« sagte sie. »Und legen Sie etwas Musik auf.«

Er riß das Zollsiegel von der Wodkaflasche und schraubte den Verschluß auf. Nachdem er etliche Türen der Schrankwand geöffnet hatte, entdeckte er den Compact-Disc-Player und auf dem Brett darunter eine Auswahl von Platten. Die meisten Platten sahen nach Symphonien oder so aus. Er hatte sein Leben lang nur dann die Wahrheit gesagt, wenn's nicht darauf ankam. »Mit solcher Musik kenne ich mich nicht so besonders gut aus«, sagte er. »Was möchten Sie denn gern?«

»Versuchen Sie's mit der Leningrader«, sagte sie.

»Der was?«

»Schostakowitsch«, sagte sie. »Die Siebte.«

»Okay.«

Er wühlte in den Platten herum und versuchte das zu finden, was sie gesagt hatte – was immer das auch sein mochte –, und stieß zu seiner Überraschung auf eine Sinatra-Aufnahme. »Wie wär's mit Sinatra?« rief er in die Küche.

»Oh, klar«, sagte sie.

»Okay, wenn ich die auflege?«

»Was immer Sie möchten«, sagte sie und kam ins Zimmer zurück, den Eiskübel an die Brust gedrückt und eine Flasche Weißwein in der anderen Hand. »Wissen Sie, wie das funktioniert?« fragte sie.

»Ich glaube, das krieg ich hin.«

Sie stellte den Kübel ab, gab drei Eiswürfel in ein niedriges Glas und sagte: »Ich laß Sie selber einschenken. Sie dürfen für mich auch den Wein aufmachen, wenn Sie möchten.«

»Klar«, sagte er, »lassen Sie mich das nur schnell ankriegen.«

Er hatte die Anlage bereits eingeschaltet und studierte nun die diversen kleinen, mit Zeichen versehenen Druckknöpfe auf der Frontplatte des CD-Spielers. Er drückte ein paar in Folge, vernahm das schwache Säuseln, das ihm verriet, daß die Lautsprecher an waren und die CD rotierte, und dann ertönte jäher Trompetenschall, und die Musik dröhnte durch das Wohnzimer. Emma schnitt eine Grimasse und hielt sich die Hände an die Ohren, aber er hatte bereits den richtigen Schalter gefunden und verringerte gerade die Lautstärke.

Die Trompeten gingen in gedämpfte Posaunentöne über, als Sinatra zum ersten Stück ansetzte.

»Hübsch«, sagte sie.

»Mm.«

Er pulte die gelbe Alufolie vom Flaschenhals, drehte den Korkenzieher in den Korken und zog den Korken heraus. Emma reichte ihm ein Kelchglas. Er goß ihr ein, nahm dann den Verschluß von der Wodkaflasche und goß einen kräftigen Schuß über das bereits im Glas befindliche Eis.

»Stoßen wir auf was an«, sagte sie.

»Klar«, sagte er und hielt sein Glas hoch.

»Auf die Offenheit«, sagte sie.

»Auf die Offenheit«, wiederholte er.

»Und die Ehrlichkeit«, sagte sie.

»Und die Ehrlichkeit«, wiederholte er.

Sie stießen miteinander an. Er trank einen Schluck Wodka. Sie trank einen Schluck Wein. Im Hintergrund sang Sinatra über unglückliche Liebe.

»Offenheit und Ehrlichkeit«, sagte sie. »Sie haben darauf getrunken.«

»Das habe ich.«

»Haben Sie vor, mich umzubringen?«

Er hob überrascht die Augenbrauen.

»*Haben* Sie das vor?« sagte sie.

»Nein«, sagte er. »Ich habe nicht vor, Sie umzubringen. Was ist denn das für eine Frage?«

»Na ja, Sie kreuzen hier einfach so aus heiterem Himmel auf...«

»Ich bin nicht einfach so aufgekreuzt. Ihr Mann hat mich engagiert.«

»Aber nicht, damit Sie mich umbringen, hm?«

»Damit ich Sie beschütze.«

»Hmm«, sagte sie und schaute ihn gelassen an. »Na ja, vielleicht schon.«

Sie saßen nun Seite an Seite und einander zugewandt auf dem Ledersofa, sie mit untergeschlagenen Beinen, er hatte seine ausgestreckt und den Kopf an die Rückenlehne gelegt. Ein neuer Song hatte angefangen. Ein flotteres Stück. Saxophone und Flöten wiederholten ein eingängiges Riff. Sinatra stieg auf das Riff ein.

»Weil nämlich, wissen Sie«, sagte sie, »Martin eine andere Frau hat.«

»Ach, kommen Sie.«

»Na ja, es ist wahr«, sagte sie.

»Woher wollen Sie das wissen?«

»Nur Kleinigkeiten. Ich liebe einfach die Art, wie er singt, Sie nicht?«

»Ja. Was für Kleinigkeiten?«

»Abwesenheit ohne jede Erklärung, bestimmte Veränderungen in seinen Angewohnheiten, plötzliche Ausgaben über Kreditkarte ... das Übliche. Er hat eine andere Frau.«

»Sie scheinen Ihrer Sache sicher zu sein.«

»Jawoll.«

»Wissen Sie, wer es ist?«

»Jawoll.«

»Wer?«

»Eine Frau namens Lydia Raines. Sie besitzt einen Blumenladen an der Parade, Ecke Davidson. Ich bin dortgewesen. Sie hat nicht gewußt, wer ich war – kann ich Ihnen helfen, Madam? Und ich habe es ihr auch nicht gesagt.«

»Wie sind Sie auf sie gekommen?«

»An Thanksgiving haben wir meine Schwester in L. A. besucht. Sie rief mich irgendwann im Dezember an, als sie ihre Telefonrechnung bekommen hatte, und fragte, ob ich irgendwelche Ferngespräche geführt hätte, als ich dort war. Nannte mir eine auf der Rechnung aufgeführte Nummer. Drei Anrufe an dieselbe Nummer, hier, in dieser Stadt. Alle am Freitag nach Thanksgiving. Also habe ich die hiesige Telefongesellschaft angerufen, und die haben mir den Namen des Ladens genannt. Ich nehme an, er hat sich verzweifelt nach ihr *gesehnt*«, sagte sie und verdrehte bei der Betonung die Augen.

»Möchten Sie für mich arbeiten?« fragte er lächelnd, spielte immer noch den Privatdetektiv.

»Ich kann so was gut«, sagte sie und erwiderte das Lächeln.

»Haben Sie ihn auf sie angesprochen?«

»Nee.«

»Glauben Sie, er gibt's zu?«

»Nee.«

Sie wiegte nun die Schultern im Rhythmus, während sie immer noch den Kopf schüttelte.

»Hat er Ihnen die Scheidung vorgeschlagen?«

»Nee. Ich geh Ihnen rasch nachgießen, okay?« sagte sie, nahm ihm das Glas aus der Hand und tappte im Takt der Musik wiegend zur Bar. Er beobachtete sie, als sie den Wodka in sein Glas goß. Hüften und Schultern im Rhythmus bewegte. »Er würde sich auf keinen Fall von mir scheiden lassen«, sagte sie. »Er hat zuviel zu verlieren.«

Sie trug das Glas zu ihm hin.

»Danke«, sagte er und nahm ihr das Glas ab. Sie hatte fast bis zum Rand eingeschenkt. Mit einem Mal fragte er sich, ob sie ihn betrunken machen wollte. Er lächelte fast bei dem Gedanken.

Wieder ertönten Saxophone und Flöten und wiederholten genau das Thema, mit dem das Stück begonnen hatte. Sinatra schwang sich obenauf mit einem lang gehaltenen Ton, der bis in alle Ewigkeit nachzuklingen schien. Dann ein jäher Beckenschlag – und danach Stille.

»Massenhaft Geld«, sagte sie.

»Kiss ...«, sang Sinatra.

»O Gott, wie ich diesen Song *liebe*«, sagte sie.

»It all begins with a ...«

»Kiss ...«

»Hätten Sie Lust zu tanzen?« fragte sie.

»Ich bin kein sonderlich guter Tänzer«, sagte er.

»Ich auch nicht.«

»Nun ja ...«

»Dann versuchen wir's doch«, sagte sie, breitete die Arme aus und ging einen Schritt auf ihn zu. Er nahm sie in die Arme. Er hatte die rechte Hand lässig über der Schwellung ihres Hinterns. Sie hatte die linke Hand lässig auf seiner Schulter. Er hatte den linken Arm am Ellbogen angewinkelt, ihre rechte Hand lag in seiner. Ihre Hände berührten sich leicht. Sie fingen an, sich im Takt der Musik zu bewegen. Vorsichtig. Fühlten sich ein in den Beat. Bewegten sich vortastend im Rhythmus.

»... lips that burn in a ...
Kiss ...«

»Das kann keiner besser singen als er«, sagte sie.

»Are only learning
To lie
Unless
The first

Caress
Is true.«

»Übrigens«, sagte sie, »bin ich mir immer noch nicht sicher, ob ich Ihnen glauben kann.«

»In welcher Beziehung?«

»Von wegen mich umbringen. Daß Sie engagiert wurden, um mich umzubringen.«

»Wann *werden* Sie mir glauben?«

»Später«, sagte sie. »Vielleicht.«

Seine Hand wanderte hoch zu ihrem Kreuz. Mit einem Mal nahm er wahr, daß sie unter dem Pullover keinen BH anhatte, da war kein BH-Riemen auf ihrem Rücken. Und ebenso plötzlich spürte er ihre Brüste an seiner Brust, und ihre Hand verließ seine Schulter, und sie legte ihm den Arm um den Hals.

»... against my eyes.
And kiss me sweet und promise
Me your
Kisses won't be lies.«

»Die Phrasierung«, flüsterte sie. »Die Phrasierung ist es.«

»Kiss...
And show me, tell me of
Bliss
Because I know I
Will die
Unless
This first
Caress
Is true.«

Nun setzten zu ihrer Verblüffung – da bei den vorherigen beiden Stücken keine dabeigewesen waren – Violinen ein, leiteten in eine andere Tonart für das Zwischenspiel über, strömten förmlich aus dem Lautsprecher, fluteten durch den Raum und kehrten dann für den Endchorus zur ursprünglichen Tonart zurück. Sie stieß ihn mit der Hüfte an.

»Kiss...« sang Sinatra wieder.

Sie hob ihr Gesicht zu seinem.

»And show me, tell me of
Bliss...«

»Küß mich«, flüsterte sie.
»Because I know I
Will die
Unless
This first
Caress
Is true.«
Ihre Lippen begegneten sich. Es war ein Kuß des Todes.

11

An diesem Sonntag, dem dreizehnten Januar, gingen Carella und Meyer morgens um acht Uhr nach Downtown, wo Executive Limousine ihre Autos stehen hatte. Die Garage befand sich in einer schmalen Straße auf der anderen Seite des Old Seawell Tunnel in Calm's Point, wo sie in günstiger Lage zwischen einer Tankstelle und einer Autoreifengroßhandlung stand. Rund um das Flachdach der Garage verlief ein weiß bemaltes Schild, auf dem sich in schwarzen Buchstaben die Worte EXECUTIVE LIMOUSINE entlangzogen. Meyer fragte sich, wie viele Limousinenverleihfirmen in allen Großstädten kreuz und quer in diesem schönen Lande wohl *Executive* Limousine heißen mochten. Und ob es vielleicht auch Limousinenleihfirmen gab, die Sekretärinnen Limousine hießen? Oder Müllmänner Limousine?

»Oder vielleicht Tippelschwester Limousine?« fragte er laut.

»Hm?« sagte Carella.

»Hab' bloß nachgedacht«, sagte Meyer.

Drei von Torbogen überspannte Zugänge führten zu der Garage, allesamt breit genug für die Lastwagen, die einst hier angefahren waren, als diese Gegend noch ein Teil des florierenden Calm's Point-Marktes gewesen war. Diese Zeiten waren für immer vorbei. Wo heute vor dem Gebäude links von Executive Limousine stapelweise neue Pneus standen und Männer Weißwandreifen zu den auf Bühnen und Wagenhebern aufgebockten Autos rollten, gab es früher einmal lange Reihen von Buden, an denen man frisches Obst und Gemüse kaufen konnte, das auf Lastwagen von den Farmen draußen in Sands Spit oder aus dem Bundesstaat über dem Harb angeliefert worden war. Wo heute auf der anderen Seite der Garage Selbstbedienungszapfsäulen und Autos Stoßstange an Stoßstange an der Tankstelle standen, gab es früher einmal Buden mit frischem Fisch, der täglich im Dix oder weit draußen vor der Küste gefangen und jeden Morgen fein säuberlich auf Eis gepackt für die Restauranteinkäufer ausgelegt wurde, die bis zu 150 Kilometer weit hierherfuhren.

In den umliegenden Straßen hier hatten einst Händler aus der Alten Welt buchstäblich alles verkauft, von Möbeln bis zu Klempnerbedarf, von Kurzwaren bis zu Schuhen, von Korsetts bis zu Kronleuchtern. Ein Umschlagplatz war das hier gewesen, tagein, tagaus erfüllt von Geschrei und Gezeter und lautem und regem Treiben. Die Gegend hatte den Ersten Weltkrieg überlebt und den Schwarzen Freitag, die Depressionszeit und den Zweiten Weltkrieg und eine Handvoll törichter Abenteuer im Fernen Osten und in Mittelamerika, doch das Crack konnte sie nicht überleben. Was einst ein blühender Markt gewesen war, war nun ein von Drogen überschwemmter und zerfressener Slum. Die Wohnhäuser, die einst im Erdgeschoß Läden beherbergt hatten, waren nun verlassen. Wo einst Menschen hingekommen waren, um sich mit allerlei Waren für den täglichen Bedarf einzudecken, da kamen sie nun hin, um sich mit den Stoffen einzudecken, die sowohl sie als auch Amerika zerstörten.

Genau hier waren die Limousinen untergestellt.

Geschäftsführer bei Executive Limousine war ein Mann namens Marty Guido. Sie befanden sich in dem von Glaswänden umgebenen Raum, von dem aus man das ständige Kommen und Gehen der Autos in und aus der Garage überblicken konnte. Die Funkmietwagenfirmen in dieser Stadt unterhielten langgezogene Pullman-Limousinen und daneben sogenannte »schwarze Wagen«, obwohl diese in Wirklichkeit häufig weiß waren. Bei den sogenannten schwarzen Wagen handelte es sich vor allem um Straßenkreuzer vom Typ Cadillac oder Lincoln Continental. Die kosteten nur achtundzwanzig Dollar die Stunde, im Gegensatz zu den fünfunddreißig für einen langen Pullman. Wie Haie im Meer waren die schwarzen Wagen und Pullmans innerhalb ihrer Sektoren ständig in Bewegung. Wenn sie anhielten, verpaßte ihnen irgendein übereifriger Misthund von Polizist eine gebührenpflichtige Verwarnung. Daher waren sie ständig unterwegs und warteten darauf, daß sich die Zentrale mit einem Anruf aus der Gegend meldete, in der sie gerade herumkutschierten. Pausenlos warf der Mann an der Funkzentrale hinter Guido und den Detectives mit Straßennamen und Standorten um sich, als ginge es um einen Einsatz beim Glücksspiel. Ununterbrochenes Geplappere herrschte. Es klang wie ein Geheimcode.

»Drei-sieben, Morris, wer is dran? Jemand oben bei drei-sieben Morris? Bei mir melden, ich hab 'ne Frau nach Uptown von drei-sieben Morris.«

Immer weiter leierte die Stimme des Mannes an der Funkzentrale hinter ihnen.

Es war, als versuche man sich in einem Walzwerk Gehör zu verschaffen.

»Roger Turner Tilly«, sagte Meyer. »War früher einmal hier Fahrer.«

»Warum, was hat er angestellt?« fragte Guido.

»Gar nichts«, sagte Carella.

»Und warum sucht ihr ihn dann?«

»Wir suchen ihn nicht. Kennen Sie ihn?«

»Ich kenne ihn. Der hat hier vor 'ner Weile einigen Ärger gekriegt. Ich hatte damals gerade hier angefangen.«

»Genau darüber wollen wir etwas wissen«, sagte Meyer. »Über den Ärger.«

»Warum?«

»Wissen Sie, was das für ein Ärger war?«

»Einer der Fahrer bezeichnete ihn als Schwuchtel. Und er hat ihn zusammengeschlagen. Das war der Ärger.«

»Ja, das war der Ärger«, sagte Carella. »Wissen Sie, wer der andere Fahrer war?«

»Einer von den hispanischen Jungs.«

»Wir haben in Tillys Akte nachgeschlagen ...«

»Wer fährt in Richtung B. Franklin? Ich hab 'nen Abholer bei United Airlines, wer fährt die Richtung? Jemand unterwegs zum Flughafen? Oder zurück? Will jemand eine United-Airlines-Fuhre in die City? Meldet euch, wer sie übernimmt? Abholer bei United, wer übernimmt?«

Meyer wartete die nächste Pause ab.

»Wir haben in Tillys Akte nachgeschlagen«, sagte er schließlich, »und offenbar ging der Fahrer, den er zusammengeschlagen hat ...«

»Ein Mann namens Hector Ruiz«, sage Carella.

»... kurz nachdem Tilly verurteilt wurde, zurück nach Puerto Rico.«

»Ja und?«

»Das ist unser Kenntnisstand«, sagte Meyer.

»Und?«

»Haben Sie Ruiz gekannt?«

»Ich habe ihn gekannt.«

»Stimmt es, daß er nach Puerto Rico zurückging?«

»Warum wollen Sie das wissen?«

»Mister, was macht Ihnen denn zu schaffen?« sagte Carella.

»Mir macht gar nichts zu schaffen. Wenn hier zwei Cops ankommen und mich über einen Angestellten ausfragen, bin ich natürlich ...«

»Oh?« sagte Meyer.

»Ist Ruiz *noch* hier angestellt?« fragte Carella.

»Ja, er fährt wieder für uns. Deswegen will ich ja wissen ...«

»Wann ist er zurückgekommen?« fragte Carella.

»Muß irgendwann im Oktober gewesen sein.«

»Genau um die Zeit, als Tilly aus dem Knast rauskam«, sagte Meyer zu Carella.

»Hat er damals wieder hier zu arbeiten angefangen?« fragte Carella.

»Oktober, November, so in etwa«, sagte Guido.

»Hat er gewußt, daß Tilly aus der Haft entlassen war?«

»Ich habe ihn nie danach gefragt.«

»Hat sich Tilly jemals wieder hier blicken lassen? Nachdem er gegangen war?«

»Nicht daß ich ihn gesehen hätte.«

»Hat Ruiz jemals Ihnen gegenüber Tilly erwähnt?«

»Niemals.«

»Hat er viele Fuhren zur Ainsley Avenue? Droben in Diamondback?«

»Nicht daß ich wüßte.«

»Irgendeine Ahnung, was er da droben machen könnte? Wenn er es denn *war*?«

»Warum fragt ihr ihn nicht selber?« sagte Guido und deutete durch die Glaswand zu einer langen, schwarzen Pullman-Limousine, die gerade in die Garage stieß. Meyer und Carella waren schon unterwegs zur Treppe, als die Vordertür der Limousine aufging. Ein großer, stattlicher Mann mit Mütze und Chauffeurslivree stieg aus. Er nahm fast im gleichen Augenblick die Mütze ab, so daß die tiefschwarzen, zu seinem Schnurrbart passenden Haare zum Vorschein kamen. Er wollte gerade auf die mit MÄNNER ausgeschilderte Tür zugehen, als Carella und Meyer im Erdgeschoß ankamen.

»Mr. Ruiz?« sagte Carella.

»Hector Ruiz?« sagte Meyer.

»Polizei«, sagte Carella und zeigte ihm die Marke. »Wir möchten Sie fragen...«

Ruiz schaute einmal hin und rannte los.

Gradewegs durch den mittleren der drei Torbögen und schnurstracks nach rechts in Richtung der Tankstelle, wo er um die Ecke bog und auf den Fluß zurannte, als Meyer und Carella aus dem Gebäude kamen. Sie sprinteten hinter ihm her, holten auf, als sie über die Tankstelle abkürzten und in Ideallinie die Kurve nahmen. Ruiz war nun etwa fünfzehn Meter vor ihnen und rannte immer noch in Richtung Fluß.

Jede Menge Schiffe dampften zu dieser frühen Stunde bereits flußauf- und flußabwärts oder verkehrten zwischen Isola und Calm's Point. Hinter Ruiz ragten auf der anderen Seite des Flusses die Wolkenkratzer der City in den trostlos grauen Himmel. Rauch quoll aus den Schornsteinen auf den Hausdächern. Rauch trieb aus den Schlöten der Schlepper und Fähren. Wie Rauch drang die Atemluft aus den Mündern der Männer, als sie am Flußufer entlangrannten, vorbei an Joggern, die in beiden Richtungen unterwegs waren und dem Mann in Schwarz und den beiden Männern, die ihn jagten, nicht die geringste Aufmerksamkeit schenkten.

Ruiz war jung und schnell, und sie hätten ihn niemals eingeholt, wenn er sich nicht rasch über die Schulter hätte versichern wollen, wie weit sie noch hinter ihm waren. In diesem Moment – weniger als ein Moment, vielleicht dreißig Sekunden, vielleicht auch nur zehn Sekunden, genau die Zeit, die er brauchte, um einen Blick nach hinten zu ihnen zu werfen, und dann den Kopf wieder in Laufrichtung umzudrehen –, stieß er mit einem Jogger zusammen, der ihm im toten Winkel entgegenkam. Der Jogger war eine rotgekleidete Frau, und einen Moment lang gab es einen Dominoeffekt, als Ruiz' Schwarz plötzlich auf das Rot der Frau prallte und beide mit rudernden Armen und Beinen auf den Gehsteig stürzten.

»Du blöder Mistkerl!« schrie die Frau.

Aber Ruiz rappelte sich bereits wieder auf.
Rasch blickte er noch einmal über die Schulter.
Diesmal sah er zehn Zentimeter vor seiner Nase einen 38er Detective Spezial.

***

Wenn ein Mann losrannte, sobald man Polizei brüllte, hieß das nicht unbedingt, daß er etwas angestellt hatte. In gewissen Vierteln dieser Stadt löste alleine der Anblick einer blauen Uniform hektische Flucht in sämtliche Richtungen aus. Daher interessierten sich die Detectives gar nicht so besonders dafür, weshalb Ruiz in dem Moment losgerannt war, als sie sich zu erkennen gegeben hatten. Andererseits schien Ruiz mehr als gewillt, mit den unterschiedlichsten einfallsreichen Erklärungen für sein merkwürdiges Verhalten aufzuwarten.

Zuerst erzählte er ihnen, ihm sei plötzlich eingefallen, daß er seine Brieftasche in einem Diner vergessen habe, wo er kurz vor der Rückfahrt zur Garage einen Kaffee getrunken habe. Ihr plötzliches Auftauchen habe gar nichts mit seiner plötzlichen Flucht zu tun. Ihm sei bloß die Brieftasche eingefallen. Und das trotz der Tatsache, daß die Brieftasche in seiner hinteren Hosentasche steckte, der Tasche für Doofe, weil sie jeder Taschendieb mit einer Rasierklinge hätte aufschlitzen und ihn bestehlen können, was aber nirgendwo passiert war.

Dann sagte er, er rede nicht von *dieser* Brieftasche, es handle sich vielmehr um diejenige, die er normalerweise im Handschuhfach der Limousine aufbewahre, eine Brieftasche, in die er immer die unterschriebenen Belege für seine Fahrten stecke. Eigentlich gar keine Brieftasche. Eher eine Art Beutel. Ein weicher Lederbeutel. Den hatte er in dem Diner vergessen, habe er *gedacht*, was sich aber als Irrtum erwies, denn da war er, genau da, wo er sein sollte, im Handschuhfach der Limousine.

Auf der Fahrt nach Uptown zum Revier erklärte er ihnen, daß er als kleiner Junge von zwei Detectives erschreckt worden sei, als sie die Matratze einer Nutte, die in Apartment 44 neben der Wohnung seiner Familie am Corchers Boulevard Nummer 7215 in Majesta gewohnt hatte, in Brand gesteckt hatten. Und nun, in der morgendlichen Abgeschiedenheit des Mannschaftsraumes und umgeben von mehr Kriminalpolizisten, als er je in seinem Leben auf einmal zu begegnen gehofft hatte, erzählte ihnen Ruiz, daß er losgerannt sei, weil er gedacht habe, sie wollten ihn wegen der Lumumbataxifahrer ausfragen, auf die derzeit überall in der Stadt geschossen werde. »Das is' vielleicht 'ne verrückte Stadt, eh, Mann?« sagte er und lächelte wie einer der Banditos in *Der Schatz der Sierra Madre*. Keiner der Detectives erwiderte das Lächeln.

Sie waren zu viert, einer größer als der andere. Meyer, Carella, Hawes und Brown. Und alle blickten ihn streng und mißbilligend an.

»Das is' nicht rechtens, wißt ihr?« sagte Ruiz. »Mich hier einfach herzuschleppen, wo ich *nix* gemacht hab'.«

»Wir glauben aber, daß du was gemacht hast«, sagte Hawes.

Ruiz hielt ihn für den Gemeinsten in der Runde. Noch gemeiner als der schwarze Cop. Sie hatten beide in etwa die gleiche Größe. Er wollte sich mit keinem von beiden anlegen. Er hielt den glatzköpfigen Cop für eine lockere Type. Der glatzköpfige Cop war es gewesen, der ihm seine Rechte vorgelesen und ihn gefragt hatte, ob er einen Anwalt wolle. Er hatte ihnen gesagt, wenn er nichts gemacht habe, brauche er auch keinen Anwalt. Er hielt das für eine schlaue Tour. Bitte um einen Anwalt, und die denken sofort, daß du etwas angestellt hast.

»Tilly«, sagte Carella. »Roger Turner Tilly.«

Er war der Meinung, daß Ruiz zwar tausendundeine Erklärung dafür vorbringen mochte, weshalb er davongerannt war, und daß davon vielleicht neunhundertundneunundneunzig zumindest den Hauch einer Wahrheit enthielten, daß der wahrscheinliche Grund, den er noch nicht genannt hatte, aber der war, daß er Tilly in den Hinterkopf geschossen und ihn an der Decke aufgeknüpft hatte. Was ein guter Grund zum Davonlaufen wäre, wenn Cops vorbeikamen und Fragen stellten.

»Ich kenn den Namen nicht«, sagte Ruiz.

»Huh, mein Junge«, sagte Brown.

»Fangen wir doch allmählich mal mit der Wahrheit an, okay?« sagte Hawes. »Damit ersparen wir uns alle eine Menge Zeit, okay, Hector?«

»Tilly«, sagte Ruiz nickend und dachte scheinbar darüber nach. »Roger Tilly, wa?«

»Roger Turner Tilly«, sagte Hawes.

»Der Mann, der Ihnen letzten März die Nase und beide Arme gebrochen hat«, sagte Carella.

»Der Mann, der dich krankenhausreif geschlagen hat«, sagte Brown.

»Ach, der«, sagte Ruiz. »Was ist mit dem? Er is' im Gefängnis, nicht wahr?«

»Nein, er ist nicht im Gefängnis«, sagte Carella.

»Macht mal halblang, Jungs«, sagte Meyer. »Ist ja nicht notwendig, daß ihr alle gemeinsam über den Mann herfallt.«

Er spielte den guten Cop unter all diesen großen, gemeinen bösen Cops, die ihn alle anstarrten, als wollten sie sagen: »Halt dich hier raus, wir wissen, wie man mit solchen Nichtsnutzen umgeht.« Ruiz nickte ihm schweigend und dankbar zu.

»Sie wurden gesehen, als Sie in Uptown mit Ihrer Limousine herumkutschiert sind«, sagte Carella, der insofern ein bißchen flexibler mit der Wahrheit umging, als Carmen Sanchez den Fahrer der Limousine, der das Haus bei mehreren Gelegenheiten ausgespäht hatte, nicht erkannt hatte, »und zwar in der Umgebung der Ainsley Avenue Nummer zehn-fünfundsechzig. Kennen Sie sich in der Gegend aus?«

»Ich komm so gut wie nie da rauf«, sagte Ruiz. »Sie müssen sich irren.«

»Aber manchmal kommst du *schon* da rauf, hm?« sagte Brown.

»Sehr selten«, sagte Ruiz und betonte das Wort *selten*, als handle es sich um ein Wort, das er selten gebrauchte. »Sehr selten«, sagte er noch einmal und ließ es auf der Zunge zergehen wie köstlichen Wein.

»Bist du am siebten Januar droben gewesen?« fragte Hawes.

»Wann soll das gewesen sein?«

»Am Montag, dem siebten. Bist du da mit deiner hübschen langen Limousine da droben gewesen?«

»Nein.«

»So gegen zwölf, halb eins«, sagte Carella. »Um Ausschau nach Tilly zu halten?«

»Tilly is' noch im Gefängnis, nicht wahr?«

Wieder dieselbe Leier, oder zumindest eine einigermaßen akzeptable Kopie. Ruiz war sehr attraktiv, und er wußte es auch. Dichtes schwarzes Machohaar samt Schnurrbart, ein Grinsen wie ein schwuler Caballero. Selbst mit gebrochener Nase war er attraktiv. Vielleicht sogar attraktiver als früher, bevor Tilly sie ihm so zugerichtet hatte.

»Nein, er ist nicht im Gefängnis«, sagte Carella wieder. Sie redeten beide um den guten, alten heißen Brei herum.

»Er ist im Oktober rausgekommen«, sagte Hawes.

»Wann bist du aus Puerto Rico zurückgekommen?« fragte Brown.

»Weiß ich nicht mehr.«

»Guido sagt, Sie haben irgendwann im Oktober, November wieder bei ihm angefangen.«

»Wenn's Guido sagt, musses stimmen«, sagte Ruiz achselzuckend und lächelte seinen guten alten Kumpel, Detective Meyer, unschuldig an.

»Der Mann ist sauber«, sagte Meyer, »warum kommt ihr ihm mit lauter solchem Quatsch?«

»*Gracias, amigo*«, sagte Ruiz.

»*De nada*«, sagte Meyer und tätschelte ihm aufmunternd die Schulter.

»Warum sind Sie zurückgekommen?« fragte Carella. »Weil Sie wußten, daß Tilly wieder draußen war?«

»Ich hab' gedacht, er wär noch *drin*«, beharrte Ruiz.

»Weil du's ihm heimzahlen wolltest?« fragte Hawes.

»Ihn für das drankriegen, was er Ihnen angetan hat?«

»Daß er dich so blamiert hat...«

»Daß du dir von so 'nem kleinen Kerl die Nase und die Arme hast brechen lassen...«

»Und das einem großen Macho wie dir...«

»Ich weiß nicht, was ihr meint«, sagte Ruiz und blickte wieder inbrünstig zu Meyer.

»Er weiß nicht, was ihr Jungs meint«, sagte Meyer. »Ich übrigens auch nicht. Was wäre denn, wenn er letzten Montag da droben gewesen *wäre*...?«

»Das stimmt«, sagte Ruiz. »Was wäre, wenn?«

»Heißt das schon, daß er Tilly *umgebracht* hat?«

»Nein«, sagte Ruiz kopfschüttelnd, »das heißt nicht, daß ich ihn umgebracht hab'. Wie könnt' das denn heißen. Ich hab' nicht mal gewußt, daß er tot is'. Ich hab' gedacht, er wär noch im Gefängnis.«

»Wenn Sie dachten, er wäre noch im Gefängnis, warum haben Sie dann auf ihn geschossen?« sagte Carella.

»Ich hab' auf niemand geschossen.«

»Probier's mal damit«, sagte Hawes und warf plötzlich eine mit einem Schildchen versehene Pistole vom Kaliber .32 auf den Schreibtisch. Die Waffe landete mit einem festen Knall, rutschte quer über den

Schreibtisch auf Ruiz zu, wo sie schlitternd in einer gräulich-weißen Schleifspur zum Stillstand kam. Ruiz blickte sie an wie einen ausgesetzten Wechselbalg, der plötzlich nach Hause zurückgekehrt ist.

»Was is'n das?« fragte er freundlich.

»Was glaubst du denn?« fragte Brown.

»Es sieht aus wie 'ne Knarre.«

»Ja, es ist eine Knarre«, sagte Brown.

»Mmm«, sagte Ruiz und blickte verwundert und voller Erstaunen auf die Waffe.

»Es ist eine Hi-Standard Sentinel vom Kaliber zwounddreißig«, sagte Hawes.

»Mmm«, sagte Ruiz wieder.

»Diese Waffe schon jemals gesehen?« fragte Carella.

»Sieht der Mann etwa so aus, als ob er sich mit Waffen auskennt?« frage Meyer unwirsch.

»Schon jemals gesehen?«

»Nein, wart mal 'nen Augenblick«, sagte Meyer. »Ich habe dich etwas gefragt, Steve. Sieht dieser Mann...?«

»Ich habe diese Waffe im ganzen Leben noch nie gesehn«, sagte Ruiz.

»Danke«, sagte Meyer.

»De nada«, sagte Ruiz.

»Wir haben diese Waffe am Schauplatz eines Mordes gefunden«, sagte Carella und deutete darauf. »Ainsley Avenue Nummer zehnfünfundsechzig. Tilly wurde dort erschossen und getötet.«

»Direkt am Tatort«, sagte Brown.

»Wo Tilly mit einer Kugel im Kopf an der Decke hing«, sagte Hawes.

Er wollte ihm die Szene ausmalen. Mit fetten Pinselstrichen.

Ruiz zuckte lediglich mit den Achseln und schaute zu Meyer, als habe er nicht die geringste Ahnung, wovon diese Leute hier überhaupt redeten.

»Okay, gehen wir«, sagte Carella.

»Gehn?« sagte Ruiz. »Wohin gehen?«

»Fingerabdrücke nehmen lassen«, sagte Carella.

»Für was?«

»Weil wir von der Waffe ein paar gute Abdrücke abgenommen haben und sie anhand Ihrer überprüfen möchten.«

Er log. Die Waffe war mit Asche überzogen gewesen, war immer noch mit Asche überzogen, und sie hatten keinen einzigen guten Abdruck gefunden.

»Das muß ich nicht mit mir machen lassen«, sagte Ruiz. »Meine Fingerabdrücke nehmen, mein ich.«

»Doch, das müssen Sie«, sagte Carella. »Lesen Sie mal Ihre Rechte. Gehen wir.«

»Überhaupt, wie...« sagte Ruiz und brach ab.

»Wie *was*?« sagte Brown.

»Nichts.«

»Was wolltest du grade sagen? Wie was?«

»Da is' überall Asche dran«, sagte Ruiz. »Wie soll'n da Fingerabdrücke drauf sein?«

»Es waren welche drauf«, log Carella wieder.

»Und woher weißt du, daß das Asche ist«, sagte Brown.

»Na ja, kann man doch *sehn*, daß das Asche is'«, sagte Ruiz.

»Nein, es sieht so aus, als wäre die ganze Waffe voll mit irgendwelchem grauen Scheiß. Woher weißt du, daß es Asche ist?«

»Ich hab' bloß gedacht...«

»Ja, was hast du gedacht?«

»Es *sieht* genauso aus wie Asche, das is' alles«, sagte Ruiz achselzuckend und wandte sich an Meyer. »Sieht das für Sie nicht auch wie Asche aus?«

»Natürlich«, sagte Meyer und lächelte ermutigend.

»*Muß* einfach Asche sein«, sagte Ruiz nun zuversichtlich.

»Aber woher hast du *gleich* gewußt, daß es Asche ist«, ging Brown dazwischen.

»Na ja, ihr habt gesagt, ihr habt die Knarre am Tatort gefunden, habt ihr das nicht gesagt?«

»Ja und?«

»Und da hab' ich mir gedacht, da *unten* könnte Asche sein, hab' ich recht?« sagte er und wandte sich wieder lächelnd an Meyer. »In 'nem Keller, hab' ich recht? Da könnt's Asche geben. Kommt drauf an, was für 'ne...«

»Wer hat denn etwas davon gesagt, daß wir sie in einem Keller gefunden haben?« fragte Meyer.

Er lächelte nun nicht mehr.

»Na ja, ihr...«

»Wer hat ein Wort von *Keller* gesagt?«

Ruiz schaute Meyer an, als hätte ihm gerade seine eigene Mutter einen Stich ins Herz versetzt. Er wandte sich den anderen Detectives zu. Sie lächelten auch nicht. Im ganzen Mannschaftsraum war es plötzlich überaus still geworden.

»Na ja, ihr habt gesagt...«

Er versuchte sich beim besten Willen daran zu erinnern, was sie gesagt hatten. Hatten sie nicht gesagt, sie hätten die Knarre am Schauplatz des Mordes gefunden? Da unten im Keller? Wo Tilly an der Decke hing? Er war sicher, daß sie das gesagt hatten. Aber –

»Möchten Sie einen Anwalt?« fragte Carella.

»Soll ich mir einen Anwalt besorgen?« fragte Ruiz Meyer.

Meyer durfte ihm keinen Rat erteilen, aber er nickte diskret.

An der Wanduhr im Mannschaftsraum war es zehn Minuten vor elf.

Draußen fing es wieder an zu schneien.

***

Die Welt war weiß.

Sie hatten den ganzen Morgen durchgeschlafen, und vor dem Aufstehen hatten sie sich noch einmal geliebt, und nun – kurz nach Mittag – traten sie hinaus in eine Märchenwelt aus lauter kristallenen Spitzen und Minaretten, aus Zuckerwattetürmen und -domen. Über eine Stadt, die nicht gerade für ihre Sauberkeit berühmt war, war nun ein dicker weißer Teppich ausgebreitet, der alles verbarg und verhüllte. Außerdem lag eine Stille in der Luft, die ein trügerisches Gefühl der Beschaulichkeit hervorrief. Die wenigen Autos, die auf der Straße waren, fuhren auf dem Schneepolster leise vorbei. Selbst das Rattern der Züge auf den Hochbahngleisen in der Ferne schien irgendwie gedämpft, als ob der Schnee unter den Füßen und der Schnee auf den Dächern und Schornsteinen und der Schnee, der immer noch durch die Luft wirbelte, einen akustischen Kokon gesponnen habe, in dem einzig das Murmeln des Herzens zu vernehmen war.

Andrew wußte, daß er sie umbringen mußte, er wurde dafür bezahlt, daß er sie umbrachte. Er wußte auch, daß er sie letzte Nacht hätte umbringen sollen. Sie hätte umbringen sollen, nachdem sie sich zum zweitenmal geliebt hatten, als sie mit einem komischen, zufriedenen Lächeln um den Mund auf dem Rücken lag und schlief, die dunklen Augen geschlossen, die blonden Haare auf dem Kissen ausgebreitet, da hätte er sie umbringen sollen. Ein Messer aus der Küche nehmen und ihr die Kehle aufschlitzen sollen. Statt dessen war er selbst eingeschlafen.

»Etwas?« fragte sie.

Sie lächelte.

Sie hatte schon gelächelt, als sie diesen Morgen aufgewacht waren, und seither hatte sie nicht aufgehört zu lächeln. Wandte sich ihm nun erwartungsvoll zu, den Arm bei ihm untergehakt, ein Lächeln auf dem Gesicht, die Brauen vor Vorfreude hochgezogen, und wartete auf eine Antwort. Etwas? hatte sie gesagt. Einen Pfennig für deine Gedanken? Und nun wartete sie.

»Ich habe gerade daran gedacht, was wir letzte Nacht gemacht haben«, sagte er.

Was in gewisser Weise stimmte. Er hatte darüber nachgedacht, wie er das Angenehme dem Geschäftlichen hatte in die Quere kommen lassen. Letzte Nacht wäre der perfekte Zeitpunkt dafür gewesen. Bowles fort aus der Stadt, der Killer der Lady direkt in ihrem Scheiß Bett. Letzte Nacht, da hätte er –

»Was hat dir am besten gefallen?« fragte sie und drückte seinen Arm.

»Alles«, sagte er.

Was ebenfalls stimmte.

Er mochte Frauen, das stand völlig außer Frage, aber normalerweise wollte er nach dem zweiten Mal heimgehen. Manchmal sogar nach dem *ersten* Mal. Wollte sich anziehen und abhauen, danke, toll war's, bis irgendwann mal wieder beim Ringelpiez. Und wenn sie in seiner Wohnung waren, wollte er, daß sie schleunigst ins Höschen schlüpften und sich ein Taxi schnappten, hier is' das Fahrgeld, Schätzchen, ich ruf dich an. Nächstes Jahr im Sommer. Letzte Nacht war er hinterher einfach tief eingeschlafen.

»Was meinst du mit alles?« fragte sie.

Immer noch an seinen Arm geklammert. Schnee fiel um sie herum, und die Stadt war verstummt. Schnee haftete an dem langen grauen Kavalleriemantel und der blauen Wollmütze. Die dunklen Augen im wirbelnden Schnee verkniffen. Das Gesicht frisch und glänzend und naß vom Schnee.

»Verrat's mir«, bat sie.

Viele Frauen wollten, daß man schmutzige Reden mit ihnen führte. Während man mittendrin war, manchmal sogar hinterher. Er kannte die Chose, wußte, was diese Frauen antörnte, wußte, welche Obszönitäten er ihnen ins Ohr flüstern mußte, all das Gesäusle über klatschnasse Mösen und dicke Schwänze, die ganze Anstiftung zum Aufruhr in der Stille der Nacht. Oder noch besser: eine Braut am hellichten Tag, eine Hand unter dem Tischtuch und unter dem Rock, das schlüpfrige Gerede – er kannte diese Frauen, er hatte Tausende dieser Frauen in seinem Leben kennengelernt. Aber er glaubte nicht, daß Emma jetzt, in diesem Augenblick, um eine Kostprobe bat, glaubte nicht, daß sie scharf war auf seine dreeckigen Bielderr, derr Heerr. Darum bat sie nicht. Er wußte nicht, worum, um Himmels willen, sie bat, und es war ihm auch egal. Er war engagiert worden, damit er diese Frau umbrachte.

»Hat es dir die Sprache verschlagen?« fragte sie.

Schweinigeleien? Lutschereien?

Wollte sie *das* hören?

»Wie weit ist es denn bis dort?« fragte er.

»Noch fünf oder sechs Straßen«, sagte sie. »Aber das ist es wert.«

»Das will ich hoffen«, sagte er. »Ich bin am Verhungern.«

»Die besten Waffeln in der Stadt.«

»Weiter Weg für ein paar Waffeln«, sagte er.

»Aber es ist doch so ein herrlicher Tag«, sagte sie.

»Ja«, sagte er.

»Ich habe letzte Nacht vergessen, dich zu fragen«, sagte sie, wandte sich von ihm ab und blickte in den fallenden Schnee. »Bist du verheiratet?«

»Nein«, sagte er.

»*Mich* mußt du ja nicht fragen, oder?«

»Nein, ich weiß, daß du verheiratet bist«, sagte er.

»Hättest du's gern, wenn ich's nicht wäre?«

»Ich hab's gern so, wie es ist«, sagte er.

Er haßte dieses Gerede.

»Bist du schon mal verheiratet gewesen?« fragte sie.

»Nie.«

»Schon mal fast?«

»Nie. Nicht mal dran gedacht.«

»Was ist mit ernsthaften Beziehungen? Hattest du schon mal eine ernsthafte Beziehung mit einer Frau?«

Er haßte dieses dämliche Käsegerede aus ganzem Herzen.

»Nun ja, ich habe Frauen gekannt, die ich ziemlich mochte«, sagte er.

»Wenn du sagst, daß du ...«

»Frauen, mit denen ich eine Beziehung hatte, ja.«

»Mit ihnen zusammengelebt?«

»Mit einer, ja.«

»Wann war das?«

»Oh, ist 'ne ganze Weile her.«

»Wie lange wart ihr zusammen?«

»Zwei, drei Jahre, so um den Dreh.«

»*Weißt* du etwa nicht mehr, wie lange?«

»Nicht mehr genau.«

»Was ist passiert?«

»Es war einfach Schluß, das ist alles. Bei manchen Sachen ist halt irgendwann mal Schluß, weißt du.«

»Das muß aber nicht so sein, oder?«

»Nun ja, es wäre ziemlich unnatürlich, wenn es nicht so wäre.«

»Trotzdem ... es *gibt* Menschen, die für immer zusammenbleiben.«

»Nun ja ...«

»Weil sie gut füreinander sind«, sagte sie und zögerte. »Weil sie einander lieben.«

»Nun ja, ich schätze schon.«

»Hast du diese Frau geliebt?«

»Weiß ich nicht.«

»Wie hat sie geheißen?«

»Katie.«

»Das ist ein hübscher Name.«

»Tja.«

»Wer hat Schluß gemacht? Du oder sie?«

»Sie war's.«

»Weshalb?«

»Ich weiß nicht, weshalb.«

»Na ja, es muß doch einen Grund dafür gegeben haben ...«

»Nein, ich glaube nicht, daß es einen Grund dafür gegeben hat. Es war einfach Schluß, das ist alles. Die Zeit war reif, und dann war halt Schluß.«

Er hatte nie mit dem gerechnet, was Katie ihm angetan hatte.

Niemals. Zwanzig Jahre war sie alt, als er sie kennenlernte, eine Jungfrau, konnte man's denn glauben? Und kaum älter, als sie zusammenzogen; er brachte ihr alles bei, was sie wußte. Katie Briggs. Ein dunkelhaariges Mädchen, teils englischer, teils schottischer Herkunft. Braune Augen. Ein Teint wie Milch und Honig. Herrliches Mädchen. Und eines Nachts kam er heim...

Er war in der Nacht, als Katie Schluß machte, zum Pokern aus gewesen. Hatte die Runde früh verlassen, weil er nicht zu scharf aufs Pokern war, dachte, er bekäme vielleicht eine Grippe oder so etwas, und nachdem er am Verlieren war, beschwerte sich niemand, als er ihnen sagte, daß er aussteigen wollte.

...kam in dieser Nacht heim, steckte den Schlüssel ins Loch, ging rein und entdeckte sie mit zwei Typen im Bett. Ein Schwarzer und ein Weißer – legte schon Wert auf Chancengleichheit, die kleine Katie. Nackt und blaß, den Schwanz von dem schwarzen Typen im Mund und den Schwanz von dem weißen Typen im Arsch, so hatte Katie Biggs Schluß gemacht, auf diese Art hatte die kleine Katie Biggs Lebewohl gesagt.

»Weißt du, was *mir* letzte Nacht am besten gefallen hat?« fragte sie.

Wieder bei letzter Nacht. Vielleicht *wollte* sie ihm unbedingt sagen, wie gern sie vögelte. Es sollte ja diese unterdrückten Hausmütterchen geben, die einem ihre ganzen Vergewaltigungsphantasien erzählten, ihre ganze Phantasterei darüber, wie sie von der gesamten Gefängnisbelegschaft von Joliet, Illinois, durchgevögelt wurden. Vielleicht hatte er sie falsch eingeschätzt. Mach schon, dachte er, raus damit, Baby.

»Was hat dir am besten gefallen?« fragte er.

»Deine Sanftheit«, sagte sie.

Meine *was*? dachte er und hätte beinahe losgeprustet.

Sie schaute zu ihm hoch. Ohne Lächeln diesmal. Schaute ihm ins Gesicht, studierte sein Gesicht, schien zu warten, daß er etwas sagte. Er küßte sie statt dessen. Im Zweifelsfalle.

»Ich liebe dich«, sagte sie.

Das läßt sich viel zu leicht an, dachte er.

***

»Sie begreifen doch, daß er ein Schmock ist, oder nicht?« sagte der Anwalt.

»Hmm«, sagte Carella.

Der Anwalt war als Pflichtverteidiger für Hector Ruiz eingeteilt worden, der zu guter Letzt auf den Rat seines guten Kumpels Meyer hin und in Anbetracht der Tatsache, daß die Polizei anzunehmen schien, seine Fingerabdrücke seien überall auf der Waffe, mit der Roger Turner Tilly umgebracht worden war, doch entschieden hatte, daß er einen Rechtsbeistand brauchte. Der Anwalt war vielleicht siebenunddreißig, achtunddreißig Jahre alt und wurde bereits kahl, was ihn Meyer, der schon in jungen Jahren völlig kahl geworden war, anscheinend sympathisch machte. Der Anwalt versuchte bereits mit einem Teilgeständnis hausieren zu gehen, obwohl noch nirgendwo ein Bezirksstaatsanwalt zu sehen war und er wußte, daß die Detectives nicht die Befugnisse hatten, sich auf irgendeinen Kuhhandel einzulassen.

»Bei diesen Leuten geht's doch um Machismo«, sagte der Anwalt.

Sein Name lautete Morris Weinstein. Er vertrat zahlreiche hispanische Straftäter, aber er bezeichnete sie immer noch als »diese Leute«. Er bezeichnete auch Schwarze als »diese Leute«. Er hatte wahrscheinlich keine Ahnung, daß zahlreiche weiße Durchschnittsamerikaner Juden als »diese Leute« bezeichneten. War schon ein lustiges Land, dieses Amerika.

»Er bezeichnet einen Kurzen als Schwuchtel, und auf einmal dreht sich der Kurze um und haut ihm die Hucke voll«, sagte Weinstein.

»Muß eine Riesenüberraschung gewesen sein«, sagte Carella verständnisvoll. Er glaubte, daß sie Ruiz gewaltig dafür verknacken würden, daß er Tilly erschossen und aufgehängt hatte.

»Schreckliche Sache so was«, sagte Weinstein. »In Anbetracht der Sensibilität eines Macho.«

»Ja, schrecklich«, sagte Carella.

»Ich denke an einen 125.20er«, sagte Weinstein.

Meyer zwinkerte.

»Einfacher Totschlag«, sagte Weinstein, als wüßten sie das nicht.

Meyer zwinkerte wieder.

»Und zwar insofern, daß es sich um eine kulturell bedingte Sache handelt, die unter dem Einfluß einer extremen emotionalen Störung begangen wurde.«

»Hmm«, sagte Carella.

»Welche er nicht richtig unter Kontrolle hatte«, sagte Weinstein.

»Hmm«, sagte Carella.

»Und was glauben Sie?«

»Wir glauben, daß es Mord war«, sagte Carella. »Und zwar insofern, als er nach Uptown fuhr mit dem ausdrücklichen Vorsatz...«

»Nun, das wissen wir nicht, oder?« sagte Weinstein.

»... Tilly eine Kugel in den Kopf zu schießen.«

»Nun, wenn Sie es so darstellen wollen«, sagte Weinstein.

Carella überlegte, wie man es denn anders darstellen könnte.

»Sie müssen diese Leute begreifen«, sagte Weinstein.

»Hmm.«

»Ich habe ein Buch über Mexiko gelesen«, sagte Weinstein, »in dem Wandkritzeleien als kultureller Wesenszug erklärt wurde. Deswegen sieht ja man in hispanischen Gegenden auch so viele Graffiti.«

»Ist das deswegen?« sagte Carella.

»Ja. Es ist eine kulturell bedingte Sache.«

Carella war froh zu wissen, daß Wändebeschmieren eine kulturell bedingte Sache war.

»Er hat zugegeben, daß er auf Tilly schoß«, sagte Weinstein. »Wichtig dabei ist, daß wir verstehen, *warum*.«

»Ja, nun ja, wahrscheinlich können Sie das beim Prozeß erklären«, sagte Carella.

»Warum tun Sie so beschissen?« fragte Weinstein.

»Weil das, was wir hier haben, ein Mordgeständnis ist«, sagte Carella.

»Oh, nun, das«, sagte Weinstein.

»Ja, oh, nun, das. Sie waren doch dabei, als er zugab, daß er Tilly gesehen hat...«

»Ja, aber...«

»... wie er vor dem Haus stand und auf jemanden wartete...«

»Das wissen wir nicht mit Gewißheit...«

»...und ihn mit vorgehaltener Waffe zwang, in den Keller zu gehen...«

»Ja, aber...«

»Und ihm in den Hinterkopf schoß...«

»Ja...«

»Und ihn dann aufknüpfte.«

»Genau das meine ich ja mit dem kulturellen Aspekt.«

»Ja, sehr kulturell«, sagte Meyer. »Einen Mann an der Decke aufzuhängen, nachdem man ihn erschossen hat.«

»Genau das ist es tatsächlich.«

»Wir hatten schon Menschen, die an Laternenmasten hingen«, sagte Carella.

»Was?«

»Hier oben«, sagte Meyer. »Junge Frauen, die an Laternenmasten hingen.«

»Sprintstars«, sagte Carella. »Die an Laternenmasten hingen.«

»Und das war nicht kulturell«, sagte Meyer.

»Das hier schon. Tilly mußte *bestraft* werden, sehen Sie das denn nicht? Nicht nur erschossen, sondern *bestraft*, als abschreckendes Beispiel für andere an der Decke aufgehängt. Was genau der Grund ist, weshalb ich auf einfachen Totschlag plädiere. Dieser Mann war erfüllt von einer emotionalen ...«

In barschem Tonfall unterbrach ihn Meyer: »Bockmist! Den hat nur eines erfüllt, und zwar hier hochzufahren und jemanden kaltblütig zu erschießen.«

»Weil diese Person ihn *gedemütigt* hatte. Sie haben doch gehört, was er gesagt hat, oder nicht? Daß er gedemütigt worden ist.«

»Ja, wir haben gehört, was er gesagt hat. Wir haben aber auch gehört, was er ...«

»Demütigung«, sagte Weinstein. »Eine wichtige Sache in den Ländern, aus denen diese Leute kommen. Das Gesicht. Gesichtsverlust. Die ganze kulturell bedingte Machosache.«

»Ein Jammer, daß die Kultur *hier* nicht so ist«, sagte Carella. »Weil wir hier nämlich beim Bezirksstaatsanwalt Mordanklage beantragen.«

»Ich nehme an, ich muß das mit ihm besprechen, wenn er herkommt«, sage Weinstein mit tiefem Seufzen.

»Ja, besprechen Sie das.«

»Weil Sie ja gehört haben, was mein Mandant sagte, oder nicht ...?«

Bestätigend fügte er hinzu: »Wir haben gehört, daß er gesagt hat, er wäre rauf nach Diamondback gefahren, um Tilly abzuknallen. Das waren genau seine Worte, Tilly abzuknallen. Wir haben sie sogar auf Band.«

»Genau meine Rede. Kulturell bedingte Prahlerei.«

»Bockmist«, sagte Meyer wieder.

»Ich plädiere auf verminderte Schuldfähigkeit, und er kommt mit einem Jahr davon«, sagte Weinstein. »In vier Monaten lassen sie ihn wieder raus.«

Sie wußten, daß er recht hatte.

12

Es lag nicht nur an der rotgeäderten Knollennase, nicht an den vom Rasieren stammenden Schmissen an Kinn und Wange, nicht einmal nur an dem schlechtsitzenden und irgendwie knittrigen Anzug. An Frank Ungers ramponiertem Äußeren gab es noch ein paar mehr Anzeichen dafür, daß der Alkohol schon seit langem sein einziger Lebensinhalt war. Lowell hatte ihn nicht als Zeugen aufgerufen, weil er nutzlos war. Nikolaus Addison ging eindeutig ein Risiko ein, als er ihn nun aufrief. Der Mann schien etwas verwirrt darüber, daß er sich in einem Gerichtssaal und in diesem Augenblick auch noch im Mittelpunkt des Interesses befand. Carella, der ihn an diesem Montagmorgen bei der Vereidigung beobachtete, konnte sich nicht vorstellen, daß ihm auch nur ein Geschworener ein Wort glaubte.

»Mr. Unger«, sagte Addison, »können Sie mir bitte sagen, wo Sie wohnen?«

»An der Harrison Street Nummer 7828, Apartment 24.«

»Wie lange wohnen Sie schon in dieser Gegend?«

»Vierzehn Jahre. Im April werden's vierzehn«, sagte Unger.

Seine Stimme war rauh vom Whiskey, und er hatte einen derart angespannten Gesichtsausdruck, als falle ihm allein das Zuhören schwer. Carella bemerkte die Nikotinflecken an seinen Fingern.

»Sir, kennen Sie einen Spirituosenladen namens Empire Wines & Spirits an der Harrison Street Nummer 7832?«

»Den kenn ich.«

»Kaufen Sie gelegentlich in dem Laden ein?«

»Das mach ich.«

»Mr. Unger, ich möchte Sie darum bitten, daß Sie sich zurückversetzen an den Abend des siebzehnten Juli letzten Jahres, das war ein Dienstagabend, Mr. Unger. Glauben Sie, Sie können sich so weit zurückerinnern?«

»Ich glaub schon.«

»Ein sehr heißer Abend, können Sie sich an den Abend erinnern?«

»Jawohl, das kann ich.«

»Mr. Unger, sind Sie an diesem Abend irgendwann zu Empire Wines & Spirits gegangen?«

»Jawoll, das bin ich.«

»Können Sie sich vielleicht zufällig erinnern, um welche Zeit Sie dort hingingen?«

»So gegen neun Uhr.«

»Das wissen Sie noch, ja?«

»Ja. Ich hab' der Katze grade 'n bißchen Trockenfutter gegeben – ich paß immer drauf auf, daß sie die ganze Zeit Futter im Napf hat, weil es gibt bloß uns zwei, sehn Sie –, und da hab' ich mir gedacht, ich gönn mir 'n kleinen Schlummertrunk, derweil ich um zehn die Nachrichten anschau. Was ich normalerweise immer mach – ich geb der Katze ihr Trockenfutter, und dann gönn ich mir 'n kleinen Schlummertrunk, derweil ich mir um zehn die Nachrichten anschau. Ich geh normalerweise um elf schlafen. Das ist normalerweise meine Angewohnheit.«

»Aber an diesem Abend, sagen Sie, sind Sie hinunter in den Spirituosenladen gegangen?«

»Ja. Weil nichts mehr im Haus gewesen ist. War alles alle, sehn Sie? Also hab' ich mich entschlossen, mir unten was holen zu gehn. In dem Schnapsladen. Ich hab' gewußt, daß die bis zehn offen haben.«

»Und Sie sagen, Sie gingen gegen neun hinunter.«

»So um den Dreh. Es ist bloß ein paar Häuser die Straße rauf, sehn Sie?«

»Auf der gleichen Straßenseite wie der Bäckerladen, stimmt das nicht?«

»Tscha, den Laden gibt's nicht mehr.«

»Aber früher gab es einen Laden an der Harrison Street Nummer 7834, nicht wahr?«

»Ja.«

»Und er hieß A & L Bakery, ist das richtig?«

»Ja.«

»Direkt neben dem Spirituosenladen.«

»Ja.«

»Mr. Unger, was würden Sie sagen, wie lange Sie in dem Spirituosenladen waren?«

»Ach, 'ne Viertelstunde, zwanzig Minuten.«

»Um welche Zeit waren Sie dort?«

»Fünf nach neun? Zehn nach?«

»Nun, was würden Sie sagen?«

»Zehn nach, schätz ich mal.«

»Und Sie waren dort... nun, wie viele Minuten? Fünfzehn? Zwanzig?«

»Ich würd' mal zwanzig sagen. Ich red gern mit den Leuten da. Weil es gibt bloß uns zwei, mich und die Katze, sehn Sie.«

»Sie tätigten also dort Ihren Einkauf...«

»Hab' mir 'n dreiviertel Bourbon gekauft, ja.«

»Und redeten mit... nun, mit wem redeten Sie?«

»Mit Ralph. Dem Mann, dem das Empire gehört.«

»Und Sie sagen, Sie gingen etwa nach zwanzig Minuten wieder weg.«

»Ja.«

»Das wäre dann etwa um halb zehn gewesen.«

»Ja, Sir. Etwa genau um die Zeit.«

»Sie kamen also um halb zehn wieder auf die Straße, ist das richtig?«

»Ja.«

»Haben Sie zu der Zeit irgend etwas gehört?«

»Ich hab' Schüsse gehört.«

»Wie viele?«

»Drei Stück.«

»Woher kamen die?«

»Aus der Bäckerei nebenan.«

»Haben Sie jemanden aus der Bäckerei kommen sehen?«

»Hab' ich. Hätt' mich beinah umgerannt, Tatsache.«

»*Wer* hätte Sie beinahe umgerannt?«

»Der Mann, der aus der Bäckerei gekommen ist.«

»Sie sahen einen Mann aus der Bäckerei kommen...«

»*Gerannt* ist er aus der Bäckerei.«

»Und Sie sagen, er hätte Sie beinahe umgerannt?«

»Das stimmt. Und hat zu mir gesagt, ich soll sehn, daß ich ihm aus 'm Weg geh.«

»Sind Sie sicher, daß Sie nicht *zwei* Männer aus der Bäckerei rennen sahen?«

»Absolut. Es war bloß der eine Mann.«

»Sehen Sie den Mann, der dort am Verteidigerpult sitzt?« sagte Addison und deutete auf Sonny Cole, der aufrecht, mit im Schoß verschränkten Händen dasaß.

»Ja, den seh ich«, sagte Unger.

»Ist das der Mann, den Sie am siebzehnten Juli letzten Jahres um halb zehn Uhr abends aus dem Bäckerladen an der Harrison Street Nummer 7834 rennen sahen?«

»Nein, das ist er nicht«, sagte Unger.

Addison ging zum Verteidigerpult, ergriff etwas, das von Carellas Sitzplatz aus wie ein Schwarzweißfoto aussah, und trug es zum Zeugenstand.

»Euer Ehren«, sagte er. »Ich hätte das gern für die Gegenüberstellung gekennzeichnet.«

»Kennzeichnen Sie es als Gegenstand A«, sagte Di Pasco.

»Darf ich es dem Zeugen zeigen, Euer Ehren?«

»Ja, nur zu.«

»Mr. Unger, ich zeige Ihnen das hier und frage Sie, ob Sie den Mann auf dem Foto wiedererkennen.«

»Ja, ich erkenn ihn.«

»Wer ist er?«

»Seinen Namen kenn ich nicht. Er is' der Mann, den ich aus dem Bäckerladen hab' rennen sehn.«

»Wann?«

»Letztes Jahr, am siebzehnten Juli.«

»Um welche Zeit?«

»Abends um halb zehn.«

»Euer Ehren, ich hätte gern dieses Foto als Beweis...«

»Einen Augenblick, bitte«, sage Lowell sofort. »Einspruch, Euer Ehren. Es gibt keinerlei gesetzliche Grundlage, wonach dieses Bild als Beweismittel zugelassen werden könnte. Ich weiß nicht, woher es stammt, ich weiß nicht, wer es aufgenommen hat, ich weiß nicht einmal, wer die *Person*...«

»Treten Sie vor«, sagte Di Pasco.

Beide Anwälte gingen zur Richterbank.

»Woher haben Sie dieses Bild?« fragte Di Pasco.

»Von der Polizei in New Orleans«, sagte Addison.

»Wer ist auf diesem Bild zu sehen?«

»Desmond Whittaker. Es ist ein bei seiner Verhaftung aufgenommenes Polizeifoto.«

»Nun, also wirklich, Euer Ehren«, sagte Lowell, »ich weiß nicht, ob das hier aus New Orleans oder aus Timbuktu stammt. Ich weiß nicht, ob es sich um eine polizeiliche Aufnahme oder um ein Klassenfoto handelt. Ohne erhärtende...«

»Aber Sie bezweifeln doch die Authentizität nicht *wirklich*, oder, Mr. Lowell?«

»Nun, Euer Ehren, ich weiß lediglich, daß es sich um ein Foto handelt. Woher es stammt, wer darauf zu sehen...«

»Es stammt aus den Festnahmeunterlagen der Polizei in New Orleans«, sagte Addison. »Und es handelt sich um ein Bild von...«

»Das sagen Sie. Aber solange nicht jemand von der Polizei in New Orleans dahingehend aussagt...«

»Ich kann einen entsprechenden Zeugen beibringen, wenn der Staatsanwalt darauf besteht, aber...«

»Nun, ja, ich bestehe darauf.«

»...aber das würde eine weitere Unterbrechung erfordern«, sagte Addison. »Verbunden natürlich mit der entsprechenden Zeitvergeudung für das Gericht.«

»Möchten Sie *wirklich*, daß er diesen Zeugen beibringt, Mr. Lowell. Ich habe vollstes Verständnis dafür, daß selbst jemand aus New Orleans vorgeladen werden muß, wenn Sie ernsthaft die Authentizität dieses Bildes anzweifeln. Aber ich muß Ihnen auch sagen, wenn Sie dies nur tun, um Mr. Addison an den Karren zu fahren...«

Addison lächelte.

»...und mir ebenso, dann sollten Sie dieses Bild lieber nicht anfechten.«

Lowell schaute ihn an.

»Was sagen Sie dazu?« fragte Di Pasco. »Sind wir uns einig?«

»Sicher«, sagte Lowell und seufzte tief auf.

»Gut«, sagte Di Pasco und wandte sich an die Geschworenen. »Beide Parteien haben sich dahingehend geeinigt, daß Gegenstand A als Beweismittel zugelassen wird«, sagte er. »Kennzeichnen Sie ihn«, erklärte er dem Gerichtsdiener und nickte dann Addison zu.

»Ich stelle für das Protokoll fest«, sagte Addison und ging wieder zum Zeugenstand, »daß es sich bei Gegenstand A um ein Foto von Desmond Albert Whittaker, alias Diz Whittaker handelt, aufgenommen von der Polizei in New Orleans zum Zeitpunkt seiner Festnahme in Louisiana vor sechs Jahren. Nun, Mr. Unger«, sagte er, »möchte ich, daß Sie sich das Foto noch einmal anschauen.«

Unger studierte das Foto noch einmal.

»Sind Sie sich absolut sicher, daß es sich bei Desmond Whittaker um den Mann handelt, den Sie am siebzehnten Juli letzten Jahres abends um halb zehn aus dem Bäckerladen an der Harrison Street Nummer 7834 rennen sahen?«

»So ist es.«

»Hatte er eine Schußwaffe in der Hand?«

»Jawohl, das hatte er.«

»Und Sie sagen, er war alleine?«

»Ja, er war allein.«

»Danke, keine weiteren Fragen.«

Lowell ließ sich beim Aufstehen Zeit. Als er schließlich an den Zeugenstand trat, wirkte er nachdenklich und leicht bekümmert.

»Mr. Unger«, fing er an, »Sie sagen, Sie leben alleine, nur Sie und Ihre Katze.«

»Das stimmt.«

»Haben Sie schon immer alleine gelebt?«

»Nein, ich bin Witwer.«

»Das tut mir leid. Wann haben Sie Ihre Frau verloren?«

»Vor sechs Jahren.«

»Ah. Tut mir leid«, sagte Lowell.

Es schien ihm tatsächlich aufrichtig leid zu tun, und Carella fragte sich, wieso, zum Teufel, er Mitleid für einen Zeugen aufbrachte, der – falls die Geschworenen ihm glaubten – gerade ihren ganzen Fall torpediert hatte. Wenn Desmond Whittaker an diesem Abend alleine unterwegs gewesen war ...

»Nur noch Sie und Ihre Katze?« sagte Lowell.

»Ja.«

»Und Sie geben der Katze jeden Abend vor den Nachrichten Trokkenfutter.«

»Ja. So gegen neun.«

»Um welche Zeit essen *Sie*, Mr. Unger?«

»Tscha, kommt ganz drauf an.«

»Zu Abend, meine ich. Um welche Zeit essen Sie normalerweise zu Abend?«

»Kommt drauf an.«

»Essen Sie, wenn Sie von der Arbeit nach Hause kommen? Nun, zunächst ... *arbeiten* Sie eigentlich, Mr. Unger?«

»Nein, ich bin in Rente.«

»Ah. Dann sind Sie also den ganzen Tag zu Hause, stimmt das? Nur Sie und die Katze.«

»Ja.«

»Womit vertreiben Sie sich die Zeit, Mr. Unger?«

»Ich hab' Hobbys.«

»Zum Beispiel?«

»Ich schneid mir Sachen aus der Zeitung aus. Ich bestell mir Sachen. Ich hab' Hobbys.«

»Trinken Sie, Mr. Unger?«

»Trinken?«

»Alkohol. Trinken Sie Alkohol?«

»Einspruch, Euer Ehren.«

»Abgelehnt. Beantworten Sie bitte die Frage.«

»Ja, ich trink Alkohol. Jeder trinkt Alkohol.«

»Nun, nein, es ist *keineswegs* so, daß jeder Alkohol trinkt.«

»Einspruch!« rief Addison. »Das ist strittig und eine Belästigung des ...«

»Stattgegeben.«

»Erzählen Sie mir, Mr. Unger«, sagte Lowell, »wieviel Alkohol *trinken* Sie denn so?«

»Ein oder zwei Cocktails am Tag.«

»Cocktails?«

»Ja.«

»Meinen Sie damit gemixte Drinks?«

»Ja.«

»Womit haben Sie Ihren Bourbon am Abend des siebzehnten Juli letzten Jahres denn gemixt?«

»Tut mir leid, die Frage versteh ich nicht.«

»Sie sagten doch, Sie hätten sich im Empire einen Dreiviertelliter Bourbon gekauft ...«

»Oh. Ja, das hab' ich ...«

»Um ihn während der Nachrichten um zehn Uhr zu trinken. Haben Sie unter Umständen schon etwas von dem Bourbon getrunken, als Sie wieder nach oben gingen?«

»Ja, das hab' ich.«
»Nun, *womit* haben Sie ihn gemixt?«
Unger schaute ihn an.
»Mr. Unger? Würden Sie bitte meine Frage beantworten?«
»Ich hab' ihn mit überhaupt nichts gemixt.«
»Ah. Sie tranken ihn also pur.«
»Ja.«
»Dann mixen Sie Ihre Drinks also *gar* nicht, oder? Sie trinken Ihren Whiskey pur, kommt das nicht eher hin?«
»Manchmal mix ich ihn, und manchmal trink ich ihn pur.«
»Wenn Sie ihn mixen, Mr. Unger, *womit* mixen Sie ihn dann?«
»Mit ein bißchen Wasser normalerweise.«
»Und das nennen Sie dann einen gemixten Drink, hmm? Bourbon und ein bißchen Wasser.«
»Ja, das *ist* ein gemixter Drink. Wenn man Bourbon mit ein bißchen Wasser mischt, ist das ein gemixter Drink, oder etwa nicht?«
»Aber als Sie am Abend des Siebzehnten wieder nach oben gingen, nachdem Sie diesen Mann aus dem Spirituosenladen kommen sahen, da haben Sie Ihren Bourbon nicht mit ein bißchen Wasser gemischt, Sie tranken ihn pur, nicht wahr?«
»Ja.«
»Wieviel haben Sie getrunken, als Sie wieder nach oben gingen, Mr. Unger?«
»Normalerweise gönn ich mir einen kleinen Schlummertrunk, wenn ich mir um zehn Uhr die Nachrichten anschau.«
»Ja, und wieviel war das?«
»Einen oder zwei.«
»Was nun?«
»Zwei.«
»Was ist das in etwa für eine Menge?«
»Bloß ein kleiner Schlummertrunk.«
»Nun, wieviel ist ein kleiner Schlummertrunk? Ein Schnapsglas? Zwei Schnapsgläser? Ein Wasserglas ...«
»Nein, nein, mit Sicherheit kein Wasserglas.«
»Was dann? Ein Saftbecher?«
»Ein Saftbecher kommt eher hin, ja.«
»Nachdem Sie den Mann auf der Straße sahen, und bevor Sie zu Bett gingen, tranken Sie also zwei Saftbecher voll Bourbon?«

»Ja. So in etwa.«

»Wieviel haben Sie getrunken, *bevor* Sie den Mann auf der Straße sahen?«

»Das weiß ich beim besten Willen nicht mehr.«

»Aber Sie hatten doch etwas getrunken, nicht wahr?«

»Ja, ich gönn mir normalerweise nachmittags einen Kleinen.«

»Gönnen Sie sich normalerweise auch am Morgen einen Kleinen?«

»Manchmal genehmig ich mir 'n kleinen Muntermacher.«

»Und um welche Zeit haben Sie sich am Nachmittag des siebzehnten Juli letzten Jahres Ihren Kleinen genehmigt?«

»Weiß ich nicht mehr.«

»War es nur *ein* Kleiner? Oder waren es *zwei* Kleine?«

»Könnten schon zwei gewesen sein.«

»Bourbon?«

»Ja. Normalerweise trink ich Bourbon.«

»Zwei *Saft*becher voller Bourbon.«

»Mit ein bißchen Wasser.«

»Ich verstehe, mit ein bißchen Wasser. *Gemixte* Drinks also.«

»Ja.«

»Haben Sie die vor dem Abendessen getrunken? Zum Abendessen? Nach dem Abendessen?«

»Tscha ...«

»Oder sagen Sie mir eins, Mr. Unger, haben Sie an diesem Abend *überhaupt* etwas gegessen?«

»Weiß ich nicht mehr.«

»Nun, kommen Sie manchmal ohne Abendessen aus?«

»Manchmal schon.«

»Ich verstehe, Mr. Unger... bevor Sie diesen Mann oder diese Männer aus dem ...«

»Einspruch, Euer Ehren! Der Zeuge hat ausgesagt, daß er nur einen sah ...«

»Stattgegeben.«

»Mr. Unger, können Sie mir sagen, wieviel Sie am Morgen, am Nachmittag, am frühen Abend und am Abend des siebzehnten Juli letzten Jahres getrunken hatten, *bevor* Sie diesen Mann aus dem Bäckerladen kommen sahen?«

»Nein, das kann ich Ihnen nicht mehr sagen.«

»Können Sie vielleicht *abschätzen*, wieviel Sie getrunken hatten?«

»Nein, das kann ich auch nicht.«

»Hatten Sie vielleicht den ganzen Tag über getrunken, Mr. Unger?«

Unger sagte nichts.

»Sie stehen unter Eid, Mr. Unger. Hatten Sie den ganzen Tag über getrunken.«

»Ja.«

»Und da sahen Sie dann diesen Mann aus dem Bäckerladen kommen. Nachdem Sie den ganzen Tag über getrunken hatten.«

»Ja.«

»Mr. Unger, als die Detectives Wade und Bent Sie das erste Mal befragten ... Sie erinnern sich doch, daß Sie mit ihnen geredet haben, nicht wahr?«

»Ja, ich erinner mich.«

»Haben Sie ihnen da nicht gesagt, Sie hätten *zwei* Männer aus dem Bäckerladen kommen sehen?«

»Ich weiß nicht mehr, was ich denen gesagt hab'.«

»Nun, ich möchte ihr Gedächtnis etwas auffrischen. Würden Sie bitte einen Blick darauf werfen«, sagte er und reichte ihm einen Stapel Blätter. Unger las die Seiten schweigend. Als er schließlich aufblickte, fragte Lowell: »Können Sie mir sagen, was Sie gerade gelesen haben?«

»Es ist ein Bericht über das Gespräch zwischen mir und den Detectives.«

»Ist der Bericht datiert?«

»Ja, das ist er.«

»Wie lautet das Datum auf dem Bericht?«

»Achtzehnter Juli, letztes Jahr.«

»Und können Sie sich nun daran erinnern, daß Sie aussagten, Sie hätten am Abend vorher um oder gegen halb zehn zwei schwarze Männer aus der A & L Bakery auf sich zurennen sehen? Haben Sie das gesagt, Mr. Unger?«

»Ich schätze schon.«

»Ja oder nein, Mr. Unger. Haben Sie diese Aussage gemacht?«

»Ja.«

»Aber heute sagen Sie, es wäre nur *ein* Mann gewesen?«

»Ja. Später hab' ich denen sowieso gesagt ...«

»Ja, was haben Sie ihnen später gesagt?«

»Daß ich mich nicht mehr erinnern kann. Als Sie mir die ganzen Bilder und die Zeichnungen gezeigt haben, hab' ich Ihnen gesagt, daß ich mich nicht mehr erinnern könnte.«

»Ja, das haben Sie. Aber heute *können* Sie sich mit einem Mal wieder erinnern. Keine weiteren Fragen, Euer Ehren.«

»Mr. Addison?«

»Ja, Euer Ehren, ich bin so frei«, sagte Addison und trat zum Zeugenstand. »Mr. Unger«, sagte er, »nur rasch zwei Fragen. Waren Sie betrunken, als Sie diesen Mann aus dem Bäckerladen kommen sahen?«

»Das war ich *nicht*!«

»Danke. Und können Sie mir auch sagen, weshalb Sie sich heute so sicher sind, daß Sie nur *einen* Mann sahen und keine *zwei*?«

»Weil ich mir seit dem Abend 'ne Menge Gedanken drüber gemacht hab'. Und weil mich die ganze Zeit gestört hat, daß ich mich vielleicht geirrt hab'... daß ein Unschuldiger für was büßen muß, was jemand anders gemacht hat.«

»Danke, Mr. Unger.«

Lowell nahm ihn sich noch einmal vor.

Kein Vorspiel, keine Formalitäten.

Wie ein aus dem Käfig gelassener Tiger.

»Waren Sie schon jemals betrunken?«

»Ja.«

»Wieviel brauchen Sie, damit Sie betrunken werden?«

»Das ist unterschiedlich. Der Grad der Trunkenheit hängt vom Körpergewicht ab, und ich wieg...«

»Fünf? Sechs? Acht? Zwölf? Einen Dreiviertelliter? Einen Liter? Zwei Liter? Wieviel Schnaps brauchen Sie, damit Sie betrunken werden?«

»Ich würd' sagen... ich weiß es wirklich nicht.«

»Wieviel hatten Sie an diesem Tag getrunken?«

»Weiß ich nicht mehr.«

»Woher wissen Sie dann, daß Sie nicht betrunken waren?«

»Ich weiß, daß ich nicht betrunken war.«

»Sie haben den ganzen Tag lang getrunken, aber Sie waren nicht betrunken?«

»Ich kann Alkohol ziemlich gut vertragen.«

»Das möchte ich wetten«, murmelte Lowell vor sich hin.

»Euer Ehren ...«
»Streichen Sie das.«
»Wer ist diese unschuldige Person, die Ihnen so leid tut?« fragte Lowell.
»Ich versteh die Frage nicht.«
»Sie sagten doch, ein Unschuldiger könnte für etwas büßen müssen, was jemand anders ...«
»Oh. Der Angeklagte.«
»Samson Cole? Der Mann, gegen den hier wegen des *Mordes* an Anthony Carella verhandelt wird?«
»Ja.«
»Haben Sie Angst, er könnte für etwas büßen müssen, das sein *Partner* getan hat?«
»Einsp ...«
»Sind Sie sich dessen bewußt, daß es, wenn sie *beide* in dem Bäckerladen waren, nicht darauf ankommt, wer abgedrückt hat, daß sie *beide* des ...«
»Euer Ehren, ich erhebe Einspruch!«
»Ich werde die Geschworenen zu gegebener Zeit auf die Rechtslage hinweisen, Mr. Lowell.«
»Ich bitte um Entschuldigung, Euer Ehren. Und ich habe keine weiteren Fragen. Aber dürfte ich, bevor Mr. Addison seinen nächsten Zeugen aufruft, und solange sich Mr. Unger noch im Gerichtssaal befindet, darum bitten, daß Dominick Assanti noch einmal aufgerufen wird?«
»Zu welchem Zweck?« fragte Di Pasco.
»Lediglich zur Gegenüberstellung, Euer Ehren.«
»Rufen Sie Dominick Assanti auf«, sagte Di Pasco.
Carella verfolgte mit, wie er vereidigt wurde. Er fragte sich, ob Lowell seine Haltung bezüglich Ungers Zuverlässigkeit als Zeuge hatte klarstellen können. Er fragte sich ferner, wieso er ihm nicht auf Grund der Tatsache eingeheizt hatte, daß er erneut seine Meinung darüber geändert hatte, wen er an jenem Abend genau gesehen hatte. Addison hatte den Anschein zu erwecken versucht, er habe sich aus reiner Menschenfreundlichkeit als Zeuge gemeldet. Aber war es nicht auch möglich, daß er einen Toten identifizierte, damit der Lebende, falls er davonkam, ihm später nichts antat? Hätte Lowell diese mögliche Furcht vor Repressionen nicht wenigstens *erwähnen* sollen?

»...bitte Sie nun, sich Mr. Unger anzusehen und mir zu sagen, ob er der Mann ist, den Sie am Abend des siebzehnten Juli letzten Jahres aus dem Spirituosengeschäft Empire Wines & Spirits kommen sahen.«

»Er ist es.«

»Und ist er auch der Mann, der beinahe von den zwei Männern umgerempelt wurde, die Sie aus dem Bäckerladen kommen sahen?«

»Er ist es.«

»Wie nahe waren sie bei ihm?«

»Einen halben Meter? Einen viertel? Sie hätten ihn beinah umgerempelt.«

»Wo geschah das?«

»Auf dem Gehsteig.«

»Wo genau auf dem Gehsteig?«

»Unter der Straßenlaterne.«

»Es war also hell erleuchtet, ja?«

»Ganz hell.«

»Konnten *Sie* von Ihrem Standort aus alle drei deutlich sehen?«

»Wie am hellen Tag.«

»Und natürlich konnten sie auch einander sehen.«

»Einspruch!«

»Stattgegeben.«

»Nun, standen sie einander gegenüber?«

»Ja, sie standen einander von Angesicht zu Angesicht gegenüber.«

»Schauten sie einander an?«

»Sie schauten einander mitten in die Augen.«

»Danke, keine weiteren Fragen.«

»Mr. Addison?«

»Keine Fragen. Ich möchte Doris Franceschi in den Zeugenstand bitten.«

***

Sie aßen in einem kleinen Restaurant in Calm's Point, auf der anderen Seite der Brücke, zu Mittag. Bowles hatte es ausgesucht, weil er sicher war, daß keiner seiner Klienten oder Kollegen in ein kleines italienisches Restaurant in einer derart beschissenen Gegend hereingeschneit kommen würde. Das Restaurant befand sich im ersten

Stock eines Bretterhauses, das außen grün, weiß und rot angemalt war, so daß es aussah wie eine riesige, im Wind flatternde italienische Flagge. In der guten alten Zeit hatten sich die Menschen in der Gegend über den Anblick der Flagge, die von ihrer Herkunft kündete, gefreut. Heute war es eine schwarze Gegend, und niemand kümmerte sich mehr darum, wofür das Grün, Weiß und Rot standen. Sie wußten nur, daß irgendwelche Spaghettis die Treppe hoch an der Ecke Berris und Twelfth Street ein Restaurant laufen hatten, und daß der Gestank in der Luft Knoblauch war.

Bowles war sehr guter Laune. Wahrscheinlich deswegen, weil er vor dem Essen zwei Gin Martini verdrückt hatte und sich nun über die Flasche Pinot Grigio Santa Margherita hermachte, die er für sie beide bestellt hatte. Andrew fragte sich, ob Bowles' Flamme ihn letztes Wochenende begleitet hatte, als er aus der Stadt fortgewesen war, was die ausgesprochen gute Laune erklärt hätte, die er hatte. Andrew war hier, weil er ihm sagten wollte, daß er auch am *kommenden* Wochenende aus der Stadt fort sollte. Andrew war hier, weil er ihm sagen wollte, daß er vorhatte, Emma am Freitagabend umzubringen.

Im Augenblick aber herrschte Friede, Freude, Eierkuchen. Zwei gute alte Kumpel, die gemeinsam Pasta aßen und einen guten Wein tranken. Andrew fragte sich, ob Bowles auch nur den leisesten Verdacht hegte, daß er das ganze letzte Wochenende mit seiner Frau verbracht und sie dumm und dusselig gevögelt hatte. Die Wohnung erst gestern am Spätnachmittag verlassen hatte, nachdem Emma in Boston angerufen und sich versichert hatte, daß er die Fünf-Uhr-Maschine nahm. Er fragte sich, wie Bowles wohl auf so eine Neuigkeit reagieren mochte. Würde er sich überhaupt darum scheren? Andrew bezweifelte es.

»Hatten Sie ein angenehmes Wochenende?« fragte Bowles.

»Ja, es war sehr nett, danke«, sagte Andrew.

»Meines auch«, sagte Bowles und zwinkerte. Was für ein Schmock, dachte Andrew. Schaufelte sich nun eine weitere Gabel voll Pasta in den Mund. Griff zum Weinglas, spülte die Pasta hinunter. »Waren Sie jemals verliebt?« fragte er plötzlich.

»Noch nie«, sagte Andrew.

Das war gelogen. Er hatte Katie Briggs mit jeder Faser seines Herzens geliebt.

»Schade«, sagte Bowles. »Ihnen entgeht eine Menge. Ich kann Ihnen gar nicht sagen, was es heißt, mit einer Frau zusammenzusein, die mich Tag und Nacht mit reinster Freude erfüllt.«

Mannomann, dachte Andrew.

»... von der jeder Blick strahlt wie der Sonnenschein ...«

Mannomannomann, dachte Andrew.

»... deren schiere Gegenwart mich prickeln macht.«

Linguini hingen von seiner Gabel herunter. Er schlürfte sie in den Mund. Andrew sah ihm beim Kauen zu. Ein großer, schlanker Mann mit dunklen Haaren und braunen Augen, der bestaussehende Mann, dem Emma in ihrem ganzen Leben begegnet war, so ähnlich hatte sie sich jedenfalls ausgedrückt. Er fragte sich, ob sie seit dem Wochenende ihre Meinung geändert hatte.

»... drüber her wie über'n Pfefferminzlutscher«, sagte er gerade. »Kann nicht genug davon kriegen. Emma *weiß* nicht einmal, wie es geht, oder sie *macht* sich nichts draus ...«

Das *glaubst* aber nur du, dachte Andrew.

Bowles ergriff sein Weinglas und trank es aus. »Ich werde sehr glücklich sein, wenn sie erst weg ist«, sagte er und winkte dem Kellner, er möge beide Gläser nachfüllen. Der Kellner goß ihnen ein, stellte die Flasche wieder in den Kühler und ging weg. Bowles beugte sich vor. Er senkte die Stimme und sagte: »Wissen Sie, was ich vorhabe, wenn ich erst mal frei bin?«

»Nein, was denn?«

»*Wirklich* frei, meine ich. Vielleicht in ein paar Monaten. Wenn ich nicht mehr verdächtigt werde. Vielleicht auch erst in einem *Jahr*, da muß ich mich auf meine Nase verlassen.«

»Wenn es so läuft, wie ich es will, werden Sie überhaupt nicht verdächtigt werden«, sagte Andrew.

»Nun, nur zur Sicherheit.«

»Ich glaube nicht, daß Sie sich Sorgen machen müssen.«

»Dennoch. Sagen wir, wenn wir auf Sicherheit spielen wollen, in sechs Monaten. Sechs Monate darauf gedenke ich Liddy zu heiraten, so heißt sie nämlich ... nun, eigentlich Lydia, aber ich nenne sie Liddy. Wissen Sie, was Lydia auf griechisch bedeutet?«

»Nein, was bedeutet es denn?«

»Es bedeutet kultiviert.«

»Verstehe.«

»Und sie *ist* es. Kultiviert«, sagte er, nickte, griff wieder zum Weinglas und trank einen Schluck. Andrew hatte den Eindruck, daß seine Sprache schleppender war. Er hoffte nur, daß der Mann nicht betrunken wurde. Er wollte, daß er sämtliche Vorkehrungen begriff.

»Kennen Sie die Familie Raines in Chicago?« fragte Bowles.

»Nein«, sagte Andrew.

»Ich dachte, Sie wären aus Chicago.«

»Bin ich auch. Aber ich kenne dort niemanden namens Raines.«

»Sehr wohlhabende Bankiersfamilie. Die Raines. Geoffrey Waincroft Raines war ihr Vater.«

»Ich kenne den Namen trotzdem nicht.«

»Mächtige Familie. Nun, so sind wir auch auf Sie gekommen. Lydia tätigte ein paar Anrufe nach Chicago, stellte ein paar diskrete Fragen, und *voilà. Fait accompli.*«

Letzteres begleitete er mit einem Gabelschwung, als wedle er mit einem Zauberstab herum. »Die Reichen und die Mächtigen«, sagte er, nickte und stieß wieder in die Linguini. »Wir geben ein gutes Team ab. Ihr Geld, mein Geld. Jede Menge Geld.«

Genau die Worte, die Emma gebraucht hatte.

Jede Menge Geld.

Genau dieselben Worte.

»Ich bin, zugegeben, bereits überaus reich, verstehen Sie...«

»Ich verstehe sehr wohl.«

»Aber es kann nichts schaden, wenn man mehr hat, nicht wahr?«

»Absolut nicht«, sagte Andrew. »Vielleicht sollte ich meinen Preis erhöhen.«

»Nein, der Herr«, sagte Bowles und legte mit dem Finger auf ihn an. »Abgemacht ist abgemacht.«

»War bloß ein Witz«, sagte Andrew.

»Was wollte ich sagen?«

»Jede Menge Geld.«

»Vorher.«

»Sechs Monate später...«

»Genau, sechs Monate später werde ich Liddy heiraten. Und wir verbringen die Flitterwochen in der Südsee. Ich wollte immer schon mal in die Südsee. Bali, Sumatra, Bora-Bora...«

»Ich auch«, sagte Andrew.

»... Samoa... wirklich? Ist das einer Ihrer Träume?«

»Ja.«

»Lauter Mädchen mit nichts als Baströcken an«, sagte Bowles und grinste. »Nun, während meiner Flitterwochen sowieso nicht«, sagte er, zwinkerte wieder und trank erneut sein Glas aus.

»Machen Sie lieber langsam«, sagte Andrew, »wir haben eine Menge zu besprechen.«

»Mir geht's bestens, nur keine Sorge«, sagte Bowles und wischte jede Vorsicht beiseite. »Wer ist doch da runter? Gauguin, nicht wahr? Emma würde das wissen, sie hat früher mal Kunst studiert. Hat sich da unten 'nen Harem zugelegt, sich mit lauter jungen eingeborenen Mädchen umgeben. Kleine dunkelhäutige Mädchen in Sarongs. Hatten Sie schon mal eine kleine Dunkelhäutige?«

»Nicht in der Südsee«, sagte Andrew.

»Aber Sie hatten schon welche, was?«

»Etliche.«

»Sind sie wirklich so gut, wie man hört?«

»Ich weiß nicht, was man hört. Frauen sind Frauen«, sagte Andrew mürrisch. »Reden wir lieber von Ihrer Frau.«

Bowles blickte sich um, als habe jemand eine Pistole abgefeuert.

»Alles in Ordnung, der Laden ist fast leer«, sagte Andrew.

»Der Kellner steht direkt hier.«

»Der versteht kaum ein Wort Englisch.«

»Kaum reicht schon, wenn die Leute drüber reden ...«

Bowles senkte die Stimme. »Worüber haben wir uns doch grade unterhalten.«

Andrew schaute ihm ungerührt in die Augen.

»Möchten Sie lieber ein bißchen spazierengehen?«

»In dieser Gegend?«

»Sie sind derjenige, der es ausgesucht hat.«

»Nein, ich bleibe lieber hier.«

»Dann lassen wir uns einen Kaffee kommen«, sagte Andrew.

Bowles beschwerte sich darüber, daß der Cappuccino überschäume und lauwarm sei, nicht siedend heiß, wie er in manchen Restaurants serviert wurde. Offensichtlich war er Cappuccino-Kenner. Andrew trank normalen Kaffee, daher wußte er das, was Bowles gerade sagte, nicht zu schätzen. Er hoffte nur, daß der lauwarme Cappuccino mit seinem milchig weißen Schaum Bowles zu einem klaren Kopf verhalf. Er konnte hier keine Fehler gebrauchen. Nicht bei einem so engen Zeitplan. Nicht, wenn die Sache funktionieren sollte.

»Haben Sie sich noch irgendwelche weiteren Wochenendausflüge vorgenommen?« fragte er.

Bowles war nun bei seiner zweiten Tasse lauwarmem Cappuccino angelangt. Sein Blick wirkte klarer. Seine Sprache war weniger stokkend.

»An wann hatten Sie denn gedacht?« fragte er.

»Ich dachte mir, das kommende Wochenende wäre ein guter Zeitpunkt«, sagte Andrew.

Der Kellner stand an der Bar und redete mit dem Barkeeper. Außer ihnen waren nur noch zwei Leute hier, die drüben am Eingang saßen. Er und Bowles flüsterten buchstäblich; Andrew war völlig sicher, daß niemand mithören konnte.

»Wann genau?« fragte Bowles.

»Irgendwann am Freitagnachmittag. Ich möchte nicht, daß Sie am Freitagabend dort sind.«

»Haben Sie sich vorgenommen, sie dann ...«

»Ich glaube, am besten wäre es, wenn Sie Freitagabend nicht in der Wohnung sein würden.«

»Wir reden doch von kommendem Freitag, oder?«

»Dem achtzehnten«, sagte Andrew und nickte.

»Nun, ja, ich glaube, an dem Wochenende habe ich geschäftlich in Miami zu tun.«

»Gut, fahren Sie nach Miami. Versichern Sie sich, daß jemand weiß, wo er Sie erreichen kann.«

»Ich werde Emma Bescheid sagen.«

Andrew schaute ihn an.

»Oh«, sagte Bowles. »Nun, dann... äh...«

Mit einem Mal erschrocken darüber, daß die Sache wirklich passieren würde, daß wirklich jemand seine Frau *umbringen* würde.

»... werde ich sicherstellen, daß meine Sekretärin weiß, wo ich mich aufhalte. Für den Fall... äh... daß mich jemand erreichen muß.«

»Fahren Sie alleine«, sagte Andrew.

»Was?«

»Nehmen Sie die Flamme nicht mit.«

»Was?«

»Lassen Sie die köstliche Liddy daheim. Sie brauchen in Miami Ihren kleinen Sonnenstrahl nicht. Nun hören Sie zu, und hören Sie genau zu, weil es nämlich das letzte Mal ist, daß wir uns unterhalten, bis es vorbei und erledigt ist. Ich warte, bis Sie zurück sind, warte, bis die Cops mit Ihnen fertig sind, warte, bis ich von Ihnen einen Anruf kriege. Dann treffen wir uns bei dem Schließfach, und wir machen es gemeinsam auf.«

»Ich wünschte immer noch, Sie müßten nicht an den Safe rangehen.«

»Wollen Sie nun geschützt werden oder nicht?«

»Es ist nur...«

»Wenn es so aussieht, als wär's ein Einbrecher gewesen, sind Sie fein heraus.«

»Ich halte es nur für riskant, wenn wir uns hinterher treffen. Für den Fall, daß man mich noch beobachtet oder so.«

»Schaun Sie, Sie können nicht beides haben«, sagte Andrew und hob die Stimme. »Entweder Sie trauen mir, oder...«

»Scht, scht«, sagte Bowles und schielte zu dem Pärchen, das bei der Tür saß.

»Wenn Sie mir trauten«, flüsterte Andrew, »wär's etwas ganz anderes. Ich würde das Zeug in dem Schließfach lassen und noch am gleichen Abend aus der Stadt abhauen, noch bevor die Polizei überhaupt wüßte, daß jemand *tot* ist!«

»Scht, kommen Sie«, sagte Bowles wieder.

»Aber Sie wollen ja sichergehen, daß ich Sie nicht mit 'nem Haufen Scheiß vom Trödel leime...«

»Nun, nein, aber...«

»...was ja okay ist, ich würd's genauso machen. Sagen Sie mir einfach, wo ich es verstauen soll. Nennen Sie einen Ort, wo es Schließfächer gibt, und ich stecke das Zeug rein und treffe mich mitsamt dem Schlüssel mit Ihnen, sobald ich von Ihnen höre.«

Bowles dachte etliche Augenblicke nach.

Dann sagte er: »Das Mayfair Building. Von dort aus verkehren Helikopter zum Franklin, falls Sie gleich danach abfliegen möchten. Die Schließfächer sind im sechsundvierzigsten Stock.«

»Gut«, sagte Andrew. »Meine Nummer haben Sie. Ich erwarte Ihren Anruf, sobald Sie sicher sind, daß die Cops mit Ihnen fertig sind.«

Er log.

***

Der Hintergedanke war natürlich, sie so einzukleiden, daß sie wie eine Frau aussah, die einem Mann den Verstand zu Mus machen konnte. Sie indessen als Frau zu bezeichnen, war insofern eine Übertreibung an sich, als Doris Franceschi – oder Frankie, wie Addison sie hartnäckig weiter nannte – zarte sechzehn Jahre alt war, und lüsterne oder laszive Gedanken an sie einen erwachsenen Mann mit Leichtigkeit ins Gefängnis bringen konnten. Doch Addisons Trick bestand darin, daß er sie wie eine Femme fatale behandelte, ihren männlichen Kosenamen bewußt hervorhob, während er zugleich die in krassem Gegensatz dazu stehende Weiblichkeit der Zeugin herausstrich, die da oben saß und abwechselnd die langen, vorzüglichen Beine übereinanderschlug.

Frankie trug einen kurzen, engen, schwarzen Lederrock, schwarze Strümpfe, schwarze Schuhe mit hohen Absätzen und eine enge rote Seidenbluse, die sich prall über ihre jugendliche Zierde spannte. Jedesmal, wenn sie die Beinstellung veränderte, bot sich den Geschworenen ein kurzer, verbotener Schimmer Satin oder Seide, um augenblicklich zu verschwinden, wenn sie sie wieder übereinanderschlug. Der schwarze Lederrock und die schwarzen Strümpfe paßten zu ihren langen schwarzen Haaren, die beiderseits ihres vornehm blassen Gesichtes mit den wie satter, dunkler Humus gefärbten Augen herabwogten. Ihr Mund war voll und sinnlich und mit einem auf ihre Blusenfarbe abgestimmten Lippenstift geschminkt. Man konnte sich durchaus vorstellen, wie Dominick Assanti sich in diesem Mund verlor und daß ihm beim Gedanken daran, was sie miteinander im Hausflur angestellt hatten, schwindlig wurde.

Wenn sich ihre Tochter mit sechzehn jemals so angezogen hätte, dachte Louise Carella, während sie sie beobachtete, hätte sie ihr den Schädel eingeschlagen. Angela, die neben ihr saß, dachte, daß sie nach der Niederkunft mit den Zwillingen nie wieder so aussehen würde – wenn überhaupt jemals. Carella dachte, daß Addisons Fall kaum damit gedient sei, wenn er sie wie eine Hure von der Ainsley Avenue ausstaffierte – er hoffte es.

»Können Sie uns sagen«, fragte Addison, »um welche Zeit Sie und Mr. Assanti gemeinsam im Hausflur waren?«

»Das war irgendwann zwischen Viertel vor neun und zwanzig nach neun.«

»Können Sie sich noch erinnern, was Sie während dieser Zeit gemacht haben?«

»Ja«, sagte Frankie.

»Erzählen Sie's uns«, sagte Addison mit weitausholender Geste zu den Geschworenen und verneigte sich buchstäblich in Erwartung der Aussage. Sämtliche neun Männer unter den Geschworenen, drei Weiße, vier Schwarze und zwei Hispanier glotzten Frankie ungeachtet der Rasse, Religion oder Hautfarbe an. Auch die drei Frauen beobachteten sie und dachten sich weiß Gott was.

»Ich schätze, wir haben geschmust.«

»Meinen Sie mit schmusen, daß Sie ...? Ich ziehe das zurück. Frankie, sagen Sie uns, was Sie mit schmusen meinen.«

»Tja, Sie wissen schon. Küssen.«

»Haben sie außer sich zu küssen sonst noch etwas gemacht?«

»Ja.«

»Und was war das?«

»Tja, Petting, schätz ich mal.«

»Wie würden Sie Petting erklären?«

»Tja, Sie wissen schon.«

»Falls es Ihnen nicht zu peinlich ist, könnten Sie uns dann bitte sagen, worum es sich bei Petting genau handelt?«

»Tja, eigentlich *wäre* mir das peinlich.«

»In diesem Fall ziehe ich die Frage zurück. Soweit ich es verstehe, haben Sie also bei Ihnen im Hausflur mindestens zwanzig Minuten lang geschmust und Petting gemacht.«

»Ja.«

»Was geschah dann?«

»Mein Vater hat mich hochgerufen, also bin ich raufgegangen.«

»Wohin ging Mr. Assanti?«

»Heim.«

»Wie würden Sie seinen Zustand zu dem Zeitpunkt beschreiben?«

»Zu welchem Zeitpunkt?«

»Als er von Ihnen wegging.«

»Er war erregt, schätz ich mal.«

»Er hat ausgesagt, daß ihm bei dem Gedanken an Sie schwindlig wurde. Hat er schwindlig gewirkt?«

»Ja, er hat sehr erregt gewirkt.«

»Fallen Ihnen vielleicht noch irgendwelche anderen Wörter ein, mit denen Sie seinen Zustand beschreiben könnten?«

»Aufgekratzt. Aufgebracht. Sehr erregt.«

»Weswegen war er aufgebracht?«
»Tja, daß ich ihn nicht... tja... Sie wissen schon.«
»Als er von Ihnen wegging, war er erregt, aufgekratzt und aufgebracht.«
»Genau das war er, würde ich mal sagen. Äußerst erregt.«
»Haben Sie ihn an diesem Abend noch einmal gesehen?«
»Das habe ich.«
»Wann?«
»Er kam zirka zehn Minuten später wieder zurück.«
»Zu Ihrem Haus?«
»Ja.«
»War er zu der Zeit immer noch aufgekratzt?«
»Er war sogar noch aufgekratzter.«
»Was meinen Sie damit?«
»Tja, er hat, Sie wissen schon, irgendwie geplappert.«
»Geplappert?«
»Ja.«
»Hat er Ihnen in seinem erregten Zustand erzählt, daß er zwei Männer aus der A & L Bakery hatte kommen sehen?«
»Nein. Er hat bloß gesagt, daß er irgendeinen Typ mit 'ner Knarre gesehen hat.«
»Waren das seine genauen Worte?«
»Ja. Irgendein Typ mit einer Knarre.«
»Danke. Keine weiteren Fragen.«
Lowell erhob sich langsam und nickend, und er nickte noch immer, als er an den Zeugenstand trat. Frankie schlug abwechselnd die Beine übereinander. Lowell nickte weiter.
»Miss Franceschi«, sagte er, »habe ich recht mit der Annahme, daß Sie im Juli vergangenen Jahres erst fünfzehn Jahre alt waren?«
»Fast sechzehn«, sagte sie.
»Nichtsdestoweniger noch keine sechzehn.«
»Ich bin im November sechzehn geworden.«
»Am Abend des siebzehnten Juli waren es also noch drei, vier Monate bis zu Ihrem sechzehnten Geburtstag, ist das richtig?«
»Ja.«
»Sie waren also fünfzehn Jahre alt, und Sie haben bei sich im Hausflur geschmust und Petting gemacht, und zwar eine halbe Stunde, vierzig Minuten oder wie lange...«

»Ja.«

»Was Mr. Assanti erregte, wie Sie sagen...«

»Einspruch, Euer Ehren.«

»Abgelehnt.«

»Sie haben es so dargestellt, als sei ihm schwindlig geworden...«

»Ja.«

»Und er sei aufgekratzt gewesen.«

»Ja.«

»Und aufgebracht.«

»Ja.«

»Haben *Sie* sich in einem ähnlichen Zustand befunden?«

»Nein.«

»Ihnen war also nicht schwindlig?«

»Mir war nicht schwindlig, nein.«

»Obwohl Sie erst fünfzehn Jahre alt waren und etwa dreißig, vierzig Minuten lang Petting praktizierten?«

»*Petting* haben wir nicht solange gemacht. Zuerst haben wir bloß geschmust.«

»Wie lange, würden Sie sagen, haben Sie dann *Petting* gemacht?«

»Bloß 'ne Viertelstunde oder so.«

»*Nur* eine Viertelstunde. War das für Sie etwas Alltägliches? Petting im Hausflur?«

»Nein, es...«

»Einspruch, Euer Ehren!«

»Worauf wollen Sie hinaus, Mr. Lowell?«

»Ich möchte etwas über Miss Franceschis geistige Verfassung zu dem Zeitpunkt erfahren, Euer Ehren.«

»Dem sollte auch *besser* so sein. Fahren Sie fort.«

»Petting im Hausflur war für Sie also *nichts* Alltägliches?«

»Wenn Sie damit sagen wollen...«

»Beantworten Sie bitte nur die Frage. War Petting im Hausflur für Sie etwas Alltägliches oder nicht?«

»Das war es nicht. Ich bin fest mit Dom gegangen, das ist der einzige Grund...«

»Aber obwohl es für Sie *nichts* Alltägliches war, wurden Sie dabei nicht so erregt, wie Mr. Assanti es anscheinend wurde, ist das richtig?«

»Tja...«

»Ist das richtig, Miss Franceschi?«

»Ich war nicht so erregt, wie er es anscheinend war, das ist richtig.«

»Wie erregt waren Sie denn?«

»Ich war erregt, aber ich habe mit Sicherheit gewußt, was ich mache.«

»Waren Sie *sehr* erregt, so wie es Ihrer Aussage nach Mr. Assanti war?«

»Ich nehme mal an, man könnte sagen, daß ich sehr erregt war. Aber trotzdem hab' ich ...«

»Waren Sie *äußerst* erregt, so wie es Ihrer weiteren Aussage nach Mr. Assanti war?«

»Nein, äußerst erregt war ich nicht. Und überhaupt, egal, *wie* erregt ich war – zu der Zeit, als Dom zurückgekommen ist, hatte ich mich wieder total unter Kontrolle.«

»Hatten Sie sich zuvor nicht unter Kontrolle?«

»Doch, ich hatte mich vorher auch unter Kontrolle.«

»Und warum mußten sie sich dann *wieder* unter Kontrolle bekommen?«

»Ich hab' nicht gesagt, daß ich ...«

»Sie sagten, Sie hätten sich wieder total unter Kontrolle gehabt.«

»Ja, aber ...«

»Was doch darauf hinweist, daß Sie zuvor die Kontrolle über sich *verloren* hatten, ist das nicht so?«

»Bloß insoweit, als ich erregt war.«

»So erregt, daß Sie die Kontrolle über sich verloren, aber nicht so erregt, daß Sie *äußerst* erregt waren.«

»Ich hab' gar nicht gewußt, daß es verschiedene Stufen von Erregung gibt«, sagte sie und nickte den Geschworenen sittsam und selbstzufrieden zu.

»Nun, offenbar glauben *Sie*, daß es sie gibt«, sagte Lowell. »Da hätten wir schlicht erregt, dann *sehr* erregt und *äußerst* erregt, und außerdem gibt es noch aufgekratzt und aufgebracht. Das sind alles Ihre Worte, und alle haben Sie gebraucht, um die verschiedenen Stufen der Erregung zu beschreiben. Ich frage Sie nun, Miss Franceschi, ist es nicht möglich, daß Sie selbst sich in einem derart hochgradigen Zustand der Erregung befanden, daß ...«

»Einspruch, Euer Ehren. Möglich ist *alles*. Es ist möglich, daß das Dach dieses Gerichtssaals jeden Augenblick einstürzen könnte, es ist möglich, daß ...«

»Ja, ja, Mr. Addison, stattgegeben.«

»Miss Franceschi, waren Sie so erregt, daß Sie vielleicht mißverstanden haben, was Mr. Assanti Ihnen erzählte?«

»Nein, ich hab' ihn vollkommen verstanden. Er hat gesagt, er hätte irgendeinen Typen mit einer Knarre gesehen.«

»Was haben Sie zu ihm gesagt, als er Ihnen das erzählte?«

»Ich hab' gesagt, er soll zur Polizei gehen.«

»Und hat er das getan?«

»Ich glaube nicht. Ich glaube, die sind später auf ihn gekommen. Von sich aus.«

»Auf das hin, was Sie ihnen gesagt hatten, ist das richtig?«

»Ja.«

»Daß er das Nachspiel der Schießerei miterlebt habe?«

»Ja.«

»Nun sagen Sie mir eines: Als die Detectives Wade und Bent Sie befragten, wußten Sie da, daß sie Ausschau nach *zwei* Männern hielten?«

»Nein, das hab' ich nicht gewußt.«

»Sie können sich doch noch erinnern, daß Sie am Abend des siebzehnten Juli vergangenen Jahres mit ihnen redeten, nicht wahr?«

»Ja, daran kann ich mich erinnern.«

»Nun, hat man Sie da nicht gefragt, ob sie zwei schwarze Männer aus Richtung des Bäckerladens hätten davonrennen sehen?«

»Das könnten sie schon gefragt haben. Aber daran kann ich mich wirklich nicht mehr erinnern.«

»Nun, möglicherweise frischt das Ihr Gedächtnis auf«, sagte Lowell und reichte ihr einen Stapel Blätter. »Würden Sie das bitte durchlesen? Lassen Sie sich Zeit, studieren Sie sie aufmerksam.« Er wartete, während sie die Blätter las, die er ihr gereicht hatte. Als sie schließlich aufblickte, fragte er: »Können Sie mir erklären, was Sie gerade gelesen haben?«

»Es sieht aus wie ein Bericht über meine Unterhaltung mit den Detectives.«

»Ja, und können Sie sich nun erinnern, daß sie Sie fragten, ob Sie zwei schwarze Männer aus Richtung des Bäckerladens hätten davonrennen sehen?«

»Ja, ich nehm mal an, das haben die mich gefragt.«

»Haben sie es, oder haben sie es nicht?«

»Sie haben.«

»Nun, haben Sie dieses Mißverständnis berichtigt?«

»Welches Mißverständnis?«

»Haben Sie ihnen gesagt, daß keine *zwei* Männer von dem Bäckerladen davongerannt seien, sondern daß es nur *einer* war?«

»Nein, das habe ich ihnen nicht gesagt.«

»Hatten Sie nicht den Eindruck, daß es notwendig sei, sie zu berichtigen?«

»Ich hab' ihnen gesagt, was Dom mir gesagt hat, das ist alles.«

»Sie fragten Sie, ob sie zwei Männer hätten entlangkommen sehen ...«

»Ja ...«

»... und Sie sagten, Ihr Freund habe Ihnen erzählt, daß er irgendeinen Typ mit einer Knarre in der Hand aus dem Bäckerladen haben rennen sehen, ist das richtig?«

»Ich hab' ihnen gesagt, was Dom mir gesagt hat, ja.«

»Aber Sie sagten nichts dergleichen wie: ›Übrigens, es waren keine *zwei* Männer, es war nur *einer*‹. Haben Sie etwas dergleichen gesagt?«

»Nein, das habe ich nicht.«

»Weil Ihnen, Miss Franceschi, nämlich von Anfang an bewußt war, nicht wahr, daß Sie von zwei Männern sprachen, von denen nur einer eine Schußwaffe hatte?«

»Nein, das war mir überhaupt nicht bewußt.«

»Nun, war Ihnen bewußt, daß die Detectives von *einem* Mann sprachen?«

»Ja.«

»Obwohl sie Sie klar und deutlich nach *zwei* Männern fragten?«

»Ich hab' gedacht, die meinen den Mann, den Dom gesehen hat.«

»Den Mann mit der Waffe?«

»Ja.«

»Danke, keine weiteren Fragen.«

»Wir vertagen uns auf morgen früh um neun«, sagte Di Pasco.

13

Ein kalter, heftiger Landregen prasselte am Dienstagmorgen auf die Straßen ein und wusch den letzten Schnee vom Wochenende weg. Der Prediger und seine Mannen hatten sich zur Unterstützung des heutigen Starzeugen versammelt, Sonny Cole persönlich. Die Demonstranten skandierten: »Schwarzer doppelt angeklagt, Schwarzer doppelt angeklagt«, was nicht etwa der Titel einer neuen Fernsehserie war, sondern vielmehr das wiedergab, was nach Ansicht des Predigers mit Cole geschah.

Der richtige Name des Predigers lautete Thomas Raleigh, aber er hatte die Sklavenanrede zugunsten des schickeren Akbar Zaroum abgelegt, was halbwegs afrikanisch klang und ihm in einer Zeit, da das Bewußtsein für die eigenen Wurzeln geschärft war, gute Dienste leistete. Egal, welchen Namen er nun für sich erkoren hatte, man schätzte, daß er die Stadt alleine letztes Jahr 1 400 000 Dollar für zusätzlichen Polizeischutz bei seinen diversen Aufmärschen, Protestkundgebungen und Demonstrationen gekostet hatte.

»Schwarzer doppelt angeklagt«, skandierte er weiter durch sein Megaphon, »Schwarzer doppelt angeklagt«, und seine Anhäger grölten die Parole im Kanon in die eisig scharfe Luft: »Schwarzer doppelt angeklagt, Schwarzer doppelt angeklagt.«

Mit der Wirklichkeit hatte die Parole nicht das geringste zu tun.

Sonny Cole war in zwei gesonderten Fällen des Mordes angeklagt. Diese Morde waren an unterschiedlichen Orten und im Abstand von Wochen verübt worden. Es gab zwei unterschiedliche Opfer. Hier und heute wurde wegen des Mordes an Anthony Carella gegen ihn verhandelt. Nächsten Monat sollte wegen des Mordes an Dolly Simms gegen ihn verhandelt werden. Es gab nicht den geringsten nachvollziehbaren Grund, wie jemand darauf kommen könnte, gegen ihn werde wegen desselben Verbrechens zweimal verhandelt – denn genau dies zu verhindern war das Ziel des Rechtsgrundsatzes, wonach niemand wegen einer Straftat doppelt unter Anklage gestellt werden konnte. Doch der Prediger ging gemäß der Theorie vor, wonach die Menschen eine große Lüge, wenn sie nur oft genug erzählt wird, als die Wahrheit hinnehmen.

Zaroum schritt in langem schwarzen Mantel und rotem Fez, die Augen hinter einer regennassen dunklen Brille versteckt, die langen schwarzen Haare nach hinten geklatscht, im offenen Mantelkragen ein schweres goldenes Kruzifix, mit dem Megaphon am Mund die Straße hinter den blau-weißen Polizeibarrieren vor dem Gerichtsgebäude auf und ab und skandierte: »Schwarzer doppelt angeklagt, Schwarzer doppelt angeklagt.« Seine Anhänger, allesamt in dunkelblauen Trenchcoats, blauen Anzügen, weißen Hemden und roten Schlipsen, schritten feierlich im Parademarsch zum Rhythmus der Parole hinter ihm her: »Schwarzer doppelt angekagt, Schwarzer doppelt angeklagt.«

Der Regen fiel unerbittlich.

Drinnen im Gerichtssaal trat Sonny Cole in den Zeugenstand.

***

Er hätte ein gutaussehender Mann sein können, wäre da nicht die Narbe in seinem Gesicht gewesen, die quer durch die Augenbraue und über das Jochbein bis hinunter zum Kiefer verlief. Addison hatte ihm von der Hochfasson abgeraten, die Cole sich im Gefängnis zugelegt hatte und die nach Meinung des Anwaltes aussah, als habe er sich einen schwarzen Blumentopf oben auf den Kopf gestülpt. Für den Prozeß hatte Cole seine Frisur anders zurechtgestylt; er trug nun eine Art Kurzhaarschnitt, mit dem er aussah wie ein Student. Dieser Eindruck wurde noch verstärkt durch ein graues Tweedsakko und eine dunkelgraue Flanellhose, ein weißes Button-down-Hemd und einen blauen Schlips. Außerdem trug er eine Brille, wodurch er Addisons Ansicht nach noch eine Spur seriöser und gelehrsamer wirkte. Cole brauchte tatsächlich eine Brille; ohne blinzelte er, und durch so etwas konnte Addisons Ansicht nach ein Mann »fies und verdruckst» aussehen, so seine genauen Worte.

»Mr. Cole«, sagte er nun, »Sie haben vor diesem Gericht die Aussagen bezüglich der Ereignisse vernommen, die sich am Abend des siebzehnten Juli letzten Jahres auf der Straße vor der A & L Bakery zutrugen, ja?«

»Ja, die habe ich vernommen.«

Mit gesenkter Stimme. Einer angenehmen Stimme. Wohlklingend. Die Stimme eines nachdenklichen, vernünftigen Mannes.

»Und Sie haben auch die Aussagen dahingehend vernommen, ob es nun ein Mann, zwei Männer, ein Dutzend Männer waren ...«

»Einspruch, Euer Ehren ...«

»Stattgegeben.«

»Eine leichte Übertreibung, Euer Ehren, ich bitte um Nachsicht«, sagte Addison lächelnd und breitete entschuldigend die Arme aus. »Ich ziehe die Frage zurück. Mr. Cole, erinnern Sie sich noch, wo Sie am siebzehnten Juli letzten Jahres abends gegen halb zehn Uhr waren?«

»Jawohl.«

»Waren Sie vor der A & L Bakery?«

»Das war ich nicht.«

»Waren Sie irgendwo in der Nähe der A & L Bakery?«

»Das war ich nicht.«

»Können Sie uns vielleicht sagen, wo Sie waren?«

»Ich war im Bus aus Greenville, South Carolina.«

»Was haben Sie in Greenville gemacht?«

»Ich bin nur durchgefahren, Sir. Wollte mich ein bißchen in den Vereinigten Staaten umschauen.«

»Und Sie sagen, Sie waren in einem Bus?«

»Ja, Sir.«

»Um welche Zeit stiegen Sie in den Bus ein?«

»Oh, das muß so gegen sechs Uhr gewesen sein.«

»Wohin waren Sie unterwegs?«

»Ich wollte hierher fahren, Sir.«

»Sie waren also in einem Bus, der in diese Stadt fuhr, ist das richtig?«

»Ja, Sir.«

»Können Sie uns ungefähr sagen, wo Sie an diesem Abend um halb zehn waren? In welcher Stadt, zum Beispiel. In welchem Bundesstaat?«

»Ich glaube, da waren wir in Virginia. Kamen durch Roanoke.«

»Wann sind Sie hier eingetrofffen, können Sie sich daran noch erinnern?«

»Am achtzehnten, nachmittags um zwei Uhr.«

»Soweit ich das verstehe, waren Sie dann also an dem Abend, an dem Anthony Carella totgeschossen wurde, gar nicht *in* dieser Stadt?«

»Das ist richtig, Sir. Um die Zeit war ich irgendwo in Virginia.«

»Wie lange dauert die Fahrt von Greenville hierher, Mr. Cole?«

»Zwanzig Stunden.«

»Und Sie sind wann in den Bus eingestiegen? Ich weiß, Sie haben uns das bereits gesagt, aber möglicherweise ...«

»Am siebzehnten Juli abends um sechs Uhr.«

»Und wann war die fahrplanmäßige Ankunft hier?«

»Am achtzehnten nachmittags um zwei Uhr.«

»Und da trafen Sie auch hier ein?«

»Ja, Sir, vielleicht ein paar Minuten hin oder her.«

»Wo sind Sie aus diesem Bus ausgestiegen?«

»Am Union Terminal.«

»Kennen Sie einen Mann namens Desmond Whittaker?«

»Jawohl.«

»Er ist inzwischen verstorben, nicht wahr?«

»Ja.«

»Kannten Sie ihn am Abend des siebzehnten Juli?«

»Nein, da kannte ich ihn nicht.«

»Wann haben Sie Mr. Whittaker kennengelernt?«

»Am zweiundzwanzigsten Juli.«

»Das wäre dann fünf Tage, *nachdem* Mr. Carella getötet wurde.«

»Ja, Sir.«

»Wo sind Sie ihm zum erstenmal begegnet?«

»In einer Cafeteria an der Stem.«

»Mit Stem meinen Sie die Stemmler Avenue?«

»Ja, Sir, die Stemmler.«

»Was war der Anlaß zu dieser Begegnung? Wie kam es dazu?«

»Wir saßen zufällig am selben Tisch, und wir sind ins Gespräch gekommen. Er war von außerhalb der Stadt, und ich auch, und so haben wir einfach miteinander geredet.«

»Was geschah dann?«

»Wir zogen los, Ausschau nach ein paar Mädels halten.«

Addison nickte, ging zu dem Tisch, wo die Beweismittel angeordneten waren, ergriff die Uzi-Schnellfeuerpistole und brachte sie zum Zeugenstand.

»Mr. Cole«, sagte er, »ich zeige Ihnen nun diese Pistole und frage sie, ob Sie sie schon jemals gesehen haben.«

»Das habe ich«, sagte Cole.

»Können sie mir Fabrikat und Kaliber dieser Pistole nennen?«

»Es ist eine 9-Millimeter-Uzi.«

»Wann haben Sie diese Pistole zum erstenmal gesehen?«

»Desmond Whittaker zeigte sie mir.«
»Wann?«
»An dem Abend, an dem wir uns kennenlernten.«
»Und wann war das?«
»Am zweiundzwanzigsten Juli.«
»Wie kam es dazu, daß er sie Ihnen zeigte?«
»Wir waren mit diesem Mädchen zusammen, und er zeigte uns beiden die Waffe.«
Addison ging zum Verteidigerpult, ergriff ein Blatt Papier und brachte es zum Zeugenstand. »Mr. Cole«, sagte er, »ich frage Sie nun, ob Sie dieses Dokument schon jemals gesehen haben.«
Cole nahm das Dokument und studierte es aufmerksam.
»Ja, Sir, das habe ich.«
»Wann haben Sie es zum erstenmal gesehen?«
»Ich habe es vorher erst einmal gesehen.«
»Und wann war das?«
»Am zweiundzwanzigsten Juli.«
»Bei welchem Anlaß haben Sie es gesehen?«
»Desmond Whittaker zeigte es mir und dem Mädchen.«
»Können Sie mir sagen, worum es sich handelt?«
»Es ist eine Rechnung für die Uzi.«
»Einspruch, Euer Ehren!« sagte Lowell. »Davon habe ich bis zu diesem Augenblick nichts gehört. Mein Antrag auf Offenlegung betraf ausdrücklich jedes Beweisstück, das die Verteidigung einzubringen...«
»Euer Ehren, das Dokument wurde erst gestern beim Besitzer eines Waffengeschäfts außerhalb dieses Bundesstaates aufgefunden. Ich bedaure diese Überraschung...«
»Das ist wahrhaftig eine Überraschung«, sagte Lowell säuerlich.
»Zeigen Sie schon her«, sagte Di Pasco. »Kommen Sie bitte vor, Sie beide.«
Addison brachte das Dokument zur Richterbank und reichte es Di Pasco, der es schweigend las und dann an Lowell weitergab.
»Euer Ehren«, sagte Lowell, »ich kann nicht glauben, daß das hier erst gestern aufgetaucht ist.«
»Ich bin bereit, einen Zeugen beizubringen, der...«
»Er ist allzeit bereit, einen Zeugen beizubringen, Euer Ehren, aber...«

»Was für ein Zeuge?« fragte Di Pasco.

»Den Privatdetektiv, der das Waffengeschäft in Memphis aufsuchte und diese Kopie von ...«

»Oh, eine *Kopie* ist das«, sagte Lowell. »Wir haben es hier also nicht einmal mit dem *Original* zu tun.«

»Das Orginal ging zum Zeitpunkt des Einkaufes an Whittaker.«

»Woher haben Sie gewußt, wo dieses Waffengeschäft war?« fragte Di Pasco.

»Euer Ehren, entschuldigen Sie bitte, aber hierbei handelt es sich um die *Kopie* eines Dokuments, das wir nie zu Gesicht bekommen haben ...«

»Nun, für mich sieht diese Kopie ganz gut aus«, sagte Di Pasco. »Wie sind Sie da rangekommen?« fragte er offensichtlich ungerührt Addison.

»Whittaker hatte meinem Mandanten erzählt, er habe die Waffe in Memphis erworben. Der Rest war reine Elimination, Sir. Weshalb es ja auch so lange gedauert hat, bis wir es fanden.«

»Nun, ich bewundere ihre Hartnäckigkeit, aber ich muß Ihnen auch sagen, daß ich derartige in letzter Minute beigebrachte Beweismittel sehr scheel betrachte.«

»Euer Ehren, ich hätte es früher beigebracht, glauben Sie mir, aber die Suche danach gestaltete sich lange und schwierig.«

»Wollen Sie beantragen, daß es als Beweismittel zugelassen wird?«

»Das will ich, Euer Ehren.«

»Euer Ehren«, sagte Lowell, »dieses Dokument hätte in der Erwiderung der Verteidigung auf meinen Antrag auf Offenlegung aufgeführt sein müssen.«

»Zu diesem Zeitpunkt *hatten* wir das Dokument noch nicht, Euer Ehren. Wir waren noch auf der Suche.«

»Auf jeden Fall«, sagte Lowell, »muß in Ermangelung der Aussage des privaten Ermittlers – wie auch, was das angeht, des Besitzers des Waffengeschäftes – auf ungenügende Untermauerung erkannt werden.«

»Nun, da wären wir also wieder«, sagte Di Pasco. »Ich bin sicher, Mr. Addison kann diese beiden Personen aufrufen, falls Sie darauf bestehen, aber zweifeln Sie ehrlich an der Authentizität dieses Papieres? Möchten wir *wirklich* eine kostspielige Unterbrechung?«

Lowell schaute ihn an.

»Für mich sieht das einigermaßen echt aus«, sagte Di Pasco. »Für Sie nicht?«

»Es sieht echt aus, Euer Ehren, doch...«

»Ich bin bereit, sowohl den Besitzer des Geschäftes als auch den privaten Ermittler anzurufen, Euer Ehren«, sagte Addison. »Der Ermittler lebt in dieser Stadt. Das Geschäft befindet sich natürlich in Memphis, aber ich bin sicher, wir können die Sache beschleunigen...«

»Was sagen Sie dazu, Mr. Lowell?«

»Ich ziehe meinen Einspruch zurück, Euer Ehren«, sagte Lowell, »vorausgesetzt, wir können verifizieren, daß dieses Dokument nicht verändert wurde, und daß es wahrhaftig erst gestern entdeckt wurde.«

»Wie gedenken Sie das festzustellen, Mr. Lowell?«

»Ich werde sofort einen Ermittler unseres Amtes bei dem Besitzer des Waffengeschäftes anrufen lassen.«

»Können wir fortfahren, solange die Verifizierung anhängig ist?«

»Falls Euer Ehren das wünschen.«

»Dann wollen wir weitermachen«, sagte Di Pasco.

Lowell ging zurück zu seinem Pult, beugte sich darüber und flüsterte seinem Assistenten etwas zu. Der Assistent nickte ernst. Carella schielte zu seiner Mutter, ob sie es bemerkt hatte. Hatte sie nicht. Aber Angela. Ihre Blicke trafen sich. In ihnen waren Fragen, die er nicht beantworten konnte. Lowell und sein Assistent saßen schweigend und mit versteinerter Miene an ihrem Tisch, während Addison seinem Zeugen Aussagen bezüglich der Rechnung für die Uzi-Schnellfeuerpistole entlockte, die damals im Juni, kurz nach Desmond Whittakers Haftentlassung in Louisiana, rechtmäßig erworben worden war. Addison fragte, ob das die Rechnung sei, die Whittaker ihm gezeigt habe, bat dann Cole, er solle die Seriennummer laut vorlesen, zeigte ihm dann wieder die Waffe und bat ihn, die Seriennummer darauf wieder laut vorzulesen, wodurch anscheinend unwiderlegbar der Beweis dafür erbracht wurde, daß die Pistole, mit der Carellas Vater totgeschossen worden war, Coles Partner und nicht Cole persönlich gehört hatte. Damit wollten sie aufzeigen, daß es Whittaker gewesen sein mußte – nachdem die Waffe Whittaker gehört hatte und Cole am Abend des Mordes nirgendwo in der Nähe der Bäckerei gewesen war –, der die Schüsse abgegeben hatte. Ein Mann, der nun tot war, ein Mann, der keinerlei Fragen mehr beantworten konnte, hatte Carellas Vater ermordet. Wieder spürte er Angelas Blicke. Diesmal wandte er sich ihr nicht zu.

»Keine weiteren Fragen«, sagte Addison.

Lowell trat an den Zeugenstand.

»Sie waren also am Abend des Mordes in Virginia, hm?« sagte er.

»Ja, Sir.«

»Sie haben doch zufällig Ihren Busfahrschein aufgehoben, oder?«

»Nein, Sir.«

»Sie haben Ihn weggeworfen, oder?«

»Ja, Sir.«

»Haben Sie eine Quittung erhalten, als Sie ihn kauften?«

»Nein, Sir, ich habe ihn direkt am Busbahnhof gekauft. Niemand gab mir eine Quittung.«

»Wieviel haben Sie dafür bezahlt?«

»Hundertdreiundzwanzig Dollar und fünfundsiebzig Cent.«

»Haben Sie jemandem Ihren Namen genannt?«

»Nein, Sir, man hat mich nicht danach gefragt.«

»Haben Sie auf dem Bahnhof jemanden kennengelernt?«

»Nein, Sir.«

»Oder im Bus?«

»Nein, Sir.«

»Was haben Sie unten in Greenville gemacht?«

»Ich war nur auf der Durchreise.«

»Auf der Durchreise von *woher*?«

»Ich war eine Weile unten in Florida.«

»Wo haben Sie in Florida gewohnt?«

»Ich schlief am Strand.«

»Aha. Schliefen Sie in Greenville auch am Strand, ja?«

»Ich war nur den einen Tag in Greenville. Ich nahm mir an diesem Abend einen Bus.«

»Gibt es in Greenville überhaupt einen Strand, wissen Sie das?«

»Nein, das weiß ich nicht.«

»Können Sie mir *überhaupt* etwas über Greenville erzählen?«

»Nur, daß es ein nettes Städtchen zu sein schien.«

»Können Sie mir irgendeinen Straßennamen von dort nennen?«

»Nein, das kann ich nicht.«

»Irgendein Hotel?«

»Nein, Sir, ich habe in keinem Hotel gewohnt. Ich bin nur herumgelaufen.«

»Herumgelaufen, aha. Können Sie mir sagen, wo sich der Busbahnhof befand?«

»Nein, tut mir leid.«

»Sie sind also nur herumgelaufen und zufällig in den Bahnhof hineinspaziert, ist das richtig?«

»Nein, Sir. Ich wußte, wo er war, weil ich mit dem Bus aus Miami gekommen war.«

»Ich nehme an, den Fahrschein aus Miami haben Sie auch nicht mehr, oder?«

»Nein, Sir.«

»Miami–Greenville, den Fahrschein haben Sie nicht?«

»Nein, Sir.«

»Mr. Cole, haben Sie *überhaupt* auch nur irgendeinen Beweis dafür, daß Sie an dem Abend, an dem Anthony Carella ermordet wurde, in einem Bus aus Greenville saßen?«

»Ich bin sicher, daß mich in dem Bus Leute gesehen haben, aber ich wüßte nicht, wer.«

»Haben Sie im Bus mit jemandem geredet?«

»Nein, Sir.«

»Wir haben also nur Ihr Wort darauf, daß Sie an jenem Abend im Bus waren?«

»Vielleicht gibt es irgendwo Unterlagen über den Fahrschein.«

»Ja, vielleicht gibt es die, aber Sie haben keine derartigen Unterlagen, oder?«

»Nein, die habe ich nicht.«

»Wir wissen also wirklich nicht mit letzter Sicherheit, nicht wahr, daß Sie den Bus an diesem Abend nahmen und nicht schon am Abend vorher? Oder zwei Abende vorher? Oder eine Woche vorher? Wir haben nur Ihr Wort darauf, ist das richtig?«

»Mein Wort gilt etwas«, sagte Cole und machte plötzlich eine grimmig stolze Miene.

»Ein Mann, der zu seinem Wort steht, trifft das zu?« fragte Lowell.

»Ja, Sir.«

»Ist es nicht eine Tatsache, Mr. Cole, daß für den Tod...«

»Einspruch!«

»Abgelehnt. Aber ich muß die Geschworenen ermahnen...«

»Danke, Euer Ehren.«

»... daß Sie ein eventuelles früheres Verfehlen des Angeklagten nur im Hinblick auf seine Glaubwürdigkeit in Betracht ziehen dürfen. Daraus dürfen keinerlei Rückschlüsse gezogen werden, ob er dadurch die in Frage kommende Tat begangen haben könnte.« Er wandte sich wieder an Lowell und nickte ihm aufmunternd zu.

»Mr. Cole«, sagte Lowell, »ist es nicht eine Tatsache, daß Sie für den Tod eines zweiundachtzigjährigen Mannes verantwortlich sind, der bei einem Überfall auf eine Gemüsehandlung in Pasadena, Kalifornien, neunzehn ...«

»Dessen wurde ich beschuldigt.«

»Nun, dessen wurden Sie nicht nur *beschuldigt*, Sie wurden deswegen *angeklagt*, nicht wahr? Und *verurteilt*, nicht wahr? Sie haben dafür *eingesessen*, nicht wahr?«

»Ich habe eingesessen, ja.«

»Und Sie wurden im April vergangenen Jahres auf Bewährung entlassen, nicht wahr?«

»Ja, das wurde ich.«

»Und Sie fuhren in Richtung Osten und Süden, bloß um sich ein bißchen in den Vereinigten Staaten umzuschauen, haben Sie das nicht gesagt?«

»Genau das habe ich in Greenville getan.«

»Und dann sind Sie in dieser Stadt gelandet ...«

»Ja.«

»Wo Sie Desmond Whittaker kennenlernten.«

»Ja.«

»Sind Sie jemals in Washington D. C. gewesen?«

»Ja.«

»Stimmt es nicht, daß Sie Mr. Whittaker zum erstenmal in *Washington* begegneten und nicht in dieser Stadt?«

»Ich bin ihm zum erstenmal in dieser Stadt begegnet. In einer Cafeteria an der Stem. Am zweiundzwanzigsten Juli.«

»Stimmt es nicht, daß Sie ihn einige Wochen vor dem Mord an Anthony Carella kennenlernten, und daß Sie tatsächlich *gemeinsam* aus Washington D. C. kamen?«

»Ich bin ihm in dieser Stadt zum erstenmal begegnet«, sagte Cole wieder. »In einer Cafeteria an der Stem. Am zweiundzwanzigsten Juli.«

»Mr. Cole, als Sie in dieser Nacht zum ersten August vergangenen Jahres festgenommen wurden, waren Sie da im Besitz einer halbautomatischen 9-Millimeter-Pistole?«

»Das war ich.«

»Ich zeige Ihnen diese Uzi und frage Sie, ob dies die Waffe ist, die Detective Randall Wade in dieser Nacht bei Ihnen vorgefunden hat?«

»Das ist sie.«

»Dieselbe Waffe, hm? Sind Sie sich dessen sicher?«

»Ja, es ist dieselbe Waffe.«

»Wann gelangte diese Waffe in Ihren Besitz?«

»Sie war *nicht* in meinem Besitz an dem Abend...«

»Ich habe nicht danach gefragt, wann Sie *nicht* in Ihrem Besitz war. Ich habe gefragt, wann Sie *in* Ihren Besitz gelangte. Sie stehen unter Eid, und Sie sind ein Mann, der zu seinem Wort steht, wie wär's also mit einer Antwort?«

»Sie gelangte an genau diesem Tag in meinen Besitz.«

»Am ersten August vergangenen Jahres?«

»Ja.«

»Haben Sie jemals mit dieser Waffe geschossen?«

»Niemals.«

»Als Sie in dieser Nacht festgenommen wurden, haben Sie da diese Waffe auf die Detectives Wade und Carella gerichtet?«

»Ich richtete Sie zu ihnen *hin*. Ich habe die Waffe nicht *auf* sie gerichtet.«

»Aber Sie hatten die Waffe in der Hand, nicht wahr?«

»Ich glaube schon.«

»Gedachten Sie, damit zu schießen?«

»Nein.«

»Sie hatten Sie also einfach in der Hand, um... nun, warum *hatten* Sie sie denn in der Hand, Mr. Cole?«

»Zum Selbstschutz.«

»Ah. Dann hatten Sie also vor, damit zu schießen?«

»Ich war bereits *angeschossen*, verdammt!«

»Beantworten Sie bitte meine Frage. Hatten Sie vor, mit dieser Pistole bei der Festnahme auf die Polizisten zu schießen?«

»Nein, das hatte ich nicht.«

»Sagen Sie mir eines, Mr. Cole, wissen Sie, wie man mit dieser Waffe umgeht?«

»Ich seh so eine Waffe nicht zum erstenmal.«

»Bitte, beantworten Sie meine Frage.«

»Ich könnte herausfinden, wie man damit umgeht, wenn ich es müßte.«

»Mr. Cole, wissen Sie, wie man mit dieser Pistole umgeht, oder wissen Sie es nicht? Beantworten Sie bitte meine Frage.«

»Ich weiß es.«

»Obwohl Sie noch niemals damit geschossen haben?«

»Alle Waffen sind einander ziemlich ähnlich, eine wie die andere.«

»Keine weiteren Fragen«, sagte Lowell.

Addison ging wieder zu seinem Zeugen.

»Mr. Cole«, sagte er, »ich habe nur noch eine Frage.« Er senkte die Stimme. »Haben Sie Anthony Carella getötet?«

»Nein, das habe ich nicht.«

»Danke. Ich habe keine weiteren Fragen. Euer Ehren, für die Verteidigung ist der Fall hiermit abgeschlossen.«

»Ich möchte nur noch einen Punkt klarstellen, Euer Ehren«, sagte Lowell und trat wieder an den Zeugenstand. »Mr. Cole, wollen Sie sagen, daß Sie diese Pistole vor der Nacht zum ersten August noch niemals in der Hand hatten?«

»Genau das will ich sagen.«

»Danke, weiter habe ich nichts.«

»In Ordnung«, sagte Di Pasco, »dann würde ich gerne auf heute nachmittag um ein Uhr vertagen. Um diese Zeit werden wir dann Ihre Schlußplädoyers hören. Ist es Ihnen allen um ein Uhr recht?«

»Ja, Euer Ehren.«

»Ja, Euer Ehren.«

»Das Gericht vertagt sich«, sagte Di Pasco und schlug mit dem Hammer auf.

***

Wie an jedem Abend, wenn er nach Hause kam, so berichtete Carella nun Teddy alles, was sich tagsüber im Gerichtssaal zugetragen hatte. Den Prozeßverlauf in Zeichensprache darzustellen war keine leichte Aufgabe, aber er bewältigte sie pflichteifrig und nahm zusätzlich zu seinen ungelenken Fingern die Sprache zu Hilfe, damit sie ihm auch vom Mund ablesen konnte, was er ihr erklärte.

Er erklärte ihr, daß ein Strafprozeß damit endete, daß zunächst der Verteidiger sein Schlußplädoyer hielt und dann der Staatsanwalt das seine, worauf der Richter die Geschworenen einwies, ihnen die Gesetze erklärte und die möglichen Urteilssprüche, zu denen sie in Anbetracht des Falles gelangen könnten. Lowell hatte anderthalb Stunden dazu gebraucht, den Geschworenen das darzulegen, was er Carella und seiner Schwester letzten Freitag im Golden Lion dargelegt hatte, und zuvor hatte Addison volle zwei Stunden gebraucht, um ihnen darzulegen, was für ein wunderbarer Mensch lauterster Gesinnung sein Mandant Samson Wilbur Cole sei, der – wie Addison bewiesen habe – am Abend des Mordes an Carellas Vater nirgendwo auch nur in der Nähe dieser Stadt gewesen und darüber hinaus erst zwei Wochen nach dem Mord in den Besitz der fraglichen Pistole gelangt sei.

Danach belehrte Di Pasco die Geschworenen, daß jede Zeugenaussage sorgfältig und mit äußerster Ernsthaftigkeit bezüglich der Zuverlässigkeit und Glaubwürdigkeit des Zeugen abgewägt werden müsse, und forderte sie auf, jeden Gedanken an eine Bestrafung oder einen Gnadenerweis außer acht zu lassen und sich bei ihrer Urteilsfindung nur von den Beweisen leiten zu lassen, die sie gesehen oder gehört hätten. Er erklärte ferner, wenn sie zu der Entscheidung gelangten, daß Samson Cole am Abend des Mordes nicht persönlich abgedrückt, aber gemeinschaftlich mit anderen gehandelt habe, als der Mord stattfand, dann sei er genauso schuldig wie derjenige, der tatsächlich die Schüsse abgegeben habe, und sollte von den Geschworenen auch demgemäß beurteilt werden. Er erinnerte sie noch einmal an den Eid, den sie als Geschworene abgelegt hatten, bat sie, bei der Urteilsfindung fair und aufgeschlossen zu sein, und ermahnte sie erneut – wie schon zu Beginn der Verhandlung –, den Fall nur untereinander zu besprechen, solange sie bei der Beratung seien. Zum Abschluß wünschte er ihnen viel Glück, auf daß sie zu einem gerechten Urteilsspruch gelangten.

»Lowell sagte, es kann eine Woche bis zehn Tage dauern«, teilte ihr Carella in Zeichensprache mit, »aber sie könnten auch alle überraschen und schon früher eine Entscheidung fällen. Er hat schon Geschworene erlebt, die nach weniger als einer Stunde zurückkamen.«

Teddy nickte, während sie abwechselnd seinen Fingern und seinen Lippenbewegungen folgte.

»Aber er sagte, je länger die Geschworenen weg sind, desto wahrscheinlicher ist es normalerweise, daß sie zu einem Kompromißurteil kommen. Es gibt keine eiserne Regel, sie können nach zehn Minuten zurückkommen und schuldig sagen, aber sie können auch nächste Woche zurückkommen und nicht schuldig sagen, es gibt wirklich keine Möglichkeit, das abzuschätzen.«

Wie willst du, fing sie mit den fliegenden Fingern an, doch er ahnte, was sie sagen wollte, und setzte sich mit Zeichensprache und gleichzeitig redend gegen sie durch.

»Er will mich anpiepsen, wenn es danach aussieht. Der Lieutenant hat ein Auto mit Fahrer für mich bereitstehen. Wir fahren dann mit Bleifuß runter nach Downtown.«

Er sagte ihr, daß sie die Sirene benutzen wollten. Sie kannte den Ausdruck. Sie nickte. Dann fragte sie mit ernster Miene: *Wie, glaubst du, wird der Urteilsspruch lauten?*

»Ich weiß es nicht«, sagte er.

***

Gleich am nächsten Morgen suchten sie Emma Bowles auf.

Als sie mit dem Auto vorfuhren, kam sie gerade aus dem Haus. Trug rote Strumpfhosen, schwarze Legwarmer, schwarze Joggingschuhe, einen kurzen schwarzen Parka. Keine Mütze. Die blonden Haare schimmerten in der Sonne. Es war einer dieser kalten, klaren und frischen Tage, an denen die Stadt selbst im Winter lebenswert schien, die Gehsteige und Straßen nach dem gestrigen Regen blitzsauber, die schmuddeligen Überreste des Schnees verschwunden. Der Portier vor dem Haus wollte sie wegwinken, bis Meyer die Sonnenbrille mit dem Aufkleber der städtischen Polizei darauf herunterklappte. Daraufhin kam er mit bedauernder Miene her und bat sie, ob sie mit dem Wagen nicht ein Stückchen weiter weg von der Markise und der Eingangstür fahren könnten. Meyer stieg aus und rannte hinter Emma her. Carella fuhr das Auto weg und schloß dann zu ihnen auf.

Sie lief sehr schnell.

Sie erklärte ihnen, daß sie dreimal die Woche, dienstags, donnerstags und sonnabends, zum Aerobic gehe und jeden Tag laufe, den Sonntag ausgenommen, wenn selbst der Herr ruhe. Sie lächelte dabei und fragte die Detectives dann beiläufig, ob sie auch viel liefen. Carella gab zu, daß sie nicht besonders viel liefen, es sei denn, sie verfolgten jemanden. Emma sagte, sie sollten beide darauf achten, daß sie viel

Bewegung hätten, das sei essentiell für ihre Gesundheit. Genau dieses Wort gebrauchte sie. Essentiell. Beide Detectives waren bereits außer Atem, während sie versuchten, mit ihr Schritt zu halten.

»Wir wollten Ihnen mitteilen«, sagte Meyer, »daß wir den Mann festgenommen haben, der Tilly umgebracht hat.«

»Oh?«

»Ja. Wir haben ein unterschriebenes Geständnis von ihm, am Montag war Haftprüfungstermin.«

»Das ist ja wunderbar«, sagte sie.

»Jedenfalls haben sich dadurch ein paar Fragen geklärt. Wir wissen nun zumindest, daß Ihr Mann nicht das geringste mit Tillys Tod zu tun hatte.«

»Der *eigentliche* Grund, weshalb wir hier sind«, sagte Carella, »ist der, daß wir Ihnen über die Fortschritte berichten wollten, die wir in Zusammenhang mit diesem Denker gemacht haben.«

»Denker?« fragte sie.

»Sie kennt doch seinen richtigen Namen nicht, Steve«, sagte Meyer.

Sie blickte erst nach links zu Meyer und drehte sich dann im gleichen Augenblick zu Carella um, während sie unverwandt und mit weitausholenden Schritten und pumpenden Armen weitertrabte.

»Diese Person, die Ihr Mann engagiert hat«, sagte Carella. »Der sogenannte Privatdetektiv.«

»Aber er *ist* doch einer«, sagte sie.

»Nun ja, wir sind nicht dieser Meinung, Madam«, sagte Carella. »Unter dieser Telefonnummer in Chicago, die er Ihnen gegeben hat, ist jemand namens Andrew Denker eingetragen, was unserer Vermutung nach sein richtiger Name ist. Wir wissen, daß er eine Schußwaffe kaufen gegangen ist, kaum daß er hier angekommen war ...«

»Ja, er hat mir gesagt, daß er eine Waffe hat.«

»Aber klar hat er eine«, sagte Meyer. »Einen fünfundvierziger Colt, den er bei einem mickrigen Dealer in Diamondback gekauft hat. Einem gewissen Gofredo Cabrera, der ihn außerdem mit jemandem in Verbindung brachte, der ihm in Downtown ein Zimmer vermietet hat.«

»Ja, er hat mir gesagt, daß er irgendwo bei der Calm's Point Bridge wohnt.«

»South Lewiston Nummer 321«, sagte Meyer nickend. »Apartment 4C.«

»Jedenfalls dachten wir uns, wenn wir wegen der Waffe einen Durchsuchungsbefehl beantragen, wird er abgelehnt«, sagte Carella. »Ungenügender Tatverdacht – wir sind bereits mit dem Telefonzapfen abgeblitzt. Wir können also nichts weiter tun, als ihn im Auge zu behalten, sichergehen, daß er...«

»Ihn im Auge behalten?«

»Ja. Den Lieutenannt darum bitten, daß...«

»Aber wie das?«

»Nun ja, ein paar Detectives abstellen...«

»Aber er ist fort.«

Beinahe wären sie alle beide aus dem Takt gekommen.

Emma rannte ungerührt weiter, als hätte sie nicht gerade eine Bombe platzen lassen.

»Zurück nach Chicago«, sagte sie.

»Woher wissen Sie das?« sagte Carella.

»Er hat mir gesagt, daß er abreisen wollte. Er sagte nun, da Tilly tot sei, halte mein Mann seine Dienste für nicht mehr erforderlich.«

»Wann hat er Ihnen das gesagt?«

»Gestern nachmittag.«

»Und Sie glauben, daß er schon weg ist?«

»Er hat mir gesagt, daß er gestern abend eine Maschine nehmen wollte.«

»Nach Chicago?«

»Ja. Nach Chicago.«

»Mit Händeschütteln und auf Wiedersehen...«

»Nein, nicht so förmlich. Kam nur vorbei und sagte, daß er abreise, und es sei ihm ein Vergnügen gewesen, mit mir zu arbeiten, und er hoffe, daß sich alles einrenken werde. Aber wissen Sie...«

Sie warteten.

»Ich glaube Ihnen natürlich, ich möchte Ihnen keinesfalls unterstellen, daß Sie falsch informiert sind. Aber ich glaube, er war wirklich Privatdetektiv, und ich glaube auch, daß er mich wirklich beschützen wollte. Ich weiß nicht, wieso er einen falschen Namen benutzt hat, *falls* er es tat...«

»Er hat es getan«, sagte Carella.

»... aber wahrscheinlich hatte er einen Grund dafür. Auf jeden Fall ist er nun fort. Selbst wenn er also eine Gefahr dargestellt hätte – was ich bezweifle –, jetzt tut er's nicht mehr.«

»Es sei denn, er hat gelogen«, sagte Carella.
»Hat er gesagt, welchen Flug er nehmen wollte?« fragte Meyer.
»Nein«, sagte Emma. »Aber, mal wirklich, wieso sollte er...«
»Damit Sie nicht mehr auf der Hut sind«, sagte Carella.
»Ich glaube, Sie irren sich. Ich glaube, er war wegen seinem Job hier, und als mein Mann ihm sagte, er werde nicht mehr gebraucht, war eben Schluß mit dem Job.«

Sie waren bei dem Stopschild am Ende der Straße angelangt. Carella schätzte, daß es von ihrem Haus bis hierher mindestens zweieinhalb Kilometer waren. Das Schild war offenbar ihre Wendemarke. Wie auf Kommando blieb sie einen Moment schweratmend stehen, ließ den Kopf hängen und schnappte tief nach Luft. Schließlich schaute sie sie an. Dann griff sie offensichtlich den Gedanken von vorhin wieder auf und sagte: »Jede Sache hat einmal einen Anfang, wissen Sie... und dann ist Schluß damit.«

»Nun ja«, sagte Carella, und einen Moment lang wußte er nicht ganz, was er noch sagen sollte. »Falls Sie weiter unseren Beistand brauchen sollten...«

»Nein, ich komme bestens zurecht«, sagte sie. »Ich werde kommendes Wochenende allein verbringen, aber da Tilly nun tot ist... na ja, ich bin sicher, es gibt keinerlei Grund mehr zur Sorge.«

»Nur für den Fall, daß Sie uns brauchen sollten«, sagte Meyer, »wissen Sie ja, wo Sie uns erreichen können.«

»Danke«, sagte sie, »ich weiß das zu würdigen.«

Sie verzog das Gesicht zu einem leichten, traurigen Lächeln.

***

Der Hausmeister an der South Lewiston Nummer 321 erklärte ihnen, er habe nicht die Angewohnheit, das Kommen und Gehen der Mieter zu kontrollieren, und wisse daher nicht, ob der Mann in Apartment 4C noch da sei oder nicht. Niemand habe ihm etwas davon gesagt, daß jemand ausziehe, und außerdem ginge es ihn sowieso nichts an.

»Haben Sie einen Generalschlüssel für das Apartment?« fragte Meyer.

»Hab' ich, aber...«

»Glauben Sie, Sie könnten uns vielleicht reinlassen, damit wir uns mal umsehen können?« fragte Carella.

»Nicht ohne einen Durchsuchungsbefehl«, sagte der Hausmeister.

»Wir brauchen nicht mehr als fünf, zehn Minuten«, sagte Meyer.

»Ich würde euch nicht mal fünf, zehn Sekunden lassen«, sagte der Hausmeister.

»Danke«, sagte Carella und hoffte, daß er nicht zu undankbar klang.

***

Bei einem Anruf unter der Telefonnummer auf der Visitenkarte von Darrow-Ermittlungen vernahmen sie eine Stimme vom Band, vermutlich Denkers. Sie sagte:

»Hallo, ich bin wieder in Chicago, aber ich bin gerade außer Haus. Wenn Sie nach dem Pfeifton eine Nachricht hinterlassen, rufe ich Sie an, sobald ich kann. Vielen Dank.«

Carella hinterließ keine Nachricht.

Statt dessen ging er, genau wie er es gegenüber Emma Bowles angedeutet hatte, ins Büro des Lieutenants und beantragte eine Überwachung von Denkers Haus rund um die Uhr, nur für den Fall, daß er die Stadt überhaupt nicht verlassen hatte, sondern lediglich abwartete, bis sich der Qualm legte.

Der Lieutenant ging Captain Frick aufsuchen, dem das gesamte Revier unterstand und der nicht so furchtbar helle war. Diesmal hörte er sich ganz vernünftig an.

»Warum wursteln wir immer noch daran herum?« fragte er.

»Nun ja, Sir, es gab zwei Mordversuche, wissen Sie...«

»Ja, aber der Mann, der sie unternommen hat, wurde doch später selbst umgebracht, oder nicht?«

»Ja, Sir.«

»Und wir haben doch bereits den Mann, der's gewesen ist, oder nicht?«

»Ja, Sir, aber...«

»Und wer *ist* dann diese Frau? Ist sie mit dem Gouverneur verheiratet, oder was?«

»Nun, nein, Sir, aber...«

»Wenn ich für jeden Mordversuch auf jemanden in dieser Stadt einen Groschen bekäme, wäre ich ein reicher Mann. In dieser Stadt werden jeden beschissenen Tag *wirklich* Leute umgebracht, da kann ich keine Männer für jemanden vergeuden, der umgebracht werden könnte. Der Antrag ist abgelehnt. Legt den Fall nieder, kennzeichnet ihn als geklärt.«

»Ja, Sir, als geklärt«, sagte Byrnes.

»War's das?«

»Das war's, Sir.«

»Ich habe zu tun«, sagte Frick.

14

Sein Piepser ging um Viertel vor vier los. Er stand am Wasserspender; der anhaltende Pfeifton des Gerätes erschreckte ihn. Es mußte der Anruf von Lowell sein; hier im Haus würde ihn niemand anpiepsen, solange er sich im Mannschaftsraum aufhielt. Er rief sofort zurück. Beim zweiten Klingeln nahm jemand ab.

»Hallo?«

Lowell. Die unverkennbar britisch klingende Stimme.

»Hallo«, sagte Carella. »Was ist los?«

»Wie schnell schaffen Sie es hier herunter?«

»In zwanzig Minuten. Haben sie ...«

»Soweit ich das beurteilen kann, wird es jede Minute soweit sein.«

»Bin schon unterwegs«, sagte Carella.

***

Die Herren und Damen Geschworenen kamen um zwanzig Minuten nach vier hereinmarschiert.

Carella versuchte etwas an ihren Gesichtern abzulesen. Während der ganzen Verhandlung, als sie lediglich Nebendarsteller für die Stars im und um den Zeugenstand gewesen waren, hatte er ihnen kaum Beachtung geschenkt. Doch nun standen sie plötzlich im Mittelpunkt, traten gemeinsam ins Rampenlicht und nahmen feierlich ihre Plätze im Geschworenenblock ein. Der Sprecher hatte einen Schnurrbart. Das hatte er vorher nicht bemerkt. Zwei der drei Frauen trugen eine Brille. Einer der schwarzen Geschworenen trug einen scheußlichen Schlips.

Sämtliche Geschworenen, Männer wie Frauen, Weiße wie Schwarze, Hispanier wie Asiaten, hatten eine völlig ausdruckslose Miene.

Richter Di Pasco wandte sich ihnen zu, sobald sie saßen.

»Meine Damen und Herren Geschworenen«, sagte er, »haben Sie sich in diesem Fall auf einen Urteilsspruch geeinigt?«

»Das haben wir«, sagte der Sprecher. Er war ein großer Schwarzer in einem dunklen Anzug, einem weißen Hemd und mit einem burgunderroten Schlips. Seine Hände zitterten.

»Bitte überreichen Sie dem Gericht Ihre Papiere«, sagte der Protokollführer.

»Sprecher«, sagte Di Pasco, »wie lautet das Urteil der Geschworenen?«

Carella hielt die Luft an.

»Wir befinden den Angeklagten für nicht schuldig«, sagte der Sprecher.

Carella hatte das Gefühl, als habe ihn jemand mit geballter Faust ins Gesicht geschlagen.

Lowell war augenblicklich auf den Beinen.

»Euer Ehren«, sagte er, »darf ich, mit Verlaub, beantragen, daß die Geschworenen namentlich aufgerufen werden?«

Di Pasco nickte dem Protokollführer zu. Hinten im Gerichtssaal klatschten Sonny Coles Anhänger – die Mehrzahl davon kannte ihn nicht, und viele legten keinen gesteigerten Wert darauf, ihm um Mitternacht in einer dunklen Gasse zu begegnen – einander beglückwünschend auf den Rücken.

»Geschworener Nummer eins«, sagte der Protokollführer. »Franklin Jonathan Miller. Wie befinden Sie den Angeklagten?«

»Nicht schuldig«, sagte der Sprecher.

»Geschworene Nummer zwei, Maria Catalina Perez, wie befinden Sie den Angeklagten?«

»Nicht schuldig.«

Und nun saß Carella starr und stumm da, während die Namen aufgerufen wurden und sich ein Geschworener nach dem anderen erhob und auf die Frage des Protokollführers – Wie befinden Sie den Angeklagten? – reagierte, und die Antworten schienen in dem getäfelten Saal widerzuhallen, zu dem Deckengewölbe aufzusteigen – nicht schuldig –, auf die grinsenden Gesichter hinten im Gerichtssaal herabzuwogen – nicht schuldig –, den Gang der Mitte entlangzubrausen –

nicht schuldig, nicht schuldig – und mit einem letzten verklingenden Brüllen auf Carella einzustürzen, der da saß und sich seltsam peinlich berührt und absolut alleine fühlte – nicht schuldig, nicht schuldig, nicht schuldig.

***

Der Nacht durfte man nicht trauen, dem Winter durfte man nicht trauen.

Strahlend und sonnig hatte der Tag angefangen, aber nun, abends um zwanzig vor neun, war es bitterkalt. Meyer und Carella standen in ihren schweren Wintermänteln vor dem Haus in Smoke Rise, wo der Mord begangen worden war, und redeten mit dem Chief of Detectives, denn der Kripochef war höchstpersönlich nach Uptown gekommen, weil er Angst davor hatte, was die Medien daraus machen könnten.

Blau-weiße Funkstreifenwagen parkten schräg am Gehsteig gegenüber dem Haus. Direkt vor der grünen Markise über der Eingangstür stand ein Krankenwagen mit offenen Hintertüren rückwärts am Straßenrand. Graublaue Auspuffwolken stiegen in die Nachtluft. Polizisten in Uniform, die nichts zu tun hatten, lungerten um die Eingangstür herum. Monoghan und Monroe, die zehn Minuten vor dem Eintreffen des Chefs hiergewesen waren, redeten mit dem Portier und versuchten so zu tun, als seien sie bei dieser Ermittlung absolut unverzichtbar.

Der Kripochef hieß Lou Fremont und war erst kürzlich vom neuen Polizeipräsidenten ernannt worden, gewissermaßen als eine Art versöhnliche Geste, weil er erstens weiß war und sich zweitens hier in dieser Stadt hochgedient hatte und nicht in irgendeinem kleinen Südstaatennest, wo die einzige Aktivität am Samstagabend darin bestand, daß die Ampel an der Haupt-, Ecke Gurkenstraße nur blinkte. Sowohl Carella als auch Meyer kannten Fremont noch aus der Zeit, als ihm das Dreiundsiebzigste in Majesta unterstanden hatte. Er war ein barscher Mann, mit dem nicht gut Kirschen essen war, und man sagte ihm nach, er habe ein hitziges Temperament und sei schnell mit den Fäusten zugange. Aber er wußte, was es hieß, als Polizist auf der Straße unterwegs zu sein, und sie wußten, daß er sich für sie ins Zeug legen würde, wenn ihnen die Sache hier aus den Händen glitt. Sie machten sich alle Sorgen wegen etwas, das man gemeinhin als Vorauswissen bezeichnete.

»Sagte also, jemand hat versucht, sie umzubringen, hm?« fragte Fremont.

»Nun ja, jemand hat sie vom U-Bahnsteig geschubst«, sagte Carella.

»Was habt ihr dazu herausgefunden?«

»Das ist eine komplizierte Geschichte, Chef.«

»Ich habe nichts vor«, sagte Fremont. »Haben Sie etwas vor?«

»Nein, Sir.«

Der Chef nickte. Er rechnete damit, daß die Medien behaupteten, die Polizei habe gewußt, daß ein Mord in der Luft lag; die Frau sei nach einem Mordversuch zu ihnen gekommen, und nun sei, ungeachtet des *versuchten* Mordes, *tatsächlich* ein Mord geschehen. Man biege das ein bißchen hin, und es könnte so aussehen, als hätten sie bei ihren Ermittlungen geschlampt. Gott sei Dank ging es nicht um irgendeine Rassenkiste. Alles, was sie derzeit in dieser Stadt gebrauchen konnten, war ein weiterer rassisch motivierter Vorfall.

Carella erklärte ihm, daß der Kerl, der sie vom Bahnsteig schubste, später noch einmal versucht habe, sie zu überfahren, und schließlich selbst Opfer einer Schießerei geworden sei. Das war –

»Was für eine Schießerei?« fragte Fremont. »Wo?«

Er berichtete dem Chief alles, wie Roger Turner Tilly an einer Kellerdecke in Diamondback hing –

»Hing? Ich dachte, Sie haben gesagt, er wäre erschossen worden?«

»Erst erschossen, später aufgehängt«, sagte Carella.

»In Diamondback? Das gehört zum Dreiundachtzigsten, gell?«

»Ja, Sir.«

»Und wie kommen Sie dann dazu ...«

»Erster Mann am Fall, Sir.«

»Weil die Frau wegen dem Mordversuch zu Ihnen gekommen ist?«

»Ja, Sir.«

»*Zwei* sogar, wie ich jetzt höre. Das schmeckt mir nicht, das kann ich Ihnen schon sagen.«

»Ja, Sir. Wir haben Ausschau nach Tilly gehalten, weil sie ihn als denjenigen identifizierte, der sie überfahren wollte. Und als dann auch Tilly tot war, haben wir uns gefragt, ob Erster Mann am Fall hier greift.«

»Ich würde sagen, ja.«

»Nun ja. Lieutenant Byrnes wollte das nachprüfen. Aber in der Zwischenzeit riet er uns, an dem Fall dranzubleiben.«

»Glauben Sie, es könnte sich um dieselbe Person handeln?«

»Sir?«

»Der, der Tilly umbrachte und das hier angestellt hat?«

»Oh. Nein, Sir. Nein, Tillys Mörder haben wir bereits. Er wurde am Montag zum Haftprüfungstermin vorgeführt, und der Richter lehnte eine Kaution ab. Es kann sich unmöglich um dieselbe Person handeln.«

»Gute Arbeit«, sagte Fremont.

»Danke, Sir.«

»Aber ich mache mir hierbei immer noch wegen des Vorauswissens Sorgen.«

»Ja, Sir.«

»Ich weiß, daß es weit hergeholt ist...«

»Nun ja, ja, Sir, ich glaube, so könnte man sagen.«

»Aber die Medien haben so ihre Art, aus nichts etwas zu machen, das wissen Sie doch.«

»Ja, Sir.«

»Sie *ist* zu Ihnen gekommen...«

»Ja, Sir.«

»Und nun...«

Fremont schüttelte den Kopf.

»Wie sieht's da oben aus?« fragte er.

Meyer setzte ihn darüber ins Bild, wie es da oben aussah. Der Safe war aufgebrochen, Werkzeugspuren rund um das Kombinationsschloß und die Türkante, das Opfer auf dem –

»Wo ist der? Der Safe?«

»Im großen Schlafzimmer, Sir«, sagte Meyer. »In der Kleiderkammer im großen Schlafzimmer.«

– das Opfer auf dem Boden neben der Schlafzimmertür, aus nächster Nähe ins Gesicht geschossen. Drei ausgeworfene Hülsen aufgefunden, ebenso wie zwei Kugeln, die glatt durchgegangen und am Hinterkopf wieder ausgetreten waren, die andere Kugel vermutlich noch irgendwo im Kopf.

»Irgendwas in dem Safe zurückgelassen?«

»Nichts. Alles, wie ein abgenagter Knochen.«

»Irgendeine Ahnung, was drin war?«

»Ja, Sir, wir haben in der Schreibtischschublade eine Liste gefunden.«

»Was ist mit den Hülsen und den Kugeln? Wie sehen die aus?«

»Fünfundvierziger«, sagte Meyer. »Klar und deutlich auf die Hülsen aufgedruckt. Fünfundvierziger Remington Auto Colt.«

»Schafft sie lieber gleich zu den Ballistikern.«

»Ja, Sir.«

»Weil ich hier nämlich augenblicklich Aktivität sehen will. *Augenblicklich*. Bevor ihr diese Fernseharschlöcher auf der Pelle habt.«

»Ja, Sir«, sagte Carella.

»Wir glauben übrigens, Sir«, sagte Meyer, »daß es sich bei dem Täter um jemanden handelt, gegen den wir schon ermittelt haben.«

»Oh?«

»Ja, Sir.«

»Rückt raus damit.«

Sie berichteten ihm von Andrew Denker, alias Andrew Darrow, der sich bei Emma Bowles als der Mann vorgestellt hatte, den ihr Gatte zu ihrem Schutz engagiert habe –

»Das schmeckt mir nicht«, sagte Fremont kopfschüttelnd. »Das führt uns direktemang wieder zum Vorauswissen.«

»Nun ja, wir wissen nicht sicher, ob dieser Mann tatsächlich engagiert wurde, um sie umzubringen. Was wir aber wissen, ist, daß er sich einen fünfundvierziger Colt kaufte, als er herkam ...«

»Was meint ihr mit herkommen?«

»Aus Chicago.«

»Liegt dort irgendwas gegen ihn vor?«

»Nein, Sir.«

»Wißt ihr, wo ihr diesen Kerl auftreiben könnt?«

»Nun ja, wir haben da eine Adresse an der Lewiston, aber laut seinem Anrufbeantworter ist er wieder in Chicago.«

»Heutzutage kann man die Ansage per Ferngespräch ändern.«

»Ja, Sir, genau das haben wir ...«

»Man muß nichts weiter machen, als ein paar Knöpfe am Telefon zu drücken und dann die Aufnahme besprechen.«

»Ja, Sir.«

»Besorgt euch einen Durchsuchungsbefehl, geht ...«

»Wir sind mit dem Telefonanzapfen abgeblitzt, Sir, und wir dachten uns, wir warten auf den Bericht der Ballistiker.«

»Zum Teufel mit den Ballistikern. Ihr habt eure bedruckten Hülsen, ihr *wißt*, daß die Waffe ein Fünfundvierziger war.«

»Ja, Sir.«
»Habt ihr schon mit dem Portier hier geredet?«
»Ja, Sir.«
»Was konnte der euch sagen?«
»Nicht viel, Sir.«
»Ein Mann marschiert herein, ballert einem Menschen drei Kugeln ins Gesicht – der muß doch auf die eine oder andere Art wieder rausgekommen sein.«
»Ja, Sir.«
»Und hat er jemand rein- oder rausgehen sehen?«
»Nein, Sir.«
»Habt ihr ihm den Mann beschrieben?«
»Ja, Sir.«
»Und er hat ihn nicht gesehen, hm?«
»Nein, Sir. Aber er war ...«
Monoghan und Monroe, die Hände in den Hosentaschen, die Hüte schief wie Revolverhelden, kamen herbeispaziert.
»'n Abend, Chef«, sagte Monroe.
»'n Abend«, sagte Monoghan.
»Hmm«, sagte Fremont mit knappem Nicken.
»Der Portier hat niemand Verdächtigen rein- oder rausgehen sehen«, sagte Monoghan. »Aber er sagt, er war ...«
Mit einem Mal verstummte er.
Die Sanitäter kamen mit einer Trage heraus.
Alle Männer drehten sich zu ihnen um.
Hinter der Trage kam der amtlich bestellte Notarzt aus dem Gebäude.
Er trug einen schwarzen Wintermantel über der weißen Krankenhauskleidung und hatte ein Stethoskop aus der Tasche hängen.
Auf der Trage lag ein schwarzer Leichensack.

***

Auf Carellas Ersuchen um einen Durchsuchungsbefehl stand:

1. Ich bin als Detective beim hiesigen Police Department beschäftigt und derzeit der Kriminalabteilung des 87. Polizeireviers zugeteilt.

2. In meinem Besitz befinden sich mehrere Kugeln und ausgeworfene Patronenhülsen, die am Tatort eines Mordes aufgefunden wurden, der sich in der Nacht zum 17. Januar d. J. in Apartment 12A an der Butler Street Nummer 907 zutrug.

3. Der Aufdruck auf den Patronenhülsen zeigt an, daß die Kugeln zur Verwendung in einer halbautomatischen Pistole des Typs Colt, Kaliber .45, hergestellt wurden.

4. Ich habe auf Grund persönlicher Erkenntnisse, Eindrücke sowie anhand von für gewöhnlich zuverlässigen Quellen gelieferten Materials Informationen, wonach ein Mann namens Andrew Denker, alias Andrew Darrow, derzeit wohnhaft in Apartment 4C an der South Lewiston Street Nummer 321, irgendwann Ende Dezember illegal eine Pistole desselben Kalibers und desselben Typs erwarb, wie die zum Abfeuern der obengenannten Patronenhülsen verwendete Pistole.

6. Aufgrund der zuvor eingeholten und für gewöhnlich zuverlässigen Informationen und auf Grund meiner persönlichen Erkenntnisse liegt ein hinreichender Verdacht zu der Annahme vor, daß es sich bei der im Besitz des Andrew Denker befindlichen Pistole um ein Beweismittel in einem Mordfall handeln könnte.

Weswegen ich hochachtungsvoll beantrage, daß das Gericht einen Erlaß in der hierbei angefügten Form genehmigen möge, welcher uns zu einer Durchsuchung der Person Andrew Denker und der Liegenschaften an der South Lewiston Street Nummer 321, Apartment 4C, ermächtigt. In dieser Angelegenheit wurde noch kein vorausgehendes Ersuchen gestellt, nicht in dieser Stadt und auch nicht bei einem anderen Gericht, Richter, Rechtsverweser oder Magistrat.

Diesmal wurde der Antrag bewilligt.

***

Sie kamen überein, daß sie sich das Apartment am besten auf der Stelle vornehmen sollten. Ferner kamen sie überein, daß es – falls Denker der Mann war, der den Mord begangen hatte – riskant, wenn nicht tollkühn wäre, in ungenügender Anzahl dort einzudringen. Nur im Fernsehen waren Cops die Helden. Im wirklichen Leben hatten sie Frauen und Kinder, und sie trugen kugelsichere Westen, wenn sie vorhatten, eine Tür zu nehmen.

Meyer rief Inspector John Di Santis, den Leiter des Bereitschaftsdienstes, an und erklärte ihm, daß sie sechs Mann zur Unterstützung bei einer Wohnungsdurchsuchung ohne Vorwarnung des Bewohners benötigten. Di Santis fragte ihn, wann. Meyer sagte, gleich sofort – da war es bereits Viertel nach zehn –, und sie verabredeten sich noch für den gleichen Abend um halb zwölf an der Ecke Lewiston Street. Geplant war, daß sie leise und unbemerkt eindringen wollten, wobei die Cops vom Einsatzkommando in Keramikwesten und mit Schrotflinten bewaffnet die Tür stürmen und die Detectives mit dem Durchsuchungsbefehl unmittelbar dahinter kommen sollten.

Um zwanzig nach elf saßen Meyer und Carella in ihrem Wagen vor einer Bar namens Ballantine's an der Geurtz Avenue und warteten auf das Eintreffen des Bereitschaftsdiensttrupps. Eine langbeinige junge Frau in einer kurzen blauen Jacke, blauen Strümpfen und einem Faltenminirock kam aus der Bar und winkte jemandem zu, der noch drinnen saß. »Bis dann, Daisy!« rief ein Mann, und die Frau ging leise vor sich hin summend die Straße hoch. Die Nacht war wieder still. Sie warteten. Carella schaute auf seine Uhr. In der Stadt ertönten Sirenen. In der Stadt ertönten immer Sirenen, aber gerade jetzt schienen sie weit mehr als sonst durch die Nacht zu heulen. Über Funk hörten sie, wie Molly O, die Zentrale, Streifen- und Krankenwagen zum Flughafen schickte.

»Muß irgendwas los sein«, sagte Meyer.

Einen Augenblick später meldete sich Di Santis über Funk.

»Hier spricht Inspector Di Santis«, sagte er. »Am Franklin ist gerade eine Maschine aus Baltimore abgestürzt. Wir brauchen den Laster da draußen und jede verfügbare Einheit des Bereitschaftsdienstes. Könnt ihr mit dieser Sache nicht bis später warten?«

»Wir melden uns wieder«, sagte Meyer.

Die beiden Männer saßen im Auto und beredeten es.

Carella schneuzte sich.

Meyer sagte: »Wenn wir warten, ist er vielleicht weg. Wenn er nicht sowieso schon weg ist.«

»Ja.«

»Er könnte sonst wohin in der Stadt gezogen sein, von Chicago mal ganz abgesehen.«

»Bloß daß er nicht weiß, daß wir die Adresse von hier haben.«

»Ja, aber ...«

»Ich will damit sagen, er weiß nicht, daß wir an ihm dran sind. Er hat keinerlei Grund zur Flucht.«

»Bis auf den Mord.«

»Was manchmal gerade ein Grund ist stillzuhalten. Bis sich alles wieder gelegt hat.«

»Jawoll.«

»Was meinst du also?«

»Gehn wir's an«, sagte Meyer. »Bringen wir's hinter uns.«

Carella schaute auf seine Uhr.

»Ja, gehn wir's an«, sagte er und seufzte.

»Bist du in Ordnung?« fragte Meyer.

»Ja, ich bin okay.«

Der Mörder seines Vaters war als freier Mann aus dem Gerichtssaal marschiert, aber er nahm an, daß er trotzdem okay war.

Sie gingen um die Ecke von Denkers Haus und blickten an der Fassade hoch zu den Fenstern im vierten Stock. Nirgendwo war Licht an. Daraufhin gingen sie in das Gebäude, blieben unten im Foyer stehen und versuchten sich ein bißchen aufzuwärmen. Die Außentemperatur betrug vier Grad Fahrenheit, was, wie Carella ausrechnete, minus sechzehn Grad Celsius waren. Das war kalt, und zwar in jeder Sprache der Welt. Sowohl er als auch Meyer trugen kugelsichere Westen unter ihren Mänteln. Durch die Westen wirkten sie massiger als sie eigentlich waren.

Es handelte sich nicht um die buchstäblich idiotensicheren Keramikwesten, die man trug, wenn irgendein Irrer mit einem Hochleistungsgewehr von einem Dach herunterballerte. Diese Baumwollwesten mit Kevlareinlage waren nicht annähernd so effektiv, und viele Cops weigerten sich, sie zu tragen, weil sie die Bewegungsfreiheit einschränkten. Doch Carella und Meyer hatten gute Gründe zu der Annahme, daß der Mann da oben – falls da oben ein Mann *war* – einen Mord begangen hatte. Sie waren sogar eigens mit einer richtigen

Genehmigung hier, die sie ermächtigte, nach einem 45er Colt Automatik zu suchen, der bei dem Mord benutzt worden war. Mit Unterstützung durch den Bereitschaftsdienst wäre ihnen wohler zumute gewesen, aber das war nun ein alter Hut.

Sie hatten die Handschuhe ausgezogen. Meyer blies in die Hände. Carella hatte die Hände in den Taschen.

Die Glastafel in der oberen Hälfte der Eingangstür war bis auf einen ungleichmäßigen Kreis in der Mitte zugefroren. Durch den freien Fleck im Glas konnten die Detectives gelegentlich Lichter durch die Dunkelheit schneiden sehen, wenn ein Auto vorbeifuhr. Es war beinahe Mitternacht. Sie hofften, daß Denker schon im Bett war und ruhigen Gewissens schlief, da seines Wissens jedermann annehmen mußte, er habe das Apartment bereits geräumt. Ihre richterliche Genehmigung erlaubte ihnen ein Eindringen ohne vorheriges Anklopfen. Sie hatten auf Teufel komm raus darum gekämpft und dem Obmann am obersten Gericht in letzter Verzweiflung sogar die auf zwanzig mal fünfundzwanzig Zentimeter vergrößerten Schwarzweißfotos vom Gesicht des Opfers gezeigt, damit er sah, was der 45er angerichtet hatte. Schließlich hatte ihnen der Richter beigepflichtet, daß in diesem Fall ein Eindringen ohne vorheriges Anklopfen ratsam sein könnte.

»Wie geht's dir?« fragte Meyer.

»Meine Finger sind noch ein bißchen steif.«

»Laß dir Zeit«, sagte Meyer. »Wenn er noch da ist, liegen wir gut im Rennen.«

Er hatte sich eine wollene Strickmütze über den kahlen Kopf gezogen. Seine Wangen waren immer noch rot von der bitteren Kälte und dem Wind draußen. Seine blauen Augen wirkten durch die frische Gesichtsfarbe noch strahlender. Es war der kälteste Winter, an den er sich erinnern konnte; Anfang November hatte er bereits eingesetzt, und seither, so kam es ihm vor, ächzte die Stadt fast ununterbrochen unter zweistelligen Minusgraden. Carella trug lange Unterwäsche unter seiner Pijacke und den Bluejans. Keinen Hut. Astronautenstiefel. Draußen sprang die Ampel um. Die durchsichtige Stelle an der zugefrorenen Glastür wechselte von Grün zu Gelb und dann zu Rot. Meyer blies weiter in seine Hände. Dampf quoll aus seinem Mund. Die durchsichtige Stelle im Glas wurde wieder grün.

»Von mir aus können wir«, sagte Carella.

Sie zogen die Waffen.

Die Fahrt vom Siebenundachtzigsten bis hierher hatte eine halbe Stunde gedauert. »Paßt da draußen auf euch auf«, hatte Sergeant Murchison, der die Stellung am Schalter hielt, zu ihnen gesagt, als sie das Revier verließen. Er hatte zuviel ferngesehen. Leben, das die Kunst imitierte. Wenn auch meistens die Kunst das Leben imitierte und gelegentlich die Kunst die Kunst imitierte – mit viel zuviel Erfolg.

Man mußte ihnen nicht eigens sagen, daß sie auf sich aufpassen sollten. Sie stiegen die Treppe hoch wie schuldbewußte Ehemänner, die sich nach einer durchzechten Nacht ins Haus schleichen. Noch ließen beide die Hand mit der Waffe hängen, noch bestand kein Grund zu äußerster Wachsamkeit, nicht bevor sie im vierten Stock angelangten, Denkers Stock. Denker wußte nicht, daß sie kamen, es war mehr als unwahrscheinlich, daß er im Pyjama im Hausflur stand. Daher stiegen sie vorsichtig, aber nicht zaghaft in den vierten Stock hinauf, leise, aber nicht völlig lautlos.

Denker wohnte in Apartment 4C.

Seines Wissens nach konnte ihm keiner was. Heute nacht würde er sein blaues Wunder erleben; sie hatten ihn im Sack. Falls er hier war.

Apartment 4A nun direkt vor ihnen, am Kopf der Treppe.

Ein Nicken von Meyer.

Ein bestätigendes Nicken von Carella.

Sie scherten nach rechts aus. Die Waffen jetzt erhoben. Mündung zur Decke gerichtet, Griff dicht an der Schulter. Leise rückten sie über den Flur vor, drückten sich an Apartment 4B vorbei – drinnen riß Johnny Carson seine Witze mit Ed McMahon – und auf 4C am anderen Ende des Ganges zu. Beide Männer traten dicht an die Tür.

Meyer legte das Ohr ans Holz.

Kein Ton von drinnen.

Er lauschte weiter.

Carella hob fragend die Augenbrauen.

Meyer schüttelte den Kopf.

Aus Apartment 4B drang das Geräusch des Orchesters der Johnny-Carson-Show über den Flur. Doc Severinson, der in seinen komischen Klamotten gekonnt Trompete spielte. Hinter ihm Big-Band-Musik. Meyer lauschte weiter.

Immer noch nichts.

Er zog sich von der Tür zurück.

Nickte wieder Carella zu.

Carella nickte zurück.

Das, was sie gerade vorhatten, nannte man eine Tür nehmen. Es waren die gefährlichsten dreißig Sekunden im Leben eines Polizisten. Und auch die furchterregendsten, obwohl die Männer hier im Flur lediglich ernsthaft und besorgt wirkten. Meyer stand rechts von der Tür, die Waffe mit der rechten Hand an die Schulter gedrückt, bereit, sich in dem Moment, da Carella die Tür eintrat, um den Türrahmen herum und ins Zimmer zu werfen. Carella stand etwa einen Meter vor der Tür, die Arme ausgebreitet wie ein Kunstspringer auf dem Brett, die Waffe in der rechten Hand, den Blick auf Türknauf und Schloßplatte – ein Nicken zu Meyer, das Knie ging zurück wie eine gespannte Feder, der Fuß schlug aus, die Sohle erwischte die Tür gleich rechts vom Knauf, ein Grunzen, als der Fuß auftraf, und dann splitterte die Tür, und das Schloß wurde abgesprengt, und Metallschrauben und Holzsplitter flogen durch die Luft.

Carella ließ sich vom eigenen Schwung in das Zimmer mitreißen, fächerte sichernd mit der Waffe die mitternächtliche Luft ab, Meyer unmittelbar rechts hinter ihm in der Dunkelheit, in die lediglich ein Lichtkeil vom Hausflur fiel.

»Polizei!« riefen sie gleichzeitig, und krachend kamen vier Schüsse aus der Schwärze.

Sie warfen sich beide der Länge nach zu Boden und rollten sich in entgegengesetzter Richtung voneinander ab, denn der Kerl hier drin war ein Killer, und er kannte die einschlägigen Tricks. Und prompt frästen die nächsten Schüsse da, wo er sie diesmal vermutete, Holz aus dem Boden – fünf, sechs, sieben und Stille. Nicht *genau* da, wo er sie vermutet hatte, aber doch so nahe, daß Carella der kalte Schweiß ausbrach. Ein weiterer Schuß, ein Mündungsblitz in der Schwärze vor ihnen. Wieder Stille. Acht Schuß weg. Der typische 45er Colt hatte sieben im Magazin. Zähl einen weiteren in der Kammer hinzu, dann waren es acht. Das wär's dann gewesen, gute Nacht, Charlie. Und nun das metallische Klicken, als ein neues Magazin in den Griff geschoben wurde. Und Stille. Carella stemmte sich hinter einem, wie er nun wahrnahm, gepolsterten Ledersessel auf die Knie.

Er konnte Meyer in der Dunkelheit nicht sehen. Er rief nicht nach ihm, und er schrie auch nicht noch einmal: »Polizei!« Denker wußte, daß sie da waren, und er wußte, daß sie Polizisten waren. Doch er wußte *nicht*, wo genau sie waren. Keiner von ihnen hatte bislang geschossen. Keinerlei Mündungsfeuer, das ihre Position verraten hätte. Das Licht aus dem Flur fiel nun ein Stück weiter in den Raum. Dahinter schwärzeste Nacht. Und Denker, der nun mit sieben weiteren Kugeln im Magazin wartete.

Auf der Straße draußen Krankenwagensirenen. Du-wah, du-wah, du-wah. Die einleitenden Takte von »Over the Rainbow«, man fragte nur einen Musiker. Carella wagte kaum zu atmen. Er wartete, daß sich seine Augen an die Dunkelheit gewöhnten. Das Problem war, daß sich Denkers Augen bereits an die Dunkelheit gewöhnt hatten und er nur darauf wartete, daß sie eine einzige Bewegung machten, sich auch nur eine Haarbreit sehen ließen, und schon würde er ihnen das ganze Magazin um die Ohren ballern.

Ein Türrahmen zeichnete sich ab.

Denker war in dem Zimmer hinter dem Türrahmen. Ein Schlafzimmer höchstwahrscheinlich.

Carella konnte nichts darin erkennen.

Stockdunkel in dem Zimmer, und Denker, der mit der Waffe in der Hand wartete. Oder hatte er zwei Waffen? Vielleicht noch mehr. Er hatte nachgeladen, aber das mußte nicht unbedingt heißen, daß er keine zweite Waffe hatte. Zähl sieben Schuß mit, stürz in das Zimmer und stell fest, daß er auch noch eine Uzi im Schoß hat. Probleme und nichts als Probleme. Inzwischen gab's nichts mitzuzählen. Denker hatte nicht wieder geschossen, noch nicht. Wollte seine Position nicht verraten. Klassisches Patt hier. Zwei Cops, die in der Dunkelheit festsaßen, und Denker, der sich vor Angst, sie könnten ihn orten, nicht zu schießen getraute. Der Ärger dabei war, daß sie so nicht die ganze Nacht bleiben konnten. Falls in dem Zimmer ein Fenster war –

»Denker!« rief er.

Stille.

Hatte er sich bereits abgesetzt? Durch das Fenster, die Feuerleiter hinunter, in die Nacht abgetaucht?

»Denker!« brüllte er wieder.

Aus der Schwärze kamen zwei Schüsse; der erste hätte Carella beinahe am Kopf getroffen, der zweite meißelte hinter ihm Putz von der Wand. Links von Carella, irgendwo auf der anderen Seite des Zimmers, eröffnete Meyer augenblicklich das Feuer, zielte auf die Mündungsblitze, obwohl Denker sicher so schlau war, daß er sich nicht mehr dort aufhielt, wo er Sekunden vorher noch gewesen war. Auch Carella war nicht mehr da, wo er eben noch gewesen war.

Während Meyer in rascher Folge vier Schüsse abgab, war Carella auf den Beinen und stürmte zu dem Türrahmen. Er stand nun flach an die Wand rechts von der Schlafzimmertür gedrückt und fragte sich, ob Meyer ihn da sehen konnte.

»Meyer!« brüllte er.

»Hier!«

»Auf drei geht's los!« rief er.

»Alles klar!«

Stille.

Denker, der in der Dunkelheit wartete. Noch fünf Patronen in der Automatik, war da drinnen noch eine Waffe? Der nur darauf wartete, daß sie bei drei in den Raum stürmten, der nicht wußte, daß diese Männer seit Jahren miteinander arbeiteten, nicht wußte, daß bei »Auf drei geht's los!« gar niemand und nichts losging, daß jeder schön da blieb, wo er war, und daß die Worte *geht's los* die ganze verdammte Sache widerriefen. Nein, sie hatten nicht vor, bei drei das Zimmer zu stürmen, sie hofften lediglich, daß Denker bei drei losballerte und sich um ein weiteres Magazin brachte.

Stille.

Noch eine Krankenwagensirene draußen auf der Straße. Schwer was los heute nacht. Carella hoffte, daß sie hier keinen Krankenwagen brauchten. Oder gar einen Leichensack. Vor allem nicht für Denker. Den sollten sie lieber ohne allzu schlimme Löcher hier herausholen. Schlepp ihn hier auf einer Trage raus, und noch bevor die Sanitäter im zweiten Stock angelangt sind, hat irgendein Winkeladvokat schon sämtliche Hebel in Bewegung gesetzt. So wie es aussah, müßten sich die Detectives auch noch für den Schußwaffeneinsatz rechtfertigen, die Leute unten in Downtown davon überzeugen, daß sie die Waffen nicht zum Zweck der Einschüchterung gebraucht, sondern nur zur Selbstverteidigung geschossen hatten. In dieser Stadt hatte man manchmal das Gefühl, jeder versuche einem die Arbeit noch schwerer zu machen, als sie ohnehin schon war. Dabei wollten sie hier nichts weiter, als einen Killer festnehmen.

Inzwischen warteten sie in der Dunkelheit und hofften, daß der Trick, der schon hundertmal funktioniert hatte, auch diesmal wieder funktionierte. Aber selbst *wenn* er funktionierte, selbst wenn sie Denker dazu verleiten konnten, daß er mit seiner Waffe auf einen leeren Türrahmen losballerte, wußten sie noch lange nicht, ob er nicht nachgeladen hatte, noch bevor sie einen Fuß in das Zimmer gesetzt hatten, oder sie – noch schlimmer – einfach mit einer *zweiten* Waffe niedermähte.

»Fertig!« rief Carella.

Denker mußte wissen, daß er sich unmittelbar vor dem Zimmer aufhielt, rechts von der Tür stand. Denker mußte abwarten, damit er ihn in dem Moment abknallen konnte, da er im Rahmen auftauchte. Nur daß dort keiner sein würde.

»Eins!« rief Carella.

Stille.

»Zwei!« rief er.

Immer noch Stille.

»Drei!« rief er, und Denker eröffnete das Feuer.

Er ging kein Risiko ein. Er gab drei Schüsse auf den rechten Türpfosten ab, wo, wie er wußte, Carella sein mußte, einen direkt auf die Mitte, wo der andere Cop sein *könnte*, und die letzten zwei auf den linken Pfosten, wo der andere Cop auch noch sein könnte. Insgesamt fünf Schüsse, dazu die zwei, die er vorher auf Carellas Kopf abgegeben hatte, was alles in allem sieben und damit ein leeres Magazin machte. Es gab ein Klicken, und dann noch ein Klicken, und dann brüllte Denker »Scheiße!«, weil nämlich bis auf uns Mäuschen keiner mitgezählt hat, Boß, und nun steckte er bis zur Halskrause drin. Niemand mußte *los* brüllen, niemand mußte in diesem Moment auch nur ein Zeichen zum Sturm auf das Zimmer geben; beide Cops wußten: Das war es, eine zweite Chance bekamen sie nicht, wenn sie die hier vermasselten. Denker wollte gerade ein neues Magazin in die Waffe schieben, als sie hineinstürzten. Meyer trat ihm in die Eier, und Carella hieb ihm ein paarmal auf den Hinterkopf. Das Magazin fiel zu Boden, aber Denker keilte mit der leeren Waffe rückhändig aus, erwischte Carella gleich unterhalb des rechten Ohres und schleuderte ihn quer durch das Zimmer zurück.

»Stehenbleiben!« rief Meyer, aber niemand blieb stehen.

Denker, der die Waffe nun am Lauf hielt, den Griff zum Schlag erhoben, wirbelte herum und kam, die Pistole wie einen Hammer schwingend, rasch auf Meyer zu, der ihn schußbereit in der Hocke erwartete, wie man es ihm vor vielen, vielen Jahren auf der Akademie beigebracht hatte, über die Waffe hinweg direkt in Denkers Augen schaute und noch einmal und diesmal sehr leise »Stehenbleiben« sagte, und diesmal stoppte das Wort Denker auf der Stelle, weil er vielleicht Meyers Blick gesehen und sich gedacht hatte, daß er sein Glück lieber bei zwölf Männern von Treu und Redlichkeit versuchte. Oder Frauen, was das anging.

Er ließ die Waffe fallen.

Carella legte ihm die Handschellen an.

Sie atmeten alle sehr schwer.

***

Nellie Brand war bis spätnachts auf einer Party gewesen und gerade fest eingeschlafen, als ihr Chef anrief. Ihr Chef war der Bezirksstaatsanwalt. Er teilte ihr mit, das Siebenundachtzigste habe eine Festnahme im Mordfall Bowles gemeldet, und sie solle lieber gleich sofort nach Uptown, denn es sehe nach einem echten Brocken aus. Es war morgens um Viertel vor zwei. Grummelnd wälzte sich Nellie aus dem Bett, torkelte ins Badezimmer und stand volle zehn Minuten unter der Dusche, bevor sie sich wieder halbwegs menschlich fühlte.

Ein stellvertretender Bezirksstaatsanwalt war nicht minder eine Autoritätsperson als ein Arzt; beide mußten stets gut gekleidet auftreten, selbst wenn sie mitten in der Nacht einen Hausbesuch machten. Nellie trug die sandfarbenen Haare in einer duftig geschwungenen Keilfrisur; sie mußte lediglich mit dem Fön darübergehen und sie einmal durchkämmen. Sie zog schwarze Strumpfhosen und einen BH an, eine langärmlige hellrosa Bluse, einen grauen, wollenen Hosenanzug und schwarze Pumps mit flachen Absätzen. Keinen Schmuck, bis auf den Ehering. Sie begutachtete sich im Spiegel in der Badezimmertür. In Anbetracht der Umstände sah sie als Repräsentantin des Gesetzes einigermaßen passabel aus. Sie gab ihrem schlafenden Ehemann einen Abschiedskuß, zog einen langen Wintermantel an, holte aus einer Tasche eine blaue Wollmütze, die zu ihren Augen paßte, und zog sie bis über die Ohren herunter. Sie sperrte beide Schlösser an der Wohnungstür ab, ging dann hinunter und suchte sich ein Taxi.

Es war kurz vor halb drei, als sie an diesem Morgen im 87. Polizeirevier eintraf.

Miscolo bot ihr eine Tasse Kaffee an, den er persönlich in der

Schreibstube aufgebrüht hatte, aber sie war schon früher hier gewesen und lehnte höflich ab. Carella schlug diplomatisch vor, sie sollten sich vielleicht ein paar Brötchen und, wenn sie schon mal dabei seien, auch etwas Kaffee bringen lassen. Er rief bei einem Imbiß an der Culver an. Eine halbe Stunde später traf das Essen ein.

Um drei Uhr morgens saßen sie da, tranken Kaffee und aßen Käsebrötchen. Es hatte fast etwas Gemütliches an sich. Im Mannschaftsraum war es nun, daß jemand den Thermostat hochgedreht hatte, kochendheiß, und die Heizkörper zischten, und von den Fenstern schmolz das Eis. Sie hatten schon früher zusammengearbeitet, diese drei. Sie kannten einander, und sie mochten einander. Carella hatte seinen Kaffee von dem Pappbecher in seine persönliche Reviertasse umgegossen, die mit rotem Nagellack mit den Initialen S. C. versehen war. Meyers Tasse war mit M. M. versehen. Nellie trank aus einer einfachen weißen Gästetasse. Sie saßen um Carellas Arbeitsplatz wie um einen Küchentisch. Der Kaffee war sehr heiß und sehr gut. Die Brötchen waren ebenfalls gut. Nett war es hier. Drei Menschen zwischen dreißig und vierzig, die um drei Uhr morgens einfach herumsaßen, aßen und tranken, während Andrew Denker in der Verwahrungszelle unten sein Mütchen kühlte.

»Was haben wir also?« fragte Nellie.

»Alles außer dem ballistischen Bericht«, sagte Carella. »Auf den warten wir gerade. Man hat mir einen raschen Rücklauf versprochen.«

»Was nächsten Monat heißen kann«, sagte Nellie.

»Normalerweise, aber ich habe gesagt, daß wir hier einen Festgenommenen haben und mit dem Verhör warten.«

»Wann war das?«

»Als ich das Zeug per Boten nach Downtown geschickt habe. Halb eins, Viertel vor eins. Sobald wir wieder hier waren.«

»Was haben Sie denen geschickt?«

»Denkers Waffe und einige verbrauchte Patronenhülsen und Kugeln.«

»Ist das sein Name? Denker?«

»Andrew Denker«, sagte Meyer nickend. »*Andrew*, nicht Andy. Er läßt sich nicht gern mit Andy anreden.«

»Ein Auftragsmann aus Chicago«, sagte Carella.

»Gibt dort sehr teure Mietkiller«, sagte Nellie.

»Hier bei uns gibt's auch teure«, sagte Meyer.

»Warum rufen Sie nicht noch mal bei den Ballistikern an?« sagte Nellie zu Carella gewandt. »Scheuchen Sie sie auf.«

Carella schaute hoch zur Uhr.

»Ich möchte bloß nicht, daß irgendein Rechtsverdreher sagt, wir halten ihn zu lange fest«, sagte Nellie.

»Klar, aber...«

»Wenn wir sie also ein bißchen auf Touren kriegen können...«

»Nun ja, nachts um die Zeit arbeitet dort nur ein Mann«, sagte Carella und schaute wieder hoch zur Uhr. »Und er hat's mir versprochen.«

»Welche Zeit hat er genannt?«

»Halb vier, vier Uhr.«

»Ich hätte nur gern was Handfestes, bevor wir mit dem Frage- und Antwortspiel anfangen.«

»Ich glaube, wir kommen auch ohne klar«, sagte Meyer.

»Weil wir dann nämlich schweres Geschütz auffahren können. Ohne etwas...«

»Ich glaube, wir kommen auch ohne klar«, sagte Meyer noch einmal.

Nellie wandte sich ihm zu.

Meyer dachte, sie hätte ihn beim ersten Mal nicht gehört.

»Wie kommen Sie darauf?« fragte sie.

»Lange Geschichte«, sagte Carella.

»Wartet etwa ein Taxi auf Sie?« sagte Nellie.

»Holen wir lieber die Akte«, sagte Meyer, rutschte von Carellas Schreibtischkante und ging durch den Raum zu der Wand, wo eine Reihe grüner Metallaktenschränke stand. Er zog einen der Hängeordner aus der zweiten Schublade, brachte ihn zurück zum Schreibtisch und entnahm ihm einen dicken braunen Umschlag. Vorne auf dem Umschlag stand handgeschrieben der Name BOWLES, EMMA. Carella öffnete den Umschlag. Er entnahm ihm ein einzelnes Blatt Papier und reichte es Nellie. Vor sich hatte sie eines der üblichen Anzeigenformulare, wie sie sie schon tausendmal gesehen hatte. Das hier war vom 28. Dezember datiert. Seit Mitternacht schrieb man heute den achtzehnten Januar.

»Sie kam vor drei Wochen vorbei«, sagte Carella.

Nellie nickte.

Sie las die unvermeidlichen statistischen Angaben auf dem Formular. Geschlecht: weiblich, Hautfarbe: weiß, voller Name: Emma Katherine Bowles, Mädchenname: Emma Katherine Darby. Verheiratet mit: Martin Bowles. Wohnte gleich hier im Siebenundachtzigsten, wenn auch in einem Randbezirk, droben in der Nähe von Smoke Rise. Alter: zweiunddreißig, Gewicht: vierundfünfzig Kilo, Größe: eins siebzig. Blonde Haare, braune Augen. Keine besonderen Kennzeichen wie Narben, Muttermale oder Tätowierungen. Keine regionale Sprachfärbung oder –

»Jemand namens Carella hier oben?« fragte jemand von dem Lattengatter aus, das den Mannschaftsraum vom Korridor draußen abteilte. Ein Polizist in Uniform stand dort mit einem braunen Umschlag in den behandschuhten Händen.

Carella winkte ihm. »Ich bin Carella«, sagte er.

Der Cop fummelte am Schnappschloß der Schwingtür, kam in den Mannschaftsraum und ging direkt auf Carellas Schreibtisch zu.

»Ich brauch Ihre Unterschrift«, sagte er.

Quer über die Vorderseite des braunen Umschlages stand in Druckbuchstaben ERKENNUNGSDIENST – BALLISTIK. Carella unterschrieb die an den Umschlag geheftete Empfangsbestätigung. Der Cop riß den oberen gelben Durchschlag ab, winkte halbherzig und ging hinaus.

Plötzlich war es sehr still in dem Raum.

Carella löste den kleinen roten Faden um den kleinen roten Kartonnippel, hob die Lasche des Umschlags und zog etliche getippte Formulare heraus. Vor sich hatte er den Bericht über Denkers Waffe und die daraus abgegebenen Patronen und Kugeln. Meyer stand rechts von ihm, Nellie links, beide etwas hinter seinem Stuhl. Alle drei lasen schweigend den Bericht.

»Knöpfen wir ihn uns vor«, sagte Nellie.

15

Er sah viel besser aus, als Nellie erwartet hatte. Hört man, jemand sei ein Auftragskiller aus Chicago – und das auch noch bei einem Namen wie *Denker* –, dann erwartet man eine Art Gorilla. Einen großen, unrasierten Kerl, der immer noch in dem Zwirn herumläuft, den ihm der Staat bei der Entlassung auf Bewährung spendierte. Den kalten, ausdruckslosen Blick eines professionellen Mörders. Einen schmallippigen Mund. Gebrochene Nase, jede Menge Muskeln, nichts in der Birne. Genau das stellte man sich darunter vor.

Doch *Andrew* Denker – der sich nicht gern Andy anreden ließ – war ein großer, gutgekleideter, schlanker blonder Mann mit einem angenehm freundlichen Lächeln und einer sanften Stimme. Als sie das Verhörzimmer betrat, unterhielt er sich leise mit einem Mann in einem braunen Fischgrätenanzug. Nellie hörte keinerlei Stunk, Streit oder Scherereien. Denker war in jeder Beziehung attraktiv. Sie war ziemlich betroffen.

»Mr. Denker«, sagte Carella, »wir würden Ihnen nun gerne ein paar Fragen stellen. Doch bevor wir das tun, möchte ich sicherstellen, daß Sie Ihre Rechte noch kennen. Wir haben Ihnen bereits...«

»Da wir gerade von Rechten sprechen«, sagte der Mann neben Denker. »Mein Mandant ist bereits seit... wie lange sind Sie nun schon hier, Mr. Denker?«

»Als sie widerrechtlich in meine Wohnung eindrangen, war es...«

»Wir hatten eine Ermächtigung«, sagte Carella.

»Ohne vorheriges Anklopfen«, sagte Meyer.

»Ich bin Nellie Brand«, sagte Nellie und reichte Denkers Anwalt die Hand. »Bezirksstaatsanwaltschaft. Ich glaube, wir hatten noch nicht das Vergnügen.«

»Harvey Keller«, sagte er, »Pflichtverteidiger«, doch er ergriff ihre Hand nicht. »Miss Brand, *ich* bin bereits seit anderthalb Stunden hier, und mein *Mandant* ist seit... wann war das, Mr. Denker?«

»Etwa um halb eins«, sagte Denker.

Keller schaute auf seine Uhr.

»Das sind bereits mehr als drei Stunden, drei Stunden und zehn Minuten, um genau zu sein, und niemand hat ihm gesagt, *weshalb* er hier ist, oder was man ihm zur Last legt. Ich nehme doch an, Sie sind mit den Bestimmungen laut Miranda vertraut, wonach...«

»Er wurde nicht über Gebühr festgehalten, Herr Rechtsanwalt«, sagte Nellie. »Und mit seiner Erlaubnis fangen wir mit dem Verhör an, sobald wir sicher sind, daß er seine Rechte noch kennt.«

»Was soll ich hier überhaupt?« fragte Denker und lächelte. Sein Blick begegnete Nellies. Eine Einladung lag in diesem Blick. Er war ein Mann, der es gewohnt war, bei Frauen seinen Charme einzusetzen.

»Detective Carella«, sagte Nellie, die Denkers stetiges Anstarren ignorierte. »Würden Sie Mr. Denker bitte seine Rechte vorlesen?«

Carella zitierte die Miranda-Vorschriften auswendig.

Denker bestätigte, daß er seine Rechte kenne.

»Mr. Denker«, sagte Nellie. »Sind Sie nun gewillt, unsere Fragen zu beantworten?«

»In welchem Zusammenhang steht das?« fragte Keller.

»Mit einem Mord, der sich letzten Abend, am siebzehnten Januar ereignete.«

»Soll ich das so verstehen, daß Sie meinen Mandanten des Mordes beschuldigen?«

»Genau das gedenken wir zu tun, Sir«, sagte Nellie.

»Und weshalb sollte er dann auch nur eine Frage beantworten?«

»Das muß er natürlich nicht. Sie kennen die Miranda-Bestimmungen genauso gut wie...«

»Ich würde Ihnen raten zu schweigen«, sagte Keller.

»Warum?« sagte Denker. »Ich habe nichts getan. Ich habe nichts zu verbergen. Außerdem hätte ich gern aktenkundig gemacht, daß diese zwei Polizisten in meine Wohnung einbrachen und anfingen zu schießen, als...«

»Mr. Denker, entschuldigen Sie, Sir«, sagte Nellie, »aber würden Sie, bevor Sie noch etwas sagen, bitte bestätigen, daß Sie willens sind, unsere Fragen zu beantworten?«

»Ich würde Ihnen immer noch raten...«

»Ja, ich werde jede Frage beantworten, die Sie haben«, sagte Denker.

Er lungerte lässig auf dem hölzernen Lehnstuhl, die langen schlanken Finger vor der Brust verschränkt, die langen Beine unter dem Tisch ausgestreckt, um den sie alle saßen. An der Wand vor ihm hing ein Einwegspiegel, doch in dem Zimmer dahinter befand sich niemand.

Ein Detective von der Fotoabteilung bediente die Videokamera. Ein Polizeistenograph saß am Stenographiegerät und machte ergänzende Notizen. Nellie nannte fürs Protokoll Datum, Uhrzeit und die Namen sämtlicher Beteiligten. »Mr. Denker«, sagte sie, und dann begann die Vernehmung.

F: Können Sie mir bitte Ihren vollen Namen nennen?
A: Andrew Nelson Denker.
F: Und Ihre Anschrift bitte?
A: South Lewiston Nummer 321, Apartment 4C.
F: Ist das Ihr ständiger Wohnsitz?
A: Nein, ich bin in Chicago zu Hause.
F: Seit wann sind Sie in dieser Stadt?
A: Ich kam am zweiten hier an. Gleich nach Neujahr.
F: Was sind Sie von Beruf, Mr. Denker?
A: Im Augenblick bin ich arbeitslos.
F: Was sind Sie *normalerweise* von Beruf?
A: Ich mache verschiedene Jobs.
F: Welcher Art?
A: Nun ja, normalerweise arbeite ich als Leibwächter.
F: Mr. Denker, haben Sie sich gegenüber Emma Bowles als Privatdetektiv aus Chicago vorgestellt?
A: Ja, das habe ich.
F: Warum haben Sie sie angelogen?
A: Ich wollte, daß sie locker ist. Ich dachte, sie würde sich vielleicht sicherer fühlen, wenn sie glaubt, ich wäre ein zugelassener Detektiv.
F: Aber Sie sind kein zugelassener Detektiv, nicht wahr?
A: Nein, das bin ich nicht.
F: Haben Sie ihr nicht auch einen falschen Namen genannt?
A: Ja.
F: Und ihr eine falsche Visitenkarte gegeben. Mit einer falschen Adresse.
A: Nun ja, ja. Aber die Telefonnummer war schon meine. Für den Fall, daß sie mich überprüfen sollte.
F: Wozu haben Sie sich die ganze Mühe gemacht?
A: Nun ja, ich wahre gern meine persönliche Identität.
F: Ich verstehe. Haben Sie diese persönliche Identität auch gegen-

über Martin Bowles gewahrt? Oder hat er gewußt, daß Sie Andrew Denker sind und nicht Andrew Darrow?

A: Er wußte es, ja.

F: Wußte er auch, daß Sie kein zugelassener Detektiv sind?

A: Ja, das wußte er auch.

F: Aber er engagierte Sie trotzdem.

A: Ja.

F: Warum hat er Sie engagiert?

A: Damit ich seine Frau beschütze.

F: Damit Sie seine Frau *töten*, oder haben Sie nicht genau das ...?

A: Entschuldigen Sie, Miss Brand.

F: Ja, Mr. Keller?

A: Mr. Denker hat bekundet, daß er alle Ihre Fragen beantworten wird, und seine Bereitschaft zur Kooperation sollte im Protokoll festgehalten werden. Aber wenn Sie anfangen, haltlose Vorwürfe gegen ihn ...

F: Tut mir leid, Herr Rechtsanwalt, möchten Sie, daß ich das, was ich ihn gerade fragte, anders formuliere?

A: Wenn wir uns hier vor Gericht befänden, würde der Richter sicherlich ...

F: Nun, wir befinden uns hier aber nicht vor Gericht, aber ich werde die Frage anders formulieren. Mr. Denker, hat Martin Bowles Sie engagiert, damit Sie seine Frau töten? Ist das nun okay, Mr. Keller?

A: Ja, danke, Miss Brand.

F: Würden Sie bitte die Frage beantworten.

A: Martin Bowles engagierte mich, damit ich seine Frau *beschütze.*

F: Nicht, um sie zu töten?

A: Nein, nicht um sie zu töten.

F: Ich verstehe. Mr. Denker, erfordert Ihre Tätigkeit den Besitz einer automatischen Pistole?

A: Ja, manchmal.

F: Besitzen Sie jetzt eine automatische Pistole?

A: Ja.

F: Ich zeige Ihnen diese automatische Pistole vom Fabrikat Colt, Kaliber .45, und frage Sie, ob das Ihre Pistole ist.

A: Ja, das ist sie.

F: Haben Sie einen Waffenschein für diese Pistole?

A: Nein, das habe ich nicht.
F: Befand sich diese Pistole in Ihrem Besitz, als sie vergangene Nacht bei Ihnen unter Einsatz von Gewalt sichergestellt wurde?
A: Ja, das tat sie.
F: Aber Sie geben zu, daß Sie keinen Waffenschein dafür haben?
A: Das ist richtig.
F: Mr. Denker, ich zeige Ihnen einen Bericht der ballistischen Untersuchungsabteilung, in dem Kugeln und Patronen, die bei Schußtests mit dieser Waffe abgegeben wurden, mit Kugeln und Patronen verglichen werden, die am Schauplatz eines am Abend des siebzehnten Januars begangenen Mordes aufgefunden wurden. Würden Sie sich einen Moment...
A: Darf ich das bitte sehen, Miss Brand?
F: Gewiß, Herr Rechtsanwalt. Ich bitte im Protokoll festzuhalten, daß Mr. Keller den vom achtzehnten Januar datierten und von Detective/First Grade Anthony Mastroiani unterzeichneten ballistischen Untersuchungsbericht liest.
(Vernehmung um 3.52 Uhr wiederaufgenommen)
F: Darf ich das jetzt Mr. Denker zeigen?
A: Bitte.
F: Mr. Denker, würden Sie bitte einen Blick darauf werfen?
A: Danke.
F: Halten Sie im Protokoll fest, daß Mr. Denker nun den ballistischen Untersuchungsbericht liest.
(Vernehmung um 3.56 Uhr wiederaufgenommen)
F: Mr. Denker, haben Sie den Bericht nun gelesen?
A: Ja, das habe ich.
F: Verstehen Sie, was darin steht?
A: Ja, das tu ich.
F: Darin steht, nicht wahr, daß die aus dieser Pistole abgefeuerten Testpatronen und -kugeln...
A: Nun, es gibt sachverständige Zeugen, die Ihnen erklären werden...
F: Ich bin sicher, daß Sie sich mit sachverständigen Zeugen bestens auskennen, aber der Bericht besagt nichtsdestotrotz, daß die aus dieser Pistole abgefeuerten Testpatronen und -kugeln genau mit den Patronen und Kugeln übereinstimmen, die in Apartment 12A an der Butler Street Nummer 907 am Abend des...

A: Mr. Denker, ich möchte Ihnen diesmal nachdrücklich raten zu schweigen.

F: Mr. Denker? Verstehen Sie, was dieser Bericht besagt?

A: Ist mir doch egal, was er besagt. Ich habe damit nichts zu tun.

F: Mr. Denker, mit dieser Waffe wurde von Ihnen auf zwei Detectives gefeuert, als diese versuchten, Sie festzunehmen...

A: Ich dachte, es wären Einbrecher.

F: Diese Waffe wurde von den Detectives bei der Festnahme bei Ihnen sichergestellt, und nun erweist sich, daß *dieselbe* Waffe bei einem Mord verwendet wurde, der letzten Abend stattfand. Wie erklären Sie...

A: Ich muß gar nichts erklären. Wir sind hier nicht vor Gericht. Ich kann das hier jederzeit beenden, wenn mir danach zumute ist.

F: Mr. Denker, ich zeige Ihnen bestimmte Gegenstände, die heute nacht nach Ihrer Festnahme in Ihrer Wohnung beschlagnahmt wurden. Erkennen Sie diese?

A: Wahrscheinlich hat der Vormieter das ganze Zeug in der Kleiderkammer gelassen.

F: Sie wollen also behaupten, daß derjenige, der vor Ihnen die Wohnung gemietet hatte...

A: Yeah, warscheinlich ist es so gelaufen.

F: Hunderttausend Dollar in Wertpapieren und bar zurückließ, ist das so? Dazu Schmuck im Wert von... haben Sie die Liste, Mr. Carella?

A: (von Carella) Hier ist sie.

F: Danke. Das hier ist eine maschinengeschriebene Liste über den Inhalt des Safes in der Wohnung an der Butler Street. Ich glaube, die Detectives fanden ihn in einer Schreibtischschublade...

A: (von Carella) Im Wohnzimmerschreibtisch. Mittlere Schublade.

F: Sie führt Schmuck im Wert von einigen fünfzigtausend Dollar auf. Stück für Stück genau den Schmuck, der in Ihrer Wohnung aufgefunden wurde. Die Seriennummern der Wertpapiere stimmen gleichfalls überein. Nun, Mr. Denker...

A: Das war's. Nicht mehr.

F: Soll ich das so verstehen, daß Sie das Verhör an diesem Punkt zu beenden wünschen?

A: (von Mr. Keller) Sie haben den Mann gehört, er sagte, nichts mehr. Was heißt denn nicht nichts mehr?

F: Schön. Wenn Sie möchten, dann spielen wir das eben so mit. Aber wissen Sie was, Mr. Denker... stellen Sie das bitte ab, ja?

Der Kameramann drückte auf den AUS-Knopf. In dem Zimmer wurde es nun still. Als Nellie wieder sprach, war ihre Stimme leise, fast zaghaft. Ohne auch nur die Spur einer Drohung. Doch Carella wußte, wozu sie ausholte, und er beobachtete sie voll stiller Bewunderung.

»Wenn ich Ihnen ein paar kleine Ratschläge geben darf«, sagte sie. »Inoffiziell und ganz im Vertrauen.«

»Klar«, sagte Denker und lächelte zuversichtlich.

»Ich weiß, daß Sie aus Chicago sind und daher vielleicht nicht genau wissen, wie die Rechtspraxis in diesem Bundesstaat funktioniert. Ich kann Ihnen verraten, daß wir sehr starkes Belastungsmaterial haben, angesichts der Mordwaffe und dem...«

»Nun ja, das müssen die Geschworenen entscheiden, nicht? Ob Belastungsmaterial stark ist oder nicht.«

»Nun, ich glaube, das Belastungsmaterial ist stark, sowohl die Mordwaffe *als* auch der Schmuck. Ich kann Ihnen also durchaus verraten, daß wir auf Mordanklage hinarbeiten werden – Mord zwo, genauer gesagt, was das Höchste ist, was es in diesem Bundesstaat gibt, solange Sie keinen Polizisten, Gefängniswärter oder... nun, das müssen wir jetzt nicht alles durchkauen. Auf Mord zwo wird die Anschuldigung lauten, und ich bin sicher, die große Geschworenenkammer wird aufgrund dessen, was wir haben, Anklage erheben, und wenn wir eine Verurteilung durchsetzen... was angesichts all dessen, was wir haben, eine Bank ist... dann wird die Mindeststrafe auf fünfzehn Jahre bis lebenslänglich lauten und die Maximalstrafe auf fünfundzwanzig Jahre bis lebenslänglich, kommt ganz darauf an, welchen Richter sie kriegen. Und natürlich«, sagte sie fast beiläufig, »werden Sie Ihre Strafe in einem Staatsgefängnis verbüßen.«

Sie hielt einen kurzen Moment inne und wiederholte dann die Worte.

»In einem Staatsgefängnis, Mr. Denker.«

Und ließ sie einwirken.

»Nun weiß ich nicht, ob Sie sich mit den Staatsgefängnissen in diesem, unserem schönen Lande auskennen«, sagte sie, »aber ich glaube nicht, daß auch nur eins davon Ihrem Geschmack entsprechen dürfte.«

»Ich bin gerne bereit, mein Glück zu versuchen«, sagte Denker.

»Oh, sicher sind Sie das. Ein gutaussehender weißer Knabe...«

Weißer war das entscheidende Wort.

Das furchteinflößende Wort.

Carella beobachtete sie immer noch, hörte ihr gespannt zu. Ihr Verhalten hatte etwas professionell Kaltblütiges an sich, ließ einen beinahe frösteln, aber es hatte auch etwas äußerst Verführerisches. Er fragte sich, wie es sein müßte, wenn man mit ihr verheiratet war.

»Ein Mann, der so gut auf sich achtet«, sagte sie, »sich so hübsch anzieht...«

»Danke«, sagte Denker, doch er schien ihr nun mehr Aufmerksamkeit zu widmen.

»Bei Ihrem Selbstbewußtsein, da bin ich mir völlig sicher, sind Sie doch bestimmt davon überzeugt, daß Sie prima klarkommen mit Ihren Mithäftlingen, auch wenn Sie auf einmal zur Minderheit gehören.«

Spielte wieder auf die Furcht an.

»Ein Verhältnis von etwa zehn zu eins, Mr. Denker, Schwarz zu Weiß, Hispanisch zu Weiß, darauf müssen Sie sich wahrscheinlich einstellen. Ausgebuffte schwere Jungs, knallharte Knackis, darauf müssen Sie sich im Staatsgefängnis einstellen. Und die schmeißen den Laden. Die geben den Ton an. Eine völlig verkehrte Welt. Die reißen Ihnen den Arsch auf, Mr. Denker. Buchstäblich.«

»Nun schau an«, sagte Keller.

»Das hier ist alles inoffiziell.«

»Selbst dann.«

»Ich glaube aber, Mr. Denker hört zu. Oder hören Sie etwa nicht zu, Mr. Denker?«

»Was ist das Gegengebot?«

Carella sah, wie ihre Augen beinahe unmerklich aufblitzten. Sie wußte, daß er nun angebissen hatte, und jetzt wollte sie ihn einholen.

»Das Gegengebot wäre eine Bundesstrafanstalt.«

»Hmm.«

»So etwas wie Danbury oder Allenwood.«

»Hmm.«

»Eine Art Landverschickung.«

Sie ließ auch das einwirken.

»Nun weiß ich nicht, was Sie vielleicht irgendwo anders noch angestellt haben«, sagte sie. »Ich *weiß*, daß Sie gestern abend diesen Mord begangen haben, und dafür werde ich Sie drankriegen, glauben Sie mir. Aber wenn wir irgend etwas anderes aufklären könnten, während wir dabei sind, dann könnten wir vielleicht über eine kürzere Strafe in einem Bundesgefängnis reden, das liegt ganz bei Ihnen.«

»Wie kurz?«

»Nun, noch weiß ich nicht, was Sie angestellt haben, nicht wahr?«

»Hier gar nichts.«

»Abgesehen von gestern abend.«

»Ich habe nichts von gestern abend gesagt.«

»Okay, wo dann?«

»In Chicago. Vor allem.«

»Dann konzentrieren wir uns also auf Chicago, okay? Sagen wir mal... ich frage Sie jetzt noch gar nichts, und ich verspreche Ihnen auch noch nichts... aber sagen wir mal, Sie haben ein paar Sachen angestellt, die wir für die FBI-Leute dort aufklären könnten...«

»Was zum Beispiel? Ich will damit nicht sagen, daß ich irgendwas angestellt *habe*...«

»Ich verstehe. Das hier ist alles inoffiziell.«

»Aber was für Sachen haben Sie zum Beispiel im Sinn.«

»Nun, in Anbetracht Ihrer Tätigkeit...«

»Ich sagte Ihnen doch, ich bin Leibwächter, genau das ist meine Tätigkeit. Was für Sachen haben Sie im Sinn?«

»Für einen Kredithai Geld eintreiben?« sagte Nellie achselzuckend. »Drogengeld waschen? Ab und zu eine kleine Erpressung?« Sie zuckte wieder mit den Achseln. »Wir könnten Sie um Ihre Aussage gegen irgendwen bitten, für den Sie solche Arbeiten erledigt haben. Wenn so etwas Ähnliches vorläge, Sachen, über die ich mit den Leuten in Chicago reden könnte, dann würde mir das schon weiterhelfen mit dem, worauf Sie aus sind.«

»Und worauf glauben Sie, daß ich aus bin?«

»Sagen wir mal, zehn Jahre bis lebenslänglich in einem Bundesgefängnis, wie klingt das? *Falls* ich es schaukeln kann.«

»Ich will nicht sagen, daß ich auch nur eine solche Sache gemacht habe, verstehen Sie...«

»Das habe ich schon begiffen. Außerdem müssen wir erst den Fall hier in allen Einzelheiten aufklären, bevor ich auch nur...«

»Kommt nicht in Frage. Erst reden Sie mit Ihren Leuten. Sagen Sie denen, daß ich Ihnen mit dem Zeug dienen kann, das Sie haben möchten, und finden Sie dann heraus, ob Sie dafür ein Bundesgefängnis für mich kriegen. Und zehn bis lebenslänglich klingt zu hoch.«

»Ich geh ein paar Anrufe machen, okay?«

»Klar. Ich hab's nicht eilig«, sagte Denker.

Nellie nickte, sagte: »Ich brauche nur ein paar Minuten«, und verließ das Zimmer. Denker hatte die gefalteten Hände auf dem Tisch vor sich liegen und musterte sie. Auf der Uhr vertickten die Minuten. Der Videokameramann ließ einen fahren, murmelte: »'tschuldigung«, und gähnte dann. Als Nellie etwa zehn Minuten später zurückkehrte, sagte sie: »Hängt davon ab, was Sie mir bieten können, aber ich glaube, ich kann auf achtdreiviertel bis lebenslänglich herunterhandeln. Spielen Sie mit?«

»Sie *glauben*, Sie können es herunterhandeln?«

»Ich kann Ihnen die achtdreiviertel versprechen, okay? Vorausgesetzt, es sind echte Brocken. Die FBI-Leute lassen sich nicht gerne zum Narren halten.«

»Geben Sie mir Brief und Siegel darauf«, sagte Denker, der keinerlei Zweifel an seiner Professionalität aufkommen lassen wollte.

»Nichts Schriftliches«, sagte Nellie ungerührt. »Was sagen Sie dazu?«

»Woher soll ich wissen...«

»Wir können's immer noch auf die andere Tour machen«, sagte Nellie und zuckte mit den Achseln. »Manche Staatsgefängnisse sind besser als die anderen.«

Denker schaute sie an.

»Was sagen Sie also?« fragte sie. »Sind wir hier fertig, oder fangen wir gerade erst an?«

»Was möchten Sie wissen?« sagte er.

»Erst die Sache von hier.«

»Okay.«

Sie nickte dem Kameramann zu. Er drückte auf den Knopf.

»Hat Martin Bowles Sie engagiert, damit Sie seine Frau töten?«

»Ja.«

»Wann war das?«

»Ich rief ihn aus Chicago an.«

»*Wann*, Mr. Denker?« Und dann sanfter: »Sagen Sie mir bitte, wann, ja?«

»Am dreißigsten Dezember.«

»Und Sie sagten was?«

»Daß er meines Wissens einen Job für mich hätte. Daß mich jemand für einen Job empfohlen hätte, den er hier unten erledigt haben wollte.«

»Sie wußten beide, was das bedeutete, nicht wahr?«

»Ja, wir wußten beide, was das bedeutete.«

»Was geschah dann?«

»Wir verabredeten uns.«

»Wo? Hier, in dieser Stadt?«

»Ja.«

»Wann haben Sie sich erstmals mit ihm getroffen?«

»Am dritten Januar.«

»Wo?«

»In einem Restaurant in Downtown. In der Alten Stadt. Da unten an der Kaimauer, beim Seawall... so nennt man ihn doch hier, den Seawall? Sein Büro war da unten, er wollte, daß wir uns da unten treffen. Aber nicht in seinem Büro. Dazu war er zu gewitzt. An dem Tag war es sehr kalt, tatsächlich viel kälter, als es in Chicago war, als ich weggefahren bin. Ich war überrascht. Hier, in dieser Stadt...«

Alles ist noch weihnachtlich geschmückt, an den Bäumen noch die Lichter, die Schaufenster, nun, da das große Gabengeschäft vorbei ist, voller Sonderangebote. Vor ein paar Tagen hat das neue Jahr angefangen. Die Stadt sieht verschwenderisch schön aus, wie eine silbern und weiß glitzernde Schneeprinzessin. Bei dem Restaurant handelt es sich um einen dieser Läden, die falsch wirken, weil sie so echt sind: originale Holzbalken, die noch aus der Zeit der britischen Herrschaft stammen, jedenfalls hat ihm das Bowles gesagt, Bleiglasfenster, eine Bar mit viel Kupfer, und alles sieht genauso aus, wie es im achtzehnten Jahrhundert ausgesehen haben muß. Denker erwartet beinahe, daß ihr Kellner weiße Strümpfe, Kniebundhosen und eine gepuderte Perücke trägt.

Sie sitzen in einer Nische mit hohen hölzernen Seitenwänden, abgeschieden und intim.

Sie sind hier, um einen Mord zu besprechen.

Bowles erzählt ihm, er sei Investmentmakler und bei seiner Firma für eine Beförderung vorgesehen; wenn alles gutgehe, werde er am ersten Mai zum Gesellschafter ernannt. Er ist etwa Ende Dreißig, schätzt Denker, außerordentlich gutaussehend, mit dunklen Haaren und braunen Augen, trägt an diesem sehr kalten Januarabend einen eleganten grauen Tagesanzug, trinkt erst einen Martini, dann noch einen, wirkt beinahe vergnügt, während er Denker erklärt, daß er seine Frau aus dem Weg geräumt haben möchte.

»Warum?« fragt Denker.

»Das müssen Sie doch nicht wissen, oder?« sagte Bowles.

»Muß ich nicht, Sie haben recht«, sagt Denker.

Geschäft ist Geschäft, denkt er. Er selbst nuckelt nun schon seit einer halben Stunde an einem Wodka on the rocks herum. Wenn es um Mord geht, behält er gern einen klaren Kopf. Nur Amateure trinken, wenn die Einzelheiten besprochen werden. Denker ist Profi.

Sie studieren die Speisekarte...

Bowles bestellt die Prime Ribs, Denker die Lammkoteletts...

...und wenden sich dann wieder dem anstehenden Problem zu. Offenbar hat sich Bowles seiner Frau bereits kurz nach Thanksgiving zu entledigen versucht und dazu einen Mann engagiert, der behauptete, er sei ein Experte, sich tatsächlich aber als der größte Pfuscher der Welt erwies. Mitte Dezember versuchte der Mann in aller Öffentlichkeit und während ein halbes Dutzend Leute zusahen, Emma vor die gottverdammte U-Bahn zu schubsen. Und letzte Woche erst – und genau das hatte Bowles bewogen, sich anderweitig umzusehen – versuchte er sie mit dem Auto zu überfahren. Nun weiß Emma mit Sicherheit, daß jemand hinter ihr her ist...

»Was meinen Sie damit? Hatte sie denn schon *vorher* einen Verdacht?«

»Ja, sie sagte mir, sie glaube, daß ihr jemand folgt.«

»Verstehe.«

»Und sie hatte natürlich recht. Der Mann, den ich engagierte, war ihr gefolgt.«

»Hmm.«

»Wartete auf eine Gelegenheit.«

»Damit er sie vor die U-Bahn schubsen kann.«

»Großartig, nicht wahr?«

»Oder sie mit dem Auto überfahren.«

»Ich weiß, das könnte Ihre Aufgabe erschweren.«

»Könnte?«

»Daß sie nun weiß, daß es jemand auf sie abgesehen hat.«

»Hmm.«

»Aber ich bin bereit, Sie gut zu bezahlen. Vorausgesetzt...«

»Haben Ihnen Ihre Leute in Chicago gesagt, was ich normalerweise nehme?«

»Nur eine erschwingliche Zahl. Sie sagten, ich solle die Feinabstimmung mit Ihnen aushandeln.«

»Hmm. Was für eine Zahl haben die Ihnen genannt?«

»Sie sagten mir fünfzigtausend. Erschwinglich.«

»Sie haben Ihnen etwas Falsches gesagt. Erschwinglich. Die sind nicht mehr auf der Höhe der Zeit.«

»Nun, ich muß Ihnen sagen, fünfzig...«

»Nein, ich muß Ihnen etwas sagen, Mr. Bowles. Fünfzig habe ich vor fünf Jahren genommen. Selbst bei einer Anpassung an die Inflationsrate...«

»Nun, offensichtlich wurde ich falsch informiert.«

»Heißt das, daß ich nicht mehr zu meinen Lammkoteletts komme?«

»Es heißt, daß wir hier sind, um uns zu unterhalten. Ich bin daran gewöhnt, tagtäglich Multi-Millionen-Dollardeals zu machen, Mr. Denker. Sagen Sie mir, was Sie möchten, und wir können darüber diskutieren.«

»Ich will Ihnen sagen, was ich möchte, aber diskutieren werden wir darüber nicht. Da gibt es nichts zu diskutieren. Normalerweise nehme ich fünfundsiebzig, die Hälfte bei Abschluß, die andere Hälfte bei Erledigung. Aber hier hat schon jemand herumgepatzt, und Ihre Werteste läuft auf Alarmstufe eins. Soweit ich weiß, kann sie jederzeit schon bei der Polizei gewesen sein...«

»Ich bin mir des damit verbundenen Risikos durchaus bewußt. Wieviel möchten Sie?«

»Hundert Riesen. Die Hälfte jetzt, die Hälfte bei Erledigung.«

»Einverstanden.«

»Gut.«

»Vorausgesetzt.«

»Vorausgesetzt *was*?«

»Vorausgesetzt, Sie lassen es wie einen Unfall aussehen.«

»Ich muß für Ihre Fehler büßen, stimmt's? Sie und dieser Dummbeutel, der sie vor den Zug schubsen wollte.«

»Nein, *ich* muß für die Fehler büßen. In Heller und Pfennig, wie es scheint. Sind wir uns nun einig oder nicht?«

»Wir sind uns einig.«

»Gut. Wann können Sie anfangen?«
»Wann kriege ich die erste Hälfte?«

F: Wann haben Sie tatsächlich angefangen?
A: Am siebten.
F: Januar?
A: Ja.
F: Und gestern abend... nun, berichten Sie mir von gestern abend.

»Mr. Denker«, sagte Keller. »Ich möchte Ihnen immer noch raten...«

»Möchten *Sie* in ein Scheiß Staatsgefängnis?« fuhr Denker ihn an.

Nellie fragte sich, was er im Augenblick dachte. Der Job war schiefgegangen, und oftmals schien das für einen Kriminellen Grund genug zu sein, *erklären* zu wollen, was geplant war, aufzuzeigen, wie glänzend der Plan gewesen war, darzulegen, wie sich das Schicksal gegen ihn verschworen hatte. Doch bislang hatte er bis auf die Einzelheiten dessen, wie er engagiert worden war, noch gar nichts erklärt. Bislang noch keinerlei Geständnis, bislang nichts als die Waffe, bislang hatten sie nichts weiter als die Waffe. Und den Schmuck natürlich. Vielleicht reichte das für eine Verurteilung, vielleicht auch nicht, heutzutage wußte man das bei den Geschworenen nie. Nellie wollte ihn für eine lange, lange Zeit aus dem Verkehr ziehen; der Mann war ein Mörder. Aber sie wollte sich lieber auf die versprochenen achtdreiviertel Jahre einlassen, als einen Schwurgerichtsprozeß und die damit verbundene Möglichkeit zu riskieren, daß er gänzlich ungeschoren davonkam. Jetzt wollte sie nichts weiter, als ihr Geständnis kriegen, vielleicht noch allerlei anderen Scheiß aus Chicago, den sie für die FBI-Leute brauchte, den Handel besiegeln, es für heute genug sein lassen.

»Wie sind Sie in das Haus gelangt?« fragte sie beinahe beiläufig.

Aber er schwieg nun.

F: Mr. Denker?
A: (Schweigen)
F: Können Sie mir verraten, wie Sie in das Haus gelangten?
A: Ich...
F: Ja. Machen Sie weiter.
A: Ich dachte... zuerst dachte ich, ich veranstalte ein Ablenkungsmanöver, irgendein Ablenkungsmanöver, damit ich den Portier

von der Tür weglocke. Aber angenommen, ich hätte auf der Straße ein Feuer gelegt oder so, und er hätte sich einfach nicht darum geschert? Ich meine, ich bin noch nicht lange in dieser Stadt, aber man sieht doch ganz klar, daß die Leute hier einfach einen Scheiß drauf geben. Da kann man...

...jemandem auf offener Straße die Kehle aufschlitzen, und die ziehen den Hut und gehen einfach weiter, das ist mir vielleicht eine Stadt. Je mehr ich also über ein Ablenkungsmanöver nachdachte, desto weniger sah es danach aus, als ob es funktionieren würde. Statt dessen habe ich folgendes gemacht: Ich habe den ganzen Dienstag und Mittwoch über das Haus beobachtet, und dabei erkannte ich, daß der Portier seine bestimmten Gewohnheiten hatte, und daß es nur darauf ankam, mich an diese Gewohnheiten anzupassen. Der Typ vom Nachmittag tritt zum Beispiel um halb vier an, und er wird um halb zwölf abgelöst. Nun war halb vier zu früh für mich, und halb zwölf war mir zu spät, ich wollte es spätestens bis acht erledigt und hinter mir haben. Spätestens bis acht Uhr raus aus der Wohnung und dem Haus.

Als ich die Eingangstür beobachtete, stellte ich fest, daß der Typ vom Nachmittag etwa eine Stunde nach seinem Dienstantritt eine Kaffeepause machte, um halb fünf, fünf Uhr, um den Dreh. Er verschloß die innere Tür zum Foyer, ging hoch zum McDonald's an der Woodcrest, kam mit einem Kaffee im Styroporbehälter zurück. Machte seine Essenspause nicht vor halb acht oder so, was für mich zu spät war. Ich wollte längst vorher in der Wohnung sein. Ich mußte also nichts weiter tun, als auf seine Kaffeepause zu warten und mir dann Einlaß in das Haus zu verschaffen. Sobald ich erst mal drin war...

F: Wie haben Sie sich Einlaß verschafft?

A: Ich hatte einen Schlüssel.

F: Einen Schlüssel für die innere Tür zum Foyer?

A: Ja. Und auch die Schlüssel für die Wohnung. An der Wohnungstür sind zwei Schlösser.

F: Woher haben Sie all diese Schlüssel?

A: Emma gab sie mir. Ich verbrachte das Wochenende bei ihr, als Bowles nicht in der Stadt war. Und dabei gab sie mir die Schlüssel.

F: Sie haben also gewartet, bis der Portier seine Essenspause machte...

A: Seine *Kaffee*pause. Ich beobachtete, wie er die Straße hochging...
F: Und dann verschafften Sie sich Einlaß in das Haus...
A: Ja.
F: Um welche Zeit war das?
A: Gegen zwanzig vor fünf.
F: Sind Sie direkt nach oben zur Wohnung gegangen?
A: Ja.
F: War jemand in der Wohnung, als Sie hinkamen?
A: Nein.
F: Die Wohnung war leer?
A: Ja.
F: Sie verschafften sich Einlaß in eine leere Wohnung?
A: Ja.
F: Benutzten die Schlüssel, die Emma Ihnen gegeben hatte...
A: Ja.
F: Und was dann?
A: Ich zerschrammte den Safe, nahm einen Meißel und zerschrammte den Safe, wissen Sie, damit's so aussieht, als hätte ein Amateur ihn zu knacken versucht, und dann öffnete ich ihn mit der Kombination, die Bowles mir gegeben hatte. Und ich räumte ihn aus. Und dann setzte ich mich hin und wartete.
F: War das ein spontaner Entschluß?
A: Madam?
F: Als Sie das ganze Zeug aus dem Safe nahmen.
A: Nein, nein, das gehörte von Anfang an zum Plan.
F: Wozu war es notwendig, daß...?
A: Damit es aussieht, als wäre ein Einbrecher gestört worden.
F: Ich verstehe. Sie haben also den Safe aufgebrochen...
A: Ja. Nun ja, nein, ich mußte ihn nicht aufbrechen, wenn Sie das meinen. Ich hatte ja bereits die Kombination, Bowles hatte mir die Kombination gegeben.
F: Aber Sie haben den Safe geöffnet...
A: Ja.
F: Und Sie haben den Inhalt entnommen...
A: Ja.
F: Und Sie nahmen den Inhalt mit, als Sie die Wohnung verließen...
A: Ja.
F: ...und danach das Haus.

A: Ja.
F: Sagen Sie mir eins, Mr. Denker, wie sind Sie wieder aus dem Haus herausgekommen?
A: Die Treppe hinunter in den Keller und dann zu der Tür hinaus, die auf die Zufahrt führt.
F: Wohin sind Sie danach gegangen?
A: Hoch zur Woodcrest Avenue, wo ich mir ein Taxi nach Downtown nahm.
F: Zu Ihrer Wohnung?
A: Ja, Madam.
F: Gehen wir doch noch einmal zu dem Zeitpunkt zurück, nachdem Sie den Safe geöffnet und den Inhalt daraus entnommen hatten. Sie sagten, Sie hätten sich hingesetzt und gewartet...
A: Ja, Madam.
F: Worauf?
A: Auf den Augenblick, wo ich es wirklich tun mußte.

Das Warten ist immer am schlimmsten. Er wartet darauf, den Mord zu begehen. Der Inhalt des Safes ist in einem Aktenkoffer auf dem Schlafzimmerboden, und er sitzt auf der Bettkante, schaut zur Schlafzimmertür, wartet auf das Klicken an der Eingangstür, das Klicken, das ihm verrät, daß er den Sicherungshebel am 45er umlegen muß. Es wird spät, und er fragt sich allmählich, ob er einen Fehler gemacht hat, fragt sich allmählich, ob er die ganze Nacht hier sitzen und warten wird, ohne daß jemand nach Hause kommt.

Auf seiner Uhr ist es Viertel nach sechs.

Einhundertfünfzigtausend Dollar an Schmuck, Bargeld und Wertpapieren in diesem Aktenkoffer.

Er sitzt und wartet.

Tippt mit dem Fuß auf.

Wartet.

Denkt daran, was in diesem Bett geschehen ist.

Wartet.

Es ist zwanzig vor sieben, als er hört, wie der Schlüssel in die Eingangstür gesteckt wird. Er legt die Sicherung um. Er steht vom Bett auf. Geht kurz hinter der Schlafzimmertür in Stellung, etwas links. Er hört, daß die Eingangstür wieder geschlossen wird. Das Klicken, als der Riegel einrastet. Das Geräusch, als eine Tür zum Kleiderschrank geöffnet wird. Wieder geschlossen wird. Schritte, die durch die Wohnung kommen. Du und ich, denkt er. Die Schritte jetzt näher. Näher. *Jetzt.*

»Sie!«

Die Augen vor Überraschung weit aufgerissen.

»Ich«, sagt er und feuert.

F: Wie viele Schüsse haben Sie abgefeuert?
A: Drei.
F: Alle auf den Kopf?
A: Alle auf den Kopf.
F: Sie schossen dreimal auf Martin Bowles?
A: Ich schoß dreimal auf Martin Bowles.
F: Sie töteten Martin Bowles?
A: Ich tötete Martin Bowles.

Der Grundplan stand natürlich bereits. Viel mußte nicht verändert werden. Erschoß einfach den Mann anstelle der Frau. Weil das nämlich die weitaus bessere Kiste war, klar.

Wenn man es auf diese Weise machte, konnte man gewisse, sehr bestimmte Vorteile erzielen. *Dollarweise* Vorteile. Wenn er es so durchgezogen hätte, wie Bowles es wollte, hätte er die zweite Hälfte seines Honorars erhalten, plus die Juwelen, die er sowieso nie zurückgegeben hätte. Damit wäre er also auf insgesamt hunderttausend in bar und vielleicht dreißig für den versetzten Schmuck gekommen.

Aber so wie sie es an dem Wochenende austüftelten, als Bowles weg war, so wie sie es schließlich planten, steckte eine ganze Menge *mehr* Geld drin. Jede Menge Geld. Pfeif auf die dreißig, die der Schmuck bringen würde – falls er tatsächlich soviel brachte. Wenn er ihn bei einem Hehler versetzte, was er immer noch vorhatte, bekam er, je nachdem, wieviel er nachlassen mußte, vielleicht fünfundzwanzig auf die Hand, vielleicht weniger, vielleicht nur zwanzig. Darauf kam es nicht an, weil sie sowieso den vollen Wert des Schmuckes bekommen würden, sobald Emma den Antrag an die Versicherung ausfüllte. Schließlich *war* das hier ein Mord in Tateinheit. Ihr geliebter Ehemann *war* bei einem Einbruch getötet worden. Und der Schmuck war gegen Diebstahl versichert, so daß die fünfzig Mille langfristig an Emma zurückflossen, und wenn sie an Emma zurückflossen, war es genauso, als flössen sie an ihn zurück.

»Sie sagte mir, daß sie mich heiraten wollte«, sagte er und lächelte. »Können Sie sich das vorstellen?« Er schüttelte verwundert den Kopf. »Warum nicht, sagte ich zu ihr. Eine gutaussehende Frau, warum nicht?«

Heirate sie und pfeif auf die lausigen fünfzig und ein paar Zerquetschte für den Schmuck, pfeif auf die hundert in bar und in Wertpapieren, das war alles Fitzelkram. Das wirkliche Geld kam, sobald Bowles' Testament vollstreckt wurde.

Jede Menge Geld, hatte sie ihm gesagt.

Das meiste davon hatte Bowles von seinem Vater geerbt, und alles davon sollte an Emma als einzige Nutznießerin gehen.

Heirate das ganze Geld.

Und das Schönste daran war, daß die Erbschaft nie in Frage gestellt werden würde, weil keiner auch nur erraten würde, daß Emma in irgendeiner Weise beteiligt war. Gestern abend, als der Einbrecher ihren Mann umbrachte, war sie nicht einmal in der Nähe der Wohnung. Sie war vielmehr...

»Sie erzählte uns, sie wäre mit einer Freundin zu Abend essen gewesen«, sagte Carella.

»Genau«, sagte Denker.

»Ja, wir haben es nachgeprüft. Ein frühes Abendessen. Ihr Alibi ist gut. Sie war nicht einmal in der Nähe der Wohnung, als Sie ihn umbrachten.«

»Und genauso haben wir es geplant. Ich sagte Bowles, ich wollte, daß er *Freitag* abend nicht in der Stadt ist, weil ich es *Freitag* abend machen wollte, *heute* abend. Aber statt dessen habe ich es *gestern* abend gemacht. Er rechnete dort nie und nimmer mit mir. Ich glaube, er begriff erst eine Sekunde vorher, was da eigentlich passierte. Aber da war's schon zu spät, stimmt's?«

»Stimmt, da war's zu spät«, sagte Carella. »Wissen Sie, was sie uns noch sagte, als wir gestern abend in der Wohnung waren? Nachdem sie heimkam und ihren Mann tot auffand und die Polizei...«

»Ich weiß genau, was sie...«

»Sie sagte uns *wieder*, sie glaube, daß Sie schon zurück in Chicago wären. Sagte uns *wieder*, daß Sie sich am Dienstnachmittag verabschiedet hätten.«

»Das stimmt. Das war mein Alibi. Ich war weg, ich war in Chicago, ein Einbrecher brachte ihren Mann um. Genau das haben wir gemeinsam ausgetüftelt. Sie *sollte* Ihnen das sagen...«

»Nun ja, das hat sie getan. Und sie sagte außerdem, daß Ihre Beziehung rein geschäftlicher Natur gewesen wäre...«

»Stimmt...«

»...und obwohl es ihr zugegebenermaßen nicht leid täte, daß ihr Mann tot sei, könne sie doch nicht einsehen, daß Sie irgend etwas damit zu tun hätten.«

»Auch das sollte sie sagen.«

»Gut hat sie's gemacht. Und natürlich hätte auch *sie* nichts damit zu tun. *Sie* war mit einer Freundin zum Abendessen aus. Um wieviel Geld geht es hier eigentlich, was würden Sie sagen, Denker?«

»In dem Testament? Eins Komma sechs Millionen.«

»Das ist eine Menge Geld.«

»Klar. Nun ja, das ist der einzige Grund, weshalb ich eingestiegen bin. Sie redete ständig was von Liebe, aber ich habe das ganze Geld gezählt. Es war ein guter Plan.«

»Ist es immer noch«, sagte Carella.

Denker schaute ihn an.

»Aber raten Sie mal, wer es alles auf die Hand bekommt«, sagte Carella.

Denker schaute ihn weiter an.

»Den wiedergefundenen Schmuck, das Bargeld, die Wertpapiere, die eins Komma sechs Millionen aus dem Testament...«

Denker schüttelte bereits den Kopf.

»Ja«, sagte Carella nickend.

»Nein.«

»Sie hat Sie reingelegt, Denker.«

»Nein, hat sie nicht.«

»Doch, hat sie. Sie hat Sie benutzt.«

»Sie irren sich.«

»Nur ein paar Fragen, Denker, damit wir das bereinigen.«

»Klar.«

»Hat sie jemals erwähnt, daß wir von Ihrer Existenz wußten?«

»Nein, wie hättet ihr...«

»Weil sie uns alles von Ihnen erzählte, verstehen Sie. Wir waren Ihnen beinahe von der ersten Minute an auf den Fersen.«

Denker schaute ihn an.

»Hat sie erwähnt, daß wir über Ihren Waffenkauf Bescheid wußten?«

»Nein, sie hat nie ...«

»Das hat sie also auch nicht erwähnt, hm?«

»Nein, aber ...«

»Weil sie *das* nämlich auch wußte, verstehen Sie. Daß Sie sich eine Waffe gekauft hatten. Wir hatten ihr das mitgeteilt.«

Schweigen.

»Einen fünfundvierziger Colt.«

Schweigen.

»Sie ließ Sie eine Waffe benutzen, von der wir *wußten*, Denker.«

Weiterhin Stille. Die Stille zog sich hin. Er begriff gerade, daß die Waffe wirklich das einzige war, was ihn in Verbindung mit dem Mord brachte. Sie hatte gewußt, daß sie an der Waffe dran waren ... aber sie hatte ihn nicht gewarnt.

»Aber ...«

Er schüttelte den Kopf.

»Sie wollte mich heiraten«, sagte er.

Carella sagte nichts.

»Sie sagte mir, daß sie mich liebt«, sagte er.

Carella sagte immer noch nichts.

»Um Himmels willen, wir haben das gemeinsam geplant!« rief Denker.

»Können Sie das beweisen?« fragte Carella.

»Nun ja, nein, aber ...«

»Wir auch nicht.«

***

Es war Freitag morgen um sechs Uhr.

Bis zur Dämmerung dauert es noch etwa eine halbe Stunde, aber am Horizont im Osten zeichnete sich bereits ein schwacher roter Fleck ab. Denker war in Handschellen abgeführt worden. Nellie Brand hatte alles, was sie brauchte, und nun saßen sie und die beiden Detectives im Mannschaftsraum und tranken frischen Kaffee, den sie bei dem die ganze Nacht über geöffneten Imbiß an der Culver bestellt hatten. Sie versuchten sich etwas einfallen zu lassen, wie sie Emma Bowles drankriegen konnten. Sie sahen keinerlei Möglichkeit.

»Sein Geständnis können wir nicht gegen sie benutzen«, sagte Nellie.

»Nein, das können wir nicht«, sagte Carella.

»So lautet das Gesetz.«

»So lautet das Gesetz«, sagte Meyer.

»Sonst könnte jeder x-beliebige dahergelaufen kommen und sagen, jemand anders hätte ihn dazu angestiftet.«

Im Mannschaftsraum war es leise. Nur die Uhr tickte laut in der Stille.

»Seht ihr irgendeine Möglichkeit, wie wir sie wegen irgendwas belangen können?« fragte Nellie.

»Nein«, sagte Carella.

»Nein«, sagte Meyer.

»Das wär's dann wohl«, sagte Nellie und trank ihre Tasse aus. Sie schaute auf die Uhr, reckte sich und sagte: »Wenn ich gleich sofort nach Hause gehe, krieg ich noch 'ne halbe Stunde Schlaf, bevor der Wecker klingelt.«

Die beiden Detectives sagten nichts.

»Kopf hoch«, sagte sie.

Carella nickte.

Nellie schüttelte Meyer die Hand.

»Gute Nacht«, sagte sie. »Wir reden noch miteinander.«

»Gute Nacht«, sagte er.

Sie streckte Carella die Hand hin. Er nahm sie.

»Gute Nacht«, sagte sie.

»Gute Nacht, Nellie.«

Ihre Blicke trafen sich.

»Komm schon«, sagte sie. »Die Hälfte vom Kuchen ist besser als gar nichts.«

Carella nickte.

Er dachte gerade daran, daß Samson Wilbur Cole gestern nachmittag als freier Mann aus dem Gerichtssaal gekommen war, und heute kam Emma Katherine Bowles ebenfalls davon. Er dachte gerade, daß man sich heutzutage glücklich schätzen konnte, wenn man auch nur annähernd die Hälfte vom Kuchen bekam. Meistens kriegt man nichts weiter ab als die Krümel, die auf dem Tisch übrigblieben.

»Komm schon, Steve«, sagte sie leise.

Einen Moment lang – aber nur einen Moment lang – schien es so, als würde sie sich vorbeugen und ihn sanft und tröstend auf die Wange küssen. Der Augenblick ging vorüber. Sie gab seine Hand frei.

»Man sieht sich, Jungs«, sagte sie und ging aus dem Mannschaftsraum.